OBSCURA

Régis Descott a été journaliste avant de se lancer dans l'écriture de thrillers. Son premier roman s'intitule *L'Empire des illusions*. Passionné par la peinture et la photographie, il a bâti son œuvre autour des rapports troubles qui se nouent entre création artistique et folie. *Pavillon 38* est en cours d'adaptation au cinéma.

Paru dans Le Livre de Poche :

CAÏN ET ADÈLE

PAVILLON 38

RÉGIS DESCOTT

Obscura

ROMAN

JC LATTÈS

ISBN : 978-2-253-12848-9 – 1re publication LGF

À Éric et Françoise

1

D'égal embonpoint, la cheville épaisse et le mollet fort, les deux femmes roulaient sous leurs pieds de petits cailloux arrêtés par la poussière. Le pas alerte et l'œil vif, l'aînée tenait de la main droite une clef aussi lourde qu'un marteau, l'autre portait un couffin à l'anse d'osier glissée sur son bras gauche. Le soleil dardait une lumière blanche qui brûlait la vue. À intervalles réguliers elles passaient sous de grands pins dont l'ombre, l'espace de quelques pas, les abritait de la fournaise. La chaleur printanière exacerbait les odeurs et favorisait l'apparition des premières cigales au chant encore timide. À ce rythme, la nature allait vite se retrouver desséchée.

La maison n'était plus loin. Elles venaient d'en apercevoir le toit de tuiles roses et les volets du second entre les arbres à deux cents mètres en contrebas. Par moments, une pomme de pin que l'on avait négligé de ramasser pour le feu craquait sous leurs pieds. À ce bruit s'ajoutait désormais celui de la fontaine, mince filet d'eau au bruissement aussi lénifiant qu'une berceuse, mélopée discrète, hésitante et continue, paraissant se taire à chaque instant.

— Ah, ces mouches ! Qu'est-ce que ça va être cet été, maugréa la mère tandis que sa fille battait l'air du bras droit pour écarter les indésirables.

Sur la terrasse, un nuage bourdonnant de gros insectes au vol nerveux couvrait le murmure de l'eau. Le couffin calé sur la hanche, Lucie se dirigea vers la fontaine et, penchée au-dessus de l'onde, entrouvrit les lèvres sur le filet. Un instant elle s'abandonna à cette fraîcheur puis, s'essuyant le menton du revers de la main, se tourna vers la façade au crépi lépreux. Un souffle d'air imprimait un léger balancement à la chaînette de la cloche, dont l'éventuel cliquetis était lui aussi couvert par le bourdonnement des mouches.

Elle n'avait jamais aimé cet endroit. Grande demeure habitée cinq mois sur douze par des notables de Marseille. À l'approche de l'été, ils y prenaient leurs quartiers, se protégeant de la canicule sous les platanes et les cèdres bleus, ou derrière l'épaisseur des murs. Chaque année à la même époque il fallait remettre la maison en état, la préparer pour l'arrivée des propriétaires : ouvrir les volets et les fenêtres en grand pour faire circuler l'air et chasser l'odeur de renfermé, battre les tapis dehors, libérer chaque fauteuil de son drap protecteur, laver les carreaux, faire les lits, passer la serpillière, traquer les toiles d'araignée. Mais tous ces efforts, et même l'installation des maîtres, ne parvenaient à supprimer cette impression d'abandon. Comme si la maison livrée à elle-même pendant sept mois de l'année ne pouvait se départir de cette atmosphère de sépulcre. À moins que ce ne fût aussi dû à ces gens trop sérieux qu'elle n'avait jamais entendus rire. À peine un fredonnement timide un jour, tandis qu'elle épluchait des légumes dans la cuisine ; mais si fugace qu'elle avait cru avoir rêvé.

Déjà petite, lorsqu'elle accompagnait sa mère, elle n'aimait pas ça. L'obscurité régnant dans ces vastes pièces et la température de plusieurs degrés inférieure à celle de l'extérieur lui donnaient l'impression de pénétrer dans un tombeau. Quinze ans après, l'endroit produisait sur elle le même rejet, mais la présence de son enfant serré contre son flanc la rassurait. Comme si le petit Rémi, du haut de ses six mois, possédait à lui seul le pouvoir de chasser les mauvais esprits.

Enclenchée dans la serrure, la grosse clef provoqua un grincement de ressort rouillé suivi de deux claquements secs. D'un geste ferme, la mère ouvrit la porte sans provoquer le moindre gémissement. Au moins ses gonds étaient-ils bien huilés. Un quadrilatère de lumière révéla un carrelage de tommettes couleur brique ternie. Les premières empreintes de pas rendirent au sol son aspect propre et luisant.

Son couffin toujours sous le bras, Lucie plissa les paupières pour s'habituer à la pénombre. Un mouvement contre son oreille droite la fit sursauter : les mouches profitaient de l'ouverture pour s'engouffrer dans la maison.

— Mon Dieu quelle odeur ! s'exclama Aimée dans son phrasé chantant de Provençale. Vé Lucie, va ouvrir les fenêtres dans le salon, qu'on respire. Je sais pas où elle se cache, mais va falloir la trouver, cette charogne. Sinon ils vont mourir empoisonnés, les Autran !

Lucie posa le couffin sur une chaise dans le vestibule,

effleura le nez de son enfant qui lui rendit un sourire, et se dirigea vers le grand salon. Que les Autran meurent d'empoisonnement était le cadet de ses soucis.

La lumière filtrée par les persiennes suffisait à peine à se repérer. L'odeur était insoutenable. Il lui semblait entendre d'autres mouches, une rumeur, un vrombissement continu, mais trop occupée à se retenir de vomir elle n'y prêta pas attention. Affolée elle courut vers la première fenêtre, tourna la crémone et fit claquer les volets contre le mur extérieur. La vue du jardin en terrasses et l'air du dehors lui firent du bien. Le regard perdu dans les collines, elle reprit son souffle et ses esprits. Avec la porte d'entrée laissée ouverte, elle était dans un courant d'air caressant auquel elle se livra quelques secondes les yeux fermés. Dans son dos elle entendait sa mère qui s'affairait déjà dans la cuisine, et toujours les mouches. Elle fronça les sourcils. Il lui fallait ouvrir les autres fenêtres, et pour cela affronter l'odeur pestilentielle. Une dernière fois elle inspira l'air de l'extérieur.

Lorsqu'elle se retourna, elle ne comprit d'abord pas ce qu'elle vit, puis son menton se mit à trembler et, avant de s'effondrer, elle traversa la pièce et le vestibule comme une balle en poussant un hurlement de terreur.

Sur la terrasse elle se précipita vers la fontaine. Les mains en appui sur la vasque rongée de mousse elle y plongea son visage pour laver cette vision dans une eau lustrale. Mais ces yeux, ces yeux immenses ne la quittaient pas, ce regard continuait de la fixer. Un regard comme elle n'en avait jamais vu auparavant, un regard en provenance de l'Enfer. Quand elle sentit des bras la ceinturer, elle sursauta, sa mère l'avait rejointe, aussi affolée qu'elle. Serrées l'une contre l'autre, les deux femmes tentaient de se rassurer mutuellement, lorsque soudain Lucie eut un sursaut.

— Rémi !

Tremblant comme une feuille elle pénétra dans le vestibule et, avec un regard craintif pour la double porte du salon, s'approcha du couffin. Congestionné, le nourrisson hurlait. Sa propre terreur l'avait empêchée de l'entendre. Lui aussi a dû sentir ce qui se passe, se dit-elle en l'empoignant pour l'arracher à cette horreur. À moins que ce ne soit la faim : elle ne l'avait pas allaité depuis la matinée.

2

Les ombres du feu bondissaient sur les murs. Étranger à ce spectacle, Jean Corbel regardait la pluie frapper le carreau, puis dégouliner sur la surface lisse en gouttes de mercure. *Hydrargyrum*, argent liquide. Pourquoi cette analogie ? Venait-elle de la haute dose qu'il avait dû administrer à sa patiente reçue dans son cabinet le matin même ?

Pourtant le traitement n'avait pu empêcher l'éclosion de cette gomme perforante qui lui rongeait le nez : d'ici quelques semaines, les croûtes allaient tomber laissant un trou béant au milieu du visage, sans compter les dommages irréversibles que cet antiparasitaire occasionnerait dans son cerveau, son foie ou ses reins. Encore une malheureuse victime de la syphilis pour qui la médecine était impuissante. En près de quatre cents ans on n'avait pas encore trouvé de remède… Les premières manifestations répertoriées dataient en effet du retour de Naples de Charles VIII, après la bataille de Fornoue, en 1495. D'où son appellation de mal de Naples. Mal que les Conquistadors de Colomb auraient rapporté d'Amérique dans leurs bagages avec l'or tant convoité, cet autre poison.

Jean fut parcouru d'un frisson contre lequel le feu ne pouvait rien. À quoi servaient ces connaissances livresques quand, à une femme qui d'ici quelques jours n'aurait plus visage humain, il ne pouvait prescrire qu'une poignée de pilules de Sédillot ? Autant dire un emplâtre sur une jambe de bois. Ce n'était pas pour hanter les bibliothèques qu'il avait entrepris ses études de médecine. Il en attendait d'autres bénéfices et non ce sentiment d'impuissance qui le submergeait face à un malade condamné.

Il se retourna. Dans la cheminée le feu achevait de se consumer. Il attrapa deux bûchettes, les cala du pied au fond de l'âtre. Les flammes éclairèrent d'une lueur rougeâtre et capricieuse les traités de médecine alignés sur les rayonnages. Ces livres dont il se repaissait comme d'autres avalaient des romans-feuilletons.

Ainsi Sibylle, qui jamais ne manquait un numéro du *Gil Blas* où paraissait *Germinal*, le nouveau roman d'Émile Zola. Elle ne cessait de lui rebattre les oreilles avec cette histoire de soulèvement ouvrier dans le bassin houiller du nord de la France inspiré par le conflit social d'Anzin qui avait eu lieu l'année précédente. Fidèle à lui-même, il ne s'était penché que sur les passages où le romancier décrivait les maladies des mineurs, ce qui lui avait permis de vérifier le sérieux de sa documentation.

Son verre avait laissé une auréole vineuse sur la couverture de la *Revue photographique des hôpitaux de Paris*. Inutile d'essayer de l'effacer. Il se resservit avant de rejoindre Sibylle.

Après quatre années de vie commune, il était toujours séduit par son côté naturel et primesautier. Tout à l'heure encore, elle s'était moquée de sa propension à discourir comme un professeur. Son ton docte dont elle riait ne l'avait pas encore étouffée, son contact n'avait pas eu raison de sa dérision. C'est vrai, fier de son diplôme, il avait tendance à considérer ses connaissances comme le meilleur rempart contre la maladie, alors sans doute en faisait-il trop état. Mais de quelle autre arme disposait-il ?

Il porta son verre à ses lèvres. Il lui ferait bien l'amour ce soir. Irait-il la réveiller ? C'était risqué. Dans ces cas-là, jalouse de son sommeil, elle le recevait le plus souvent à coups de pied, et lui n'avait plus qu'à se retourner en attendant des jours meilleurs.

Ange avait espéré une accalmie, mais la pluie tombait sans discontinuer depuis deux bonnes heures et ne semblait pas près de s'arrêter. Alors il faisait de son mieux pour ne pas s'étaler sur les pavés. Avec ce déluge, les becs à incandescence n'éclairaient plus rien qu'eux-mêmes et il ne pouvait éviter de se mouiller les pieds jusqu'à la cheville dans les innombrables flaques d'eau. Heureusement qu'il connaissait le quartier comme sa poche, sinon jamais il ne se repérerait dans cette obscurité. Dire qu'il courait ainsi vers le poste de police au risque d'attraper la mort !

Pourtant, quand on s'était adressé à lui pour cette course, il en avait été soulagé, ne supportant plus d'entendre geindre sa mère. Tout, y compris cette pluie et la corvée d'aller au poste, plutôt que rester dans cette atmosphère électrique à attendre un événement qui ne venait pas.

D'habitude c'est avec les policiers aux fesses qu'il courait. Sans compter que l'un d'entre eux allait sûrement monter, pesta-t-il en s'enfonçant jusqu'aux mollets dans un torrent : le caniveau. Cette fois il était complètement rincé.

Lorsque enfin il aperçut la lumière rouge diluée par le rideau de pluie, il ralentit le pas et, avec une légère appréhension, ouvrit la porte du poste de police.

Son verre à la main, Jean avait regagné sa place à la fenêtre, attentif au tambour discret de la pluie sur le carreau, musique infime indiquant un temps à ne pas mettre le nez dehors. Les gouttes sur la vitre brillaient plus ou moins selon les sursauts des flammes dans la cheminée.

Il repensait au mercure, à son usage moins morbide, en peinture, par exemple : associé au soufre, il donne le vermillon, couleur qu'on trouve au naturel, sous forme de cristaux rouge sang, dans les mines d'Almaden en Andalousie. On en distingue trois : le vermillon de Chine, le plus pur à l'analyse, rouge foncé, le vermillon anglais, rouge rosé, et le vermillon français, rouge vif. Pour leur donner plus d'éclat, il faut les couvrir d'un glacis de laque garance rose : il devient alors rutilant.

Son père aussi devait dormir, comme Sibylle. Quelques années plus tôt il aurait encore été dans son atelier à préparer des couleurs : blanc d'argent, bleu de Prusse, noir d'ivoire, Sienne brûlée, jaune de Naples… Pendant des années il l'avait initié aux secrets de ces pigments, jusqu'à ce qu'il prenne conscience de la force de sa vocation et renonce à le former en vue de sa succession. Mais Jean gardait des séquelles de l'enseignement paternel, et ce savoir avait même fini par trouver une place naturelle dans son univers. La base de l'auscultation n'était-elle pas l'observation ? De la gorge, de la peau, du blanc des yeux, du sang… La peinture en outre lui permettait de prendre une certaine distance par rapport aux horreurs auxquelles il était trop souvent confronté. Les pires lésions étaient plus supportables lorsqu'elles évoquaient une œuvre de Carpaccio, de Géricault, d'Ingres ou de Delacroix.

Soudain de la pièce voisine lui parvint la voix de Sibylle. La porte s'ouvrit. La vision de sa compagne en chemise de nuit, le visage ensommeillé strié d'une marque d'oreiller, les cheveux défaits et ses charmants pieds dépassant sous la blancheur de la dentelle, l'arracha à ses rêveries. Les ombres du feu dansant sur son visage lui conféraient un mystère que quatre années de vie commune avaient peu à peu effacé. À cet instant il la trouva plus désirable que jamais.

— Tu es sourd ? Ça doit bien faire deux minutes qu'on frappe. C'est forcément pour toi.

Trois coups de heurtoir confirmèrent ses dires. Pour s'excuser il fit un pas vers elle et colla sa bouche contre la sienne.

— Tu sens le vin, lui dit-elle en se dégageant.

Les coups l'avaient tirée de son sommeil, elle n'aimait pas ça. Il voulut répliquer mais elle avait déjà refermé la porte. Alors il mit son manteau, se coiffa de son melon et empoigna sa sacoche après avoir soufflé l'unique bougie et s'être assuré que le pare-feu préviendrait toute projection d'escarbilles dans la pièce.

L'escalier n'était pas éclairé. Sa main droite glissait sur la rampe, et à mesure qu'il descendait il pouvait sentir davantage l'humidité. Lorsqu'il atteignit enfin le passage-cocher, il mit le pied dans une flaque que les écoulements de la cour avaient formée. Deux coups de heurtoir résonnèrent sous la voûte.

— J'arrive, maugréa-t-il, doutant que le déluge lui permît d'être entendu.

Que lui avait-on réservé ce soir ? Depuis qu'il assurait le service médical de nuit, il se demandait toujours pour quel type d'urgence on venait le chercher : maladies pulmonaires, fausses couches, affections cérébrales et nerveuses, fièvres infectieuses, accidents, suicides… Les malades étaient d'autant moins scrupuleux que la consultation ne leur coûtait rien. Les jours de paie étaient propices aux blessures provoquées par l'abus de boisson, qui pouvait aussi entraîner des excès d'inquiétude propres à l'ivresse : il était alors dérangé au beau milieu de la nuit pour une simple toux enfantine.

Mais Jean redoutait surtout d'être appelé au chevet d'un enfant atteint du croup, dont le seul remède était l'aspiration de la fausse membrane entravant la respiration. Il gardait à l'esprit le précédent du docteur Vert-de-Gris, ainsi surnommé pour son manteau couleur anthracite et son habitude de l'absinthe : un ex-chirurgien de marine qu'une gifle donnée à un supérieur avait entraîné à démissionner avant de glisser dans une lente déchéance. L'arrière-salle d'un bistrot lui servait désormais de cabinet : une femme vint un jour l'y trouver pour son bébé atteint de ce mal mortel. En aspirant l'haleine empoisonnée du petit moribond il le sauva, mais lui-même mourut quelques jours plus tard.

Il ouvrit la lourde porte qui le séparait du quai. À peine eut-il posé un pied sur le trottoir qu'il entendit la pluie tambouriner sur son melon. Le képi luisant et la capote alourdie, un sergent de ville lui tendit la main. Il la serra dans la sienne.

— Pourquoi me dérangez-vous ce soir ?

— Un accouchement, rue du Dragon.

Malgré l'eau qui débordait de la gouttière de son melon et lui ruisselait sur le nez, le visage de Jean s'éclaira d'un sourire bref. Les naissances étaient les seules urgences heureuses.

Avant de s'engager dans la rue des Saints-Pères à la suite du sergent de ville, il tourna la tête vers le fleuve et le Louvre, mais le rideau de pluie obstruait la vue au-delà d'une dizaine de mètres. Grâce au policier il n'avait pas à se soucier du chemin dans le dédale des rues plongées dans l'obscurité et pouvait se préparer mentalement à son intervention : dresser l'inventaire du contenu de sa sacoche, espérer qu'ils aient déjà procédé à quelques préparatifs, comme faire bouillir de l'eau, ce qui serait sans doute le cas si ce n'était pas leur premier enfant.

— Nous y sommes, annonça le sergent de ville en ralentissant le pas.

Levant la tête qu'il maintenait baissée pour s'abriter de la pluie, Jean eut à peine le temps de voir disparaître un enfant qui manifestement faisait le guet en les attendant. Quand le policier et lui-même eurent pénétré dans l'étroite entrée de l'immeuble, ils entendirent le gamin grimper quatre à quatre l'escalier dans lequel ils s'engagèrent à leur tour, laissant derrière eux sur les marches un ruisseau d'eau de pluie.

Arrivé au cinquième, Jean se fraya un chemin dans le couloir encombré : brochette de voisins attirés par la curiosité. Des ouvriers surtout. Hommes et femmes aux traits plébéiens ravinés par la fatigue. Autant de gens se plaquant contre le mur et le dévisageant à son approche, non sans un certain respect, comme si l'on attendait de lui un miracle. Il était essoufflé par l'ascension mais tenta de n'en rien laisser paraître. Un cri de douleur à peine étouffé par une cloison provoqua de nouveaux murmures.

Au seuil de la chambre il s'arrêta dans l'encadrement de la porte laissée ouverte. Dans une vingtaine de mètres carrés se tenaient sept personnes, plus la parturiente alitée. L'ensemble des regards était braqué sur lui. Un homme – le père –, deux femmes et quatre enfants dont le garçon entraperçu dans la rue. Ses cheveux étaient trempés. Certainement celui qui avait été prévenir le sergent de ville. Jean détailla l'ensemble : deux fenêtres en chien assis dont l'une était entrouverte, une table, quelques chaises, un buffet, un matelas roulé sur le sol, un poêle à charbon, sur le feu une bassine d'eau que l'on entendait frémir – au moins avaient-ils pensé à ça. Avec les quatre enfants, ils étaient au bas mot six à vivre dans cette pièce. Bientôt sept, si tout se passe bien, se dit-il. Son manteau et son chapeau étaient dégoulinants et il ne voyait aucun endroit où les poser. S'il les laissait dans le couloir, il risquerait de ne plus les retrouver. Il enleva l'un et l'autre et le petit s'avança pour les prendre.

— Comment t'appelles-tu ?

— Ange, répondit l'enfant ses yeux plantés dans les siens.

Les regards étaient toujours braqués sur lui. Un cri étouffé leur parvint du lit. Sa présence sans doute, qui

délivrance, l'expulsion du placenta et des membranes fœtales, après quoi il pourrait rentrer chez lui et dormir quelques heures.

Le père avait débouché une bouteille et servait des verres alignés sur la table. Jean prit celui qu'on lui tendait et trinqua à la santé du petit Raymond. Le vin aigre lui agaça les papilles avant de glisser comme un intrus à moitié désiré dans son œsophage. Une demi-douzaine de personnes avaient investi la pièce, certaines déjà prêtes à partir travailler, sans compter les quatre enfants aux visages défaits par le manque de sommeil, mais il était inutile de leur demander de laisser la mère tranquille. C'était le seul endroit où vivait cette famille.

À nouveau on suffoquait. Jean fit un effort pour se lever et ouvrir une des fenêtres. Il était temps que l'aide-soignante procède à la toilette de la mère. Alors, pour la deuxième fois, l'assemblée reflua dans le couloir, tandis que Jean resta sur le seuil avec le père qui le regardait avec des yeux embués. L'émotion ? Le vin ? L'homme avait bien dix ans de plus que lui mais déjà au moins cinq enfants, à en juger par la progéniture massée derrière la porte. Une portée de rouquins aux yeux bruns ou verts, du style irlandais, n'était leur teint légèrement anémié, air de Paris oblige. À peine leur seizième année atteinte ils n'auront qu'une idée : voler de leurs propres ailes pour fuir un foyer que la promiscuité aura rendu invivable. Avec trois ans de pratique, Jean connaissait la musique.

Le père lui faisait face. Sa fierté avait quelque chose de touchant, même si la suite était écrite. Sur le ventre de sa mère, le nouveau-né émit quelques gémissements du plus profond de son sommeil. Les deux hommes se retournèrent et Jean surprit le regard que l'homme et la femme échangeaient. Après tout, ce bonheur fugace valait peut-être le reste, c'était toujours ça de pris.

— Alors, n'oubliez pas, rappela-t-il au père, demain votre femme devra boire un bouillon le matin et un autre le soir, et après-demain un œuf ou un morceau de viande. Et dans la mesure du possible, tâchez de maintenir le calme autour d'elle. Elle en a besoin. Et ne vous en faites pas, il ne devrait pas y avoir de complications. Je repasserai dans les jours qui viennent. Mais tout devrait bien se passer. Il est magnifique votre garçon, ajouta-t-il enfin.

Le père lui serra la main avec un air ému et Jean disparut dans le couloir. L'enfant à qui il avait confié son manteau et son melon l'attendait en haut des escaliers. Il lui tendit l'un et l'autre qui avaient eu le temps de sécher, en près de huit heures. Un vasistas au-dessus de leurs têtes filtrait une lumière blafarde. Le jour n'allait pas tarder à se lever, avant qu'il ait eu le temps de gagner son lit.

— Docteur ?

L'enfant le regardait gravement. Ses cheveux aussi avaient séché, désormais d'un roux flamboyant.

— Oui ? fit Jean en se penchant vers lui parce qu'il chuchotait.

— Ma sœur aînée a disparu, docteur.

— Comment ça disparu ? demanda le médecin qui ne songeait qu'à se coucher.

— Eh bien, hésita-t-il, elle a quitté la maison il y a deux ans, elle a dix-sept ans. Elle se débrouillait comme elle pouvait, elle allait à droite à gauche, beaucoup dans la rue, enfin vous savez.

Jean hocha la tête en réprimant son impatience : il était médecin, qu'est-ce qu'il y pouvait ?

— Mais on se voyait au moins tous les deux jours, et là, ça fait déjà deux semaines que je ne l'ai pas vue. Elle m'aurait prévenu si elle avait eu un projet. Pauline elle s'appelle.

Le petit attendait une réaction. Il y avait quelque chose chez cet enfant, une lueur d'intelligence dans le regard qui forçait à s'intéresser à lui.

— Tes parents ont averti la police ? demanda-t-il en soupirant.

Poser une question c'était déjà s'engager.

L'enfant haussa les épaules. Jean le regarda avec curiosité : ça nécessitait un développement. Le petit s'exécuta :

— Dès qu'on quitte la maison c'est plus leur problème. Ils ont assez à faire comme ça. Sans compter que la police s'en fiche, d'une fille comme ma sœur. Elle a d'autres chats à fouetter. Comme je le suppliais, mon père y est allé, ils lui ont dit que, soit elle réapparaîtra toute seule, soit on la retrouvera morte un jour… Je suis même allé à Saint-Lazare, des fois qu'elle aurait attrapé le mal et qu'on l'aurait envoyée là-bas, ajouta-t-il après avoir marqué une pause. Mais elle y était pas.

— Mais qu'est-ce que tu voudrais que je fasse, petit ?

— Que vous demandiez.

— Que je demande ?…

— On vous écoutera sûrement, vous, plaida l'enfant.

L'escalier en colimaçon, pourtant sombre, était une invitation à gagner la rue et rentrer chez lui.

— Je le ferai, décréta finalement le médecin. Tu dis qu'elle s'appelle Pauline, ta sœur ?

— Pauline Maupin, mais pour les gens c'est Paulette. Une rousse comme moi.

Il voulut lui caresser les cheveux, mais sa requête était trop grave pour se prêter à ce type de familiarité. Ça aurait été déplacé.

— Comment tu t'appelles déjà ? Je suis fatigué après le mal que m'a donné ton petit frère, s'excusa-t-il.

— Ange.

— Alors je vais m'en occuper, Ange, dit-il en s'engageant dans l'escalier.

Tandis qu'il avait presque atteint l'étage inférieur, Jean leva la tête. Les bras et le menton en appui sur la rampe, l'enfant le poursuivait de ses yeux sombres fouillant l'obscurité ; l'intensité de ce regard et de cette attention était comme un ultime rappel de ne pas négliger son engagement. Jean lui fit un signe de la main et poursuivit sa descente.

À l'instant où il sortit de l'immeuble, un fiacre passant d'un bon trot dans la rue déserte lui envoya un paquet d'eau sur le bas du pantalon et les chaussures. Juste avant de voir le sourire narquois du policier qui avait eu le temps de se ranger, il jura, puis tous deux prirent la direction de la Seine.

— Au fait, dit soudain Jean au pied de l'église Saint-Germain-des-Prés, d'après le petit, celui qui est venu vous prévenir, sa sœur aînée aurait disparu depuis deux semaines. Fille publique, d'après ce qu'il a bien voulu me dire. Il ne m'a pas précisé si elle était en carte mais je dirais que non. Qu'est-ce qu'on fait dans ces cas-là ? Une gamine de dix-sept ans. Pauline Maupin, dite Paulette.

Le sergent de ville avait sorti un sachet de tabac et

roulait une cigarette. Lorsqu'il l'humecta pour la sceller, elle disparut sous sa moustache. Sollicité, l'homme faisait l'important et retardait sa réponse. Jean regarda le ciel. Quelques étoiles clignotaient encore faiblement. S'il ne tardait pas, il pourrait s'affaler dans son lit avant qu'il ne fasse grand jour.

— Des filles, il en disparaît environ deux mille par an rien qu'à Paris. Mais c'est pas pour ça qu'il faut croire au pire. La plupart partent en province sans passeport, ou bien changent de vie, se rangent, se mettent en ménage, et ne prennent pas la peine de prévenir.

— Mais si ce n'est pas ça ?

— Alors c'est le service des mœurs qui s'en occupe, dit l'homme en allumant sa cigarette. Mais si la vôtre est même pas en carte, alors c'est pas leur problème. Allez docteur, vous en faites pas pour cette petite. Peut-être qu'elle est partie faire un tour à la campagne qu'aura duré plus longtemps que prévu. Et puis c'est pas ça qui manque, les gamines. Je vous raccompagne jusqu'au quai, ou vous êtes capable de retrouver votre chemin tout seul ? demanda-t-il avec un air malin.

— Ça va aller, répliqua Jean, insensible au sarcasme.

La démarche alourdie par ses godillots et son ample capote, le sergent de ville s'éloignait déjà, accompagné par un panache de fumée, force tranquille indifférente au sort de ces jeunes anonymes. Jean se détourna et en bâillant prit la direction du quai Voltaire.

Que faire, si même un anonyme comme ce malheureux fonctionnaire qui n'a pour lui que la maigre assurance de son uniforme ne se soucie pas de ses semblables ? déplora-t-il.

L'apparition du Louvre dans le jour naissant orienta

différemment le cours de ses pensées. Au moins son père avait-il soigneusement choisi son emplacement, pour son magasin de couleurs : de la matière première à la consécration il n'y avait qu'à traverser la Seine. En montant l'escalier jusque chez lui il l'entendit justement, déjà levé, comme la plupart des vieux incapables de rester au lit dès le premier chant du coq. Sans bruit il pénétra dans l'appartement, posa sa sacoche, accrocha son manteau et son melon à une patère et enleva ses chaussures encore humides. Dans l'âtre le feu avait laissé la place à des cendres froides. Une fois en chemise et caleçon il ouvrit la porte de la chambre en prenant soin de ne pas la faire grincer et se glissa dans les draps que Sibylle encore endormie avait chauffés. Avertie dans son sommeil de sa présence, elle émit un grognement de satisfaction. Jean se cala pour dormir. Comme souvent il pensa au fleuve si proche qui emportait tout. Il aimait cette idée, que dans la nuit la Seine aurait charrié au loin ses ennuis, il la tenait de sa mère qui autrefois le lui affirmait avant qu'il ne s'endorme.

Dormir. Une dernière pensée le séparait encore du sommeil : le souvenir brûlant de la requête du petit saute-ruisseau. Sa sœur avait disparu. Mais qu'y pouvait-il ? Pour l'heure il venait de donner naissance à un enfant, la journée ne commençait pas si mal.

3

— Oh hé ! Debout ! Debout paresseux !

Il devait rêver. Sûrement un mauvais rêve. Qu'est-ce que ça pouvait être d'autre en effet ? Mais non… On l'appelait ? Il crut reconnaître la voix de Sibylle. Elle le traitait de paresseux… C'était bien d'elle, tiens… Comédienne ! Jean ouvrit un œil. Quelle heure était-il ? Combien de temps avait-il dormi ? La pendule en marbre noir sur la cheminée indiquait huit heures. Ça faisait donc… À peine plus de deux heures de sommeil ? Il referma les yeux et se retourna pour s'enfoncer davantage dans son lit. Un léger bruit suivi d'une augmentation de la luminosité : Sibylle venait de tirer les rideaux. À en croire la lumière, le ciel devait être complètement dégagé. Il émit un gémissement. Et pourtant elle avait raison. Dans une heure, la salle d'attente de son cabinet serait déjà bondée. L'émotion de l'accouchement se payait cher, le lendemain matin. À se demander si une agonie n'était parfois pas plus reposante. Passé un certain stade, la vie, la mort, tout finissait par se confondre, tout participait de toute façon du même mouvement.

Il s'assit sur le bord de son lit, se pencha vers la fenêtre et aperçut un morceau de ciel bleu. Appuyée contre le mur, Sibylle l'observait les bras croisés avec une bienveillance teintée d'ironie.

— C'était grave ?

— Accouchement, fit-il en se frottant les yeux. J'ai fait naître un petit Raymond après six heures de travail.

— Au moins c'est une bonne fatigue.

Son ton l'alerta. Un instant illuminé, le visage de Sibylle fut traversé par une ombre. Le sujet était délicat. Comme après chaque naissance, il avait manifesté trop de fierté alors qu'elle ne parvenait pas à tomber enceinte, que le temps passait, et que cette incapacité lui était de plus en plus pénible. Lui-même y trouvait son compte : il considérait beaucoup trop prématurée la naissance d'un enfant. Il lui adressa cependant un sourire contrit.

— Je t'ai préparé du chocolat et il reste deux tranches de pain, dit-elle soudain d'un ton enjoué, manière de changer de sujet. Et puis j'ai vu ton père, je lui ai tenu compagnie dans son atelier.

Jean regarda ses mains. Ses ongles et l'extrémité de ses doigts étaient tachés de jaune.

— Tu l'as encore aidé à broyer ses couleurs. Tu continues à te faire exploiter. C'est bien la peine de t'enthousiasmer pour Zola.

Elle haussa les épaules en riant.

— Tu es un ange, dit-il en la regardant s'animer. Je ne sais pas si je te mérite.

— Mais ce n'est pas pour toi que je le fais ! Je t'ai aussi préparé de l'eau chaude, mais dépêche-toi sinon elle va être froide.

— Ça, ce n'est pas pour lui que tu l'as fait.

Jean se leva et enleva sa chemise, dans la glace il observa son torse velu en se massant le ventre qu'il avait plat. La machine fonctionnait pas mal, constata-t-il avec satisfaction, assez bien pour affronter les microbes que ses patients ne manquaient pas de lui apporter. L'eau dans la bassine fumait encore. Il y plongea sa tête et enleva son caleçon avant d'entreprendre une toilette complète nu comme un ver. Adossée au mur, Sibylle le regardait frictionner son corps mince.

— Tu fais tout avec méthode.

Il lui rendit son sourire narquois et lui suggéra d'approcher. Son désir de la veille renaissait, ce dont commençait à témoigner son sexe à demi dressé. Elle éclata de rire et battit en retraite dans la pièce à côté.

Il haussa les épaules. Elle n'avait pas tort après tout : il devrait déjà être en chemin. Mais ce qui l'amusait le plus, c'était cette complicité grandissante avec son père qui lui aussi n'attendait plus qu'une chose : qu'elle lui donne un petit-fils. Et sa carrière de comédienne ? Ce n'est pas lestée d'un nouveau-né qu'elle pourra continuer à courir le cachet. Comme s'il n'avait pas assez à faire avec ses patients.

— Au fait, j'ai oublié de te dire : j'ai rencontré Gérard hier, lui dit-elle une fois qu'il se fut assis devant son déjeuner.

— Roch ? s'exclama-t-il avec surprise.

— Il est rentré. Il a trouvé une place dans une clinique privée, chez les fous. Je l'ai invité à dîner ce soir, tu n'es pas de garde au moins ?

Elle feignait une certaine indifférence mais la rencontre l'avait émoustillée, il le voyait bien.

— Il est toujours aussi fou de toi ?

Son rire d'enfant le remua au plus profond de son être.

— Plus que jamais. Quand il me regardait, ses yeux brillaient avec une intensité que je ne lui connaissais pas, répliqua-t-elle inconsciente de ce que son rire avait provoqué chez lui.

Jean leva le nez de son bol de chocolat. Y avait-il derrière cette plaisanterie une pointe de défi ? C'est par Gérard qu'il avait fait sa connaissance. Gérard avec qui il s'était lié d'amitié en faculté de médecine. Son grand ami qui avait bifurqué vers l'étude des maladies mentales, fasciné par les écrits de Pinel et d'Esquirol. Jean comprenait l'attrait que cette discipline pouvait exercer, mais elle lui paraissait moins concrète et répondre à moins d'urgences que la lutte contre les affections physiologiques.

À l'époque, Gérard était interne dans le service de Charcot à la Salpêtrière. Comédienne dont l'essentiel des rôles se résumait à celui de modèle dans des ateliers d'artistes, Sibylle avait été engagée pour mimer devant une assemblée d'étudiants, d'internes et de médecins venus d'horizons divers, les différents faciès de l'hystérie. Opérant les transformations demandées par le maître, elle imprimait à son visage des grimaces expressives et gardait la pose le temps nécessaire à l'aliéniste pour émettre ses commentaires. Son corps adoptait des postures aussi éloquentes, imitant avec une efficacité saisissante la fureur, la tristesse, la rage, l'excitation, la joie, l'hébétude… Ce qui fascinait le plus Jean, que Gérard avait convié pour l'occasion, lui vantant à l'avance la beauté de sa trouvaille, c'étaient les métamorphoses de ce visage, en effet ravissant, qui en quelques secondes se muait en masque de cauchemar. Derrière chacun de ces aspects grotesques desquels toute beauté avait disparu, Jean essayait de retrouver ses véritables traits et ce regard qui dès le premier instant l'avait envoûté.

Ce furent sans doute la fugacité de cette apparition et l'insaisissabilité de ce visage, qui en un clin d'œil passait du ravissement à la répulsion et vice versa, qui provoquèrent l'irrésistible attirance de Jean pour cette inconnue. Un incident acheva de l'attacher quand deux assistants apportèrent le matériel nécessaire aux électrochocs. Elle n'avait pas été prévenue ou n'avait pas compris : toujours est-il qu'elle ne voulut rien entendre et les planta tous là, laissant médusé ce parterre de professeurs et de futurs pontes de la médecine. Jean, que ni l'hystérie ni les maladies mentales n'intéressaient plus que ça, lui emboîta le pas aussi sec.

Gérard aussi lui aurait bien couru après, mais ses fonctions d'assistant de Charcot l'en avaient empêché. Avantage dont Jean tira opportunément parti.

Lorsqu'à bout de souffle il parvint enfin à la rejoindre, à l'extérieur des grilles de l'hôpital, elle éclata de rire. « *Quelle comédie*, lui dit-elle. *Par moments j'avais peur d'attraper la maladie que je jouais. Vous imaginez si j'étais restée coincée avec une de ces expressions stupides ? Et maintenant je ne sais pas comment je vais me faire payer... On a l'air malin tous les deux. C'est quand je me suis aperçue que vous ne feriez pas de mal à une mouche que je me suis arrêtée de courir. Alors, qu'est-ce que vous me voulez ?* »

Dès lors, il ne la lâcha plus et quelques mois plus tard

elle vint s'installer chez lui au-dessus de la boutique de son père, renonçant, à sa demande, à poser pour les peintres et les sculpteurs. Comédienne, il y consentait, mais certainement pas modèle. Pas question de l'imaginer se dénudant devant un autre tandis qu'il auscultait ses patients ! Et puis avec lui, elle n'avait plus à se soucier de payer un loyer…

Bien sûr son amitié avec Gérard en avait été affectée. Le colosse lui en avait gardé une rancune tenace, mais Jean n'avait rien voulu savoir, prenant sans doute à la légère – parce que ça l'arrangeait, il s'en rendait compte aujourd'hui – les sentiments de son ami pour la jeune femme. Pendant des mois ils s'étaient évités. La dernière fois qu'ils s'étaient vus, c'était avant le départ de Gérard pour sa campagne de pêche, celui-ci lui avait fait signe pour sa soirée d'adieu dans un café de la rue des Écoles, mais il lui battit froid.

Ainsi Gérard n'avait pas renoncé, d'autant que Sibylle n'était pas insensible à ce géant à la voix suave. Et peut-être aurait-elle fini par tomber dans ses bras. Mais, faute de mieux, il s'était embarqué sur un chalutier, comme bon nombre de jeunes médecins en manque d'emploi, et qui profitaient d'une loi récente exigeant la présence d'un médecin dès qu'un équipage dépassait vingt membres. La réapparition de ce passé que Jean avait commodément trop vite enfoui gâcha sa satisfaction de coq.

— Où l'as-tu rencontré ? demanda-t-il en affectant une certaine légèreté.

— Devant le théâtre, pourquoi ?

Pour le coup son ingénuité n'était pas feinte. Il réprima un sourire. Ce côté enfantin le faisait fondre.

— Pour m'assurer des priorités de mon vieil ami. Je constate que sa campagne de pêche et l'air du grand large n'ont pas émoussé sa passion. Mais je serai quand même heureux de le retrouver ce soir, dit-il en se levant pour partir.

Melon, sacoche, un baiser arraché à Sibylle, trois volées de marches dans l'escalier, en deux temps trois mouvements il était sur le pont du Carrousel en direction du Louvre et au-delà de son cabinet rue du Mail. Le beau ciel d'avril le mettait de bonne humeur, tout comme le retour de Gérard qui n'avait pas oublié Sibylle. L'océan l'aurait-il changé au point d'en faire un danger pour lui ?

Lorsqu'il passa sous les guichets du Louvre, un violent courant d'air lui fit rentrer la tête dans les épaules. Les beaux jours allaient encore se faire attendre.

4

La lumière déclinait. Pas de quoi allumer la lampe mais c'était perceptible : aux teintes grisées qui commençaient à revêtir les objets et aux ombres des meubles sur le parquet moins distinctes. Sur les bords de Seine, dans les jardins des Tuileries, la lumière était sans doute encore vive, mais son cabinet donnait sur une arrière-cour et, dès que le soleil amorçait son déclin, il le sentait.

Les coudes sur son bureau, Jean se passa la main sur le front puis dans les cheveux. À part un quart d'heure pour avaler une tranche de bouilli garnie de haricots au coin de la rue, il n'avait pas quitté son cabinet depuis le matin et la salle d'attente n'avait pas désempli. Dès qu'il y passait la tête en raccompagnant un patient, il la trouvait aussi bondée, l'ensemble des visages tournés vers lui tandis que la personne suivante se levait déjà, homme, femme, plus ou moins jeune, parfois accompagnée d'un, voire deux enfants. Une vraie cour des miracles, se disait-il parfois en voyant ces faces hagardes. Il y en avait partout, même assis par terre ou sur le manteau de la cheminée.

Et quand il refermait la porte sur le nouvel arrivant, la même litanie recommençait. Ce mois d'avril humide et froid faisait des ravages – pas un jour d'ailleurs il n'avait pu faire l'économie du charbon qui se consumait dans le poêle – et dans la plupart des cas il s'agissait de gens qui avaient pris froid et venaient cracher leurs poumons en face de lui, chargeant l'atmosphère de leurs miasmes.

À tous ceux-là il demandait de se mettre torse nu afin de les ausculter à l'aide de ce nouveau stéthoscope biauriculaire qui avait avantageusement remplacé celui de Laennec. À force, il était passé maître dans l'art de scruter, analyser et interpréter le moindre signe sonore émis par la respiration dans les poumons. La variété des bruits contrastait avec l'apparente uniformité des maux, si l'on se fiait uniquement à la toux des patients, à leurs suées et à leur abattement. La pectoriloquie chevrotante annonçait un épanchement pleurétique peu abondant, le tintement métallique une caverne tuberculeuse à demi pleine d'un pus très liquide, le râle crépitant, «*dont le bruit peut être comparé à du sel que l'on fait tomber dans une bassine*», signalait une péripneumonie à ses débuts… Ainsi chaque jour le docteur Corbel pouvait vérifier ce qu'il avait appris au cours de ses études, et cette correspondance entre la théorie et la réalité avait quelque chose de rassurant, elle était un pilier sur lequel reposait sa pratique.

Face à des patients particulièrement adipeux ou affaiblis, le docteur Corbel était aussi à l'affût d'affections cardiaques, que l'écoute permettait de déceler, grâce à des bruits de souffle, de râpe, de scie, de lime, de piaulement, de frottement… provoqués par la course du cœur. Autant de signaux auxquels correspondaient autant de maux.

La principale difficulté à laquelle il était confronté résidait dans l'absence de pharmacopée vraiment efficace contre les maladies pulmonaires : une fois installée, la maladie s'avérait trop souvent fatale. Il était donc vital d'être vigilant et d'enrayer le mal en prescrivant repos, régimes et hygiène de vie drastiques avant qu'il ne soit trop tard.

Les journées comme celle qui s'achevait finissaient par être épuisantes, lorsqu'elles se succédaient ainsi les unes aux autres, et Jean ressentait par moments une lassitude que ses débuts lui avaient épargnée. Tous les jours les mêmes maux, les mêmes affections, les mêmes plaintes, la même détresse, la même résignation, et cette attente qu'il percevait chez ceux qui s'asseyaient face à lui. Il n'était plus alors uniquement médecin, mais aussi confident, directeur de conscience, autorité morale, et ces multiples rôles qu'on voulait lui faire endosser lui semblaient parfois lourds à porter. Surtout, dans l'immense majorité des cas, il se sentait incapable de répondre aux espoirs que l'on plaçait en lui. Après quelques années de pratique, il connaissait ses limites et celles de la science qui promettait beaucoup mais tenait encore peu. Et trop souvent, lorsqu'il raccompagnait un malade avec une ordonnance, une poignée de main, voire une tape dans le dos, il avait l'impression de ne pas être à la hauteur, de l'envoyer chez le pharmacien chercher des remèdes ayant plus trait à la cosmétique qu'à la médecine.

La pendule sur son bureau indiquait sept heures. Il accueillit l'information d'un bâillement. Il était temps pour lui de rentrer, surtout que Sibylle devait se mettre en quatre pour recevoir Gérard, se rappela-t-il soudain, amusé par cette idée. Son regard se posa sur son melon pendu à un clou. Combien de personnes avait-il soulagées aujourd'hui ? À l'heure de fermer boutique, c'était le moment du bilan quotidien. Cela se comptait généralement en nombre de regards de reconnaissance, la plupart des gens ne sachant pas dire merci. Deux d'entre eux étaient le fait de patients à qui il n'avait pu se résoudre à faire payer la consultation. Cela lui coûtant chaque fois dix francs. Sibylle, à qui il n'en faisait pas mystère, comprenait, c'était une chance. Certains de ses confrères étaient mariés à de véritables économes qui ne supportaient pas le moindre écart de ce genre.

Il en était là dans ses réflexions quand on frappa à la porte. Surpris, Jean se leva et alla ouvrir.

— Docteur Corbel ?

Il haussa les sourcils.

— Au début je croyais que vous étiez en consultation, enchaîna la jeune femme avant qu'il n'ait eu le temps de prononcer un mot. Je vous dérange ?

La première chose qui le frappa fut son regard, impudent et rieur, planté dans le sien. Tout comme l'étrange précipitation avec laquelle elle avait prononcé ces quelques mots, curieux mélange d'urgence et d'assurance. Ce qui retint ensuite son attention, au point de le troubler une fraction de seconde à son apparition, c'était l'étrange ressemblance qu'il lui trouva avec Sibylle. Un air de famille qui tenait à la silhouette, au regard franc et à une certaine vivacité immédiatement perceptible. Du vif-argent.

— La porte n'était pas fermée ? s'étonna-t-il. Je vais pousser le loquet, histoire de ne pas être dérangé.

Il était sur le point de partir mais pas du genre à repousser une patiente venue le consulter, même si elle ne paraissait pas à l'article de la mort. Et puis elle avait une façon de présenter les choses qui ne souffrait aucune discussion, convint-il en traversant la petite salle d'attente. Non pas qu'il s'agisse d'autorité, bien sûr que non, mais d'une voix, d'une manière de s'exprimer qui l'avaient surpris.

— Vous m'enfermez avec vous, docteur ? entendit-il tandis qu'il poussait le verrou.

Ç'avait été dit avec la même assurance teintée cette fois de provocation. Il referma la porte du cabinet derrière lui avec un froncement de sourcils destiné à chasser certaines pensées qui commençaient à animer son esprit et n'avaient rien à voir avec une consultation médicale. Elle le regarda contourner le bureau.

— Je ne vous ai pas proposé de vous asseoir ?

— Je vous préviens, on m'a dit beaucoup de bien de vous, dit-elle en s'exécutant.

— Ah oui ! Qui ça ?

— Plusieurs amies.

Il la regarda plus attentivement, conscient de ce que ce « plusieurs amies » sous-entendait. Elle avait le front rectangulaire, des cheveux tendant sur l'acajou, les épaules carrées, les seins apparemment haut perchés, un nez droit aux narines légèrement évasées, une bouche aux lèvres rieuses, et surtout ces yeux, brun-jaune ? vert-jaune ? qui soutenaient son regard avec une tranquille ironie. Il se dégageait d'elle une vague impudeur rappelant les filles publiques qui venaient le trouver, clientèle due à l'époque encore récente où il travaillait dans le service du professeur Alfred Fournier, à l'hôpital Saint-Louis. Là, les malades pénétraient dans la salle de consultations par groupe de huit ou dix. Ces visites à la chaîne étaient réglées comme une sorte de ballet silencieux autour du maître de clinique, reconnaissable à son bonnet de velours et dont internes, externes et étudiants buvaient les paroles.

Fabuleuse école, que cette multitude de cas sur lesquels s'était affûtée sa science encore fraîche.

En dépit de son jeune âge, Jean Corbel avait compris l'aspect terriblement prévisible de l'être humain. Ce qui ne l'avait jamais empêché de prendre en compte les souffrances. L'hôpital Saint-Louis aurait attendri le cœur le plus endurci. Avec le temps il avait pris l'habitude de ne plus esquisser la moindre grimace, quand un patient lui dévoilait ce qui sur ses parties génitales, son torse, ses membres ou dans sa bouche, quand ce n'était pas au milieu du visage, le rongeait. Mais parfois les lésions étaient telles, et les souffrances si atroces, qu'il ne pouvait prévenir un léger frémissement de tout son être.

Alors, en regard de la rugosité de l'existence, celle des gens qu'il voyait étouffer de la tuberculose dans des soupentes, ou se tordre de douleur quand des colonies de pustules les cannibalisaient, et que lui-même ne pouvait qu'accompagner et plaindre, Jean Corbel était particulièrement sensible à l'impudeur qu'il décelait chez cette femme. Ce que d'autres considéraient comme de l'impudence, lui le prenait pour de la grâce.

— On rêve, docteur ?

Il releva la tête en riant presque, tant ce culot contrastait avec la façon dont ses patients intimidés se comportaient habituellement dans son cabinet.

— Excusez-moi.

— Oh c'est pour vous. Je pensais que vous étiez sur le point de partir.

Elle l'examinait avec cette ironie dont elle ne se départait pas. Elle l'examinait comme si elle avait inversé les rôles. Elle l'observait du même œil que celui de Sibylle lorsqu'il l'avait poursuivie après sa prestation chez Charcot et que son attirance pour elle était évidente. Il ne venait pourtant pas de courir après celle-ci… Était-il à ce point transparent ?

— Installez-vous, je vais vous ausculter, dit-il pour revenir dans le cadre de la consultation, étonné par l'emprise de ce regard. Au fait ! Je ne vous ai même pas demandé votre nom.

— Marceline Ferrault. Je m'installe ici ?

Elle désignait le fauteuil d'examen.

Il avait préparé son spéculum et se lavait les mains au-dessus de son évier en faïence dans un coin de la pièce.

— Quel âge avez-vous ?

— Vingt-huit ans.

Les pieds dans les étriers, elle avait relevé sa jupe et son jupon, et patientait en fredonnant une rengaine. Jean reconnut les premières notes d'*Aux marches du palais* distillées par une voix au timbre clair, une voix qui n'était plus celle, délicieusement rauque, de la femme qui venait de prendre possession de son cabinet, mais dont l'innocence empruntait plutôt à celle d'une jeune fille.

Elle a tant d'amoureux
Qu'elle ne sait lequel prendre

Il inspira profondément avant de se pencher entre ses cuisses qu'il découvrit blanches et parfaitement fuselées. Des cuisses de danseuse, se dit-il dans une vaine tentative pour repousser l'irrépressible attrait qu'elles exerçaient déjà sur lui. Mais lorsqu'il fut face à sa toison aux reflets acajou qui le regardait, au centre de laquelle saillaient ses lèvres, deux minces bourrelets ourlés qui l'auraient happé, il avala sa salive et se surprit à hésiter avant d'avancer la main ; elle tremblait légèrement. Cette zone était aimantée. Jamais dans l'exercice de ses fonctions il n'avait ressenti un tel trouble.

Et les paroles de la chanson continuaient de s'élever dans la pièce :

Aux quatre coins du lit
Un bouquet de pervenches

Pour chasser son trouble il ferma les yeux et les rouvrit quelques secondes plus tard puis, une fois calmé, il procéda à l'examen de la vulve et du vagin, écartant des doigts les éventuels plis pour déceler la moindre anomalie, avant d'introduire le spéculum. Le fredonnement s'éteignit soudain – seul signe de la gêne occasionnée par l'insertion de l'ustensile de métal froid dans son sexe – et reprit une fois qu'il l'eut écarté à l'aide du pas de vis, tandis que scrutant l'œil cyclopéen soudain ouvert, noir et béant comme un abîme, il examinait le col de l'utérus.

— De quand date votre dernier rapport sexuel ? lui demanda-t-il toujours dans cette position qu'il préférait à un face-à-face qui l'aurait forcé à affronter son regard.

— Oh ? Un mois ? dit-elle avant de reprendre sa chanson mélancolique.

— Un mois ?... ne put-il s'empêcher de répéter avant de se reprendre, étonné par une fréquence aussi faible étant donné ce qu'il avait supputé d'elle et du commerce auquel elle se livrait.

Mais il ne nota aucun temps d'arrêt dans la chanson fredonnée...

Tous les chevaux du roi
Pourraient y boire ensemble
Et nous y dormirions
Jusqu'à la fin du monde

... sa jupe et son jupon avaient sans doute fait écran ; elle n'avait pas entendu. Après avoir retiré son spéculum Jean se releva, avec l'impression d'échapper à une zone dangereuse où il aurait abdiqué toute espèce de volonté.

— Comme c'est drôle ! s'exclama-t-elle soudain. Le tableau que vous avez là – elle désignait une petite copie que Jean avait peinte lui-même de mémoire, avec Sibylle pour modèle –, c'est l'*Olympia* de Manet, n'est-ce pas ?

— Vous connaissez ce tableau ? s'étonna-t-il.

Elle éclata de rire.

— Un homme un jour m'a demandé de participer à

une farce. Sauf que lui prenait ça très au sérieux. Je devais poser nue sur le sofa comme sur la peinture. Il appelait ça un tableau vivant. C'était d'un ridicule ! poursuivit-elle en dégageant ses pieds des étriers sans lui laisser le temps de répondre. C'est comme ça que je sais son nom.

Jean n'y avait jamais assisté, mais il savait la pratique fort prisée dans certains cercles : la reconstitution vivante et la plus scrupuleuse possible de tableaux célèbres avec des modèles en chair et en os. Un divertissement frisant sans doute en effet le ridicule. Dans certains milieux artistes, on n'hésitait pas à tourner certains tableaux en dérision, en remplaçant par exemple les modèles du *Jugement de Pâris* de Rubens par des vieillards extirpés de quelque hospice, ou à transformer *Le Radeau de la Méduse* en orgie romaine.

— C'est vrai que vous ressemblez à Victorine Meurent, remarqua-t-il, constatant par la même occasion que c'était aussi le cas de Sibylle.

— Qui ça ?

— Le modèle de Manet.

Cette diversion inattendue le soulageait.

— Elle a aussi posé pour *Le Déjeuner sur l'herbe*.

À son expression indifférente il comprit qu'elle n'en avait jamais entendu parler. Il posa son instrument sur un plateau de métal.

— C'est vous qui l'avez peint ? Artiste en plus, ajouta-t-elle avec une admiration railleuse.

Il acquiesça modestement, plus du tout convaincu de la valeur de sa croûte.

À nouveau elle s'anima :

— Il avait apporté le tour-de-cou en velours noir, les

mêmes pantoufles, le bouquet, tout pour reconstituer exactement le tableau.

Il fallut une seconde à Jean pour comprendre qu'elle parlait toujours de cet homme.

— La négresse aussi ?

— Avec la même robe rose ! Tout je vous dis. Il avait pour cela fait venir Yvette, la Martiniquaise, dit-elle à nouveau assise sur la chaise face au bureau.

Jean se rappela les commentaires haineux qui avaient accueilli le tableau lors de sa première exposition au Salon : *« odalisque au ventre jaune », « guenon grimaçant la pose et le mouvement du bras de la Vénus de Titien », « Vénus hottentote exposée nue comme un cadavre sur les dalles de la Morgue ».* Et cette main soi-disant impudiquement crispée, qui avait choqué. Mais que lui reprochait-on, à cette main ? Comme si Olympia était en train de se titiller le clitoris ; il eût fallu pour cela qu'elle eût le doigt bien long, ou le clitoris placé très haut, rit-il intérieurement. Cette toile qui les premiers jours avait nécessité la présence de deux gardiens pour éviter qu'elle ne soit vandalisée, et qui moins de vingt-cinq ans plus tard, à en croire les démarches de Monet qui s'employait à lever une souscription pour qu'elle soit rachetée à sa veuve, était pressentie pour entrer au Louvre.

— Vous étiez dans une maison de grande tolérance ? lui demanda-t-il comme s'il sortait de ses rêveries, cette question lui étant venue à l'esprit à cause d'Yvette, la Martiniquaise que l'on avait fait venir pour l'occasion.

Elle confirma d'un sourire.

— Et vous en êtes donc sortie ? insista-t-il, à cause du mois d'abstinence.

Avec une expression qui lui illumina tout le visage elle découvrit des petites dents parfaitement plantées. Autant de perles éclatantes encadrées par l'ourlet de ses lèvres ouvertes. Ce sourire était une offrande, mais une offrande non dénuée d'ironie.

Jean outrepassait son rôle de médecin, il en avait conscience, mais ne pouvait se résoudre à mettre un terme à cette conversation. Elle dut le percevoir, puisqu'elle consentit à lui en donner davantage. Mue par la pitié, ou par le désir de l'enchaîner pour de bon ?

— Jusqu'à un certain âge on croit qu'on a la vie devant soi et qu'on viendra à bout de toutes les difficultés, dit-elle avec un air bravache. J'étais dans une mauvaise passe, je ne savais plus à quel saint me vouer, et suis entrée dans cet endroit comme dans un refuge pour enfants abandonnés. Quelle naïveté ! La patronne était plus dure que tous les hommes que j'ai rencontrés. Une vraie esclavagiste, malgré ses sourires et ses caresses. J'ai bien cru ne jamais en sortir. Tout ça pour ses deux filles… Tu parles d'un sacrifice. Pour ce que j'en avais à faire, de ses filles. Elle en parlait tout le temps mais on ne les voyait jamais.

Lorsqu'elle parlait comme ça, tout son visage s'animait, il se dégageait d'elle une extraordinaire vivacité, et Jean prêtait plus d'attention à cette vitalité, à ces traits mobiles, à ces yeux rieurs et au timbre de sa voix, à tout ce qui en elle prenait au ventre, à ce qu'elle avait d'instinctif, qu'au sens de ses paroles. Pour toutes ces raisons, il s'aperçut qu'il était sous son charme, pour ne pas dire sous son emprise, que l'espace d'une consultation qui n'en était plus une, cette femme qui lui avait montré tout et plus, sans sourciller, en fredonnant *Aux marches du Palais*, était parvenue à l'asservir. Et les sourires qu'elle lui prodiguait, les regards qu'elle lui jetait, les mots qu'elle lui adressait de sa voix légèrement rauque, étaient autant de mailles du filet qui l'enserrait.

Était-ce seulement volontaire ? Et comment se pouvait-il qu'il fût déjà si atteint ? Par une fille publique, une femme qu'il suffisait de payer… Que faisait-elle à présent qu'elle n'était plus en maison ? Mais peut-être ne demandait-elle qu'à satisfaire sa curiosité, lui dont on lui avait dit tant de bien.

La luminosité avait encore décliné depuis son irruption dans son cabinet. Jean ne jugea pas utile d'allumer la lampe à pétrole. Gérard était peut-être arrivé, avide de retrouver Sibylle, ricana-t-il intérieurement. Il n'allait tout de même pas lui laisser le terrain inoccupé trop longtemps. Sa patiente le regardait.

— Combien est-ce que je vous dois ? demanda-t-elle en sortant une petite bourse de son sac.

Cette question lui apparut comme un retour à la réalité, mettant l'accent sur la raison de sa présence et le reléguant à son rang de médecin.

— Vous me devez dix francs.

Tandis qu'elle cherchait son argent avec ce sourire qui semblait ne jamais devoir quitter ses lèvres, il la détailla. Était-elle belle ? Elle était plus que ça. Il se dégageait d'elle une urgence qui aiguisait sa curiosité et un mystère qu'il avait envie de percer.

— En tout cas vous n'avez rien, dit-il en prenant l'argent qu'elle lui tendait. Vous me paraissez même dans un état parfait. Vous n'avez jamais rien contracté de ce côté-là ?

— J'ai eu de la chance.

Une affirmation qu'il reçut comme un aiguillon.

Pensionnaire d'une grande tolérance qu'elle était parvenue à fuir, ce qui était un exploit en soi. Il connaissait le régime de ce type d'établissements et la façon dont les tenancières s'y prenaient pour coincer les filles, en les poussant à contracter des dettes : commission payée à l'agent recruteur et frais du voyage, si elles venaient de loin, étaient portés à leur débit. Une série de dépenses continuelles permettait ensuite de gonfler la dette : pourboires aux domestiques, abonnement du coiffeur, du pédicure, du manucure, visite au médecin, médicaments, blanchissage, location des bijoux, cigarettes, parfums, savons, bougies, autant d'articles qui leur étaient vendus à des prix exorbitants. Comme l'alcool, dont les patronnes encourageaient la consommation.

Pour avoir soigné de nombreuses filles issues de ce genre de maisons, Jean connaissait ; la plupart s'épanchaient en sa présence. Cette existence de gynécée malgré tout confortable, les levers tardifs, l'oisiveté, les après-midi de bavardages et de jeux… les attachaient tout autant que la dette. Mais, en coulisses, il fallait supporter des lits recouverts d'une paillasse infestée de punaises, dans des chambres qualifiées de chenil, une surveillance de tous les instants, l'obligation de travailler enceinte ou en période menstruelle, voire malade, en cas de gonorrhée ou de syphilis. Et en fonction des mois ou d'événements particuliers, une foire, une exposition universelle, des cadences infernales confinant à l'esclavage, jusqu'à seize clients différents dans la nuit.

À ce rythme la fraîcheur et la jeunesse s'évanouissaient en quelques saisons.

Elle avait donc échappé à ce système, alors que la plupart finissaient par se contenter d'une telle situation jusqu'à ce que l'âge les pousse vers la sortie et une existence plus misérable encore. Comment s'était-elle arrachée à cet enfer ? Rares étaient celles qui en avaient la force. Un caractère hors du commun ? Un protecteur ? D'où l'urgence peut-être, qu'il devinait chez elle derrière le sourire. À nouveau les questions la concernant tourbillonnaient dans sa tête et ne semblaient pas près de le laisser en paix.

Ils se levèrent. Elle portait une robe lilas qui lui enserrait la taille et mettait en valeur ses épaules et son cou. À cet instant, debout dans son cabinet entre la table d'auscultation, le fauteuil d'examen et le poêle qui avait cessé de chauffer, dans cette pièce où tous les jours défilaient tant de malades, elle eut pour la première fois l'air démuni.

Jean empoigna sa sacoche et attrapa son melon qu'il s'enfonça sur la tête.

— Allons-y, dit-il pour meubler le silence.

Sur le trottoir de la rue du Mail, il eut une seconde d'hésitation avant de lui serrer la main.

— Et le chat noir, comment a-t-il fait pour le tableau ? lui demanda-t-il sa main toujours dans la sienne.

Elle leva vers lui ses yeux malicieux qui la rendaient si vivante.

— Oh, le chat ? Vous alors, quand vous avez une idée en tête !

Il n'aurait pas droit à d'autre réponse, pas cette fois.

— Alors je vous dis peut-être à bientôt…

C'était dit comme on tend une perche. Elle l'effleura d'un rire moqueur et caressant avant de lui tourner le dos et de s'éloigner vers la rue du Louvre.

Il venait de rencontrer son destin, mais il ne le savait pas encore.

5

Jean gravit dans un état de flottement les deux étages de cet escalier de pierre, celui qu'il descendait de nuit à l'appel d'une urgence. L'apparition de cette femme l'avait remué, comme jamais une patiente ni peut-être même personne auparavant, et il sentait confusément qu'elle pourrait remettre en cause l'équilibre auquel il était parvenu. Marceline Ferrault… Occupé par ces pensées, il avait parcouru le chemin avec plus de lenteur que d'habitude. Avoir ainsi cédé à cette attirance constituait déjà en soi une forme de trahison vis-à-vis de Sibylle, et il n'était pas pressé de rentrer.

Il poussa la porte de chez lui. Une exclamation chargée d'ironie l'arracha à ses pensées envahissantes. Il reconnut la voix : Gérard Roch avait déjà investi les lieux. Jean accrocha son melon et posa sa sacoche sur le sol. Immobile dans l'encadrement de la porte, le jeune médecin les observa, Sibylle au seuil de la cuisine, interdite, les joues sans doute un peu trop rosées, lui adossé à la fenêtre, la façade du Louvre en arrière-plan, un verre à la main, tel un gentil mari rentré chez lui après une journée de travail. Avec un peu de chance, il ne s'était pas encore glissé dans ses chaussons.

Leur dernière rencontre remontait à une éternité. Et ce soir il réapparaissait comme si de rien n'était. Il n'avait en tout cas pas oublié Sibylle, si l'on se fiait à sa présence devant le théâtre où elle répétait. Ce simple fait sous-entendait qu'il avait épluché les programmes des théâtres pour la retrouver.

Terre-Neuve l'avait émacié. Sourire en coin, Jean le jaugeait. Il avait toujours bien trente kilos et près d'une tête de plus que lui. Fidèle à lui-même, Gérard lui renvoyait un regard bienveillant, même s'il semblait endurci.

— Tu rentres tard.

Les deux hommes se tournèrent vers Sibylle qui avait dit ça pour rompre le silence. Leur rire le fit voler en éclats. Quand Jean voulut lui tendre la main, l'autre ne lui en laissa pas le temps, il l'écrasait déjà contre son torse, manquant lui rompre les côtes dans l'étau de ses bras musclés par ses campagnes de pêche.

— Tu sens le poisson, remarqua Jean en gratifiant Gérard d'un regard ironique une fois que ce dernier eut desserré son étreinte.

Mais il ne le lâcha pas pour autant : de la distance de ses bras tendus il l'observait, maintenant la pression de ses mains sur ses épaules. Des mains à tirer des filets dans les eaux du Nord plutôt qu'à rédiger des ordonnances. C'était agaçant, de se sentir ainsi diminué en regard de cette incontestable supériorité physique. Aussi loin que ses souvenirs remontaient, il semblait à Jean que Gérard en avait toujours usé. Alors il fallait bien jouer sur d'autres tableaux.

— Tu ne crois pas si bien dire, répliqua-t-il finalement après l'avoir détaillé pendant ce qui parut à Jean une éternité. J'ai encore l'impression d'être imprégné par l'odeur. Des mois entiers centrés sur le poisson, sa migration, ses habitudes, sa quantité, sa qualité. À la fin je rêvais qu'il me poussait des écailles et des branchies ! Je suis content que tout ça soit derrière moi.

— Alors raconte-moi ta nouvelle vie d'aliéniste ! Pendant ce temps je vais me servir un verre. Mon père n'est toujours pas monté ?

On sonna. C'était justement Gabriel Corbel. Jean s'empressa de lui ouvrir.

À la fin du repas, une fois la soupe à l'oignon, la raie au beurre noir et le gigot avalés, Jean avait le sentiment de tout savoir sur la pêche au large de Terre-Neuve et la morue de l'Atlantique, *Gadus morhua*, ainsi que l'avait précisé Gérard. Les chaluts qu'on laissait dériver dans la mer après avoir gagné la zone de pêche. La morue que l'on remontait frétillant entre les mailles du filet. Le séchage, le découpage, la salaison et l'entreposage dans la cale. Tout au long de ce récit, Jean n'avait cessé de regarder les mains de Gérard, ces mains trop gauches pour faire de lui un chirurgien comme il l'aurait souhaité, ces mains dont le manque d'habileté l'avait conduit à se diriger vers la médecine de la folie, faute de mieux. Des mains tout juste bonnes à carguer les voiles sur le cotre et à écailler et vider le poisson à peine sorti de l'eau. Jean imaginait aussi ces doigts gourds recousant les plaies des marins pêcheurs, opération rendue plus malaisée encore par le tangage et le roulis du bateau, et les cicatrices en résultant. Panser des plaies, réduire une fracture à l'aide d'une attelle, les seuls actes médicaux à pratiquer dans de telles conditions. Pas de tubards parmi les marins, pas de pneumonie au grand large où ne pouvaient survivre les microbes. Pas non plus de cas de folie à résoudre parmi ces hommes soudés entre eux, occupés à lutter contre les éléments, à garder leur navire à flot tout en le chargeant à ras bord de leur moisson. Pourtant Gérard avait dû en apprendre un rayon sur la nature humaine, dans des circonstances aussi particulières : un groupe en vase clos au milieu d'une nature hostile. Des circonstances où la nécessité de survie reléguait sans doute les autres problèmes au second plan : pas de névrose à bord d'un chalutier.

Ces longs mois de pêche au sein d'un équipage analphabète après des années de médecine, dans la bouche de Gérard enhardi par le vin, lui apparaissaient presque comme une chance. Un voyage, un changement d'air et de point de vue sur l'existence, mais aussi une opportunité fantastique, une école de l'humilité et de la distance, d'après l'aliéniste, salutaires par rapport à la vie parisienne, à sa comédie, à sa dureté. Il lui semblait que Gérard était sorti grandi de ce qui, au départ, était considéré comme une perte de temps.

D'après les regards qu'elle lui adressait, Sibylle partageait cet avis.

Et au retour de cette odyssée, il obtenait ce genre de poste inaccessible avant son départ : médecin assistant dans un de ces asiles pour riches comme il en fleurissait depuis le début du siècle, aux prises avec une clientèle aux antipodes d'un équipage de marins pêcheurs normands !

Le docteur Blanche avait installé sa clinique à Passy,

dans l'ancienne propriété de la princesse de Lamballe massacrée par une foule enragée pendant la Terreur. Émile Blanche, à en croire Gérard, s'y employait d'une main de fer à circonvenir les débordements de ses patients.

— Le docteur Blanche m'a confié ma première patiente aujourd'hui, déclara soudain Gérard avec une fierté contenue.

On quittait le registre des souvenirs et des récits de voyage pour entrer dans le concret, ce qui allait vraisemblablement constituer le régime du jeune aliéniste jusqu'à la fin de ses jours.

— Ta première patiente ? répéta Gabriel Corbel avec toute l'attention polie dont il était capable, cette attention touchante propre à certains vieillards.

Jean regardait son père qui n'avait pas dit grand-chose, lui aussi captivé par le récit du marin pêcheur. De sa voix douce qui contrastait avec sa carrure de colosse, Gérard était parvenu à les emmener très loin, tous autant qu'ils étaient, jusque dans le sillon du chalutier, au milieu des eaux froides et agitées de Terre-Neuve sous les rafales de vent glacé. Mais chez le vieil homme dont toute la vie avait été guidée par cette recherche dans l'univers des pigments, ce récit avait certainement évoqué des couleurs particulières. Tout pour lui, quand cela s'y prêtait, était ramené à la couleur, au moyen de reproduire telle nuance ou telle teinte sur la toile. Et l'océan était un sujet de choix : comment rendre ses reflets, ses profondeurs, son miroitement, ses scintillements, ses ombres ? Et cela sans nuire à son mouvement, à sa respiration, à sa vie intrinsèque, à la lumière d'un ciel changeant dont les variations elles-mêmes devaient se retrouver sur l'eau ? Autant de questions auxquelles Gabriel Corbel tentait de répondre, souvent avec succès, depuis près de cinquante ans.

Cette obsession à maîtriser les pigments pour tenter de représenter le monde sur une toile l'avait rapproché de nombreux peintres qui trouvaient en lui un interlocuteur de choix.

Depuis quelques années, il souffrait de la tremblote. Comme presque toutes les maladies, celle-ci était venue insidieusement. Mais à présent le vieil homme à la silhouette longiligne et à la barbe évoquant Rodin était obligé d'accrocher ses deux mains au bord de la table ou aux accoudoirs de son fauteuil s'il voulait maîtriser leurs secousses continuelles. Jean mettait cette affection sur le compte d'une dégénérescence due à l'âge, tout en se demandant si la science apporterait un jour une réponse plus précise, et par conséquent un remède.

Gabriel avait bien connu certains compagnons d'études de son fils. La plupart vivaient dans des turnes au confort précaire, et la boutique du quai Voltaire et l'appartement attenant représentaient pour eux un lieu de rendez-vous. Gérard était de ceux-là. À l'époque le marchand de couleurs avait encore la maîtrise de ses mains, mais il était déjà veuf depuis de nombreuses années. En dehors de ses pigments, il se consacrait entièrement à son fils, et les chahuts et l'enthousiasme de ces jeunes gens le distrayaient de sa solitude. Le dimanche il en recevait toujours un certain nombre à déjeuner et prévoyait large : ils arrivaient aussi affamés que des loups. Tout ce beau monde composait une assemblée des plus joyeuse. Il était tel un patriarche souvent dépassé par la tablée qu'il présidait. Au soir de sa vie, ils lui apportaient une vitalité précieuse et lui, de loin en loin, s'était intéressé à leurs projets. Alors, les mains agrippées à la table, il attendait que Gérard poursuive.

Sibylle aussi attendait. Mais elle, elle retrouvait un ancien prétendant dans les yeux duquel se reflétait encore l'Atlantique et qui en pinçait toujours pour elle.

Adossé à sa chaise, Jean observait. Sibylle était peut-être encore sous le charme du colosse auréolé du mystère de son périple, mais elle tenait à lui, Jean Corbel, petit médecin combattant la détresse et la maladie, plus qu'à tout autre. Surtout, elle n'était pas du genre à se compromettre avec un autre, fût-il celui par qui ils s'étaient rencontrés. Et Gérard était trop franc et trop fidèle en amitié pour se livrer à ce genre de trahison. Au moins était-ce une façon de se rassurer.

Gérard se tourna vers Gabriel :

— Une patiente qui se prend pour un cheval. À plusieurs reprises, on l'a retrouvée chez elle à demi nue dans les écuries.

Un voile de tristesse passa sur le visage de Sibylle.

— Comme c'est curieux. Pauvre femme.

— Ce n'est pas tout, ajouta malicieusement Gérard en se penchant vers elle. Elle est aussi persuadée que son fils va l'envoyer chez l'équarrisseur.

Les deux médecins apprécièrent l'effroi qui passa dans les yeux de Sibylle. Jean lut aussi sur son expression le plaisir qu'éprouvait Gérard d'avoir provoqué ce sentiment chez elle. Pour la première fois il lui apparut qu'il n'avait jamais cessé de penser à elle sur son chalutier. À elle qu'il avait tellement tenu à lui présenter, après avoir vanté sa beauté, et que lui, Jean, plus rapide, lui avait soufflée sous le nez.

— Et toi Sibylle ? Parle-nous un peu de toi.

Gérard attendait avec gourmandise. Elle rougit.

— Sibylle monte bientôt sur les planches, intervint Jean. Sur une grande scène parisienne. Mais tu es déjà au courant non, puisque tu l'as rencontrée devant le théâtre ?

Gérard fit semblant de ne pas avoir entendu et Sibylle se leva pour aller préparer le thé. Une seconde Jean fut traversé par l'idée que ces deux-là lui cachaient peut-être quelque chose, avant de la chasser : il ne voulait pas s'encombrer inutilement l'esprit.

— Magnifique ! s'exclama le colosse en s'adossant à sa chaise. Et c'est pour quelle pièce ?

— Labiche.

— Labiche… C'est comme Ferry. Je n'ai appris sa démission à cause de l'affaire du Tonkin qu'à mon retour.

— Clemenceau l'a fait tomber. Quel raffut, se rappela Jean avec un sourire.

Même s'il n'était pas très porté sur la politique, les deux hommes lui plaisaient. Le second pour ses lois sur l'éducation et ce que cela sous-entendait d'humanité, le premier pour son énergie, son éloquence, légendaire, et parce qu'il était médecin.

— Comme tout ça a pu me paraître loin… fit Gérard les yeux soudain dans le vide, ses pensées manifestement happées par le grand large, avant d'émerger en levant son verre : À vous deux ! lança-t-il une fois la jeune femme de retour.

Après avoir servi le thé dans les tasses du service de la compagnie des Indes, Sibylle s'assit devant le piano droit sur lequel autrefois la mère de Jean faisait ses gammes et égayait leurs soirées. Les trois hommes étaient toujours à table, attendant en silence que les premières notes s'élèvent, lorsque Jean reconnut les premiers accords de cet air mélancolique qu'elle travaillait depuis quelques jours.

— Est-ce que ce ne serait pas Schumann par hasard ? demanda Gérard.

— Le concerto pour piano, répondit Sibylle les yeux sur la partition.

— Le malheureux a eu une fin bien triste, poursuivit l'aliéniste à voix basse. Après des accès de démence et de désespoir il a tenté de se noyer et a fini interné.

Mais sa voix s'éteignit tandis que les notes continuaient de s'élever dans la pièce, en un jeu où se révélait toute la mélancolie que Sybille exprimait de ses mains dansant au-dessus du clavier.

— Au fait ! j'oubliais, déclara Gabriel à voix basse en sortant une enveloppe de la poche intérieure de son veston en alpaga, tu as reçu une lettre aujourd'hui.

Jean s'en saisit, une enveloppe au papier épais dont il reconnut l'écriture : *« À Monsieur Jean Corbel, chez Monsieur Gabriel Corbel, 3 quai Voltaire, Paris »*. Marcel Terrasse, le Méridional. Malgré l'existence de facultés de médecine dans le sud de la France, cet Aixois avait préféré monter à Paris le temps de ses études. Par ambition, avait-il coutume de dire, lui qui son diplôme à peine obtenu n'avait pas trouvé mieux que retourner ventre à terre dans son pays pour y exercer. Depuis ils n'avaient pas tout à fait perdu contact et s'écrivaient de loin en loin. Jusqu'au jour où ils ne s'écriraient plus du tout : sans raison valable pour

Marcel Terrasse de remonter à Paris, leurs liens ne pouvaient que s'effilocher.

Pendant que Sibylle hypnotisait Gérard avec son jeu, il pouvait lire sans paraître grossier. Il décacheta la lettre en remarquant les empreintes bleues que les doigts de son père avaient laissées sur le papier, sortit la liasse de feuilles à l'écriture serrée, et commença à lire.

Pertuis, le 23 avril 1885

Mon Cher Corbel,

C'est une bien curieuse histoire qui m'amène vers toi. Une histoire qui devrait intéresser le médecin, mais surtout l'amateur de peinture. À ce propos, le portrait que tu avais fait de moi à Lariboisière trône au-dessus de ma cheminée. Ceux qui ont l'occasion de le voir le trouvent ressemblant, même si tu m'as expliqué que ce n'est pas nécessairement le meilleur critère.

Mais il est temps d'en venir à cette histoire qui m'est arrivée il y a six jours exactement, et qui me hante encore. Tu vas comprendre pourquoi.

Le 17 avril donc, j'ai été appelé pour constater un décès dans une bastide à une trentaine de kilomètres au nord d'Aix, sur la commune d'un bourg qui s'appelle La Tour-d'Aigues.

Jean leva la tête vers Gérard, beaucoup plus intéressé par Sibylle que par la lettre. Sentant son regard sur sa nuque, Gérard se retourna.

— C'est une lettre de Terrasse.

— Comment va le nécrophile ?

— Je te dirai après, lui rétorqua Jean, agacé par cette allusion à l'une des caractéristiques de leur camarade.

Mais il n'avait pas tort : ne se manifestait-il pas justement avec une histoire de cadavre ?

Je me suis donc rendu sur place avec ma carriole, par une de ces magnifiques journées d'avril un peu chaudes, poursuivit Jean en croyant entendre son accent chantant. *Il semblerait que l'été chez nous s'est installé cette année dès le printemps. Sur la terrasse m'attendaient deux gendarmes et une des deux femmes qui avaient fait cette découverte. Il s'agissait d'une paysanne qui levait les bras pour implorer le ciel et se prenait la tête entre les mains en disant que la raison de sa fille et de son petit-fils n'y survivrait pas. Quant aux gendarmes, aucun ne voulait m'accompagner.*

Alors, m'attendant au pire, je pénétrai seul dans la maison. Dans la pièce qu'on m'avait indiquée, un grand salon à trois fenêtres, j'ai découvert la chose la plus macabre qu'il m'a jamais été donné de voir. Il s'agissait du cadavre d'une femme qu'on avait positionné assis par terre, une jambe repliée, un coude fixé au genou par une cordelette et le menton reposant sur la main. Ce cadavre était entièrement nu, et à côté de lui étaient disposés deux mannequins de bois revêtus d'habits d'homme : redingote noire, cravate, béret pour l'un d'eux, et tout le reste. À l'arrière-plan on avait tendu une toile sur laquelle était peint un paysage champêtre avec une mare et une femme en chemise s'y baignant. As-tu deviné ? Il s'agissait d'une reconstitution du tableau de ce peintre dont j'ai oublié le nom que tu m'avais fait voir un jour. Avec une morte ! Jamais je n'oublierai cette vision. Même moi qui en ai pourtant vu, des cadavres, et pas toujours des plus propres, je n'en ai pas dormi pendant deux nuits.

Manet. C'était la deuxième fois qu'il en entendait parler aujourd'hui. À propos de reconstitutions de ses tableaux.

La malheureuse n'avait plus d'yeux. Les asticots les avaient entièrement rongés, et à la place il n'y avait plus que les trous noirs des orbites, comme à la place du nez et de la bouche. Le sexe aussi avait subi le même sort. Et les mouches volaient partout, la Sarcophaga Carnaria, *la grosse grise de la viande, à rayures thoraciques noires, celle qui pullule à la campagne, et la* Lucilia Caesar, *à l'éclat métallique vert doré, qui justement pond sur les cadavres.*

Jean émit une grimace de dégoût. Contrairement à Marcel Terrasse qui se complaisait à les nommer, il n'était en rien fasciné par les mouches dont il connaissait le rôle pathogène : des insectes nés dans l'ordure, le fumier, les fosses d'aisances, sur les viandes corrompues et toutes les matières en putréfaction, qui ensuite se posent partout, sur les aliments, sur les lits, sur la peau, et qui partout se lissent les ailes, frottent leurs pattes, étendent leur trompe en semant ainsi les germes récoltés antérieurement.

Il reprit sa lecture, sans plus faire attention au piano de Sibylle qui pourtant aurait pu le retenir sur d'autres rives que celles, fangeuses, où la lettre de Terrasse l'entraînait. Même si Schumann n'avait pas connu une fin heureuse, comme Gérard l'avait souligné. Cette façon qu'elle avait de laisser courir ses doigts sur le clavier et de buter aux mêmes endroits, de reproduire les mêmes fausses notes à chaque fois, comme ce soir, sans que cela l'arrête ; elle poursuivait, soulignant ses rares accrocs d'un mouvement de tête, s'efforçant ensuite de les faire oublier par la grâce et l'agilité de son jeu.

Son père et Gérard étaient accaparés par la musique, inconscients de l'univers de cauchemar où ces quelques lignes l'avaient fait pénétrer. Avec réticence, il replongea dans la fange un rien précieuse de Marcel Terrasse.

La présence des mouches, ajoutée à la décomposition du cadavre, m'a fait évaluer la mort de cette femme à une dizaine de jours. Le processus qui conduit de l'œuf à la mouche, en passant par la larve qui se transforme en nymphe avant l'éclosion de l'insecte et son envol, nécessite en effet entre dix et quinze jours selon la température. Et comme il a fait particulièrement chaud ce mois d'avril, je penchais plutôt pour une petite dizaine de jours.

Dès le lendemain la malheureuse était identifiée. Il s'agissait d'une certaine Clémence Abello, morte en couches, dont le cadavre avait été dérobé au cimetière d'Aix la nuit même ayant suivi son enterrement. Son enfant, qui avait été enterré avec elle, reposait toujours dans le cercueil...

L'exhumation de cadavres, d'autres s'y étaient déjà employés, mais à des fins utilitaires, se rappela Jean. Bichat à lui seul en avait disséqué plus de six cents. Il avait même été surpris avec six cadavres volés au cimetière de Saint-Roch. Mais en 1801 la publication de son *Anatomie descriptive* avait représenté une telle avancée pour la médecine ! Les vols de Xavier Bichat répondaient à une ambition des plus nobles, et non pas à un but aussi… absurde, ou pervers, que la reconstitution d'un tableau, fût-il d'Édouard Manet.

Il émit un sifflement strident, qui vint troubler l'harmonie née du jeu de Sibylle. La jeune pianiste s'interrompit, son père et Gérard se tournèrent vers lui. L'aliéniste le premier posa la question présente dans tous les esprits.

— Que se passe-t-il ? C'est Terrasse qui te met dans un état pareil ?

— Une histoire de cadavre, repartit Jean à contrecœur.

— Qu'est-ce que je disais ! s'exclama Gérard. À l'hôpital il passait le plus clair de son temps à disséquer des cadavres. Et tu n'étais pas le dernier à l'accompagner, si je ne m'abuse ? insinua-t-il perfidement.

Le visage de Jean se ferma. Pendant un temps, en effet, il avait envisagé de se diriger vers la médecine légale, ayant finalement opté pour cette médecine d'apostolat plutôt que pour la mort. Mais il n'en avait jamais fait état auprès de Sibylle et ce souvenir lui était désagréable. Et il fallait que Gérard insiste.

— Une histoire de cadavre et de peinture, ajouta-t-il faisant dresser l'oreille de son père.

Les doigts reposant toujours sur le clavier, Sibylle aurait volontiers repris son morceau, mais l'heure ne semblait plus à la musique.

— *Le Déjeuner sur l'herbe*, précisa-t-il à l'intention de son père qui connaissait bien le peintre et son œuvre.

Manet n'avait-il pas vécu toute sa vie à deux pas de

la boutique où il s'était servi, nouant ainsi une vraie relation avec Gabriel ?

— Quoi, *Le Déjeuner sur l'herbe* ? maugréa le vieil homme.

— On a retrouvé une reconstitution de ce tableau avec le cadavre d'une jeune femme à la place de Victorine Meurent et deux mannequins pour figurer les deux hommes.

Le silence enveloppa la pièce, tout juste perturbé par le cri de Sibylle.

— Le cadavre d'une jeune femme exhumé au cimetière d'Aix-en-Provence, précisa-t-il pour tenter de la rassurer.

— Mais quelle horreur ! s'indigna-t-elle, réduisant ainsi son effort à néant.

— Le scandale qu'avait provoqué ce tableau… intervint Gabriel avec un air pensif.

— Je vous laisse entre hommes, je ne veux pas en entendre davantage, déclara Sibylle en se levant, suivie du regard par Gérard.

— Le scandale ? demanda l'aliéniste.

— Il y a plus de vingt ans, dit-il, les yeux donnant l'impression de contempler cette époque. Cette femme nue pique-niquant avec un air effronté en compagnie de deux hommes vêtus des pieds à la tête. Ça avait provoqué un raffut de tous les diables. Et ce n'était rien par rapport à l'*Olympia* deux ans plus tard.

Sibylle s'affairait dans la cuisine. La musique de la vaisselle avait remplacé celle du piano.

— C'est par le scandale que Manet est entré en peinture, poursuivit Gabriel. Et c'est ce que pendant longtemps les gens ont retenu. Mais c'est autre chose,

Manet, renchérit-il, provoquant le sourire sarcastique de Gérard qui, lors de leurs études, avait eu son saoul des commentaires sur la peinture du père Corbel. La révolution se trouve surtout dans sa manière franche de peindre, mélange de la plus haute tradition – l'influence de Vélasquez se sentait dans ses toiles – et de la plus grande audace, par ses contours soulignés de noir et la vivacité de ses couleurs.

Jean sourit également. Il connaissait par cœur. De Manet, son père disait qu'il avait été l'illustration parfaite de l'artiste qui dérange, parce qu'étant le seul véritable aristocrate au sein de la démocratie, dans cette société grisée par le progrès, industrieuse et mercantile, à la marche trop rapide à ses yeux.

À présent c'était au tour de quelque aliéné de lui rendre cet hommage macabre en exhumant le cadavre d'une malheureuse pour reconstituer *Le Déjeuner sur l'herbe*.

Et il fallait qu'il reçoive cette lettre quelques heures seulement après avoir fait la connaissance de cette femme qui elle-même avait participé à une réinterprétation d'une des toiles du maître.

— Sur cette bien triste nouvelle, je vais me coucher, annonça Gabriel qui se leva.

Gérard l'imita, effort rendu difficile par le vin qu'il avait absorbé. Sa face était rouge d'ailleurs, et ses gestes indécis.

— Terrasse a un peu plombé la soirée, déplora-t-il. Je préférais le piano de Sibylle.

Entendant son nom, la jeune femme sortit du réduit qui faisait office de cuisine.

Lorsque le colosse voulut la prendre dans ses bras,

Jean craignit qu'il l'étouffe. Puis il lui serra la main à la broyer avant de tituber sur le palier et manquer rouler dans les escaliers.

Par la fenêtre ouverte, le jeune médecin regarda son ami s'éloigner sur le quai. Curieuses retrouvailles au cours desquelles il n'avait pas quitté Sibylle des yeux. Il logeait chez Blanche, rive droite en aval, et n'avait qu'à suivre la Seine une petite heure pour y parvenir. Cela ne devrait pas être trop compliqué et au moins cette promenade le dégriserait-elle. Sa silhouette colossale progressait sur le quai au rythme d'une démarche légèrement chaloupée, comme si ces quelques mois passés en mer lui avaient conféré celle d'un marin une fois à terre. Lorsqu'il ne le distingua plus qu'avec peine, il referma la fenêtre.

À nouveau seul, laissant ces questions de côté, tandis que Sibylle s'affairait toujours à la cuisine, Jean se remit à déchiffrer les pattes de mouche de Marcel Terrasse.

C'est drôle que je sois finalement retourné au pays alors que je pensais faire carrière à Paris. Mais il m'avait trop manqué à la capitale. Tu te souviens de ma turne de la rue Hautefeuille ? Mon Dieu ce que j'ai pu y avoir froid ! Avec la tabatière percée dans le toit qui laissait passer un vent glacé. C'était pour la bonne cause, on avait la foi, n'est-ce pas ? Et le voisinage des filles qui ramenaient des types racolés dans la rue. Et leurs souteneurs qui se battaient et me réveillaient quand ils ne me dérangeaient pas dans mes études. Tout ça pour trente francs par mois ! Je me rappelle les bougies que je ramenais en cachette et que je devais souffler dès que le taulier frappait à ma porte, tellement il me les vendait cher. Tu te souviens de mon voisin qui faisait son droit et qui est mort de la typhoïde ?

Avec ça il me restait à peine de quoi manger. Heureusement que ton père était là ! Combien de fois on a débarqué chez lui avec l'estomac dans les talons ! Enfin, je ne parle pas pour toi. Tu n'as jamais mangé de notre vache enragée, Corbel, n'est-ce pas ?

À l'évocation de ces souvenirs qui lui paraissaient si lointains, Jean s'absorba dans la contemplation des dernières flammes qui dansaient faiblement dans la cheminée. Ils étaient nombreux dans ce cas, à entreprendre ces études longues de cinq années au moins, à raison de près de trois mille francs l'an, avec une vie de misère et l'ambition démesurée d'éradiquer la maladie. Lui-même n'avait-il pas choisi la médecine parce que sa mère était morte de la phtisie tandis qu'il avait huit ans ? Et tout ça pour quel résultat ? Soixante pour cent des médecins parisiens ne gagnaient pas de quoi vivre décemment, certains n'atteignaient pas le seuil de survie des trois mille francs. Même les charges officielles étaient misérables. Le médecin du Sénat touchait moins que le concierge. Celui des abattoirs de la Villette recevait trois mille francs pour une charge écrasante qui ne lui laissait pas le temps d'avoir une clientèle personnelle. La plupart des médecins gagnaient moins que la plupart des ouvriers, qu'il s'agisse de colleurs de papier, de charpentiers, de marbriers, de peintres en bâtiment ou de charretiers.

Une ombre l'arracha à ses considérations amères en lui posant un baiser sur la bouche : Sibylle avait fini de s'affairer dans la cuisine.

— Tu viens te coucher ?

Il la regarda, soudain conscient de ce que cette invitation impliquait. Quatre années de vie commune n'avaient pas émoussé son désir, et la convoitise discrète de Gérard l'exacerbait.

— Tu me laisses une minute ? lui demanda-t-il en lui pinçant la taille.

De la tête elle fit non.

— Ne me dis pas que tu préfères lire ces horreurs ?

— Il me donne des nouvelles. Il me dit qu'il se fait payer en nature, poursuivit Jean les yeux à nouveau braqués sur la lettre : chapon, fromage de chèvre, tomates, œufs, pain, ail… surtout les jours de marché, déchiffra-t-il. Et qu'il doit affronter la concurrence des guérisseurs et des rebouteux. Il ajoute : *« Si c'est pas malheureux d'avoir fait tant d'études pour se voir préférer ces charlatans. »*

— Et c'est ça que tu préfères lire plutôt que venir te coucher avec moi ? dit-elle d'un ton enjôleur.

Jean la vit disparaître derrière la porte laissée entrouverte. Il ne lui restait que quelques lignes. Il les parcourut en vitesse. Après avoir évoqué l'esprit de justice sociale de Jean, espérant qu'il n'était pas mort, Marcel Terrasse concluait par une de ces formules grandiloquentes qu'à l'oral il affectionnait tant : *« Où sont passées nos grandes espérances ? »*

« Nos grandes espérances »… Cette question provoqua chez Jean une bouffée de nostalgie et une résonance inattendue. À commencer par la résurgence d'un certain souvenir.

C'était quatre ans plus tôt. En compagnie de Gérard et de Marcel justement, il s'était rendu sur un terrain vague à proximité de l'hôpital Lariboisière où quelques forains avaient dressé leurs chapiteaux. Quelques torches éclairaient les différentes scènes autour desquelles se pressait une poignée de badauds. Ils déambulaient là après une journée d'hôpital, lorsqu'un Pierrot au costume rapiécé les avait abordés parce que sa petite danseuse venait de tomber dans une violente crise d'hystérie. Gérard et Marcel s'étaient alors tournés vers lui, Jean, qui avait suivi le Pierrot jusque dans sa roulotte. Une fois seul avec la petite, une gosse rachitique à l'air terrorisé, après maintes précautions pour l'approcher, il parvint à la calmer par une simple pression ovarienne, les mains fermement appliquées dans le bas de son dos au niveau des reins.

Quelques minutes plus tard, la danseuse rejoignait son Pierrot sur les planches et, encore chancelante, exécutait une roue puis quelques pas sur les mains d'une grâce infinie entraînant, malgré la simplicité du geste, un silence religieux dans l'assistance. C'était son extrême fragilité qui impressionnait. À cet instant, Jean Corbel, à quelques mois de son titre de docteur, n'était pas loin de se croire investi d'une mission quasi messianique.

Ce souvenir en entraînant un autre, Jean repensa au discours de remise de doctorat au cours duquel ils eurent droit à la comparaison entre le médecin et l'artiste. Grâce à sa mémoire, prodigieuse lorsqu'il était question de médecine ou de peinture, il en avait retenu par cœur des passages entiers. Comme celui-ci qui lui revenait à l'esprit : *« La médecine est une science au service d'un artiste. Pour apprécier les maladies il faut, comme le peintre qui note les divers coloris de la peinture, noter les diverses colorations de la peau et des muqueuses, les énanthèmes, les exanthèmes, les rashs. Toute la pathologie cutanée est prétexte à observation de couleurs et de nuances, et il arrive parfois au praticien sagace, dès la première inspection, de poser un diagnostic, comme à l'œil exercé du peintre de fixer sur sa toile et de reconnaître sur une autre le ciel de Provence ou celui de Normandie. L'œuvre de l'artiste, comme celle du médecin, est une œuvre de bonté : l'un guérit, l'autre ravit les yeux par la contemplation qu'il propose d'œuvres belles. »*

Il préférait cette comparaison à celle avec l'ingénieur, plus opportuniste en ces temps d'industrialisation galopante, qu'une revue avait jugé bon de reproduire : *« Dans la société de la vapeur et de l'électricité, dans les démocraties modernes, il y a deux classes privilégiées, exceptionnelles, j'allais dire deux aristocraties : celle des médecins et celle des ingénieurs. L'ingénieur est chargé de mettre en exploitation notre planète, de surveiller le capital, de l'utiliser et de l'amortir par une féconde production. Le médecin contrôle la machine humaine et vérifie les usures. »* Jean trouvait l'analogie sinistre : cette façon de ramener l'homme à une machine, à une marchandise parmi d'autres, en somme. Ce n'était pas pour réparer des machines qu'il était devenu médecin. Y compris parmi ses confrères, l'aveuglement face au progrès technique faisait des ravages.

— Tu viens ?

Sibylle s'impatientait.

Comme un imbécile, avec ces souvenirs il l'avait presque oubliée. Comment peut-on oublier l'essentiel ? Il se leva.

Ses grandes espérances n'étaient pas encore mortes. Quant à son esprit de justice sociale auquel Marcel Terrasse faisait allusion dans sa lettre, ne le mettait-il pas tous les jours en pratique en se dévouant corps et âme à ses patients, en gravissant des dizaines d'étages pour arriver essoufflé chez des malades au bout du rouleau qu'il ne faisait pas toujours payer ? Comme Marcel, qui sillonnait la campagne aixoise à bord de sa petite voiture à cheval, soignant des paysans ignares qui le payaient en nature. Quand ce n'était pas pour découvrir dans une maison bourgeoise une parodie macabre d'une des toiles les plus modernes jamais peintes.

Qui avait pu faire une chose pareille ? Une personne seule ? Peu probable, si l'on songeait à la difficulté qu'il pouvait y avoir à exhumer un cadavre dans le cimetière d'une ville comme Aix-en-Provence. Et tout cela supposait une certaine organisation ainsi qu'une certaine préméditation, pour repérer le « modèle », subtiliser le corps, le déplacer jusque dans cette bâtisse choisie à l'avance, sans compter les mannequins de bois qu'il a fallu vêtir et la toile de fond qu'il a fallu barbouiller.

Un cas pour Gérard et son docteur Blanche, décida-t-il avant de constater avec plaisir que Sibylle avait laissé deux bougies sur la cheminée dont les flammes se reflétaient dans la glace. Il n'aimait pas faire l'amour dans l'obscurité totale. Son côté amateur de peinture sans doute, qui en toutes circonstances privilégiait le regard.

6

Les premiers signes du malaise qu'il ressentait étaient apparus rue du Dragon, à l'endroit où, au XVIe siècle, deux granges dépendant de l'abbaye Saint-Germain servaient à parquer les indigents victimes de la syphilis ; à l'époque, un arrêt du Parlement de Paris menaçait de pendaison les malades errant dans les rues. Mais la douleur qu'il éprouvait sous le plexus solaire n'avait rien à voir avec la proximité de cet ancien lieu de quarantaine. Son origine lui était apparue évidente à mesure qu'il gravissait les escaliers : à aucun moment il ne s'était préoccupé de la sœur du petit rouquin. Comment s'appelait-elle ? Odette ? Il n'avait jamais eu la mémoire des noms. Pauline ! se rappela-t-il enfin, dite Paulette. Mais il avait failli à la promesse faite à l'enfant, dont l'air intelligent n'occultait pas la profonde inquiétude. Ange Maupin. Comment affronter son regard dans ces conditions ? Comme si cet espoir pouvait rattraper son oubli, il se mit à espérer le retour de la jeune fille.

Dans le couloir, les cris du nourrisson le guidèrent. En se dirigeant vers la chambre, à plusieurs reprises il inspira profondément pour tenter de reprendre son souffle. Après une journée de visites à domicile, il serait volontiers rentré chez lui, mais quatre jours avaient passé depuis la naissance et il était préférable de s'assurer que tout allait bien, même s'il n'en tirerait pas un sou. De toute façon il avait promis. Les cris cessèrent. Devant la porte il frappa.

— Qui est-ce ?

À travers le panneau de bois il reconnut la voix du petit saute-ruisseau.

— Docteur Corbel.

La porte s'ouvrit. La mère était attablée, le bébé à son sein gauche, ce qui expliquait l'interruption des cris. Jean s'approcha. À voir la façon dont il tétait, le nourrisson était en parfaite santé. La mère avait les traits plus détendus. Mais avec toutes ces grossesses et ces conditions de vie, elle avait cet aspect fatigué, comme la plupart des femmes qu'il auscultait passé trente ans. Elle leva la tête vers lui.

— C'est gentil d'être venu, finit-elle par dire avant de replonger dans la contemplation de son enfant accroché à son sein.

Jean s'accroupit. Du petit il ne voyait que les mains aux doigts minuscules et la tête au crâne en boule recouverte d'un léger duvet virant sur le roux, pendue par les lèvres à ce sein volumineux qu'elles ne semblaient pas près de lâcher.

Jean se retourna. Deux petites rouquines épluchaient des légumes au-dessus d'une bassine en fer-blanc et Ange avait disparu. Il ne l'avait pas entendu sortir. Quelque chose clochait. Mais quoi ? La mère et son bébé formaient un ensemble hermétique au monde. Au moins pouvait-elle allaiter, et cette seule faculté suffisait à la combler. Un spectacle auquel Jean avait assisté des dizaines de fois et qui presque toujours lui procurait l'apaisement. Mais elle y mettait trop de passion justement, à s'absorber dans cette activité qui n'en nécessitait pas tant.

— Vous n'avez pas eu de saignements ?

Elle leva la tête et la secoua de droite à gauche en signe de dénégation.

— Vous mangez bien ? insista-t-il.

— Mes filles préparent une soupe.

Du menton elle désignait les deux gamines qui ne pipaient mot.

— Ça vous ennuie si je regarde l'ombilic de votre enfant ?

— C'est qu'il est goulu. Il va se remettre à crier.

— J'en ai pour trois minutes, sourit-il. Je peux ?

Sous la tension du nourrisson qu'elle tentait d'écarter, son sein se tendit jusqu'à ce qu'il se relâche en une masse flasque. Les cris perçants emplirent aussitôt la pièce. Jean se saisit de l'enfant, le posa sur le lit et le démaillota. Le linge était propre, le pansement protégeant l'ombilic aussi. D'une main habile il écarta la compresse puis, après avoir vérifié, la remit en place et remmaillota le nouveau-né dont les cris les assourdissaient toujours. En souriant il le remit à sa mère. Instinctivement le nourrisson trouva le sein qu'elle lui présentait et le silence se fit aussitôt.

— D'ici deux jours l'ombilic se sera détaché de lui-même. Il est magnifique votre petit Raymond. Et votre mari ?

— Il a un chantier du côté du Père-Lachaise, alors ça

fait loin. Mais il ne devrait pas tarder à rentrer maintenant.

C'était d'elle que les enfants tenaient leurs cheveux roux et la pâleur de leur peau. Elle avait dû être jolie, cela se voyait. Surtout lorsqu'elle contemplait son enfant et paraissait presque détendue.

— Je vais vous laisser.

— Combien est-ce qu'on vous doit docteur ?

— Rien du tout. J'avais promis que je repasserais. Je n'habite pas loin.

— Mais c'est que…

— Rien du tout je vous dis.

À présent elle le regardait franchement, et la reconnaissance qu'il lut dans ses yeux le troubla. Il était temps de partir. Il tourna les talons et disparut dans le couloir au parquet usé. Tout juste engagé dans l'escalier, il poussa un soupir de soulagement.

— Docteur ?

Appuyé à la balustrade dans la même position que celle où il l'avait quitté la dernière fois, Ange le fixait. Comment ne l'avait-il pas vu en passant ?

— Ma mère vous a rien dit ?

Comme Jean feignait de ne pas comprendre, l'enfant reprit :

— Pour ma sœur.

Le médecin remonta trois marches jusqu'à toucher l'enfant qui ne le lâchait pas du regard.

— Ta sœur ? répéta-t-il d'une voix atone.

— On l'a retrouvée. Elle est morte.

Le médecin s'adossa au mur. Et la mère qui ne lui avait rien dit. Par pudeur ? Voilà ce qui clochait dans la chambre, pourquoi elle se caparaçonnait dans la contemplation de son nourrisson, pourquoi les fillettes épluchaient leurs légumes sans un mot.

— On l'a retrouvée sur une berge de la Seine en face de Suresnes.

L'enfant le fixait toujours comme s'il attendait de lui une réaction particulière, un miracle. Mais quoi au juste ? Il n'y avait pas de reproche dans ce regard dont il ne parvenait à se détacher, mais une attente immense et insupportable parce qu'il se sentait incapable de la déterminer, et encore moins d'y répondre.

— Mon père l'a vue. Mais ils ont pas voulu me laisser la voir à la morgue. Il l'a reconnue grâce à son tatouage.

Jean eut la sensation que tout son sang refluait de son visage. Cela signifiait donc que sans ce détail elle n'était plus identifiable. Pourquoi prenait-il cette affaire tellement à cœur ? En quoi cela le concernait-il ? Mais il lui suffit de relever la tête pour comprendre : c'était ce regard et cette attente, justement, auxquels il ne pouvait se soustraire. En le regardant attentivement, Ange n'était plus que l'ombre de celui qu'il avait rencontré quelques jours plus tôt.

— Qu'est-ce que tu veux ?

— La voir une dernière fois.

Jean réfléchit. Il connaissait un médecin à la morgue. C'était dans ses cordes.

— Tu veux que je t'y emmène, c'est ça ?

L'enfant s'était déjà redressé, les yeux agrandis par la surprise.

— On y va maintenant ?

Jean soupira.

— Viens, dit-il après avoir repris sa descente dans les escaliers.

Il leur fallut moins d'une demi-heure pour gagner le quai du Marché-Neuf sur l'île de la Cité, parcours exécuté sans un mot, au cours duquel Jean put sentir l'extrême anxiété du garçon qui ne voulait rien en laisser paraître. À mesure qu'ils approchaient, bien qu'elle lui paraisse délicate tant le spectacle risquait d'être dur, il était de plus en plus touché par la démarche de l'enfant, qui voulait à sa façon rendre un dernier hommage à sa sœur. Il faisait de grandes enjambées d'un pas vif et il était charmé de voir ce petit rouquin cavaler à ses côtés les poings serrés. À la morgue, il fit valoir sa qualité de médecin pour s'y faire admettre malgré l'heure tardive.

Ange et lui passèrent devant la salle d'exposition, frigorifiée depuis trois ans seulement. Derrière la paroi vitrée ils devinèrent une demi-douzaine de cadavres allongés sur des tables inclinées pour faciliter l'observation par le public. Il se dégageait de la vision de ces corps entrés dans leur dernier sommeil une sorte de quiétude trompeuse.

Précédés par le légiste qui avait bien voulu les accueillir, un certain Franquevau aux gestes hésitants et au teint bistre, ils ne s'attardèrent pas dans cette salle généralement bondée : la mort constituait un spectacle de choix. Identifiée, la dépouille de Pauline Maupin avait été soustraite au regard de la foule.

— Vous faites bien de venir ce soir : demain elle part pour la fosse, avertit le médecin en baissant la voix par égard pour l'enfant qui les suivait les mains dans les poches.

— La fosse ? s'étonna Jean.

Ils marchaient dans un couloir mal éclairé par une récente installation électrique. Les portes se succédaient les unes aux autres. Partout ça sentait le phénol.

— Ses parents n'ont pas de quoi payer un enterrement. Voilà, nous y sommes.

Un sol carrelé par endroits recouvert de sciure, une pièce à casiers, à l'odeur phéniquée plus prononcée encore. Là où tout s'achève. La modernité du lieu récemment refait à neuf ne parvenait pas à en supprimer l'aspect lugubre.

Le docteur Franquevau consulta un registre, l'index glissant sur une grande page recouverte d'une écriture appliquée, puis se dirigea vers une des portes qu'il ouvrit. Avec un certain effort il tira le plateau qui apparut dans un couinement disgracieux. Un drap d'un blanc maculé de taches brunâtres recouvrait la forme caractéristique. Jean se rapprocha du petit qui s'était statufié, mais son instinct le retint de lui poser la main sur l'épaule. L'intuition qu'à cet instant il ne fallait aucune interférence entre sa sœur et lui. D'un geste sûr, Franquevau souleva le drap, découvrant la défunte jusqu'à l'abdomen, et Jean ne put réprimer une grimace. Ange de son côté ne cilla pas.

Dix-sept ans. Et un visage sur lequel la mort avait entrepris son travail de dépouillement. Seule la chevelure d'un roux flamboyant que relevait la pâleur extrême semblait avoir été épargnée. Ultime vestige d'une fraîcheur angélique.

— Les contusions sur le front, l'épaule et l'avant-bras droits, le nez qui a été cassé, tout ça date d'avant la mort, commenta le légiste après avoir respecté un temps de silence assez long. Mais de là à savoir s'il s'agit de coups ou d'une chute…

Sa voix n'était pas désagréable. Jean lui savait gré du ton employé et de ses efforts pour tenter de ménager l'enfant.

— Elle est morte par asphyxie, poursuivit-il en évitant d'être trop clinique. Au gaz carbonique, précisa-t-il.

La présence de l'enfant le déstabilisait. Jean connaissait un peu ce légiste. D'habitude, comme la plupart de ses confrères, il exprimait ce type de commentaires de façon beaucoup plus assurée, brutale en quelque sorte, pour les proches du défunt. Mais ces derniers n'étaient jamais aussi jeunes qu'Ange. Et là Franquevau se montrait presque hésitant.

— Je croyais qu'elle était morte noyée…

Le légiste secoua la tête.

— Asphyxiée. On aura jeté son corps à l'eau après coup.

— Ce qui sous-entend qu'on a voulu faire croire à un suicide, suggéra Jean tout bas. C'était compter sans les progrès de la médecine légale…

— D'autant que le corps a séjourné très peu de temps dans l'eau : il a très vite échoué sur cette berge. Vous parvenez à la même conclusion que la police. Logique imparable. Et si l'on pousse plus loin… ajouta-t-il en jetant un regard à l'enfant toujours immobile, minuscule à cet instant, comme ramassé sur lui-même, et si vulnérable, cela sous-entend un homicide.

Homicide, pensa Jean, ce corps sans vie étendu sous

ses yeux, à l'abdomen grossièrement recousu sur une ligne cheminant entre les seins depuis le drap jusqu'à la base du cou.

De larges plaques roses plus ou moins rouges s'épanouissaient sur le ventre, la poitrine. Ces taches qui pour le jeune médecin évoquaient certains éléments d'une palette : le vermillon anglais, les laques carminées et de garance rose, ainsi que le rouge de Pouzzoles, par endroits plus ou moins mêlés de blanc d'argent. Persistant alors que la putréfaction avait amorcé son processus, elles témoignaient de cette mort par asphyxie.

Parcouru par un frisson glacé, Jean serra les dents. Pour l'heure le spectacle était encore soutenable, mais très vite, dans quelques jours, il ne le serait plus, pas même pour un étranger à la famille. La décomposition allait poursuivre son travail des mois durant jusqu'à la mise à nu totale du squelette.

Et l'enfant immobile à côté de lui qu'il devinait happé par cette vision. Ange à ses yeux se tenait au bord d'un précipice, mais c'est lui qui, pris de vertige, était pétrifié. Il appela ses connaissances à la rescousse. Cette manie de s'abriter derrière son savoir lui permettait de tenir l'horreur à distance : il ne s'agissait plus que de science.

Mentalement, dans cette pièce carrelée sentant le phénol, habitée par l'esprit de la défunte et le souffle de son frère, il entreprit sa litanie comme une incantation, comme si dans sa tête il se récitait un long poème en prose appris par cœur. Un poème d'un genre particulier extrait d'un traité de médecine légale. Le voyage vers la désagrégation divisible en cinq périodes. Une longue description où la plupart des lecteurs ne trouveraient nulle poésie, mais qui le frappait autant par l'abondance des couleurs que par la signification dramatique de l'ensemble.

Au cours de la première période, les ongles ramollissent, ainsi que l'épiderme qui se détache. Souvent il se forme des vésicules remplies d'une sérosité verdâtre, bleuâtre, ou jaune sale. Toutes les parties molles de la face s'affaissent ; les humeurs de l'œil deviennent bistre, l'abdomen vert, ou jaune marbré de vert, ou ocracé. Les muscles se ramollissent. Le tissu cellulaire se dessèche en avant ; il devient humide sur les côtés du tronc ; dans les parties les plus déclives, il est rempli d'un liquide rosé, à la surface duquel on aperçoit des bulles huileuses. Le cerveau prend une teinte grisâtre et se ramollit. Le cœur se ramollit. Sa surface interne a une couleur noirâtre, d'autant plus foncée que ses cavités contiennent plus de sang. La langue, le pharynx, l'œsophage, se ramollissent et prennent une teinte verdâtre. L'estomac conserve sa couleur naturelle ou se colore en rose ou en rouge, il peut présenter des taches brunes, vertes, ardoisées. Le foie et la rate brunissent, ou deviennent verdâtres. Les organes de la génération sont ramollis mais conservent leurs formes.

Il sembla à Jean que le légiste avait quitté son champ de vision, infime changement qui suffit à le distraire. Il entendit le bruit d'un livre que l'on referme. Le registre. À côté de lui, l'enfant était toujours immobile. Cette contemplation devait être vertigineuse, mais il en avait sans doute besoin. En absence d'autre mouvement, il reprit sa récitation intérieure, inconscient de son aspect obsessionnel.

Au cours de la deuxième période, le cadavre est couvert d'une matière d'un aspect graisseux jaune rougeâtre ou brune, d'une mucosité gluante ou d'un enduit sec. Les ongles sont tombés ou très ramollis. La peau jaunâtre, recouverte de granulations comme sablonneuses, formées de phosphate calcaire, est décollée sur certains points, où elle forme poche. Les parties molles du front, du nez, des paupières, des lèvres, sont amincies et presque détachées. Les côtes commencent à se séparer de leurs cartilages : le sternum se rapproche de la colonne vertébrale. Les membres sont plus ou moins déformés. Les muscles des orbites sont saponifiés ; ailleurs ils sont verdâtres. Humectés d'un liquide séro-sanguinolent, ils ressemblent dans certains points à une gelée. Le cerveau diminue de volume et prend une teinte gris verdâtre. Les poumons sont de couleur ardoisée. Le cœur est plus aplati et plus mince. L'estomac est gris bleuâtre. Les intestins sont réduits à un petit volume et collés les uns aux autres. Le foie présente à sa surface des granulations comme sablonneuses de phosphate calcaire.

Au cours de la troisième période, poursuivit-il avec la même application, *l'épiderme a disparu. La peau est desséchée, amincie, jaune fauve, orangée, ou brune, recouverte de moisissure. Elle donne un son analogue à celui du carton. Les parties molles de la face sont détruites. Les espaces intercostaux sont à jour. Les membres sont dépouillés de leurs parties molles. Ce qu'il en reste a l'aspect de bois pourri. Le cerveau a un aspect de terre glaise. Les poumons ont l'apparence de membranes collées le long de la colonne vertébrale. Le foie est réduit en une masse aplatie de 2 cm d'épaisseur, brune, noirâtre, légèrement desséchée, qui se sépare en feuillets, entre lesquels il y a une matière bitumeuse. Le scrotum est desséché ; la verge aplatie semblable à une peau d'anguille. Les testicules diminués de volume ont une couleur vineuse.*

Le raclement d'une chaise sur le sol le ramena face à la dépouille de Pauline encore intacte. Le docteur Franquevau réapparut dans son champ de vision. Jean distingua une main s'avançant vers le drap pour le remonter, puis un tressaillement sur sa gauche : Ange qui ne voulait pas voir sa sœur disparaître déjà, qui voulait prolonger cet ultime tête à tête. Sans même un soupir, Franquevau recula. Jean déglutit. Ses connaissances livresques lui étaient d'un secours salutaire. Il s'y replongea, soulagé de pouvoir mobiliser ses facultés sur cet effort de mémoire.

Au cours de la quatrième période, ... les os de la tête sont presque à nu, le moindre choc suffit à la détacher du tronc. Le cerveau, réduit au 10e de son volume, n'est plus qu'une masse semblable à une terre argileuse...

Au cours de la cinquième période, la peau a disparu. Les os de la tête sont désarticulés et recouverts d'un magma de terre et de cheveux. La cage du thorax est détruite, les côtes tombent les unes sur les autres...

Il fallait en finir. Franquevau avait raison. Cette vision allait s'imprimer à jamais sur les rétines de l'enfant. Mais il ne semblait pas avoir encore eu son compte. Ces adieux silencieux étaient à la mesure de l'affection qui l'avait lié à sa sœur.

Sur le deltoïde gauche, Jean distingua un tatouage, celui grâce auquel son père l'avait identifiée avec certitude, frémit-il en considérant le visage tuméfié. Une main plutôt habile, une amie sans doute, avait inscrit sous la peau avec une encre au bleu caractéristique À MATTHIEU PLV. Une larme y avait été ajoutée par la suite.

PLV signifiait « pour la vie », inscription parfois accompagnée d'une pensée, d'un cœur, voire du portrait de l'élu. La larme évoquait la détresse consécutive à une rupture. De par son activité et une partie de sa clientèle, Jean connaissait bien la sémiologie du tatouage chez la prostituée. Dans son cabinet elles ne se déshabillaient pas mais se mettaient à nu. Un cœur brisé associé à une tombe ou une bouteille de vin symbolisait la mort de l'être aimé, tout comme une pensée aux pétales déployés au-dessus du cœur. Une étoile se rapportait à un ancien militaire ; elle surmontait parfois la liste de ses campagnes. Deux mains croisées sur un poignard indiquaient la volonté d'être fidèle jusqu'à la mort.

Autant d'autobiographies sentimentales sur lesquelles sautait l'embout de son stéthoscope, lorsque ces corps n'étaient plus ni objets de désir ni marchandise, mais sujets d'étude nécessitant ses soins.

Ainsi Pauline avait eu le temps d'aimer un Matthieu, puis de souffrir de son départ ou de sa perte, de son absence en tout cas, jusqu'à ce qu'un autre écourte son existence, trop tôt, beaucoup trop tôt, lui interdisant toute possibilité d'aimer à nouveau.

Enfin le docteur Franquevau recouvrit le corps du drap sale et Ange cette fois ne bougea pas. C'était fini. Impressionné, Jean se tourna vers le jeune garçon qui avait supporté cette vision sans verser une larme. Il n'avait pas bougé. Il semblait au médecin qu'il contemplait toujours le corps de sa sœur à travers le tissu, jusqu'à ce que le légiste eût repoussé le plateau dans son réduit et refermé la porte. Alors, comme le docteur Franquevau leur suggérait qu'il était temps de partir, Jean passa son bras sur les épaules du petit et l'entraîna vers la sortie.

Le soir tombait. Sur le quai, le vent soufflant au-dessus de la Seine contribua à chasser l'atmosphère de mort. Plutôt que de rentrer par l'intérieur ils longèrent le fleuve sur la rive gauche. Sur des planches jetées entre l'embarcation et le quai, une noria de manœuvres déchargeaient une péniche remplie de charbon. Ils allaient comme des fourmis en file leur fardeau sur les épaules, les uns peinant vers les charrettes, les autres revenant avec leur panier vidé vers la barge. Des bateaux à vapeur chargés de passagers se croisaient sur le cours d'eau. Il y avait un embarcadère à Notre-Dame et ils auraient pu en emprunter un mais la marche leur ferait plus de bien. Quelques oiseaux marins virevoltaient au-dessus des remous. Leurs cris et leurs jeux avec l'air avaient quelque chose d'une distraction lointaine et sans grand pouvoir. Ils marchaient côte à côte, d'un pas beaucoup moins vif qu'à l'aller. Jean aurait voulu trouver quelques mots pour réconforter l'enfant, mais rien ne lui venait à l'esprit. Il avait l'impression qu'il ne voulait pas rentrer chez lui. Son regard vagabondait lorsque, sur le parapet du quai des Grands-Augustins, juste avant le Pont-Neuf, un graffiti en forme de strophe l'arrêta. Il ralentit le pas pour le déchiffrer et lut enfin :

Et les yeux humbles des putains
Aux cils voilés, experts aux feintes...
Et les yeux humbles des putains
Nous consolent mieux que les saintes.

À dix-sept ans Pauline avait été fauchée avant le temps de l'amertume et celui de la véritable humilité. Mais Jean ne comprenait pas cette mort par asphyxie. Qu'est-ce que cela signifiait ? Aurait-il jamais la réponse ? Ce qui dans son esprit était certain, c'était l'attachement qui désormais le liait à l'enfant, comme si cet adieu à sa sœur aînée avait tissé entre eux des liens indéfectibles. Mais que faire ? Soudain il sentit sa main se glisser dans la sienne. Sans s'arrêter ni même se tourner vers lui, il la maintint serrée. Après tout, peut-être était-ce un bon début.

7

La pendule indiquait sept heures moins cinq. Jean ouvrit la fenêtre pour aérer son cabinet. Il s'étonnait encore de ne jamais tomber malade avec tout ce qu'il respirait dans la journée, les patients qui lui toussaient dans le nez, les plaies qu'il pansait et les maux sur lesquels il devait se pencher. Fallait-il que son ange gardien veillât sur lui… À moins que le contact permanent avec la maladie opère une certaine immunisation contre les microbes, suivant le principe établi par Louis Pasteur quelques mois plus tôt, avec sa découverte révolutionnaire contre la rage consistant à inoculer des germes rabiques pour mieux résister ensuite à la maladie.

La découverte l'avait enthousiasmé. Elle ouvrait tant de perspectives.

Machinalement il ouvrit la boîte en fer-blanc posée sur son bureau et jeta un œil distrait sur la recette du jour. Au vu du maigre résultat, une seule chose le consolait : il n'avait pas choisi cette voie dans l'espoir de s'enrichir.

Une seconde son regard s'arrêta sur le presse-papier de la cristallerie de Baccarat hérité de sa mère : une pensée faite d'inclusions d'émaux travaillés à la lampe dans une sphère de cristal. Fleur à jamais figée dans ce globe comme le souvenir de sa mère dans son esprit. Sur sa gauche, la petite copie de l'*Olympia* attira ensuite son attention, seule touche de couleur dans cette pièce aux murs gris et au mobilier strictement utilitaire. Après réflexion il n'avait pas si mal réalisé la courtisane, avec l'escarpin de son pied droit glissé sur le lit. Son expression surtout lui paraissait réussie : mélange d'arrogance et de mélancolie qui affleurait sous ce regard. Un air qu'il retrouvait chez la plupart des filles publiques rencontrées, mais que Sibylle n'affichait que par accident. Son interprétation du tableau de Manet révélait une autre Sibylle sur qui s'épanouissait une ombre, et en ce sens plus proche de l'*Olympia*. Les cheveux aussi étaient réussis, avec leur reflet acajou et la fleur orange accrochée au-dessus de l'oreille gauche. Les draps et les oreillers en revanche étaient plâtreux, tout comme l'étoffe précieuse sur laquelle elle était couchée. La Martiniquaise et son bouquet non plus n'étaient pas fameux, comme s'il avait accordé toute son attention à la femme, au mouvement de ses bras, à son port de tête, à sa façon d'être alanguie.

Quant au chat noir, il ne rendait pas trop mal, mais n'était-ce pas une blague à la Manet que cet animal au poil hérissé qu'il avait placé sur le bord du lit pour dédramatiser l'ensemble ? À moins que le félin, manifestement sur la défensive, n'appréhendât déjà les réactions que cette œuvre allait provoquer. Le chat qui a remplacé le chien endormi de la *Vénus d'Uribe* de Titien dont s'est inspiré Manet pour son *Olympia*. D'où le scandale : de la déesse de l'amour et de la beauté, inaccessible, à la personne d'Olympia offerte, et recevant avec indifférence les hommages d'un admirateur anonyme. Une déesse réduite à l'état de simple catin…

Cette contemplation entraîna ses pensées vers la lettre de Marcel Terrasse et la reconstitution macabre du *Déjeuner sur l'herbe*. Une semaine avait passé depuis et le mystère demeurait entier. Il n'avait pas non plus de nouvelles de sa patiente, Marceline, elle aussi associée à Manet, aussi troublant que cela puisse paraître. Pourtant, il n'avait cessé de penser à elle depuis, à cette urgence, à cette gaîté sans doute forcée et à ce qu'elle lui semblait recouvrir, fragilité, sourde inquiétude ou détresse. Qu'était-elle devenue ? Avec stupeur, il réalisait qu'elle était déjà parvenue à lui manquer.

Si l'on ajoutait l'excursion à la morgue avec Ange, tout cela composait un tableau d'une noirceur inquiétante qui justifiait l'inconfort moral où se trouvait le jeune médecin. Le fait que ces événements distincts soient survenus au même moment dans son existence jusque-là tranquille incitait à les lier entre eux : ils représentaient à ses yeux autant de nuages menaçants amoncelés au-dessus de sa tête. Et il avait la désagréable impression qu'il ne manquait plus qu'une étincelle pour que la foudre et le déluge s'abattent sur lui.

Trois coups retentirent à sa porte.

Surpris il se leva et alla ouvrir. Les premières secondes il ne la reconnut pas. Puis il tressaillit. Était-ce possible ? Il avait tant de choses à lui dire, tant de questions à lui poser. Accompagnée d'une autre femme, elle revenait enfin. Son regard passait de l'une à l'autre :

Marceline… pourtant fidèle au souvenir qu'il en avait conservé, et une blonde aux yeux d'un bleu outremer, jolie malgré des joues trop carminées et un nez un peu allongé. Elle l'aimantait.

La surprise passée, un sourire fendit son visage.

— On vous dérange, docteur ?

— Que puis-je faire pour vous ? demanda-t-il soulagé : celle qui occupait ses pensées depuis son apparition se tenait enfin devant lui.

— Pour mon amie, rectifia-t-elle. Mathilde. Elle a besoin d'un bon médecin, alors j'ai pensé à vous. Je vous laisse tous les deux ?

Elle s'effaça et s'assit dans la salle d'attente sans le quitter des yeux. Ragaillardi par cette apparition et l'équivoque de ces derniers mots, Jean referma la porte derrière cette Mathilde qui s'était engagée dans son cabinet.

— Qu'est-ce qui vous arrive ? lui demanda-t-il en contournant son bureau.

Elle fit une grimace éloquente qui tordit sa bouche aux lèvres joliment ourlées.

— Installez-vous sur le fauteuil d'examen.

Ainsi elle était revenue, songeait Jean avec satisfaction tandis qu'il se frottait les mains au savon noir. Au fond il n'en avait jamais douté. Son intuition lui suggérait qu'elle faisait partie de ces personnes appelées à avoir une importance dans sa vie. Ça lui était arrivé avec Sibylle, bien qu'avec elle les choses aient été d'emblée plus claires.

D'émotion il pouvait sentir battre son cœur. Cette manière qu'elle avait eue, en quelques secondes à peine, de la même façon que la première fois, de se comporter comme si elle était chez elle, ne faisait que confirmer ce qu'il avait déjà ressenti en sa présence.

Pieds glissés dans les étriers, jupes relevées sur ses genoux écartés, la fille se rongeait les ongles de la main droite, tandis que la gauche semblait vouloir essorer le velours bleu de son vêtement.

— Vous n'êtes pas sur l'échafaud. Détendez-vous.

Elle lui adressa un sourire forcé, mais ne lâcha pas le velours.

— Comment vous appelez-vous, à part Mathilde ?

— Lantier. Mais chez la mère Brabant on m'appelait Mignon.

— On vous appelait ? demanda-t-il en levant la tête pour la regarder.

— J'ai été remerciée. Vous allez comprendre pourquoi, ajouta-t-elle d'une voix éraillée par l'alcool.

— Vous souffrez ?

— Surtout la nuit, quand je suis couchée. De la tête aussi, et des membres. Parfois j'ai l'impression qu'ils vont se briser. À force j'ai perdu le sommeil.

— On va voir ça. C'est chez la mère Brabant que vous avez connu votre amie ?

À cette question la jeune femme éclata d'un rire vif. Elle était prompte à oublier la douleur, remarqua-t-il en souriant.

— Elle m'avait bien dit que vous en pinciez pour elle. Ce qu'on a pu rire, poursuivit-elle sans voir son visage s'empourprer. Mais je savais qu'elle y ferait pas de vieux os. Trop indépendante pour ça. Ça n'a pas loupé… Après son départ c'était plus pareil. Ah ça, je l'ai regrettée, Marceline. Et maintenant moi aussi je suis dehors, mais pas pour les mêmes raisons.

Le spéculum à la main, Jean s'approcha d'elle.

— Le pénis du gouvernement, dit-elle avec ironie, employant l'expression utilisée par les prostituées maghrébines pour désigner l'ustensile. C'est même pas utile pour voir ce qui me fait mal. Même moi, il suffit de me pencher.

Du pied, Jean fit glisser son tabouret de trayeuse et vint s'asseoir entre les cuisses de sa patiente. Tandis qu'il se penchait vers elle, sa tête et son buste eurent un mouvement de recul. À ce stade en effet elle n'avait plus aucune valeur dans une grande tolérance comme celle de la mère Brabant. Pas philanthrope pour deux sous, la vieille se débarrassait sans ménagement des filles hors d'usage.

Après sa première réaction de répulsion, Jean approcha son visage de la région pubienne. Formant un archipel couleur corail, une éruption de syphilides pustulo-crustacées serpigineuses semblait sortir du vagin et essaimait vers le périnée, les racines des cuisses et les aines. À cet instant, ce n'était plus une femme souffrante, ni même une patiente qu'il avait en face de lui, mais un sujet d'étude, et ces lésions cutanées objectivement atroces lui apparaissaient dans toute leur beauté clinique. De un à cinq centimètres de diamètre, les croûtes étaient noirâtres, saillantes, coniques, stratifiées comme des écailles d'huîtres, et entourées d'une auréole cuivrée, cette fameuse coloration qui aussitôt évoque la syphilis et que Fallope, dans le traité qu'il consacra à la maladie au XVIe siècle, comparait au maigre de jambon.

— La mère Brabant vous a maquillée longtemps, avant de parvenir à ce résultat ?

— Vous connaissez les pratiques, répliqua-t-elle à travers ses jupes.

Jean ne les connaissait que trop bien. En maison, le contrôle sanitaire s'effectuait au moyen d'une visite hebdomadaire par l'un des médecins du service des mœurs. Mais la plupart des tenancières s'employaient à dissimuler les lésions des filles afin d'éviter qu'elles ne soient envoyées à Saint-Lazare. Soit la fille était discrètement remplacée par une autre, le médecin saoulé par des dizaines de visites étant incapable de distinguer les filles entre elles ; soit elles passaient au maquillage. Plusieurs techniques permettaient des miracles : une injection légèrement astringente ramenait au rose pâle un vagin enflammé, quelques pastilles de chocolat masquaient des ulcérations buccales, du sang de bœuf barbouillait une ulcération vaginale et passait pour du sang menstruel, quelques fragments de baudruche adroitement colorés et collés faisaient disparaître un chancre.

Jean en avait assez vu. Il se releva et repoussa son tabouret. Mignon retira ses pieds des étriers et remit ses jupes en place. Les yeux pleins de honte elle avait l'air d'un animal blessé. Assis à son bureau, Jean rédigeait son ordonnance. Sa plume griffant le papier avait quelque chose de rassurant : une somme de connaissances auxquelles se raccrocher et qui seraient susceptibles d'enrayer la maladie. À ce stade c'était illusoire.

— Le mieux serait que vous vous fassiez hospitaliser, suggéra-t-il tout à sa rédaction. Mais si vous êtes venue me trouver, je suppose que c'est pour éviter l'hôpital.

Redressant la tête, il la vit hausser les épaules. Il comprenait sa répugnance. En tant que fille publique elle irait à Saint-Lazare, dans l'ancien couvent du faubourg Saint-Denis : des dortoirs de quatre cents lits divisés en alvéoles par des cloisons ajourées permettant aux sœurs une surveillance de tous les instants ; et avec cette promiscuité et cette discipline de fer, une hygiène lamentable, ni bain ni lavabo, un injecteur commun, excellent véhicule pour les maladies contagieuses. À leur sortie, les malades étaient « blanchies », mais en aucun cas guéries. Ce qui était pire que tout : l'illusion de la guérison pour des filles ainsi prêtes à contaminer la terre entière.

— Vous prendrez six gélules d'iodure de potassium dans une tasse de tisane tous les jours, c'est contre les céphalées et les douleurs rhumatoïdes. Et deux pilules de Sédillot. Et je vous préconise aussi un régime fortifiant, du vin, de la viande, et une bonne hygiène, ne vous couvrez pas trop, reposez-vous.

Il s'apprêtait aussi à lui interdire tout rapport sexuel, mais vu son état il préféra s'abstenir.

— Théoriquement vous avez déjà connu deux états syphilitiques. Une phase primaire et une phase secondaire. Quand est-ce que la maladie s'est déclarée pour la première fois ?

— À quinze ans. J'ai eu un chancre mou. Juste après ma première fois. On peut dire que ça commençait bien, ajouta-t-elle avec une ironie désabusée. Un an plus tard j'ai eu une éruption sur presque tout le corps et le visage, j'étais devenue affreuse, je croyais que je plairais plus jamais à aucun homme. Mais au bout de trois semaines c'était fini. Et voilà que ça recommence. Plus de dix ans après, en pire. Quand on me disait que la maladie pouvait vous laisser tranquille pendant dix ou vingt ans et réapparaître j'y croyais pas.

Elle se tut. Soudain Jean la vit essuyer une larme, avant de se mettre à rire.

— Dans quinze jours ce sera fini, la consola-t-il. D'abord les croûtes vont tomber et vous aurez à la place des ulcérations au fond grisâtre comme revêtues d'une membrane. Après vous aurez des cicatrices, dans un premier temps d'un brun violet, avant de devenir blanches.

— Ça va laisser des traces ? s'inquiéta-t-elle.

— Je vous mentirais si je vous disais le contraire.

Elle le regarda stupéfaite, avant de se reprendre :

— Bah, de toute façon, ça pourra pas être pire que maintenant. On a fini docteur ? Alors je peux faire entrer Marceline, fit-elle pleine d'entrain comme il hochait la tête. Elle doit s'ennuyer toute seule.

Elle avait à peine terminé sa phrase qu'elle ouvrait la porte et se penchait dans la salle d'attente :

— Tu veux venir ? On a fini !

Cette façon de passer des larmes au rire avec autant de facilité avait quelque chose de réjouissant, mais c'était moins ça que la présence de l'autre, encore invisible, qui le mettait en joie. Lorsqu'elle entra dans son cabinet, il remarqua son parfum au jasmin qui ne l'avait pas frappé la première fois.

— Alors ? Il est bien, n'est-ce pas ? Je te l'avais dit, ajouta-t-elle comme s'il n'était pas là.

Elle le regardait avec une lueur d'ironie provocante, de ses yeux d'un jaune doré si particulier, et Jean était émerveillé par cette vivacité identique à celle de son souvenir. Avec cette amie qu'elle lui avait amenée comme un prétexte elle s'amusait de l'effet qu'elle produisait sur lui, mais ça ne le gênait pas. Elle non plus ne paraissait pas insensible.

— Vous ne m'avez pas répondu pour le chat la dernière fois, lui dit-il tandis que son attention était à nouveau attirée par sa copie de l'*Olympia*.

— Oh ! mais décidément, vous avez de la suite dans les idées vous ! Il a fallu poudrer de noir celui de la maison qui était tigré, puisque vous voulez savoir. Mais il tenait pas en place, et puis il était trop gros à son goût. C'était pas très réussi… Au fait ! Mignon et moi on va aux Folies-Bergère, vous nous accompagnez ?

Il l'aurait suivie n'importe où.

C'était ce qu'il aimait tout particulièrement chez elle, ce côté rapide et primesautier, cette insouciance aussi, et cette façon de le caresser du regard, de le provoquer et de passer à autre chose. Mélange subtil qui faisait qu'en sa présence tout le reste était éclipsé.

Après la fraîcheur du soir et le relatif silence régnant dans les rues, hormis le fracas des omnibus à la traversée des grands boulevards, pénétrer aux Folies-Bergère, c'était prendre une claque. Sonore d'abord, avec la musique de bastringue jouée à tue-tête, la rumeur de la foule et son souffle mêlé à celui des becs de gaz, léger sifflement pareil à une respiration que l'on surprend près de leurs globes de verre ; visuelle ensuite, avec la cohue des filles plâtrées aux lèvres saignantes et aux étoffes criardes, dans laquelle s'immisçait la tribu sombre des hommes, avec les affiches publicitaires placardées sur les murs qui vantaient les mérites d'un fard, la supériorité d'une pommade, l'éclat d'une chevelure achetée dans quelque pardon de Bretagne, la blancheur d'une dentition taillée dans une molaire d'hippopotame ; claque atmosphérique enfin, tant la température était élevée et l'air chargé de fumée de tabac et de centaines d'haleines enfiévrées.

À mesure qu'il progressait dans cette marée humaine, se laissant guider par les deux femmes qui le précédaient et par moments se retournaient vers lui, Jean se sentait gagné par une sensation d'étouffement mêlé d'ivresse. Il avait eu la présence d'esprit de laisser sa sacoche rue du Mail. Dans le cas contraire il aurait été ridicule. Il n'avait pas mis les pieds dans l'établissement depuis des années. Et après une journée passée dans le bureau des soupirs que constituait son cabinet, le contraste avec ce temple des plaisirs le saisissait. C'étaient les mêmes pourtant, qui ce soir faisaient la noce et demain pouvaient se retrouver chez lui, à Saint-Louis ou ailleurs. Il n'y avait qu'à voir Mignon.

Mais ni le bruit, ni la musique, ni les acrobates qui se produisaient sur la scène, ni toutes les tentations de ces regards aguicheurs et de ces corps offerts n'avaient de prise sur lui, occupé à rester dans le sillage de Marceline dont le sourire, lorsqu'elle se retournait, l'électrisait, et que la masse d'hommes et de femmes qui formaient l'assistance semblait s'ingénier à éloigner de lui.

Après être passés dans le jardin d'hiver au faux style mauresque, et avoir gravi les escaliers aussi encombrés que le reste, des couples enlacés, des copines soufflant entre elles, des danseuses riant et des vieux tentant de les suivre essoufflés, au premier étage enfin ils s'échouèrent au comptoir d'un bar. Jean s'aperçut qu'il était tenu par une femme à barbe avec des favoris d'avocat et des moustaches en crocs dignes d'un sapeur de l'ancienne garde impériale. En dépit du décor identique, on était loin de la Méry Laurent du *Bar aux Folies-Bergère*, l'une des dernières œuvres de Manet, encore lui, qui décidément ne cessait de le poursuivre. Mais dans la glace derrière les bouteilles se reflétait la salle à l'air enfumé et aux lumières vives que le peintre avait si bien rendue.

Devant lui la femme à barbe posa un verre d'absinthe. Il mit la main à sa poche mais Marceline lui opposa son rire auquel il ne pouvait résister. À côté, Mignon ne s'occupait déjà plus d'eux : elle semblait s'amuser comme une folle aux plaisanteries d'un quarantenaire aux allures de maquignon. Il avala une première gorgée qui lui brûla l'œsophage. Absinthe, plante médicinale aux vertus réputées contre l'asthénie. La fée verte, poison pour le système nerveux pouvant provoquer des crises de type épilepsie, dans laquelle le docteur Vert-de-gris avait noyé son amertume.

Marceline s'approcha dangereusement, ses dents brillaient à la lumière, son verre tinta contre le sien, pour la première fois il sentit la chaleur de son souffle. À côté, Mignon avait disparu. En tournant la tête il la vit entraîner son pigeon dans la foule, qui se laissait mener par le bout du nez sans savoir que ses jupes recouvraient un cauchemar, que sa robe abritait l'enfer. À quoi jouait-elle ? Jean interrogea Marceline du regard.

— Ne t'inquiète pas pour elle, va, elle sait y faire, fit-elle en fermant les yeux une fraction de seconde dans un geste se voulant rassurant.

Marceline s'amusait de ses inquiétudes déplacées. Quelle mesure de prophylaxie pouvait tenir face au désespoir et à la soif de vivre d'une Mignon, face aux appétits sexuels d'un pékin en rupture de lit conjugal ?

Jean trempa ses lèvres dans son verre. La chaleur de la liqueur se répandit dans son organisme et lui monta au cerveau. Marceline était toujours face à lui, à portée de main, elle qui venait de le tutoyer. Il chercha sa main, ne la trouvant pas se pencha vers elle. Un mouvement de la foule les pressa contre le comptoir. Ses yeux ironiques le fixaient toujours puis se détournèrent. Elle affichait un air satisfait, heureuse d'être à cet endroit dans le vacarme et l'agitation, et peut-être aussi d'être avec lui qu'elle tenait dans le creux de sa main.

— Tu viens ?

Du bout de ses doigts elle effleura les siens. Tandis qu'il lui emboîtait le pas il se sentit observé. Il tenta de reprendre ses esprits, se retourna. Une silhouette se détourna, lui sembla-t-il. Une minute après il l'avait oubliée.

Marceline connaissait l'endroit comme sa poche, y avait ses habitudes, faisait des signes amicaux à des filles qu'elle croisait, et Jean la suivait comme un enfant. Il se grisait du spectacle, de la musique, de ces bouquets de femmes venues là pour s'amuser, gagner leur vie ou saisir une bonne fortune, mais un sourire, un regard ou une pression de la main de Marceline suffisait à le soustraire à cette hystérie collective.

Après de nombreux tours et autant de verres, ils se retrouvèrent dehors rue Richer. L'air était frais, les portes de l'établissement filtraient la rumeur de cette fête tarifée, sur le pavé patientaient quelques fiacres en attente de passagers. Quelques petits groupes battaient le pavé, hommes en redingote et chapeau, femmes serrées dans leur manteau, comme s'il s'agissait de repousser le moment de rentrer chez soi ou de poursuivre à l'extérieur ce qu'on avait si bien entamé à l'intérieur. Des rires et des éclats de voix avinées fusaient. Jean aussi avait bu. Il était dans cet état flottant qui tient le monde à distance. Marceline l'entraîna vers les grands boulevards. Il lui prit le bras, elle marchait d'un pas léger, commentait la soirée, le divertissait de son babillage frivole que renvoyaient les façades grises aux volets clos. Il était bien trop absorbé par l'arrondi de sa hanche contre la sienne pour s'apercevoir qu'on les suivait.

Depuis la lettre de Marcel Terrasse il souhaitait lui poser un certain nombre de questions, à propos de la reconstitution de l'*Olympia* à laquelle elle avait participé. Il y avait peu de chances pour qu'il y ait un lien entre les deux reconstitutions, mais la démarche était curieuse et la coïncidence trop extraordinaire pour l'ignorer.

Dans la rue étroite où ils se trouvaient, un fiacre venait vers eux. Il ne voulait pas se montrer trop inquisiteur. D'un autre côté, n'était-ce pas elle qui lui en avait spontanément parlé ?

— J'ai repensé à ton amateur de peinture, dit-il tandis que la silhouette du cheval surmontée par celle du cocher grossissait. Comment était-il ?

— Qui ça ? demanda-t-elle distraitement.

Son esprit était encore aux Folies-Bergère.

Parvenu à leur hauteur, le fiacre les obligea à se coller sur le trottoir et un instant le martèlement des sabots sur le pavé découragea toute conversation.

— L'amateur de peinture, répéta-t-il tandis que le

bruit des sabots décroissait derrière eux. Celui qui t'a fait poser en Olympia.

— Ah ! lui…

Elle parut hésiter quelques secondes, puis ricana, avant de s'exclamer, comme si le souvenir venait de remonter à la surface d'une eau dormante :

— Il m'a appelée Obscura ! J'ai trouvé ça joli.

Jean haussa les sourcils.

— Au début on a cru qu'il s'adressait à Yvette. J'étais allongée, le dos appuyé sur les coussins, et elle se tenait derrière moi son bouquet à la main. Mais c'était à moi de m'exécuter.

— Obscura, répéta Jean qui continuait à marcher tout en la tenant serrée contre lui. Qu'as-tu d'obscur… Tes yeux ?…

— Mon cœur peut-être ?

Elle rit à cette idée sous son regard amusé. Il était sous son emprise comme un piaf sous celle d'un oiseleur. Mais sa curiosité n'était pas satisfaite.

— C'est peu.

— À droite, indiqua-t-elle en appuyant contre sa hanche pour le forcer à s'engager dans la rue désignée. Comment ça, c'est peu ?

Il voulait bien se laisser guider mais tenait à diriger la conversation.

— Sur l'amateur de peinture.

— Ah Flanelle ! Pfff…

Jean n'était pas sûr d'avoir compris. Sans compter que ses paroles pouvaient être influencées par son ivresse. Son débit en témoignait… Ils durent faire un écart pour contourner le corps d'un ivrogne endormi en travers du trottoir.

— Je suis arrivée… dit-elle soudain en s'arrêtant devant une porte.

Son poignet était fin et doux, il le porta à ses lèvres. Cette soirée l'avait échauffé, elle était plus belle encore et derrière cette façade il retrouvait cette fragilité qu'elle avait dans son cabinet. Il se pencha pour l'embrasser, en riant elle s'esquiva. « *Flanelle ?* », lui demanda-t-il alors. *« Il ne faut pas, il ne faut pas essayer de me revoir »*, crut-il entendre prononcer d'une voix soudain plus grave, mais il n'était pas sûr.

Une seconde il ne sut quoi répondre. Il ne comprenait plus. Le médecin reprit le dessus, la fonction faisant l'homme, derrière laquelle il était parfois commode de s'abriter :

— Et Mignon ? Il faut qu'elle revienne me voir, elle n'est pas guérie.

— C'est une grande fille, rit-elle. Elle a été plombée la première fois, maintenant elle se venge, ajouta-t-elle avec une certaine dureté.

Soudain Obscura lui appliqua son index sur la bouche avant de disparaître derrière la porte cochère, et Jean se retrouva seul sur le trottoir comme si tout cela n'avait été qu'un rêve. Il leva la tête. Un sept était gravé dans la pierre à droite de la porte. Il haussa les épaules : après tout, cette sortie lui ressemblait, comme elle ressemblait à son irruption dans son existence. Et puis maintenant il connaissait son adresse.

Ils s'étaient rapprochés de la Seine. Il ne devait pas être à plus d'une demi-heure de chez lui, peut-être vingt minutes. Il se dirigea vers le fleuve.

Ses pas résonnaient dans les rues désertes. Quelle heure pouvait-il être ? Une heure ? Il avait tellement l'habitude d'arpenter ces rues, mais de jour et animées par une foule en mouvement perpétuel. Dans chacune d'elles il avait au moins fait une visite. Cette pratique conférait à ce quartier, même assoupi, même plongé dans la nuit, une géographie unique en son genre, médicale, pathologique, des douleurs et des fragilités engendrées par la ville, une géographie de ses victoires et de ses échecs aussi.

Le départ brutal d'Obscura ne le troublait pas plus que ça. Il l'avait laissé une seconde désemparé, mais les vapeurs d'absinthe et le souvenir de cette soirée, de sa présence, de ce qu'elle lui avait raconté, le tenaient encore à l'abri de toute désillusion.

Mais n'avait-elle pas parlé de ne plus le revoir ? Il l'avait sûrement rêvé. Pourquoi sinon être revenue, l'avoir entraîné ce soir et lui parler ainsi d'elle ? N'avait-elle pas évoqué un perroquet du Gabon lui tenant lieu de chevalier servant ? Celui-là non plus il ne l'avait pas rêvé.

Obscura… Ce nom lui allait à la perfection. En guise de réponse à ses questions il aura au moins obtenu ce nom… Cela lui donnait-il une indication sur celui qui l'avait appelée ainsi ? Flanelle ?…

Soudain une idée incongrue le frappa, celle du point commun qui pouvait exister, non pas entre elle et Sibylle, qui partageaient une même ressemblance physique avec le modèle du tableau, mais entre ce client et lui-même, tous les deux apparemment amateurs de l'œuvre de Manet, en tout cas de l'*Olympia*, et du même type de femmes. Mais tout cela était encore trop confus pour en tirer des conclusions.

La traversée du fleuve sur le Pont Neuf, la tête rentrée dans ses épaules, acheva de le dégriser. À cette heure, ni barge, ni voile, ni vapeur. Tout juste quelques remous en aval des piles de ponts. On y tomberait que l'on serait englouti sans même provoquer d'ondes circulaires à la surface.

Sur la rive gauche, tandis qu'il marchait au bord de l'eau en direction du quai Voltaire, à l'affût du moindre reflet de lumière sur la surface noire, il eut à nouveau la sensation d'être suivi. Il se retourna. Encore sur le pont, à une centaine de mètres derrière lui, une silhouette immobile fut un instant éclairée par la lueur d'une allumette. L'homme, un moustachu coiffé lui aussi d'un melon, allumait une cigarette. Il avait dû se tromper.

Mais une fois la coupole de l'Institut derrière lui, il réalisa son oubli et un courant glacial lui parcourut la colonne vertébrale : la première de Sibylle ! Il avait oublié la première de Sibylle ! *Le Voyage de Monsieur Perrichon* au théâtre du Gymnase ! Son premier vrai rôle sur une scène parisienne… Elle n'avait que ça à la bouche. Il devait évidemment la retrouver au théâtre avant la représentation pour lui prodiguer ses derniers encouragements. Et il n'avait rien trouvé de mieux que de courir aux Folies-Bergère avec une inconnue…

L'iniquité de son comportement lui apparut aussitôt. De sa trahison, il n'y avait pas d'autre terme, même s'il ne s'était pas passé grand-chose. Vis-à-vis de Sibylle qui avait toujours été parfaite et l'avait toujours soutenu.

Un flot de mauvaise conscience le submergea.

Encore une promesse à laquelle il venait de faillir. Affolé il accéléra le pas, comme si rentrer quelques minutes plus tôt allait arranger les choses !

Parvenu en bas de chez lui, l'esprit en fusion, en ouvrant la porte il se dit qu'il n'aurait qu'à prétexter une intervention, un accouchement par exemple. Qu'aurait-elle à y redire ? Quel moyen aurait-elle de vérifier ? Alors qu'il n'était pas de garde ?… se rappela-t-il, soudain moins sûr de lui. Une visite de routine au cours de laquelle auront commencé les premières contractions ! Voilà qui ferait l'affaire !

Au moins son activité lui permettait-elle ce type d'arrangements avec la vérité, se dit-il à moitié fier de sa trouvaille.

Le fracas de la porte cochère se refermant sur lui ne réveilla pas seulement son père, il désigna aussi à la silhouette qui l'avait effectivement suivi depuis la rue Richer l'immeuble où il était entré et où par conséquent il devait habiter.

8

Sibylle franchit la porte du Dépôt en frissonnant. Identique à une rescapée de quelque enfer redoutant d'y être aussi vite renvoyée. Elle préféra ignorer le regard désobligeant du policier en faction devant l'entrée et s'éloigna en reniflant. Elle avait trop pleuré, elle n'avait plus de larmes. Le quai devant l'immeuble grouillait de policiers en uniforme. Certains discutant par petits groupes, d'autres tirant des chevaux par la bride. Moustaches, képis, capelines sombres, godillots ferrés… Cette vision l'impressionna. Elle en avait trop vu depuis la veille. Quitter cet endroit au plus vite, mettre le maximum de distance entre ce lieu et elle. Pour oublier. En se frayant un chemin entre les gardiens de la paix elle manqua de peu mettre le pied dans du crottin encore fumant. Son brusque écart provoqua quelques esclaffements auxquels elle ne prêta pas attention. Elle n'était plus à ça près.

Elle parcourut quelques dizaines de mètres sous le feu d'un faisceau de regards lui brûlant la nuque, avant de s'engager sur le pont balayé par le vent. Malgré ses membres engourdis par une station assise toute la nuit, ses premiers pas sur la rive gauche lui procurèrent une sensation de liberté retrouvée. La Seine qui la séparait de ses geôliers constituait en soi une frontière illusoire au-delà de laquelle elle se sentait à l'abri. C'était exagéré, elle en convenait, mais jamais elle n'aurait cru vivre un tel cauchemar. Elle aurait souhaité être déjà chez elle, mais n'avait pas le premier sou pour prendre un fiacre ou même un omnibus. Jusqu'au quai Voltaire le trajet à pied représentait un bon quart d'heure. De toute façon elle n'avait pas le choix. Alors elle se mit en marche, longeant le parapet surplombant la Seine dans ses petits souliers de soirée dont les empeignes lui cisaillaient les pieds. Elle était lasse, n'avait qu'une idée : se laver, avec une eau chaude se purifier de toutes les avanies subies.

Dans son dos, les cloches de Notre-Dame sonnèrent neuf heures. Neuf coups qui la rattrapèrent et retentirent lugubrement à ses oreilles fatiguées. Elle serra son châle sur ses épaules. Elle avait froid. La journée promettait pourtant d'être belle, avec ce ciel bleu tendre et ces rayons qui réchauffaient déjà les murs des façades et par endroits scintillaient sur les flots gras. Mais elle n'avait pas le cœur à s'en réjouir.

La ville s'agitait, l'activité battait son plein, l'ambiance générale était industrieuse, cela se sentait aux voitures qui filaient d'un train joyeux, aux omnibus bondés, aux voiles reflétant la lumière matinale, aux vapeurs encombrés de passagers, aux barges manquant sombrer sous leur chargement, aux gens qui la croisaient ou la dépassaient d'un bon pas, des ouvriers reconnaissables à leurs outils, un chapelet de religieuses de quelque congrégation, des portefaix… aucun d'eux ne se souciait de cette jeune femme qui se sentait autant humiliée qu'avilie.

Elle venait de passer la matinée au Dépôt après s'être morfondue la nuit entière au violon du quartier de l'Opéra d'où elle avait été transférée à l'aube. Pour une régularisation de sa situation !

Au niveau du Pont-Neuf, épuisée par cette nuit d'insomnie, elle manqua défaillir. Mais la rage lui permit de prendre sur elle et de trouver assez d'énergie pour tenir debout. La rage aussi imprimait à son pas cette cadence et fermait son visage, lui conférant un air un peu ridicule, malgré ses traits ravissants. D'où les commentaires moqueurs de certains passants qui se retournaient sur son passage. Des hommes surtout, dont les traits d'esprit vulgaires lui tissaient une traîne d'infamie. Même les mouettes semblaient rire d'elle. Mais elle ne les entendait pas, les voyait à peine : elle était bien au-delà de ça, avec sa robe froissée et ses cheveux décoiffés.

Cette rage lui permettant de ne pas s'effondrer était dirigée contre Jean qui n'avait pas paru la veille. Le soir de sa première ! Sa première dans un grand théâtre parisien ! Alors que ça faisait des semaines qu'ils en parlaient, et que cette représentation était si importante pour elle. Sa première apparition sur une scène de ce niveau !

Au départ elle s'était inquiétée. Il lui était arrivé malheur, il n'y avait pas d'autre explication. Pendant la représentation elle était trop angoissée pour s'en soucier, mais après, une fois le rideau et l'excitation retombés… En femme aimante, elle s'en était rongé les sangs, plus préoccupée par cette absence inexpliquée que par son propre sort, alors qu'elle était enfermée dans une cage au milieu des prostituées avinées et qu'un ivrogne dans une cellule voisine hurlait sans discontinuer des insanités.

Mais à présent qu'elle était sortie, quand par accès il lui arrivait de repenser à ce qu'elle avait vécu au cours de cette nuit et de cette matinée, après le trac précédant les trois coups et l'attention dévorante du public, la rancœur l'emportait sur l'inquiétude, les larmes lui montaient aux yeux et elle accélérait encore le pas en hoquetant.

Absorbée par sa colère, elle manqua passer sous un tramway en traversant le quai Conti. La frayeur l'enjoignit à se calmer. Plus loin sur le quai, un vendeur de journaux à la criée attira son attention. Elle ralentit sa marche. Nerveusement elle fouilla dans son sac à main. Contre toute attente elle y trouva une pièce oubliée et prit un quotidien que le gosse lui tendait avec un air goguenard. Arrêtée sur le trottoir, elle le feuilleta fébrilement en quête de la page consacrée aux spectacles. Les gens qu'elle avait dépassés en pleurant se retournaient sur elle et la regardaient comme une folle. Enfin elle trouva ce qu'elle cherchait, avec avidité parcourut l'article consacré à la représentation de la veille, à l'affût de commentaires sur sa prestation. Dans son état c'était chercher un bâton pour se faire battre. À mesure qu'elle avançait dans sa lecture sans trouver la moindre mention de sa présence, de son jeu, elle pâlissait. À l'humiliation de l'arrestation et de la visite médicale s'ajoutait celle du mépris pour ce qui lui tenait le plus à cœur. Jusqu'à ce qu'elle tombe sur ces quelques mots :

« Enfin signalons une jeune inconnue, Sibylle Auchair – en plus on avait écorché son nom ! – *interprétant le rôle d'Henriette avec un jeu charmant teinté d'une ingénuité légèrement empruntée. »* Et c'était tout ! Ingénuité légèrement empruntée, avec un nom écorché ! Auchair, et non pas Auclair ! On avait voulu la tourner en ridicule. De nouvelles larmes apparurent au coin de ses yeux, de désespoir cette fois. Les mains pleines d'encre d'imprimerie, elle les essuya, s'affublant par la même occasion d'un maquillage de raton-laveur. En voyant ses doigts noirs, ses larmes reprirent de plus belle. Tout se liguait contre elle ! Elle se sentait si sale. Et le soir même il lui faudrait remonter sur scène, avec son jeu emprunté. Contre toute attente cette perspective la calma plus qu'autre chose. Sa détermination reprit le dessus : elle allait leur en remontrer.

À nouveau elle sécha ses larmes, achevant d'étaler l'encre sur ses joues par-dessus le fard qu'on lui avait appliqué avant la représentation. C'est à cause de ce maquillage de scène outrancier qu'on l'avait prise pour une prostituée sur le boulevard. À plusieurs reprises Jean lui avait parlé de ces rafles opérées par la police des mœurs dont l'objectif était de coincer les filles insoumises. On ne pouvait éviter les méprises, d'honnêtes femmes se faisaient embarquer avec les autres. Cela provoquait des scandales de tous les diables, mais rien n'y faisait : les malheureuses ne pouvant prouver leur bonne foi étaient traitées comme les autres et passaient la nuit dans une cage avec des filles publiques, avant de subir l'interrogatoire de policiers libidineux, puis d'écarter les cuisses pour qu'un médecin douteux ait accès à leur intimité et y introduise l'affreux instrument au métal froid.

Cela s'était passé vers huit heures le matin même, et Sibylle avait eu l'impression de subir un viol. Elle avait eu beau clamer sur tous les tons qu'elle vivait avec un médecin, rien n'y avait fait. Comme si le docteur Corbel n'avait jamais existé ! Et ça les faisait rire, ces porcs ! Tu parles d'une police…

Enfin elle parvint devant la boutique à l'enseigne des Couleurs Corbel. À travers la vitrine elle aperçut le père de Jean déjà penché sur quelque registre derrière le comptoir. Leur complicité ne s'était jamais démentie depuis le premier jour où il l'avait accueillie à bras ouverts. Mais au lieu d'aller le voir comme elle l'aurait fait en temps normal, elle baissa la tête pour ne pas être reconnue, fila tout droit jusqu'à la porte cochère et monta directement chez elle. En raison de son âge et de sa vue déclinante, son « beau-père » ne s'était pas déplacé la veille pour assister à la représentation. Il n'était donc au courant ni de l'absence de son fils ni de sa mésaventure et, soucieuse de lui éviter toute inquiétude, elle préférait ne pas l'alarmer pour rien : il voudrait savoir et elle serait incapable de dissimuler. Elle le verrait plus tard dans la matinée, une fois remise. Une fois qu'elle aurait eu des nouvelles de Jean…

Avec une certaine appréhension elle gravit les deux étages. Au moment de pénétrer chez elle, elle ne savait plus du tout à quoi s'en tenir : et s'il lui était vraiment arrivé malheur ? À nouveau elle en oublia son humiliation et, le cœur serré, poussa la porte. Aussitôt elle remarqua sa sacoche posée par terre et son melon accroché à la patère du petit vestibule. Au soulagement qu'elle éprouva d'abord succéda immédiatement l'incompréhension : s'il ne lui était rien arrivé, pourquoi n'avait-il pas paru la veille au théâtre ? Et que faisait-il encore à cette heure à la maison, alors qu'il aurait déjà dû se trouver auprès de ses patients ?

— Jean ?

En l'absence de réponse, son inquiétude l'étreignit de plus belle. À travers la bibliothèque elle se dirigea vers la chambre dont la porte était entrouverte. Le spectacle auquel elle eut droit la remplit de stupeur et d'indignation : les bras en croix sur le lit, bouche ouverte, Jean ronflait comme un sonneur dans une ignoble odeur d'alcool.

— Salaud !

Elle approcha pour le secouer. Il empestait. Changeant d'idée elle ouvrit les rideaux puis la fenêtre, se retourna vers la pièce et, tandis qu'il dormait toujours, avisa un verre d'eau posé sur la cheminée. Elle le prit, en deux pas atteignit le lit et d'un geste vif projeta le contenu du verre sur le visage de Jean qui se redressa en sursaut et ouvrit des yeux écarquillés par la surprise. Assis, les mains en appui sur le matelas, il la regardait bouche bée.

— Mais qu'est-ce qui te prend ?

Elle éclata d'un rire nerveux.

— Où étais-tu hier soir ? hurla-t-elle au comble de l'exaspération.

À l'humiliation s'ajoutait désormais la vexation d'avoir pu s'inquiéter pour lui alors qu'il cuvait son vin. Elle s'en voulait, se sentait idiote. Jean de son côté tentait de reprendre ses esprits. Il s'essuya le visage, sa tête l'élançait. Sa gorge était complètement desséchée, il mourait de soif. Il n'avait que ce qu'il méritait.

— Un accouchement, parvint-il à balbutier, honteux de son mensonge.

— C'est une épidémie ! Je croyais que tu n'étais pas de garde hier soir ! Que tu t'étais arrangé pour venir au théâtre !

Une seconde il ferma les yeux pour échapper à ce cauchemar. C'était peine perdue. La soirée de la veille lui revint en mémoire, et l'abjection de sa trahison, cette façon qu'il avait eue de suivre cette femme, Obscura… Surnom riche d'enseignements… Justement la veille, le soir entre tous où il eût fallu être présent… Soulagé de ne pas la trouver en rentrant et d'échapper ainsi à une explication houleuse, il s'était finalement endormi, pensant qu'elle n'allait pas tarder. Elle fêtait sans doute la première avec le reste de la troupe dans un restaurant du quartier des théâtres. Elle lui en avait parlé. Lui aussi aurait dû en être. Mais il avait trop bu pour s'inquiéter…

Il devait trouver une porte de sortie, il ne pouvait envisager de laisser Sibylle sans réponse. Alors il déroula le mensonge élaboré après avoir raccompagné Obscura, en rentrant sur le quai entre le Pont-Neuf et la boutique. La visite de routine, à six heures du soir, le travail qui avait commencé, et l'enfant qui n'était apparu qu'à onze heures, une fille. Après il était trop tard pour songer à la rejoindre. Il débitait son récit en évitant de la regarder, son état lamentable facilitait les choses. Au moins la médecine était son domaine, elle n'irait pas le contredire sur ce terrain et il prenait de l'assurance à mesure.

Alors elle fondit en larmes. Son mensonge fonctionnait au-delà de toute espérance, mais il ne se sentait pas fier. Il voulut la consoler, l'enlacer, mais elle le repoussa : il empestait l'alcool et la sueur. Se sentant désespérément seul et lâche, il la regarda essuyer ses larmes, recroquevillée sur elle-même. Pour se donner une contenance il se leva puis son regard fila vers la pendule sur la cheminée. En découvrant l'heure il fut pris d'un bref accès de panique : plusieurs patients avaient déjà dû se casser le nez à la porte de son cabinet ! Les ennuis s'accumulaient.

Il se précipita vers le broc d'eau et remplit la bassine dans laquelle il s'immergea la tête puis se rinça la bouche. D'un geste vif il attrapa une serviette sur le dossier d'une chaise et s'en frictionna le visage et le torse. Il n'avait pas une minute à perdre. Sa tête l'élançait toujours mais il trouverait de quoi se soigner rue du Mail. Fébrilement il ouvrit le tiroir supérieur de la commode, prit une chemise qu'il enfila aussi sec. La célérité lui permettait d'échapper à son embarras.

— Mais toi… tu es rentrée à quelle heure ? lui demanda-t-il en passant son pantalon. Tu ne m'as même pas dit comment ça s'était passé… Je regrette tant de ne pas avoir pu y assister, plaida-t-il, n'ayant en effet aucune idée de l'heure à laquelle elle était rentrée et pouvant encore moins imaginer ce qu'elle avait subi.

Des sanglots redoublés suivis d'un gémissement lui répondirent. Il blêmit. Ce n'était pas son genre de pleurer comme ça. Il s'approcha, se pencha vers elle et lui posa une main sur l'épaule. Il remarqua enfin ce maquillage noir qui avait débordé sur tout le pourtour de ses yeux. Sur sa table de chevet il prit son mouchoir, le plia en quatre, l'imbiba d'eau, puis entreprit de lui tamponner le visage. Elle se laissa faire, soulagée sans doute de trouver en lui tant de sollicitude.

Alors elle lui raconta sa nuit et ce qu'elle avait vécu jusqu'au matin, parce qu'il n'était pas là : Gérard qui lui était présent et, en son absence, avait proposé de la raccompagner, elle qui par égard pour lui avait décliné l'offre et qui, cinq minutes plus tard, était prise dans une rafle organisée par la brigade des mœurs. Comme une prostituée. Elle lui en avait tellement voulu…

À mesure qu'elle lui racontait sa nuit, la honte de Jean grandissait. Il venait de s'en tirer par un vil mensonge, mais c'était à cause de sa trahison qu'elle avait été arrêtée. Rien de tout cela ne serait en effet arrivé en sa présence. Il ne connaissait que trop bien le traitement infligé aux femmes prises dans ce type de rafle : la grossièreté des policiers, la promiscuité dégradante avec les filles de joie souvent ivres, et la visite médicale effectuée sans le moindre ménagement… Il s'en voulait qu'elle ait dû subir tout cela par sa faute.

Mais l'heure tournait et il devait y aller, il n'avait que trop tardé. Il ne pouvait laisser son cabinet fermé plus longtemps. Abandonner ainsi Sibylle à son sort alors qu'elle aurait eu besoin de son réconfort lui crevait le cœur, mais il ne pouvait faire autrement. Le devoir l'appelait. Ses patients avaient besoin de lui.

Melon sur la tête et sacoche en main, la rue lui tendit les bras : après la lourdeur de l'ambiance domestique, elle lui était un refuge. À ceci près qu'une fois seul il ressassa d'autant plus facilement sa honte : honte de son comportement de la veille, honte d'avoir suivi cette femme dans ce lieu de perdition. Cette femme qui avait refusé ses baisers sur le pas de sa porte après l'avoir aguiché toute la soirée. Pour quelle raison ? À cause de sa curiosité ? Par fidélité à son protecteur ? Ce négociant en horlogerie dont elle lui avait parlé, grâce auquel elle avait pu échapper à la grande tolérance ? Gentil bonhomme, d'après elle, qui la traitait avec respect et avait le bon goût d'être par monts et par vaux en voyage d'affaires, à Genève, à Londres, et même à New York où il écoulait sa camelote.

Jean aurait souhaité que cette soirée n'ait jamais eu lieu. Mais il était trop tard. Et toujours il revenait à cette façon qu'il avait eue de se laisser entraîner, et seule une explication parvenait à le satisfaire à moitié : les questions qu'il avait à lui poser sur l'amateur de peinture, ces questions qui le taraudaient après la lettre de Marcel Terrasse prise trop à cœur. Terrasse, toujours fasciné par ces histoires macabres, il n'avait pas changé. C'était absurde. En quoi cela le concernait-il ?

Passant sous les guichets du Louvre, Jean décida que l'épisode de la veille ne devait être qu'une incartade malheureuse et isolée. Il devait oublier cette femme à l'influence désastreuse, à cause de qui il délaissait Sibylle et ne se réveillait même pas à temps pour assurer son service auprès de ses patients. Son mal de tête encore lancinant lui rappelait le pouvoir de nuisance de cette… Obscura.

Ému par le chagrin de Sibylle et raffermi dans ses idées, Jean savait ce qu'il lui restait à faire : se concentrer sur son existence, sur l'équilibre qu'il était parvenu à trouver entre Sibylle et ses patients, cette existence peut-être un peu austère, mais où il reconnaissait son bonheur.

Quant à ses interrogations autour de l'œuvre de

Manet, elles lui paraissaient infondées. Terrasse avait vu un spectacle qui n'aurait jamais dû être, soit. Mais c'était en Provence et cela n'avait rien à voir avec un amateur de peinture sans doute animé d'une certaine perversion faisant poser une fille de joie.

Et dire que, confusément, il avait cru à la possibilité d'un lien entre cette affaire et la mort de la sœur d'Ange… Il avait laissé libre cours à son imagination, avait bâti tout un roman, lui qui préférait les traités de médecine, il s'était laissé impressionner par la vision de la jeune fille à la morgue et la douleur de l'enfant. Tout cela était absurde.

Ragaillardi par ces résolutions, Jean arriva rue du Mail où un petit groupe patientait devant l'immeuble de son cabinet. Il décida que la vie allait reprendre son cours normal, mais c'était un vœu pieux.

Et il ignorait toujours comment s'était passée la première.

9

La jeune femme ouvrit un œil dans une pièce aux murs nus. Le fauteuil sur lequel elle était assise semblait être le seul meuble de cette vaste salle au sol carrelé. Une cheminée dont le conduit servait à dégager la fumée d'un poêle en fonte lui faisait face. À droite de la cheminée, une porte vitrée aux carreaux empoussiérés. Du dehors lui parvenait parfois, étouffé comme dans un songe, le martèlement de sabots sur le pavé : la sonorité franche et claire du fer claquant sur le dur et répercutée par les immeubles. Où était-elle ? Vu la lumière crue qui filtrait à travers les persiennes, il ne devait pas être plus de deux heures, voire midi. Elle se sentait comateuse et étourdie. Que lui était-il arrivé ? Tout était encore si confus dans sa tête. Et cette migraine. Le champagne ? Il ne lui faisait pas mal d'habitude. Pas de cette qualité.

Avec difficulté, elle tenta de rassembler ses souvenirs de la veille. Ils lui revinrent par bribes, morcelés, jusqu'à finalement former une vision d'ensemble dont se dégageait une certaine cohérence.

Il y avait eu ce moustachu aux cheveux blonds et au costume à carreaux qui était venu s'asseoir en face d'elle aux *Lumières de Paris* où elle avait ses habitudes. De but en blanc, il lui avait proposé de lui offrir son souper. Il parlait vite, sur un ton monocorde, avec un débit rapide et saccadé et un soupçon d'accent, normand peut-être ou picard. Mais surtout il était drôle. Des comiques elle en avait croisé, du genre qui aborde les filles en faisant mouche avec un trait d'esprit. Même si la rengaine était connue, ça enrobait la chose d'une certaine légèreté, bien qu'au bout du compte il fût toujours question d'argent et d'un endroit où aller faire l'amour. Mais lui était irrésistible. Des comme lui, elle n'en avait encore jamais rencontré. Elle en avait mal au ventre à force de rire. Lui riait à peine de ses propres blagues. Ça en augmentait l'effet. Il la regardait se tordre de ses yeux malicieux et attendait qu'elle se calme pour en balancer une autre qui la faisait repartir de plus belle.

Alors sur le coup de minuit elle l'avait suivi. De sa poche, il avait sorti une liasse pour payer la note qui devait être salée, elle connaissait les tarifs : d'un bout à l'autre il l'avait régalée au champagne.

Il lui avait dit qu'il était artiste-photographe, portraitiste. Elle lui avait pourtant trouvé des mains de paysan qui rappelaient son accent. Elle s'était permis de lui en faire la réflexion ; mais c'était en quelque sorte un métier manuel. Les ustensiles à porter, le trépied, la chambre noire, les plaques de verre. Sans compter les produits chimiques, sels d'argent et autres, qu'il fallait manipuler avec soin. Ça l'avait convaincue.

Il lui proposa de lui tirer le portrait dès le lendemain

quand il ferait suffisamment jour, c'est-à-dire aujourd'hui, avait-il ajouté d'une voix caressante. Pourquoi attendre ? Elle s'était imaginée posant devant la chambre noire, lui caché sous le drap faisant une plaisanterie au moment de déclencher le mécanisme et ça l'avait fait rire. C'est d'ailleurs la seule fois de la soirée où lui aussi avait éclaté de rire. Avec la main devant la bouche, comme s'il ne voulait pas qu'elle voie ses dents. Sur le moment ça ne l'avait pas frappée, mais à présent un tel réflexe lui paraissait curieux. Ce qui expliquait sa façon de parler rapidement en desserrant à peine les lèvres. Il devait avoir les dents gâtées.

Sur le trottoir devant le restaurant, il avait levé le bras et une voiture s'était avancée.

— Tu veux voir mon studio ? lui avait-il murmuré au creux de l'oreille une fois assis côte à côte.

Passé la surprise – habituée à ce genre de promesses elle avait déjà oublié sa proposition – l'idée lui avait paru délicieusement romantique. Ils longèrent la Seine pendant un moment vers l'ouest, laissant le Champ de Mars sur l'autre rive avant de poursuivre vers Passy et Auteuil, si loin qu'elle pensait qu'ils se dirigeaient vers la campagne. Le balancement de la voiture et le rythme des sabots dansant un petit trot la berçaient. Pour un peu elle se serait laissée aller à poser sa tête sur l'épaule de son voisin qu'il avait rebondie, mais une certaine pudeur l'avait retenue. Curieux comme ce type d'abandon pourtant innocent suppose une confiance en l'autre que n'exige pas le fait de coucher. Lui ne parlait plus, ne plaisantait plus. Elle connaissait : l'heure de la séduction était passée, puisqu'elle avait consenti à le suivre ; à moins que lui aussi, comme d'autres, ait ressenti le besoin de s'envelopper de silence avant l'acte, soldats graves et concentrés avant le combat. À force elle avait remarqué à quel point l'imminence de l'amour allait jusqu'à changer la physionomie des hommes, leur conférant un regard plus dur, inquiet ou avide, des traits figés ou tendus, des lèvres soucieuses, parfois sèches. Et c'est pour se mettre dans des états pareils, qu'ils étaient prêts à payer…

Il s'appelait Claude.

Rêveuse, elle regardait défiler le paysage nocturne, tâchant par endroits d'apercevoir le reflet de la lune sur le fleuve. À un moment, un bruit de succion disgracieux attira son attention. Dans la pénombre elle devina qu'il avait un doigt dans la bouche. Il avait l'air de se frotter la gencive avec agacement. Elle préféra reporter son regard dans la nuit.

Au bout d'un certain temps elle se dit qu'elle ne savait même pas où ils allaient, et que son compagnon d'un soir n'avait pas indiqué d'adresse au cocher. Elle aurait voulu lui en faire la réflexion mais elle percevait toujours ce bruit de succion, et puis la fatigue, la paresse ou une sorte de timidité l'en avait dissuadée.

Enfin la voiture s'arrêta le long d'un mur derrière lequel dépassaient les silhouettes d'au moins trois grands arbres, des marronniers. Deux mètres à peine la séparaient d'une petite porte surmontée d'un buisson de fer denticulé. Il l'ouvrit ; comme elle manifestait une hésitation et se tournait vers le cocher dont la forme, ramassée sur le siège, l'ignorait, d'une légère pression sur l'omoplate il la poussa à l'intérieur. Malgré l'obscurité, le jardin lui sembla à l'abandon.

— Où sommes-nous ? chuchota-t-elle.

Sa propre voix l'impressionna.

— Chez moi, fut la seule réponse qu'elle obtint.

Elle s'en serait doutée.

Il lui fit l'amour comme un chien. De façon précipitée, sans ménagement, ramonant à la cadence d'un teckel avant de se retirer aussi vite qu'il l'avait pénétrée. Dans ce domaine rien ne l'étonnait. Elle attendait que ça passe comme un mouvement de foule qui vous presse un peu trop fort contre des inconnus, en pire. S'inquiétant après s'être rajustée de voir son studio, il lui proposa à boire, histoire d'attendre le lever du jour.

Et maintenant elle se réveillait dans ce fauteuil, dans cette pièce qu'elle n'avait pas vue la veille. Que s'était-il passé ?

Elle voulut se lever. Ses poignets, ses chevilles et sa taille étaient entravés. Elle tenta de forcer ses liens, mais les rubans avec lesquels on l'avait attachée étaient trop serrés. Elle ne fit que comprimer davantage ses veines. La panique s'empara d'elle. Elle voulut crier mais son cri lui déchira la tête. La douleur était insupportable. Pourquoi avait-elle si mal ? La boisson qu'il lui avait donnée peut-être…

C'est alors qu'elle perçut des picotements dans ses narines et qu'elle vit le filet de fumée qui se dégageait du poêle. C'était ça la douleur ? Les émanations de gaz ? L'air qu'elle respirait était vicié, un poison, elle le sentait à présent ! Elle allait mourir ! Malgré ses entraves elle eut sur son fauteuil un mouvement de recul limité par le dossier.

Enfin elle sursauta : derrière la porte vitrée on l'observait. Folle d'espoir, elle appela au secours mais la silhouette ne bougea pas. Malgré ses maux de tête, elle reconnut le costume à carreaux et les épaules arrondies de l'homme à la moustache. Alors qu'il était en elle il l'avait forcée à l'embrasser, elle s'en souvenait à présent, comme lui revenait son dégoût lorsqu'avec la langue elle avait senti ce trou dans sa gencive.

De désespoir elle tenta encore d'arracher ses entraves avant de perdre connaissance, tandis que dans la pièce la fumée toxique envahissait toujours l'atmosphère.

10

À distance de baiser, l'œil noir et rond d'Hector était totalement inexpressif, et qui se serait acharné à y chercher une quelconque lueur n'aurait trouvé qu'un vide inquiétant. Mais sa maîtresse ne s'attardait pas à ces détails ; la vie en était déjà suffisamment encombrée pour ne pas en rajouter. Cette façon de toujours aller à l'essentiel chez elle était une forme de sagesse.

La peau grise et parcheminée qui tenait lieu à Hector de paupière en faisait un vieillard cacochyme cuit par le soleil et les années. Un vieillard à l'œil particulièrement mobile.

Obscura réduisit encore l'espace les séparant et, du bout du nez, lui caressa le bec, gros ongle recourbé en doubles lames réunies en pointe, qui présentait la particularité d'être à la fois lisse et rugueux. De son petit appendice que par caprice il aurait pu trancher d'un coup, elle l'agaçait comme on taquine un enfant. Elle ignorait s'il appréciait ces marques d'affection à leur juste valeur, des attentions qu'en d'autres occasions elle monnaierait fort cher, mais il était hors de question de passer ces préliminaires et de lui accorder d'emblée ce qu'il attendait.

— Alors mon gros vorace, tu n'aimes pas mes caresses ?

Patient, le perroquet du Gabon se laissait faire. Il était habitué à ce manège qui se renouvelait plusieurs fois par jour.

Fasciné, Jules Hénin observait la scène, une coupe de champagne à la main. Il lui avait offert l'oiseau, acquis sept ans plus tôt, en 1878, au cours de la dernière exposition universelle où il faisait partie du décor de l'un des pavillons consacrés à l'Afrique noire. Il n'était pas à vendre, mais en bon négociant Jules Hénin savait que tout s'achète, un perroquet servant à faire couleur locale dans une serre tropicale plus qu'autre chose. Il lui avait juste fallu attendre la fin de l'exposition.

À l'origine ce n'était pas pour Marceline qu'il l'avait acquis. Il ne la connaissait pas. Mais il s'en était lassé, et un jour lui en avait fait la surprise, débarquant chez elle avec l'oiseau, sa cage et tout le fourbi. La joie qu'elle manifesta à grands cris justifiait largement cette passade onéreuse. Le spectacle qu'elle lui offrait à chaque fois aussi le payait de son investissement. C'était devenu un jeu entre eux : provocation érotique avec l'animal à qui elle faisait mine de refuser ce qu'il désirait, avant de finir par ouvrir la bouche et lui présenter la cacahuète qu'en offrande elle tenait luisante de sa salive entre ses dents serrées. Lui la regardait l'œil humide et fixe, sentant toujours face à ce spectacle d'agréables picotements à l'extrémité de sa verge. Et elle, vicieuse, feignait d'ignorer sa présence et l'effet qu'elle provoquait sur lui, ne lui accordant que de rares regards rieurs jetés à la dérobée.

La première fois Hector s'était montré trop avide et lui avait griffé la lèvre supérieure. Elle s'était reculée vivement en poussant un petit cri charmant. Un trait de sang remontait vers son nez. Devant la glace au-dessus de la cheminée elle s'était inspectée, essuyant l'éraflure d'une langue agile et pointue, tandis qu'il l'observait en éprouvant la chaleur bienfaisante d'un début d'érection. À son regard que dans la glace il intercepta, il sut qu'elle était consciente de l'effet produit.

Mais plutôt que de venir s'asseoir sur ses genoux comme une autre aurait fait, elle s'était tournée vers le gris du Gabon et l'avait grondé gentiment : elle ne lui en voulait pas, il fallait simplement commencer son éducation. Heureusement qu'en la blessant, Hector n'avait pas gagné la cacahuète qu'elle avait eu le réflexe de ne pas lâcher : c'eût été instaurer entre eux des habitudes exécrables.

De sa langue elle procéda à l'extraction de la cacahuète, qui soudain apparut entre ses lèvres humides. Aussi vif qu'un éclair, le perroquet se saisit de l'offrande, exerçant même une légère traction sur les dents d'Obscura qui battit des mains.

— Champagne ? demanda-t-elle sans lâcher des yeux Hector qui venait de quitter son perchoir pour la table en acajou afin d'être plus à son aise pour décortiquer le fruit.

Jules Hénin attrapa la bouteille dans le seau à glace, remplit la coupe de Marceline et la lui tendit. Cette attention exclusive réservée au perroquet était une façon de ne pas lui en accorder plus que nécessaire. Cette manifestation d'indépendance ne lui déplaisait pas, alors qu'il lui aurait suffi de serrer un peu plus fort la laisse pour l'étrangler. Mais ce n'est pas ce que l'on cherche lorsque l'on paie. Ce que l'on cherche, c'est à être aimé, ou tout au moins en avoir l'illusion. Et leur marché tacite reposait sur cette illusion.

À l'aide de ses serres à la peau grise et craquelée, Hector achevait d'extraire les fruits de leur enveloppe, et c'était un plaisir que de le voir s'affairer avec cette habileté de singe. Quand il n'y eut plus rien à voir, Obscura daigna enfin s'approcher de Jules Hénin.

— Alors, comment vont les affaires en ce moment ?

Elle n'avait rien à lui dire et n'aurait pourtant jamais osé rêver d'un si joli appartement. Mais tout ça pourquoi ? Pour le simple plaisir de la regarder ? Car il ne faisait pas beaucoup plus. Elle en avait connu des comme ça, chez la mère Brabant. Ce n'était ni les pires ni les plus répugnants. Ils étaient comme des animaux à sang froid qui vous regardent, parlent peu, et semblent s'en satisfaire. Par moments elle trouvait ça reposant, et derrière une façade d'amabilité les traitait par le mépris. À d'autres elle se sentait humiliée, incapable de susciter le moindre désir, et se languissait presque du prochain client qui, sans phrase ou l'inondant de grossièretés, irait droit au but.

Jules Hénin avait tellement pris goût à sa présence qu'il finit par la vouloir pour lui seul et l'installa rue de l'Arbre-Sec.

En somme, elle n'avait fait que passer d'une prison à une autre. Et même si pour rien au monde elle ne serait revenue en arrière, la compagnie des autres filles lui manquait. Mignon, qu'elle ne voyait plus qu'épisodiquement, et toutes les autres avec qui on déblatérait des après-midi entiers à comparer les clients, à en rire aussi, à se donner des trucs et des recettes, à jouer aux cartes et à boire.

À présent elle était peut-être maîtresse de son petit royaume, de ces trois pièces si joliment décorées, mais une maîtresse d'emprunt : rien de tout cela ne lui appartenait. Et Jules Hénin avait beau céder à ses caprices, lui rapporter ce panneau de carreaux de faïence émaillée représentant un combat dans la jungle entre un ara hyacinthe et un cacatoès blanc, ou ce dessus de table en forme de rocher où l'on voyait une couleuvre avaler une salamandre, un crapaud, un mulot, des fleurs et toute une vie dans laquelle il lui arrivait de s'abîmer, elle était désespérément seule.

Par moments son optimisme reprenait le dessus et elle se disait qu'il ne s'agissait que d'une étape, que Jules lui avait permis d'échapper à sa condition de fille à numéro et qu'il suffisait d'attendre. Mais à d'autres, Jules Hénin lui apparaissait plus retors et moins malléable que ses airs bonhommes le laissaient supposer.

Trop jeune sans doute, la rigueur et l'austérité de ses parents l'avaient poussée dans les bras de ce qu'elle avait pris pour un prince charmant et qui s'était révélé un aventurier sans scrupules. Une fois sa virginité perdue et l'oiseau envolé, plutôt que de se lamenter elle avait pris le parti d'en rire. Sur le coup elle avait souffert mais ne lui en voulut pas longtemps. Comment aurait-elle pu ? Son premier amour. De toute façon, elle n'était pas rancunière. Contrairement à ce qu'on lui avait enseigné, la vie pouvait être autre chose qu'une succession de devoirs. Mais la maison de son enfance lui était désormais interdite. En s'opposant à la volonté paternelle elle s'était fermé cette porte. Ce n'était pas plus mal : l'idée de passer ses journées entre ses parents vieillissant dans la confiserie à Tours l'avait toujours rebutée. Alors elle fit sa valise pour Paris, il y eut d'autres hommes, de tous les genres, de tous les âges, ses yeux d'or et sa vitalité ne la laissaient jamais en peine. Chez chacun elle prenait ce qu'il y avait à prendre : le sens de la fête, celui de l'humour ou de la dérision, une rugosité, de la gentillesse, le goût du confort, la fantaisie, de l'argent parfois. Et les hommes défilèrent de plus en plus vite, le nouveau chassait le précédent et cette farandole ne l'effrayait pas. Elle aurait dû. Elle était une équilibriste. Sur son fil elle n'assurait pas ses arrières. Elle avait la vie devant elle.

Jusqu'au jour où elle trébucha. Avec ses fastes apparents la maison de la mère Brabant lui sembla un refuge, dans les moments de lucidité un pis-aller. Avec sa bonne humeur et sa façon de ne pas s'appesantir, ni sur elle ni sur quoi que ce fût, elle se disait qu'en franchissant cette porte elle ne faisait qu'accélérer la cadence et que vis-à-vis des hommes elle y gagnait même en liberté. C'était compter sans le joug de la mère Brabant, plus terrible que tout ce qu'elle avait connu. Et d'une avidité implacable. Chez elle pour la première fois elle réalisa qu'il fallait penser à son avenir.

D'autres avaient été plus prévoyantes et fini par épouser des bistrotiers, des marchands de draps ou des pharmaciens. Elle avait préféré prolonger la fête. À présent il lui arrivait de les envier. Elles avaient des enfants, un brave mari, un quotidien ronronnant. Du moins le supposait-elle, puisqu'une fois casées elles coupaient les ponts.

Elle avait donc profité de ce pâle négociant en horlogerie pour poser la première pierre de son avenir. Mais le regard que cet homme d'une trentaine d'années, aux traits fins mais veules, posait sur elle n'avait pas changé et elle ne comprenait pas ses intentions. Ainsi par moments elle avait l'impression de le dominer, tant il la buvait du regard comme peuvent le faire certains hommes face à une enfant gracile et perverse, mais à d'autres elle devinait qu'elle n'avait aucune prise sur lui : une poignée d'eau qui ruisselle entre les doigts.

Elle vida sa coupe et la posa sur la table. Celle de Jules était vide. Elle se saisit de la bouteille et la remplit. Le dos de sa main effleura sa joue. Elle était derrière lui, appuyée contre le dossier de son fauteuil. Ce fauteuil à bascule qu'il avait rapporté d'un voyage à New York et que là-bas ils appellent *rocking-chair*. Des doigts pâles et longs agrippèrent les siens. Elle contourna le fauteuil et vint s'asseoir sur ses genoux, entraînant par son poids le siège vers l'avant. Par ce mouvement Jules se retrouva légèrement au-dessus d'elle. Sa main descendit sur son cou. Elle sentit un léger frémissement et s'enhardit. Il n'était peut-être pas de marbre après tout. Il suffisait de trouver la clef.

Il tenait toujours sa coupe. Elle la lui prit et la vida avant de la poser sur la table. Le champagne prodiguait une ivresse subtile. Elle prit son sourire pour une invitation à poursuivre.

De la langue elle effleura le lobe de son oreille droite avant de le mordiller doucement, tandis que de la main gauche elle dénouait sa cravate. Une fois sa chemise ouverte, sa main s'aventura sur son torse. Il avait la peau fine, et progressant plus bas elle pouvait compter ses côtes. Elle remonta pour flatter ses pectoraux qu'elle aurait voulus plus fermes. Ses mains à lui restaient inertes. Elle en prit une et la guida sous sa robe qu'elle avait commencé à dégrafer. De ses doigts fins il lui pétrissait timidement un sein. Sa caresse froide n'était pas désagréable, son mamelon se durcit sous l'effet de ce curieux tricotage. À travers son pantalon elle sentit enfin une dureté. De ses doigts agiles elle le déboutonna. Le souffle soudain rauque, il haletait. Elle commençait à être à son affaire, le manœuvrait comme un marionnettiste actionne ses fils.

Elle entendit alors Hector émettre dans son dos un de ses cris gutturaux et laissa échapper un petit rire. Elle trouvait plaisant que son perroquet, à qui elle avait tant donné, soit le témoin de ces premiers ébats. Manifestait-il ainsi sa jalousie ?

Refrénant son hilarité, avec précaution elle quitta les genoux de Jules et s'agenouilla sur le tapis entre ses cuisses. Elle le sentit se raidir puis se figer. Ses mains qui avaient déjà effleuré la racine de son sexe remontèrent prudemment de quelques centimètres vers l'aine et le nombril. L'une de ses mains à lui s'était égarée dans sa chevelure et la caressait doucement. Lorsqu'elle sentit que sa tension s'était apaisée, elle descendit à nouveau sa main droite et, avec une délicatesse infinie, ceintura son pénis pas encore découvert mais déjà ferme entre son pouce et son index.

— Meeiiickk !!! éructa à cet instant le perroquet dans son dos.

Elle ne put retenir un nouveau rire malencontreux, petite note discordante dans le silence pesant.

Deux pinces enserrèrent ses poignets et les écartèrent avec une force qu'elle ne lui soupçonnait pas. Les lèvres tremblantes et le teint livide, Jules Hénin se releva. Encore à genoux elle tenta de le retenir, mais il était trop tard. Il avait reboutonné son pantalon et, devant la glace au-dessus de la cheminée, resserrait fébrilement sa cravate.

Quand elle se releva, ne prêtant plus attention à elle, à l'aide de son bec Hector lissait le plumage de son aile gauche qu'il tenait relevée.

Une fois la porte refermée sur son « protecteur » dont elle écouta le pas précipité décliner dans les escaliers, Obscura fondit en larmes. Quelle idiote ! Avec son rire elle avait tout gâché. À présent il fallait repartir de zéro. Mais c'était sa faute : elle avait toujours pris ces choses-là à la légère, alors que la plupart des hommes y accordent une gravité stupéfiante, comme s'il en allait de leur honneur, et particulièrement un Jules Hénin, pour qui déjà ce ne devait pas être évident… Quelle imbécile elle faisait !

— Toi, tu seras puni, fit-elle en menaçant de l'index le volatile. Et ne compte pas le revoir. La prochaine fois je te laisserai dans ta cage avec la couverture !

À l'aide d'un mouchoir elle essuya ses larmes. De dépit elle se mordit les lèvres. Elle avait l'air fin, après avoir laissé passer l'unique chance qui s'était jamais présentée à elle avec ce bonhomme.

Voyant la bouteille dans le seau à glace, elle se resservit. Le champagne contribua à la consoler, et aussi vite qu'elles étaient apparues, les larmes cédèrent la place au rire.

— Je t'en veux pas va, c'est cet eunuque.

Et avec une spontanéité enfantine elle posa sur la table à côté du perchoir une cacahuète sur laquelle le perroquet se rua, les doigts de ses serres commençant à la dépiauter avec une facilité réjouissante.

Mais à nouveau le spectre de la vieillesse vint la hanter. Ces filles devenues vieilles, cauchemar de toutes ses semblables, au visage enduit de fard pour masquer leur peau ridée, qui achèvent leur existence dans des maisons d'abattage près des fortifications, à Montrouge ou à Charonne, où leur corps proposé aux soldats et aux journaliers ne vaut guère plus qu'un verre de bière ou d'absinthe. Cinquante centimes pour un numéro et le droit d'aller s'isoler sur une paillasse avec une vieille bête en fin de course aux cuisses écaillées.

Qui voulait d'un tel avenir, et comment l'éviterait-elle, si elle continuait à se conduire ainsi, à ne rien respecter et à rire au nez de son protecteur dans une posture à ses propres yeux déjà délicate ? Cette perspective ranima ses larmes. Sans même les essuyer, elle éclata à nouveau de rire : encore fallait-il vieillir pour connaître pareil enfer. Or elle avait toujours su qu'elle ne ferait pas de vieux os.

Elle vida le fond de la bouteille dans sa coupe et, légèrement euphorique, d'une démarche incertaine, s'approcha d'Hector. Il lui sembla alors, mais peut-être était-ce l'effet des larmes qui lui brouillaient la vue, que le rocking-chair se balançait encore, comme si Jules Hénin venait de se lever et de quitter la pièce. Un fauteuil grâce auquel on peut s'amuser quand on est en compagnie d'un homme normalement constitué, se dit-elle rappelant à la rescousse certains souvenirs.

Ces évocations lointaines et plaisantes l'entraînèrent vers ce jeune médecin sans le sou, le docteur Corbel, cet idéaliste qu'elle pouvait manœuvrer à sa guise. Mais pour en faire quoi ?

11

Réprimant un soupir, le docteur Corbel rangea son stéthoscope dans sa sacoche. L'homme dont il venait d'écouter les poumons fut secoué par une violente quinte de toux. Souffrant d'une phtisie pulmonaire, il était entré dans la phase dite des cavernes, au cours de laquelle la masse tuberculeuse qui a remplacé le tissu sain se transforme en pus. Jean l'avait diagnostiqué au premier regard en entrant dans la pièce : à la couleur bleuâtre de son visage et de ses mains. Avec ses omoplates saillantes qui évoquaient des ailes rognées, de dos le tailleur de pierre ressemblait à un ange déchu. Jean ne lui donnait pas plus de quelques mois à vivre, voire quelques semaines, ce qu'il était hors de question de lui annoncer. Son rôle était de rassurer, et tenter d'insuffler un soupçon d'espoir.

— Vous pouvez remettre votre chemise, dit-il d'une voix douce, l'œil rivé sur la peau luisante et translucide tendue entre ses côtes. Il fait sombre ici. On peut faire de la lumière ? demanda-t-il à la femme tandis que le tuberculeux se rhabillait. J'en aurai besoin, pour rédiger mon ordonnance.

La femme gratta une allumette et enflamma la mèche de la lampe à pétrole avant de remettre en place le tube de verre. La lumière gagna en intensité, révélant à Jean l'enfant qui dessinait en silence, sa feuille de papier posée à même le sol. Il l'avait aperçu en arrivant mais oublié depuis, tant il demeurait silencieux. Un petit garçon de cinq ans environ, exposé toute la journée aux crachats infectés de son père.

Jean s'assit à l'unique table et sortit son bloc. Avec une lenteur de mauvais augure, l'homme achevait de boutonner sa chemise. La griffure de la plume au rythme nerveux fut bientôt le seul bruit qu'on entendit. En dressant l'oreille, on pouvait s'apercevoir qu'elle faisait écho à celle du crayon de l'enfant.

« Chaque soir au coucher, à l'aide d'une sonde à béquille n° 16 un lavement (à garder) de 2 cuillerées à soupe de lait dans lequel on émulsionnera une cuillerée à café de créosote puis 4 cuillerées à café de créosote pure de hêtre (10 gr) et décoction de bois de Panama (90 gr). Si urines noirâtres, réduire la dose. »

Il se relut, réfléchit un instant puis ajouta :

« Si toux persistante, 5 à 20 gouttes par jour de Chlorhydrate d'héroïne et d'eau de laurier-cerise. »

— Vous connaissez un pharmacien ? Il devrait vous préparer tout ça. Ce que je vous ai prescrit c'est pour assécher les bronches. Ça devrait calmer la toux… Vous savez lire ?

La femme acquiesça.

— Alors la première feuille est pour le pharmacien et celle-ci pour vous, annonça-t-il en commençant à écrire :

« Air, soleil, repos, 4 repas/jour, ou huile de foie de morue vierge ou blonde ambrée, lait, œufs crus, 150 gr/jour de tranche de cheval râpée, pulpée et tamisée, absorbée en boulettes dans du potage ou sur tartine mélangée à confiture de groseille.

Éviter tabac, vinaigre, agrumes, vin, café, poivre, thé noir, épinards, tomates.

Frictionner tout le corps chaque matin avec une flanelle imbibée d'eau alcoolisée froide.

Crachoir : soit eau de Javel (2 cuillerées à soupe d'extrait de Javel pour 1 litre d'eau), soit liquide désinfectant de Küss (savon noir 8 gr, carbonate de soude sec 4 gr, formol (solution à 35°) 40 cm³ pour 1 litre d'eau) ».

Le fracas d'une toux caverneuse emplit toute la pièce. Le malheureux avait à peine la force de mettre la main devant sa bouche, et Jean douta de l'utilité du mal qu'il se donnait pour lui. La quinte était plus intense que les précédentes et l'homme donnait l'impression d'être sur le point de recracher ses poumons.

Jean avait ce bruit en horreur. Il lui rappelait l'agonie de sa mère qui avait duré des semaines. Toutes les nuits il l'entendait tousser ainsi à travers la cloison qui séparait sa chambre de celle de ses parents. À la fin, il n'entendait plus qu'un aboiement sec atténué par une distance infinie, et il inondait son oreiller de ses larmes : il avait peur de ne pas la trouver vivante à son réveil. Et chaque matin elle était plus éteinte, plus creusée, plus anémiée que la veille. Un jour elle parut mieux. C'était une rémission trompeuse. Quarante-huit heures plus tard, elle rendait l'âme. Un après-midi alors qu'il rentrait de classe, d'une main sur l'épaule son père l'intercepta avant qu'il ne s'élance vers la chambre. Ce seul geste suffit à le prévenir. En pénétrant dans la pièce, il croisa le médecin qui refermait sa sacoche au chevet de sa mère dont le visage était enfin apaisé.

Jean regarda l'enfant qui dessinait toujours. Et lui, quel souvenir conserverait-il des dernières semaines de son père ? Il s'approcha de la mère :

— Je pense au petit. Que son père ne l'embrasse plus. C'est un miracle qu'il n'ait pas été atteint. Je vois qu'il dessine par terre, c'est là que la plupart des crachats atterrissent. Habituez-le à ne pas porter les doigts à la bouche, attention aussi au sable dans les jardins publics. Et je vous ai noté deux formules de solution antiseptique à mettre dans un crachoir. Videz-le régulièrement dans une fosse d'aisances après l'avoir fait bouillir un quart d'heure dans un bain-marie. Et puis ses mouchoirs doivent être changés tous les jours et bouillis. Cela représente beaucoup de travail, à ajouter à tout ce que vous devez déjà faire, mais c'est primordial.

La femme lui adressa un sourire sans joie.

— Comment s'appelle-t-il ? demanda Jean en désignant l'enfant.

— Antoine. Combien est-ce que je vous dois docteur ?

— Quinze francs.

Pendant qu'elle cherchait son argent, le regard de Jean croisa celui de son patient. Il s'y mêlait harassement, panique et résignation. Jean rompit le premier.

— Et surtout, dit-il à la femme qui lui ouvrait la porte, si votre fils ou vous-même vous mettiez à tousser, n'attendez pas avant de consulter.

Elle hocha la tête, mais Jean douta d'avoir été écouté. Avant que la porte ne se referme, il inspecta la pièce, sombre et mal aérée, propice au développement du microbe de la tuberculose.

Le dos voûté, respirant avec la plus grande difficulté, l'homme avait le regard perdu au-delà de la fenêtre. Entre ses mains, une blague à tabac que ses doigts tripotaient machinalement. Allongé sous la table, l'enfant dessinait toujours. Une marmite était posée sur le feu, ça sentait le chou. Lorsqu'il s'éloigna dans le couloir, Jean entendit une dernière quinte de toux. L'air de la rue lui fit du bien.

Il traversait le pont du Carrousel quand la devanture de son père lui fit de l'œil, sans doute à cause de la lumière rasante qui la frappait de biais et donnait à la vitrine des reflets dorés. L'étal de la fleuriste et ses brassées de tulipes ne lui avaient pas suffi. Après une journée comme celle-ci, il avait besoin de couleurs. Rien de tel pour le distraire de ce qu'il avait enduré et l'aider à se défaire de la carapace d'insensibilité qu'il endossait.

Combien d'étages avait-il gravis aujourd'hui ? Cent vingt ? Combien de misères avait-il affrontées ? Et parmi elles, combien avait-il réussi à réduire ? Il ne sera en tout cas pas parvenu à sauver le tailleur de pierre : pas encore quarante ans et déjà sur le point de passer l'arme à gauche. Comme les menuisiers, les meuniers, les plâtriers et tous les ouvriers travaillant dans un environnement chargé de poussière qui irrite les voies respiratoires, les tailleurs de pierre étaient les plus exposés aux maladies pulmonaires. Jean se demandait souvent à quoi il servait face à ce fléau. Ses conseils d'hygiène et de prophylaxie arrivaient trop tard pour ces gens ; pour celui-là en particulier, qui n'aurait plus jamais la force d'exercer son métier.

L'envers du décor de ce monde qui évoluait si vite. Depuis les travaux titanesques du baron Haussmann, la ville d'année en année se modifiait : nouvelles avenues, nouveaux éclairages, nouvelles constructions dont certaines défiaient les lois de la physique – ne parlait-on pas d'élever une tour de fer haute de plus de 300 mètres conçue par l'ingénieur Eiffel ? Et les locomotives à vapeur de plus en plus rapides évoluant sur un réseau de voies ferrées tentaculaire, et les navires sillonnant les océans, aux capacités toujours plus importantes. L'électricité. Le téléphone dont on installait les premières lignes à Paris. Autant d'inventions inimaginables quelques années plus tôt. Le train du progrès filait à toute allure dans un tunnel à la sortie incertaine. La machine s'emballait. Et la force ouvrière servait de combustible. Chaque année des milliers de provinciaux convergeaient vers la grande ville pour ajouter leur petite pierre à l'essor industriel, en échange de quoi ils gagnaient le strict nécessaire et s'entassaient dans des logements dix fois plus exigus que ceux qu'ils occupaient dans leurs campagnes. C'est là que lui, Jean Corbel, jeune médecin, venait visiter les victimes et les éclopés de cette fuite en avant. Car la médecine ne suivait pas. Pas assez vite à son goût. Dans bien des cas, il n'était là que pour constater les dégâts et tenter d'atténuer la douleur.

Avant de traverser le quai Voltaire il se laissa distraire par le miroitement du fleuve. Depuis sa plus tendre enfance il avait l'impression que ses reflets stimulaient ses pensées qui vagabondaient sur cette surface changeante. Une bribe du discours de remise de doctorat lui revint à l'esprit : *« Nous sommes les confidents non seule-*

ment des avariés et des éclopés de toute espèce mais aussi des inquiets, des agités, des désespérés. Le pauvre, l'abandonné sentent qu'ils peuvent se confier à nous puisque nous sommes souvent seuls à les consoler. »

Cela résumait parfaitement son rôle. Là précisément, et nulle part ailleurs, se trouvait son utilité. Ni dans le laboratoire d'un Pasteur, ni dans le service d'un Tarnier, bienfaiteur de l'humanité pour avoir enrayé la fièvre puerpérale décimant les maternités. Sa place était auprès des malades, à écouter leurs plaintes, panser leurs plaies, réduire leurs fièvres, prendre leur pouls, sonder leurs poumons, ausculter leur peau, et atténuer leur désespoir. Adoucir leurs derniers jours. Écoper un navire prenant l'eau de toute part. En première ligne. Aux avant-postes.

Sa destinée : ni les honneurs, ni la fortune, mais le défilé des malades dans son cabinet, l'ascension des escaliers sa sacoche sous le bras, pour le prix d'une passe, ou parfois pour un sourire. Pour cette peine il était parmi ses semblables, au cœur du monde, au cœur de la vie, au cœur des ténèbres. Cela n'avait pas de prix. Et Sibylle, pour qui il avait acheté ce bouquet, Sibylle qui dans ce chaos voulait un enfant, pansait ses plaies et le reposait de ce tumulte.

Une voiture de louage lancée au trot lui masqua la vitrine de son père. Après qu'elle fut passée il traversa le quai et poussa la porte vitrée. La clochette fixée à son sommet émit un tintement joyeux. Ses grandes espérances n'étaient pas encore mortes.

— J'arrive !

— Ne te dérange pas, c'est moi !

— Alors tire le verrou tu veux bien ? Je vois qu'il est déjà sept heures et demie.

Jean s'exécuta. À cette heure son père était seul dans la remise au fond qui servait d'atelier. Il inspira profondément ce subtil mélange d'odeurs qui le ramenait à autrefois. Cela faisait un moment qu'il n'avait pas mis les pieds dans la boutique où enfant il avait passé tant d'heures. Des après-midi entiers à ouvrir les centaines de petits tiroirs numérotés qui abritaient fusains, crayons, pastels, pigments, et tubes de peinture. Un meuble était réservé aux brosses et autres outils : pinceaux, blaireaux, couteaux, grattoirs et rasoirs. Des casiers plus grands contenaient les cadres entoilés. De profondes étagères servaient à entreposer des papiers en feuilles ou en rouleaux. Ailleurs c'étaient les chevalets et les palettes. Et derrière le comptoir, des fioles et des bocaux par dizaines contenant de l'essence de térébenthine, de l'huile de lin, des pigments en morceaux ou en poudre.

Par leur pouvoir de coloration, les pigments le fascinaient. Leur simple énumération relevait autant de la géographie que de la chimie, de la biologie et de la botanique. Il en venait d'Afghanistan, de Chine, d'Afrique, du Japon, d'Amérique, de Hollande et de Suède. Ils provenaient des os, des noyaux de certains fruits, de la terre, de certains minerais, de certains végétaux. Transformées, toutes ces matières servaient ensuite à la représentation de ce monde dont elles avaient été extraites.

Ici le temps s'était arrêté, le progrès n'avait pas de prise, se rassura-t-il en promenant son regard dans la boutique. Même si l'apparition du tube avait été une révolution, permettant aux peintres de déserter leurs ateliers pour transporter ailleurs leur chevalet, en pleine nature, dans des lieux auxquels autrefois ils ne pouvaient se confronter qu'à la mine ou au fusain. La peinture de cette seconde moitié du siècle vivait au rythme de cette libération. Le tube avait transformé le peintre en explorateur, en arpenteur, en vagabond.

— Tu as remarqué mon nouveau bleu de Prusse ? lui cria son père depuis l'atelier. Sur la gauche derrière le comptoir !

Jean posa sa sacoche et, son bouquet toujours à la main, se dirigea vers son père en train de broyer des couleurs. Debout devant la table au plateau de marbre, à l'aide de sa molette dont il tenait le manche de ses deux mains, Gabriel écrasait de la poudre de cobalt dans de l'huile de lin jusqu'à former une pâtc à la consistance désirée. Tenir la molette lui permettait d'annihiler sa tremblote. Le voir ainsi en pleine possession de ses moyens transformer la couleur en pâte apaisait son fils : une plongée dans un passé lointain quand la vie lui apparaissait comme une fête chromatique qui ne devait pas avoir de fin.

— Tu as de belles pivoines, remarqua son père sans se distraire de son travail. Rouges et blanches comme ça, elles me rappellent une petite nature morte de Manet. Il n'y en avait pas deux comme lui pour réussir les blancs de cette façon. D'un point de vue technique, le velouté de ses pétales avait quelque chose d'incroyable.

Jean regarda son bouquet puis son père. Il n'avait semblé prêter aucune attention à ses fleurs, et pourtant il était capable de ce rapprochement avec une toile anodine datant d'une vingtaine d'années.

— Sibylle m'a raconté sa nuit au poste et son passage au Dépôt, poursuivit-il après un silence.

Jean sentit son visage s'empourprer. Le reproche que lui adressait son père était à peine voilé, lui qui ne se permettait jamais la moindre réflexion à son égard. Avec son bouquet il se sentit soudain ridicule.

Les mains agrippées à la molette, Gabriel avait arrêté son mouvement pour mieux apprécier le résultat de son broyage. Il n'en dirait pas plus sur Sibylle et les manquements de son fils. Pas le genre.

— Combien de personnes as-tu guéries aujourd'hui ?

— J'en perds une, surtout. Phtisie pulmonaire. Ces imbéciles s'inquiètent trop tard. Et toutes les mesures qui seraient nécessaires pour le maintenir ne serait-ce que quelques mois… C'est impossible pour des gens comme eux.

Jean perçut un temps d'arrêt dans le mouvement que son père imprimait à la molette : la phtisie dont sa mère était morte avait été favorisée par tous ces pigments dont elle avait trop respiré les poussières irritantes.

— Alors ça ne devrait pas t'affecter, s'ils s'inquiètent trop tard.

Un sourire amer étira les lèvres du médecin. Pour la deuxième fois en quelques minutes son père l'avait percé à jour. La mort de sa mère avait transformé son âme en celle d'un justicier. Un justicier qui avait tendance à confondre justice et fatalité, et à vouloir porter toute la misère du monde sur son dos. En ce sens il ressemblait à son père qui, malgré son âge avancé, restait encore si tard dans son atelier. Depuis quelques années sa vue avait baissé de façon inquiétante. À quinze mètres il n'était plus capable de reconnaître son fils, mais pour les couleurs, il avait conservé toute son acuité : il distinguait toujours les nuances les plus fines là où d'autres ne verraient qu'une seule teinte. Cette dernière faculté, malgré la tremblote, malgré la fatigue et le flou qui avait envahi sa vue, lui permettait après cinquante ans de métier d'être encore à son affaire.

Et toi, Jean Corbel, ton diagnostic aura-t-il conservé toute sa pertinence dans trente ou quarante ans, quand tu n'auras plus la force d'escalader tous les étages ? Quand tu ne seras plus qu'un vieillard fatigué recevant ses patients dans son cabinet jusqu'à ton dernier souffle ?

Bien qu'un peu voûté, son père le dépassait toujours. Quelle femme aurait pu le pervertir du vivant de la sienne ? Seul dans son atelier, il fournissait l'image exactement inverse du renoncement. Mû par une impulsion soudaine, Jean s'approcha et serra son épaule. Lui non plus ne renoncerait pas.

Sibylle aussi avait pensé à lui : elle était revenue avec une bouteille de vin et un rôti de veau qu'elle avait laissé mijoter dans une cocotte avec des oignons, des carottes et quelques pommes de terre. À peine avait-il mis le pied sur la première marche de l'escalier que l'odeur lui caressa les narines.

La joie que provoquèrent ses pivoines le mit mal à l'aise. Elle signifiait beaucoup de choses : Sibylle n'aimait que lui, il était si simple de lui faire plaisir, et pourtant il s'en donnait rarement la peine. Son absence lors de la première était oubliée. En assistant à la pièce dès le lendemain soir il avait racheté sa faute et elle ne lui en voulait plus. Surtout, il était parvenu à tenir à distance le spectre d'Obscura dont le souvenir pourtant, à plusieurs reprises, avait tenté de s'imposer à son esprit.

Et puis Sibylle était séraphique à sa manière, et sa légèreté emportait tout sur son passage, quand elle ne se laissait pas dominer par des préoccupations sans intérêt.

Le vin lui avait rosi les joues, son rire découvrait ses dents blanches, son chignon à moitié défait laissait une mèche passer devant son œil gauche et lui caresser la joue, l'essentiel de sa chevelure lui ruisselait dans le cou. Ce soir le théâtre faisait relâche et le succès mitigé de la pièce ne paraissait pas l'affecter. Elle parlait avec drôlerie de la troupe, du metteur en scène, du directeur, des travers de chacun. Son babillage pouvait rendre les soirées passées en sa présence délicieuses. Cela valait tout l'or du monde.

Depuis la cuisine où elle rangeait les reliefs du repas pendant qu'il épuisait son verre devant le feu, elle l'abreuvait de ses anecdotes et commentaires que la danse des flammes consumait aussitôt.

— J'ai envie, lui dit-elle à califourchon sur ses cuisses. Ce soir, ajouta-t-elle avant de planter sa langue dans sa bouche, intrusion qui l'emplit d'une douceur unique.

Elle n'avait pas grand-chose à faire pour l'entraîner, son baiser qui n'en finissait pas le transportait ; il parvint pourtant à y mettre fin pour mieux la regarder.

Il vit clairement sa stratégie. Ce dîner, ces préparatifs, cette bonne humeur ? Après tout pourquoi pas ? Un petit Corbel, elle le désirait avec tellement de force.

— J'espère au moins que tu n'as pas contracté la syphilis en te faisant payer en nature par une de tes patientes, lui chuchota-t-elle à l'oreille tandis qu'ils gagnaient la chambre. C'est une tradition familiale chez vous, le paiement en nature, acheva-t-elle dans un rire en déboutonnant sa chemise.

Cela raviva les souvenirs de Jean : il revit une étude pour *Jeunes Grecs faisant battre des coqs* que Léon Gérôme avait donnée à son père en échange de couleurs. Mais lui ne s'était jamais fait payer ses consultations en nature, bien que cela pourrait être une idée : avec le Léon Gérôme, cette plaisanterie avait fait resurgir une autre image, beaucoup plus entêtante et dangereuse, Obscura, toujours elle, insaisissable et obsédante, avec sa chevelure acajou et ses taches de rousseur. Obscura dont il croyait apercevoir le visage, sous cet angle identique à celui qu'il avait en l'auscultant quelques jours plus tôt, en contre-plongée, tandis que Sibylle à cheval sur ses hanches, lui maintenant les poignets contre le matelas, le chevauchait.

Entre les deux femmes, la sienne et l'autre, l'étrangère qui avait disparu pour mieux l'envoûter, un point commun étrange : avoir toutes deux été élevées au rang d'Olympia, la première par lui, Jean, la seconde par ce client des grandes tolérances.

Toujours sur lui, Sibylle accélérait la cadence de ses va-et-vient, ses gémissements de plaisir augmentaient en intensité. La jouissance approchait. Elle était belle dans cette posture, ses seins pointant et sa tête renversée en arrière. Il aurait voulu les caresser, mais elle l'immobilisait toujours. Il n'avait pas l'énergie de se défaire de cette emprise.

Sibylle jouit avant lui mais elle continua son mouvement pour l'accompagner jusqu'au bout. Enfin, il éjacula, envoyant sa semence en elle, avec les conséquences imprévisibles qu'une éventuelle naissance pouvait représenter.

Elle s'affala sur lui, gardant toujours son sexe en elle, encore dur, par réflexe la fouillant encore, pour y déverser une dernière goutte, pour affirmer sa présence. Elle colla sa bouche à la sienne, enroula leurs deux langues ensemble, les soubresauts de son bassin lui tiraient d'ultimes gémissements, l'une de ses mains à lui s'attardait paresseusement entre ses fesses, leurs sueurs se mêlaient.

— Sais-tu ce qu'a écrit Linné dans l'Avant-propos de son *Histoire naturelle* ? lui demanda Jean peu après, leurs souffles s'étant apaisés et leurs corps détachés l'un de l'autre.

Pour toute réponse elle lui mordilla l'oreille, avant de lui susurrer qu'elle s'en foutait.

— *Je n'entreprendrai pas la description des organes féminins car ils sont abominables*, récita-t-il de mémoire.

Leurs rires se fondirent l'un dans l'autre.

— Laisse-moi, tu me dégoûtes !

Mais ayant dit ça, elle se lova contre lui, tentant d'établir un maximum de contact entre leurs peaux.

Tandis qu'elle s'endormait déjà, Jean ressentit un trouble dont il comprit bientôt la cause : le visage d'Obscura qui pendant l'amour s'était substitué à celui de Sibylle, Obscura dont il avait cru percevoir l'éclat du regard dans celui de Sibylle.

Malgré ses efforts, il pressentait qu'il n'en avait pas fini avec elle.

Dans la pièce à côté une bûche craqua et ce son retentit à ses oreilles d'une manière funeste.

12

Lancée à vive allure, la voiture fracassait le pavé sur lequel s'entrechoquaient les sabots ferrés du cheval de trait. Les secousses à peine amorties par les suspensions du véhicule se répercutaient sur le daguerréotype de police que Jean tenait entre ses mains. Il avait du mal à le fixer. En abscisses et en ordonnées, les graduations donnaient une idée des distances entre les différents éléments de la scène. Il s'agissait d'une vue globale, sans aucune prétention artistique. Les intentions de l'*artiste* à l'origine de cette mise en scène étaient pourtant bien visibles, et l'ensemble si extraordinaire et insolite, que la nouvelle s'était répandue dans les milieux dits *autorisés* – service de la Sûreté, service des mœurs, une partie du corps médical – à la vitesse d'une traînée de poudre enflammée. Elle était parvenue jusqu'à Jean avant que la presse ne s'en soit emparée.

Avec une instantanéité vertigineuse elle lui rappela la mise en scène décrite par Marcel Terrasse dans sa lettre. Et les intuitions confuses qui l'avaient agité revinrent au galop. Comme si cet événement confirmait ce que sa raison avait refusé d'admettre. Il triomphait tout en redoutant de s'aventurer sur des terres hostiles : il était à deux doigts de franchir les portes d'un monde interdit.

Ressentant une excitation inconnue jusque-là, il n'eut dès lors plus qu'une idée en tête : constater par lui-même.

Mais dans ce fiacre qui le rapprochait inexorablement de la scène qu'il tenait entre ses doigts, qui le happait mais lui donnait la nausée, il ne savait plus. Il n'était plus sûr de vouloir voir de ses propres yeux et regrettait presque cette faveur sollicitée auprès de Raoul Berthot. Que pouvait-il attendre d'une telle démarche ? Il allait voir, et puis quoi ? Jamais il n'aurait dû céder à cette impulsion, se disait-il écœuré par l'image qu'il gardait sous les yeux dont le trouble était accentué par les mouvements de la voiture.

Assis en face de lui, Berthot le regardait de temps à autre, avec l'expression satisfaite de celui qui a préparé un bon coup et s'apprête à en constater l'effet. Un garçon discret et fin, délicat. Son teint était presque aussi pâle que celui des cadavres dont il avait la charge, mais ses joues pleines, et son regard brillait d'une lueur où se lisait la distance amusée avec laquelle il semblait observer le monde.

Curieuse destination que la médecine légale, songeait Jean, dont les praticiens relevaient plus à ses yeux d'enquêteurs que de médecins véritables. Et il comprenait d'autant moins comment Berthot pouvait supporter ce commerce à longueur de journée qu'il s'en était lui-même détourné. Une spécialité sans doute paisible, sans gémissements ni souffrance, mais où nul espoir ne vient atténuer l'aspect repoussant que revêt la mort sur une table d'autopsie.

Loin de ces atermoiements, Berthot s'y épanouissait. Cette sortie était pour lui l'occasion de montrer qu'en dehors de la morgue, il lui arrivait d'être appelé à l'extérieur pour éclairer la police de ses lumières d'outre-tombe.

Une prostituée avait été assassinée. Asphyxiée au gaz, selon Berthot qui l'avait autopsiée. Le corps était intact, exempt de toute lésion, parce qu'apparemment il importait au tueur que sa peau et sa physionomie aient conservé leur intégrité. Un tatouage sur le sein gauche représentant une pensée auréolée des lettres d'un prénom peu courant – Isidore – avait permis d'identifier la victime. L'un des enquêteurs avait pensé à un certain Isidore Mine, sur le point d'être envoyé au bagne pour vol à main armée. Ce dernier identifia la victime avant d'embarquer pour l'île du Diable : Henriette Ménard, vingt-quatre ans, soupeuse de restaurants de nuit. Elle avait ses habitudes dans un établissement dénommé *Les Lumières de Paris* où officiait une demi-douzaine de filles.

Le garçon de salle interrogé par la police parla d'un individu d'une trentaine d'années, vêtu d'un costume à carreaux, aux épaules rondes et à la moustache blonde avec qui elle serait partie. Un comique. Jamais il ne l'avait vue rire autant. Les gens aux tables voisines se retournaient régulièrement pour tenter d'en profiter. Et dépensier. Il l'avait régalée au champagne, deux bouteilles.

Berthot distillait ces informations avec une gourmandise évidente, tandis que Jean, choqué par la brutalité des faits, ne disposait pour se raccrocher à quelque chose que du daguerréotype de police qui tremblait entre ses mains et donnait une idée suffisamment précise de ce à quoi ressemblait cette Henriette Ménard : pas ravissante, plutôt quelconque même, si l'on en croyait l'image et l'état de la malheureuse, mais avec un air de ressemblance, même lointain, avec Victorine Meurent, toujours elle, pas très grande, pas très fine, un front rectangulaire, un nez court et rond, et de beaux cheveux sans doute auburn… peut-être aussi le même air tranquille et amusé. Mais cela, la mort ne le révélait pas.

À mesure qu'ils roulaient, Jean sentit un nœud de douleur irradier dans son ventre. Il en attribua d'abord la cause à sa mauvaise conscience : il aurait dû se trouver au chevet d'un enfant souffrant de céphalées inexpliquées qu'il s'était promis de visiter. Mais il avait surtout le pressentiment qu'il se dirigeait tout droit vers quelque chose qui, pour différentes raisons, le touchait de près : à cause de son père et de l'amour de la peinture qu'il lui avait inculqué, à cause de la lettre de Marcel Terrasse et de son contenu extraordinaire, à cause d'Obscura et du client qui lui avait demandé de poser l'*Olympia*, œuvre qu'il avait lui-même tenté de reproduire avec Sibylle dont le physique n'était pas éloigné de celui du modèle de Manet.

Enfin il entendit décroître le rythme des sabots heurtant le pavé jusqu'à ce que la voiture s'arrête tout à fait. Il redressa la tête vers Berthot. En lui ouvrant la portière, ce dernier haussa les sourcils à son intention, manière de dire que le moment fatidique approchait. Tandis que Jean déposait deux pièces rutilantes dans la main calleuse du cocher, Berthot se faisait ouvrir par l'agent en faction la porte percée dans le mur masquant un jardin. En la franchissant, Jean frissonna sous l'enchevêtrement de pointes de fer qui la surmontait.

Une maison à Auteuil, inhabitée depuis deux mois au moins. Le jardin était à l'état de friche, hautes herbes détrempées par la pluie récente, quelques marronniers, au centre un bassin cerclé par un anneau de pierre, au fond duquel croupissait un tapis de feuilles mortes. Ils s'avancèrent sur une allée grossièrement pavée. Déjà englouti par la ville, le quartier avait encore des allures de village, avec de nombreuses maisons semblables à celle-ci, abritées derrière des arbres et des murs.

Un endroit tranquille, choisi avec soin, comme à Aix-en-Provence. Après qu'il eut repoussé le volet à persiennes, Berthot fit grincer la porte vitrée ouvrant sur un vestibule en damier noir et blanc d'où partait un escalier aux marches cirées.

— C'est au premier, annonça Berthot en faisant ployer sous son poids la deuxième marche.

De dos, sa silhouette ne s'accordait pas avec sa physionomie, constata Jean dominé par ces épaules affaissées et cette nuque apparemment courbée par le poids d'une tête trop lourde. Ses mains non plus, fines et agiles, ne correspondaient pas à ce dos. Des mains de chirurgien, même si le travail d'un Berthot sur ses patients n'était pas soumis au rythme inexorable des battements cardiaques éjectant le sang des artères sectionnées, ou à la durée de l'effet de l'anesthésiant sur l'organisme.

— Entre.

Jean inspira profondément. La salle possédait quatre

fenêtres et faisait bien quinze mètres de long. Les persiennes laissaient passer une herse de lumière dont les barreaux révélaient des particules de poussière en suspension. Jean mit quelques secondes avant d'en distinguer les détails. Au premier plan, un fauteuil Voltaire recouvert d'un velours cramoisi, garance, rectifia-t-il mentalement. Après trois pas, il constata que le meuble faisait face à un poêle en carreaux de faïence vert et bleu relié à une cheminée par un tuyau piqueté de rouille.

— L'arme du crime, fit remarquer Berthot dans son dos. Le conduit a été obstrué avec des chiffons, ce qui fait que toute la fumée de la combustion s'est répandue dans la pièce. Il a bien fallu trois heures d'émanations toxiques avant que l'atmosphère ne soit suffisamment viciée et que la victime succombe. Comme tu peux le constater, elle a été placée de façon à pouvoir contempler son instrument de torture, comme un peloton d'exécution. Mais en beaucoup plus lent.

Jean aurait voulu se boucher les oreilles. Il n'aimait pas ce type de considérations où se décelait une complaisance déplaisante. Il ne connaissait pas Berthot sous ce jour. Jamais au cours de leurs études communes ce genre de perversité n'avait affleuré chez lui. Le contact permanent avec la mort l'aurait-il corrompu ?

En s'approchant du fauteuil, il remarqua les rubans de tissu, un sur chaque accoudoir, un autre sur le siège. Des rubans larges, de façon à ce qu'elle ne s'abîme pas la peau en essayant de défaire ses liens. Il frissonna. Les moindres détails avaient été pensés. Et cette manière de tout laisser en l'état soulignait la dimension méthodique, revendication de puissance et de maîtrise qui curieusement le renvoyait à sa propre faiblesse.

Il progressa vers le fond de la pièce. Le *tableau* exerçait sur tout son être l'attraction d'un aimant sur de la limaille de fer. Une lame de parquet craqua sous son pas puis son pied droit se posa sur un tapis qu'absorbé par le spectacle il n'avait pas remarqué, un tapis strié de lumière par les rayons obliques.

Deux mannequins coiffés de bérets étaient disposés sur le sol. Vêtu d'un pantalon gris, d'une veste noire, d'une chemise blanche et d'une cravate orange, le premier retenait une canne dans sa main gauche. Jambe gauche allongée par terre, buste relevé, de trois quarts, il était appuyé sur l'avant-bras gauche, tandis que son bras droit légèrement tendu semblait désigner de l'index pointé quelque chose d'absent. En retrait, l'autre mannequin, lui aussi assis à même le sol, avait été revêtu d'un pantalon blanc, d'une chemise de la même couleur, ainsi que d'une veste et d'une cravate noires. Il était en appui sur sa main droite tandis que la gauche reposait sur son genou droit. Hormis les barbes postiches qui y avaient été cousues, leurs visages de tissu blanc étaient aussi uniformes que des coquilles d'œufs.

Au tout premier plan était étalée une robe bleue sur laquelle reposait un chapeau de paille à ruban bleu nuit. Il y avait aussi un panier de fruits à demi renversé, d'où quelques poires et une poignée de cerises s'échappaient. Une grande toile en trompe-l'œil à décor champêtre, comme celles utilisées pour les portraits en studio, constituait le fond de ce tableau : quelques arbres au feuillage sombre, une barque et, s'apprêtant à sortir de l'onde, courbée en deux et revêtue d'une simple chemise, mais grossièrement peinte, comme si le peintre était dénué de tout talent, une baigneuse aux cheveux bruns.

Le tout évidemment figurait *Le Déjeuner sur l'herbe* de Manet refusé au Salon de 1863 avec d'autres toiles d'artistes comme Pissarro, Cazin ou Whistler. Napoléon III, prenant la défense de cette avant-garde, autorisa leur exposition dans des salles annexes. C'était là l'origine du Salon des Refusés, où le *Déjeuner* tint la vedette. Une œuvre dont le sujet devait à la peinture classique, comme le *Concert champêtre* de Titien, mais où apparaissait pour la première fois avec évidence cette manière audacieuse de peindre par opposition de taches sombres et claires formant un contraste immédiatement perceptible. Œuvre si novatrice que Claude Monet, en hommage à celui que ces jeunes peintres considéraient comme leur chef de file, y répondit quelques années plus tard avec son propre *Déjeuner sur l'herbe*, moins audacieux.

La gorge sèche Jean recula. Il manquait l'essentiel, mais l'absence du cadavre produisait un effet pire encore, et l'ensemble dégageait une impression particulièrement sinistre, cette mise en scène macabre et ces deux mannequins sans yeux figés dans des poses grotesques.

Pour échapper à cette vision oppressante, Jean baissa la tête. Trois marques figurant les trois sommets d'un triangle isocèle d'environ 50 cm de côté retinrent son attention sur le tapis. Comme si un guéridon avait été récemment déplacé. Il tourna la tête mais n'en vit nulle trace dans la pièce.

— Il y avait un meuble à cet endroit ? demanda-t-il à Berthot.

— Pas que je sache, non. À part le corps rien n'a bougé. Pourquoi ?

Sans répondre, Jean sortit le daguerréotype de sa chemise en carton et le regarda à nouveau. Étant donné la prise de vue et ce qu'il connaissait des objectifs courants, la photographie de police avait été prise d'une distance plus importante. En reculant il remarqua trois autres traces formant elles aussi un triangle, mais plus espacées les unes des autres.

— Tu sais si le photographe de la Sûreté a fait plusieurs photographies sous des angles différents ?

— Aucune idée, répondit Berthot qui avait ouvert la fenêtre et regardait dehors à travers les persiennes.

Tandis que le légiste refermait la fenêtre et s'approchait du poêle, Jean se pencha à nouveau sur les trois premières marques sur le tapis, les plus proches des mannequins composant le tableau.

— C'est mort aujourd'hui, si tu me permets l'expression, déclara Berthot à qui ce silence devait peser. Mais tu aurais vu l'agitation qui régnait ici hier matin. Il y avait le commissaire du quartier d'Auteuil, un certain Poinsot, le procureur de la République Bernard et le juge d'instruction Antonin, Gragnon le préfet de police, Taylor et Goron, respectivement chef et sous-chef de la Sûreté, Louvier, le commissaire chargé de l'enquête. Sans compter le photographe et un certain nombre d'agents en uniforme… On se serait cru à un banquet au siège de la Sûreté. Personne n'avait jamais vu une chose pareille. Et puis la fille n'a pas été volée, il n'y a pas non plus eu de viol, alors tous ces messieurs sont bien ennuyés. Parce que comment qualifier le mobile ? Et sans mobile, pas commode de rechercher l'assassin.

Jean ne répondit pas. Un nuage devait masquer le soleil et la luminosité avait décru dans la pièce de façon lugubre. Son regard était irrésistiblement attiré par le bras tendu du premier mannequin et le cadavre d'Henriette Ménard qu'il n'avait vu que sur le daguerréotype de police mais dont, par une curieuse illusion d'optique, sorte d'hallucination, il pouvait voir phosphorer la silhouette blanche, à l'endroit où elle avait été positionnée.

— J'en ai assez vu, dit-il sans se retourner, plus pour lui-même que pour Berthot qui avait déjà gagné l'autre extrémité de la salle.

Le vent avait chassé le nuage dont le passage quelques minutes plus tôt avait assombri la pièce, dehors la lumière les éblouit. Sur le trottoir, Jean était encore étourdi par ce qu'il venait de voir. Avec Berthot ils se dirigèrent vers la Seine pour embarquer à bord d'un vapeur afin de regagner le centre de Paris. La navigation fluviale leur changerait les idées plus efficacement qu'un trajet en fiacre.

En enjambant les cages d'une mégère qui voyageait avec ses poules, les deux hommes débarquèrent à l'Hôtel de Ville. Jean n'avait pas desserré les dents depuis Auteuil. Berthot le regardait avec un air plein de malice.

— Ça change de la peinture qu'on va voir au Louvre, n'est-ce pas ?

Jean s'engagea sur le pont afin de passer rive gauche. Il aurait pu descendre plus tôt : ils avaient dépassé le quai Voltaire et il allait devoir revenir sur ses pas. Une promenade supplémentaire le long de la Seine dont le courant emportait si bien ses idées noires.

Parvenu quai Voltaire il monta directement chez lui.

Le tableau qu'il venait de voir lui avait laissé une impression amère et lui rappelait la lettre de Marcel Terrasse et la mise en scène d'Aix-en-Provence. Il n'en avait rien dit à Berthot. Mais qu'aurait-il pu dire ? Tout dans son esprit était encore tellement confus, tellement… inexplicable.

Sibylle n'était pas encore rentrée. Labiche… Qui avait envie d'écouter du Labiche ? Il aurait souhaité qu'elle soit là à l'attendre. Il se servit un verre. Dès les premières gorgées, le vin lui apporta ce dont il avait besoin à cet instant : une sorte de distance ouatée par rapport à cette image imprimée dans son esprit avec une insistance d'autant plus douloureuse qu'il ne la comprenait pas. À quoi cela correspondait-il ? Quelle sorte d'esprit dérangé pouvait avoir été amené à tuer pour reproduire un tableau ? Sans que son nom ne soit même jamais connu ? Quel genre de folie pouvait présider à un tel crime ? Avec une telle méthode, une telle préparation, jusque dans les moindres détails, jusqu'aux cerises du tableau, jusqu'au fond peint ? Et pourquoi une telle cruauté consistant à installer la victime face au poêle, son instrument de torture et de mort ?

Et puis c'était curieux de s'intéresser de cette façon à l'œuvre d'un peintre disparu, à un tableau en particulier. Deux reconstitutions du *Déjeuner sur l'herbe*, à quelques semaines d'intervalle, ça ne pouvait pas être un hasard ni une coïncidence. Cela ne pouvait être que l'œuvre d'un même individu, même si l'une et l'autre étaient distantes de plusieurs centaines de kilomètres. Comment une œuvre d'art pouvait-elle provoquer une telle passion et inspirer un tel crime ? Être à l'origine d'un homicide ?

Jean ressentait cette sourde appréhension qui lui tordait les tripes parce qu'il avait la prescience que le cœur de cette histoire, son ressort le plus intime, n'avait rien d'humain, que cela relevait peut-être de la médecine, pas celle qu'il pratiquait tous les jours, mais plutôt celle que pratiquait Gérard. Une discipline qui ne se confrontait pas aux maux et affections physiologiques, mais à d'autres maladies dont le siège a priori était le cerveau, qui se manifestaient par des dérèglements comportementaux, et dont l'origine demeurait mystérieuse. Jean avait bien entendu parler de certaines théories, comme celle de la dégénérescence qui pouvait être due à l'alcoolisme, voire à la syphilis. Par curiosité il avait parcouru le *Traité des dégénérescences de l'espèce humaine* du docteur Morel, selon qui des aliénations les plus diverses du système nerveux pouvaient être dues à certaines passions portées à leur paroxysme, comme la crainte, la terreur, la colère, la tristesse, ou même l'excès de joie. Il avait également entendu parler de la suractivité cérébrale comme cause principale des désordres névropathiques, théorie qui avait provoqué plus d'un sourire dans les gradins de l'amphithéâtre…

Au-delà de ces questions, une autre dominait, plus troublante encore : pourquoi cette histoire était-elle tombée sur lui ? Pourquoi était-il sorti du droit chemin, en préférant se rendre dans ce lieu maudit à Auteuil plutôt que d'aller visiter son jeune malade ? Comme il était sorti du droit chemin en suivant Obscura aux Folies-Bergère plutôt que d'aller applaudir Sibylle au théâtre… À quel genre de dérèglement était-il soumis, lui dont la vie jusque-là était parfaitement ordonnée ? Quelle force supérieure l'avait mis sur cette voie ?

Enfoncé dans un fauteuil au cuir râpé, il regarda autour de lui. Cette pièce aux murs tapissés de livres où il avait passé tant de bons moments, seul ou en compagnie de Sibylle. Sibylle qui voulait un enfant et savait s'y prendre pour le mener où bon lui semblait. Le portait-elle enfin en elle, cet enfant qu'elle espérait depuis si longtemps ? Il noya cette interrogation dans un nouveau verre et, sous le coup d'une impulsion, se leva : sa bibliothèque comportait l'édition de 1863 du *Manuel complet de médecine légale* par Briand et Chaudé. Il s'en empara et l'ouvrit au chapitre consacré aux morts par asphyxie. Il avait gardé le souvenir d'un témoignage assez rare. Il feuilleta quelques instants l'ouvrage avant de trouver le passage :

Déal, jeune ouvrier tourmenté par l'ambition de faire fortune, voyant ses illusions déçues, s'asphyxie par le charbon le... 184..., et décrit ainsi, de dix minutes en dix minutes, les progrès de son agonie :

« J'ai pensé qu'il serait utile de faire connaître, dans l'intérêt de la science, quels sont les effets du charbon sur l'homme... Je place sur une table une lampe, une chandelle et une montre, et je commence la cérémonie... Il est 10 heures 15 minutes : je viens d'allumer mes fourneaux ; le charbon brûle difficilement. – 10h20 m. : le pouls est calme et ne bat pas plus vite qu'à l'ordinaire. – 10h30 m. : une vapeur épaisse se répand peu à peu dans ma chambre ; ma chandelle paraît près de s'éteindre ; je commence à avoir un violent mal de tête ; mes yeux se remplissent de larmes ; je ressens un malaise général ; le pouls est agité. – 10h40 m. : ma chandelle s'est éteinte ; ma lampe brûle encore ; les tempes me battent comme si les veines voulaient se rompre ; j'ai

envie de dormir ; je souffre horriblement de l'estomac ; le pouls donne 80 pulsations. – 10h50 m. : j'étouffe ; des idées étranges se présentent à mon esprit... je puis à peine respirer... je n'irai pas loin... j'ai des symptômes de folie. – 10h60 m. : je ne puis presque plus écrire... ma vue se trouble... ma lampe s'éteint... je ne croyais pas qu'on dût autant souffrir pour mourir. – 10h62 m. (Ici sont quelques caractères illisibles.) »

Jean reposa le livre sur la table. Voilà dans quelles souffrances la malheureuse Henriette Ménard était partie. Ce type de mort n'était pas indolore, loin de là. Et il était fort probable, étant donné la mise en scène où rien ne semblait avoir été laissé au hasard, que l'assassin avait assisté à son agonie à l'abri, derrière la porte vitrée à droite de la cheminée, et donc à peu près face au fauteuil de torture.

Jean se dirigea vers la fenêtre. La nuit était tombée et son visage se reflétait dans la vitre.

Il ne savait pas depuis combien de temps il était perdu dans la contemplation de la nuit quand il entendit la porte s'ouvrir. Il se retourna et crut noter que Sibylle n'avait pas l'air aussi enjoué que d'habitude.

— Oh là là ! Quelle misère ! À chaque représentation le public est de plus en plus clairsemé ! Encore une ou deux soirées comme celle-ci et ce sera fini. Mais qu'est-ce que tu as ? demanda-t-elle, soudain affolée.

Et une fois de plus, fidèle à elle-même, à son abnégation et à sa générosité, elle oublia ce qui la préoccupait pour se consacrer à Jean.

Jean hanté par une nouvelle image venue s'agréger à celles, déjà lourdes, de la journée : le cadavre de Pauline Maupin, la sœur d'Ange, elle aussi morte asphyxiée.

13

Enfin ! s'exclama Jean en découvrant l'enveloppe sur la tablette de la cheminée. Sibylle avait dû la poser en évidence contre le miroir avant de partir pour sa représentation. L'écriture caractéristique s'y étalait sur toute la surface.

Dix jours s'étaient écoulés depuis qu'il avait écrit à Marcel Terrasse – deux semaines depuis la découverte de la mise en scène dans la maison à Auteuil –, et cette affaire ne le laissait pas en paix. Curieux, comme elle avait pris possession de son esprit, au point de le troubler jusque dans son travail, jusque dans ses consultations au cours desquelles, pour la première fois, il pouvait lui arriver de se laisser distraire. Au-delà de l'aspect purement médical, il se devait surtout d'être à l'écoute. Un sourire désabusé joua sur ses lèvres. Ne plus être capable de leur apporter ça, c'était se comporter comme certains de ses confrères à qui il reprochait leur froideur envers les malades. Des caisses enregistreuses qui appréhendaient surtout la médecine comme un moyen de faire fortune. Non seulement lui ne faisait pas fortune mais il risquait de faillir à la mission qu'il s'était assignée.

Même Sibylle déplorait parfois ses absences. Elle aussi pourtant aurait eu besoin de son soutien. La pièce ne marchait pas. Chaque soir à son retour, il lui demandait comment ça s'était passé, et chaque fois il avait droit à la même réponse : elle haussait les épaules puis tentait un rire auquel elle-même ne croyait pas. Les recettes ne couvraient pas les dépenses, le directeur s'assombrissait davantage de soir en soir, l'ambiance entre les acteurs s'en ressentait. Sibylle y voyait un mauvais présage pour la suite de sa carrière, se sentait en partie responsable, se dénigrait elle-même. Sa première pièce… Elle avait un appétit d'oiseau, goûtait du bout des lèvres ce que Jean lui avait préparé et préférait s'asseoir devant son piano qu'elle délaissait après trois accords.

Il tentait bien de la consoler, de la raisonner, mais sans talent ni conviction. Mécontent de lui après une journée qu'il considérait gâchée parce qu'il avait manqué de pertinence face à un cas difficile, parce qu'il s'était borné à appliquer des recettes éprouvées alors qu'il aurait fallu faire preuve d'intuition, il n'avait pas la tête à ça. En proie à leurs préoccupations respectives, tous deux vivaient dans des mondes parallèles et les soirées passées ensemble s'effilochaient tristement.

Mais comment échapper à cette vision gravée dans son cerveau ? Il aurait fallu pour cela ne pas solliciter Berthot, et surtout ne pas se rendre sur place. Ce qui était difficile après la lettre de Marcel.

Et l'enquête ? Deux fois il s'était enquis de ses progrès auprès de Berthot, mais elle n'avait pas avancé d'un pas. L'impuissance de la police ne laissait pas de le troubler.

Qu'est-ce que cette lettre allait pouvoir lui apprendre de nouveau ? Comme il aurait préféré en parler de vive voix avec Marcel, plutôt qu'être réduit à cet échange épistolaire soumis aux lenteurs de la poste, qui mettait sa patience à l'épreuve ! À l'aide d'un couteau il ouvrit fébrilement l'enveloppe et tira les feuilles de papier.

Elle était datée du 15 mai, elle avait donc mis une semaine à lui parvenir : on était le 22. Victor Hugo était mort aujourd'hui. Il avait entendu crier la nouvelle à plusieurs reprises sur le chemin de la rue du Mail au quai Voltaire. En quelques heures elle s'était répandue dans tout Paris passant de quartier en quartier plus vite que le télégraphe. Chacun s'en faisait l'écho. De tous les âges et de toutes les catégories, les gens paraissaient affectés. Une certaine gravité se lisait sur les visages. On évoquait des funérailles nationales pour le grand homme. En d'autres circonstances, lui-même aurait pu être contaminé par ce chagrin national, mais il avait d'autres préoccupations.

Mon cher Corbel,

Ainsi tu as eu droit au même spectacle que moi. Le cadavre en moins... Ce qui signifierait qu'il s'agirait d'un Parisien descendu en Provence pour commettre cette horreur. À moins que ce soit le contraire. Avec le PLM, ce n'est pas si compliqué de faire le voyage. Parce qu'il ne peut s'agir que de la même personne... Le même tableau !*

* Chemin de fer Paris-Lyon-Méditerranée.

Je me suis renseigné après avoir reçu ton courrier. Les enquêteurs n'ont rien trouvé de nouveau. Mais comme il n'y a eu qu'un vol de cadavre et que ce dernier a pu retrouver sa tombe, ils ne se sont pas donné autant de mal que s'ils avaient été en présence d'un assassinat. Maintenant c'est différent. Je leur ai montré ta lettre et je pense qu'ils devraient montrer davantage de zèle. Iront-ils jusqu'à se mettre en relation avec leurs collègues parisiens ? Je ne sais pas comment tout cela fonctionne, mais peut-être feraient-ils bien.

Il se trouve que de mon côté, en sillonnant le pays lors de mes tournées, j'ai appris quelque chose. Tu sais comme on nous parle, à nous autres médecins, nous sommes au courant de tout. Il semblerait que celui qui a fait ça ait été dérangé. Le fils d'une de mes patientes, un garnement d'une dizaine d'années, un jour qu'il jouait dans le parc à l'abandon de cette bastide isolée, a vu les volets du fameux salon grands ouverts. Comme il savait que la maison était inoccupée à cette période de l'année, il a trouvé ça bizarre. Sur le moment, quand sa mère m'a dit ça, je n'y ai pas prêté une grande attention. Mais après coup ça m'a paru étrange, ce besoin d'ouvrir les volets au risque de se faire surprendre. Ce qui a été le cas : il aura certainement levé le camp plus vite que prévu en laissant tout sur place à cause du gamin. Pour quelle autre raison aurait-il tout laissé en l'état ?

Je lui ai bien demandé au petit Edmond s'il en avait vu plus, mais comme il était seul, il a préféré ne pas trop s'approcher. Il a sans doute bien fait.

Mais quel besoin avait-il de faire autant de lumière ? Les lampes à pétrole n'étaient pas suffisantes ? Je me rappelle en avoir vu plusieurs dans la pièce. De l'air pour évacuer l'odeur ? À ce moment le corps ne devait pas sentir si fort...

C'est assurément un cas pour Roch. Mais quand bien même la police parviendrait à lui mettre la main dessus, je doute que notre ami ait l'occasion de le soigner. On lui aura coupé la tête avant.

Je m'aperçois que ma chandelle est sur le point de s'éteindre. Ça me fait plaisir d'avoir repris contact avec toi. À l'occasion de sinistres circonstances, il est vrai, mais je suis curieux de savoir comment tout cela se terminera.

N'hésite pas à me tenir au courant.

Ton dévoué,

Marcel Terrasse.

Jean replia pensivement les feuillets. Qu'est-ce que Marcel lui avait appris ? Un cas pour Gérard… Sur ce point tous deux parvenaient à la même conclusion. Et sur un autre Marcel se trompait : l'auteur de cette mise en scène a sans doute été dérangé, mais ce n'est pas pour cette raison qu'il a tout laissé sur place. Auteuil le prouve : il avait l'intention de tout laisser en l'état, afin justement que son *tableau* ne passe pas inaperçu. Quant à cette interrogation à propos des volets ouverts, il ne voyait pas non plus à quoi cela pouvait correspondre…

La porte d'entrée s'ouvrit. Sibylle rentrait. Il allait tenter de faire bonne figure ce soir.

14

Jean n'avait pas dormi de la nuit. La lettre de Marcel avait ravivé ses questions et engendré des hypothèses qui ne lui étaient pas apparues jusqu'alors. Avec une aisance le surprenant lui-même, il avait échafaudé une théorie qui semblait tenir debout. Il se découvrait un talent qu'il ne se soupçonnait pas. Mais le fait que l'on puisse pervertir ainsi l'esprit d'une œuvre d'art, au point d'en faire un motif d'assassinat, le laissait sans répit.

À Aix il devait s'agir d'une première tentative ratée, après quoi l'*artiste* se serait enhardi, allant jusqu'à choisir ses victimes et les tuer en les asphyxiant pour ne pas les abîmer avant de réaliser son *tableau*. Ces faits pouvaient confirmer son intuition selon laquelle la sœur d'Ange, elle aussi morte asphyxiée au gaz carbonique, était liée à cette affaire. Peut-être Pauline Maupin avait-elle été rejetée à cause de ses contusions qui l'empêchaient de figurer un modèle parfait… L'idée était vertigineuse, mais quelle autre explication donner à ce cadavre jeté à la Seine ? Il n'est pas si courant d'assassiner quelqu'un au gaz carbonique… Il avait failli à sa promesse faite à Ange, peut-être expliquera-t-il sa mort.

Aurait-elle par hasard touché quelques mots à son frère d'un peintre qu'elle aurait rencontré quelques jours avant sa mort ? Il faudrait qu'il l'interroge, à l'occasion.

Ces déductions lui venaient de façon naturelle et instinctive. Et cette propension à les échafauder et à faire ces rapprochements le troublait. Elle le troublait d'autant plus que rien à partir de ces quelques éléments ne permettait de certifier qu'il n'y ait pas eu d'autres victimes ; d'autres tentatives avant ce résultat sans doute assez *satisfaisant* pour être exposé. Car qu'était-ce que cette mise en scène, sinon une exposition ? Un Salon des Refusés d'un genre macabre.

S'il était seul à pouvoir établir ces rapprochements, il l'était également à soupçonner l'existence d'un criminel d'habitude, comme disait la police. Et cette conscience lui semblait un fardeau bien lourd à porter seul.

Pendant qu'il ruminait ainsi, Sibylle s'était s'endormie. À peine couchée, comme si rien ne l'affectait au point de lui gâcher le sommeil. Elle sombrait comme une masse, les cheveux répandus sur l'oreiller, la bouche légèrement déformée par la pression du matelas sur son visage. Elle s'assoupissait aussi quand il lisait à côté d'elle à la lueur des trois bougies d'un petit chandelier. Cette lumière ne la dérangeait pas et il en profitait parfois pour la regarder, étonné par son air paisible. Une enfant.

Elle était pourtant préoccupée par l'échec de sa pièce, sa première vraie chance dans un grand théâtre parisien, qui menaçait déjà de faire long feu. La déception devait être immense. Il pouvait comprendre, bien qu'il ait toujours pris ses aspirations de comédienne avec une certaine légèreté. Il n'en faisait pas mystère, même si les revenus qu'elle espérait en tirer seraient bienvenus.

Au lever du jour, il avait décidé d'aller trouver la police, avant l'arrivée de ses premiers patients. Berthot lui avait parlé d'un certain commissaire Louvier chargé de l'enquête de la « baigneuse ».

Sur l'île de la Cité, l'austère bâtiment de la Sûreté lui fit l'effet d'une caserne. Après une attente prolongée, le commissaire en question, Louvier, le reçut de mauvaise grâce. L'homme épais au visage barré d'imposants favoris l'écouta d'une oreille distraite et le regarda d'un œil soupçonneux lorsqu'il fut question d'un éventuel rapport entre la mort de Pauline Maupin et celle d'Henriette Ménard ; deux filles sans aucun point commun : une insoumise et une fille en carte, la première âgée de dix-sept ans à peine, la seconde de vingt-quatre ans. Quant au vol de cadavre à Aix-en-Provence, c'est tout juste s'il consentit à le noter sur un bout de papier.

Puis il tint à Jean un discours des plus déplaisants sur la prostitution, aussi inévitable dans une ville comme Paris que les égouts, les voieries et les dépôts d'immondices. Des propos qui auguraient mal des efforts fournis pour retrouver l'assassin et qui, dévalorisant la victime, pouvaient aussi bien viser à minimiser sa propre incompétence. Et lorsque Jean suggéra l'existence d'autres victimes, le policier éclata de rire et lui conseilla de se consacrer à ses malades.

Il l'avait pris de haut et Jean était reparti en proie au doute et à l'humiliation la plus cuisante sous l'œil goguenard de l'autre qui avait poussé la condescendance jusqu'à le remercier pour sa peine. Qui était-il pour se mêler du travail de la police ? De quels titres et de quels antécédents pouvait-il s'enorgueillir pour justifier une telle démarche ? Et en quoi une vague intuition lui permettait-elle de vouloir donner des leçons à des professionnels chevronnés ? Voilà tout ce qu'exprimait le regard dont l'avait gratifié le policier en le raccompagnant à la porte.

Mais Jean n'avait cessé d'y penser une fois installé dans son cabinet, et le long défilé des patients venus lui soumettre leurs misères n'avait pu l'en distraire. L'attitude du commissaire et la conviction que cette affaire le dépassait l'obsédaient. Une telle condescendance à l'égard de ces malheureuses le révoltait.

Berthot lui-même avait résumé la situation en insistant sur l'absence de mobile. Mais pouvait-on présenter les choses sous ce jour ? Absence de mobile classique, certes. La mort d'Henriette Ménard ne correspondait pas aux causes habituelles auxquelles ces messieurs de la Sûreté étaient confrontés, comme l'appât du gain, la concupiscence ou la jalousie.

Mais le tableau auquel son cadavre avait été intégré ne correspondait-il pas à un mobile, d'un genre différent, dépassant peut-être l'entendement de policiers sans imagination, mais un mobile quand même ? Un mobile sous-entendant un assassin étranger aux passions courantes et à la normalité. Un être d'un genre dont le commissaire Louvier, ankylosé dans ses certitudes, ne soupçonnait même pas l'existence. Voilà les questions que le jeune médecin retournait dans sa tête, tout en accomplissant son travail quotidien.

Des hommes et des femmes se succédaient dans son cabinet, autant d'histoires, de regards, de façons de se tenir, de corpulences, de complexions, d'odeurs, et pourtant tellement de points communs entre tous ces malades qui venaient s'en remettre à lui : la même peur et la même attente, la même résignation d'animal blessé. *« Vous avez un regard bienveillant,* lui avait dit un jour une femme atteinte de tuberculose, *c'est rare à votre âge. »* Le compliment l'avait fait sourire. De son côté, lui craignait que les années finissent par le corrompre.

Il en était encore loin.

Au fil de la journée, ces réflexions menées presque malgré lui pendant ses consultations l'avaient conduit à une évidence : puisque ce crime ne répondait pas à un mobile normal et que son auteur ne devait pas l'être non plus, pourquoi ne pas en parler à un spécialiste des affections mentales, à un médecin dont les patients ne se comportaient pas de façon normale ? Confronté à ses patients huit heures durant, c'étaient eux qui à leur insu lui avaient apporté cette réponse.

Place du Palais Royal, Jean monta sur l'impériale d'un omnibus bondé assurant la ligne jusqu'à Passy. Comme lorsqu'il s'était rendu à Auteuil, il traversa Paris vers l'ouest, cette ville qui l'avait vu naître et grandir et qu'il connaissait si bien.

Il était né sous le Second Empire, en 1857, avait connu les rigueurs du siège de Paris en 1870, le passage à la IIIe République et les horreurs de la Commune, les rues jonchées de cadavres dont la vision l'avait si fortement impressionné. Il avait assisté à la modernisation de la ville, au percement de boulevards et d'avenues larges comme des cours d'eau, à la destruction de centaines de maisons, à la construction d'un nouveau type de bâtiments en pierre de taille et aux toits de zinc et d'ardoise. Tous ces chantiers nécessitaient l'apport de matériaux transportés par des barges toujours plus grandes sur le fleuve toujours plus encombré. Il avait été témoin de la modernisation de l'éclairage des rues, avec de nouveaux becs de gaz, puis l'électricité. Il assistait encore à l'afflux de populations nouvelles rendu possible par l'essor du chemin de fer, ce peuple grouillant venu des quatre coins du pays et de plus loin encore, d'Espagne et d'Italie par exemple, chercher fortune ou plus raisonnablement gagner sa pitance. La ville en absorbait autant qu'il en arrivait, hommes, femmes, enfants, chacun participant à sa manière au changement de physionomie de la capitale qui réclamait tant de main-d'œuvre, tant de corps de métiers différents. Chaque année aussi elle en rejetait un certain nombre, des malades pour la plupart dont la santé n'avait pas résisté à des conditions de vie trop dures, aux logements surpeuplés, sous-ensoleillés et sous-aérés, à l'alimentation mal équilibrée et à des conditions de travail harassantes. Autant de tragédies anonymes qui n'empêchaient pas la cité de s'étendre, la population de croître et les lumières de briller toujours plus fort.

15

Asile pour aristocrates et grands bourgeois. Gérard ne lui avait pas menti. Derrière la grille du 17, rue Berton, à Passy, s'étendait un parc de cinq hectares qui descendait en pente douce jusqu'à la Seine. En attendant l'aliéniste que le concierge était allé chercher, Jean put observer quelques silhouettes élégantes déambuler en contrebas dans des allées ombragées, systématiquement suivies par d'autres, remarqua-t-il : les infirmiers. On était loin de l'image que l'on pouvait se faire d'un asile psychiatrique classique. La folie était-elle moins impressionnante dans les hautes sphères de la société, ou bien le docteur Blanche avait-il une méthode particulière ? Question de moyens surtout : le coût de la pension à Bicêtre, à Sainte-Anne ou à la Salpêtrière devait être dix fois inférieur à celui pratiqué en ces murs. Là-bas, la détresse sautait immédiatement aux yeux. Ici, à première vue en tout cas, cela semblait plus feutré. Jusque dans l'aliénation mentale où toute raison est abolie, l'argent jouait son rôle discriminant : elle était plus douce du côté des nantis.

— Que me vaut l'honneur ?

Jean se retourna. Gérard s'avançait vers lui précédant le concierge qui en comparaison avait l'air d'un nain. Le colosse lui serra la main à la broyer, signe qu'il était en forme. Depuis la faculté de médecine, Jean avait constaté que les déprimes du géant avaient une influence directe sur la vigueur de ses poignées de main : un coup de mou et la patte d'ours devenait un chiffon.

— Je te fais visiter ?

La question relevait plus de l'affirmation et Jean le suivit. De toute façon il n'aurait pas eu le cœur de lui gâcher sa joie : il avait l'air si fier.

— L'hôtel de Lamballe. Joli n'est-ce pas ? Mais ne va pas te méprendre, sous ses allures de pension de famille, la clinique compte 85 lits et une centaine d'employés répartis entre le personnel médical et les gens de maison.

Avec ses palmettes, ses rubans sculptés, ses L entrelacés sur les frontons, l'escalier à deux volées tournantes, le bâtiment ressemblait plus en effet à une belle maison de campagne ou à un petit palais qu'à un asile d'aliénés.

— Tout est fait ici pour donner aux patients l'illusion de liberté. Le parc est vaste, la plupart des murs masqués par la végétation. Pourtant, sous ses airs d'hôte accueillant, Blanche fait régner une discipline de fer. Seuls les pensionnaires les plus inoffensifs vivent au château, comme on l'appelle, avec le docteur et sa famille. Gérard de Nerval a eu sa chambre au premier, tu sais : *« Le monde est plein de fous et qui n'en veut pas voir doit rester dans sa chambre et casser son miroir »*, psalmodia-t-il, fidèle à sa manie des citations. Les autres sont dans les bâtiments au fond du parc. Vas-y entre, et surtout ne te frappe pas. Sinon pense à Sibylle mimant l'hystérie chez Charcot.

Jean sourit intérieurement. Gérard avait glissé ça l'air de rien, évoquant ainsi leur première rencontre sans amertume apparente, mais il n'avait pas oublié. Il avait repris du poil de la bête en tout cas.

Par une porte-fenêtre ils pénétrèrent dans un grand salon rythmé de colonnes ioniques. Des candélabres ainsi que les bougies d'un grand lustre dispensaient une lumière chaude que réchauffaient encore d'épais rideaux de taffetas rouge. Quelques canapés et fauteuils Louis-Philippe beiges à fleurs disposés sur un tapis de la Savonnerie, ainsi qu'un piano à queue, composaient le mobilier. Un cartel surmontait le marbre de la cheminée. À l'entrée des deux hommes, fondue dans un des fauteuils, une femme aux cheveux gris coiffés en chignon leva la tête de son livre. Gérard lui servit une amabilité à laquelle elle répondit par un regard expressif.

— Elle ouvre le moins possible la bouche, glissa Gérard à l'oreille de Jean, parce qu'elle en voit sortir des abeilles, ce qui évidemment la plonge dans une terreur noire. À présent ça va mieux, mais il y a quelque temps encore il fallait une sonde pour la nourrir.

— Comment explique-t-on ces hallucinations ?

— Elle est atteinte de mélancolie. Mais au moins est-elle silencieuse et pas gênante pour un sou. Nous en avons une autre du même monde qui ne cesse de proférer les obscénités les plus crues et se déshabille à la première occasion pour se masturber quelles que soient les personnes présentes. Tu imagines le scandale. Une autre encore accuse le docteur Blanche d'avoir fait tomber toutes les dents de son mari, égorgé ses enfants et fait de son fils un porc. Après avoir cassé trois pianos en tapant dessus comme une sourde, elle joue sur une table, persuadée de faire des progrès.

Dans la salle de billard, ils surprirent un homme à l'allure de notable, grand et mince, bien mis, en train de frapper sur les meubles avec sa canne. Des coups mesurés toutefois, comme s'il savait qu'il ne fallait pas abîmer le mobilier. Se voyant observé il se redressa et, avec un air sévère, sortit.

— Celui-là est victime d'une autre forme d'hallucination : avec sa canne il chasse les rats qu'il croit voir partout, poursuivit Gérard en guide attentionné. Mais comme notre arrivée l'a gêné, il s'est composé une contenance. C'est une des difficultés du métier : l'art de la dissimulation.

Médusé, Jean ne disait rien. Il avait l'impression de se trouver dans quelque laboratoire où l'on observe l'esprit à l'œuvre dans ses dérives.

— Un jour Esquirol a convié un de ses disciples à déjeuner avec deux hommes pour lui demander après coup lequel des deux à ses yeux était fou et lequel sain d'esprit. L'un était un personnage remuant, agité, qui professait des ambitions de grandeur démesurée, d'une dignité à toute épreuve, l'autre s'exprimait avec la plus grande pondération. Tu as deviné ?

— Présenté comme ça j'imagine que oui, fit Jean légèrement piqué par la nouvelle assurance de son ami.

— L'interne s'est fourvoyé, persuadé d'avoir identifié l'aliéné en la personne de l'agité, poursuivit Gérard sur sa lancée. Figure-toi que l'agité en question c'était Honoré de Balzac à l'aube de sa carrière, tandis que l'autre était un patient d'Esquirol qui se prenait pour un roi et se comportait avec la dignité réclamée par sa position.

Jean écoutait d'une oreille distraite : il venait de remarquer une nature morte de Manet, des pivoines roses, assez proche de celle qu'avait évoquée son père en voyant le bouquet destiné à Sibylle quelques jours plus tôt. Sur un autre mur était accroché un Corot, *Bras de Seine du côté de Mantes*, lut-il en s'approchant.

— La plupart des tableaux sont des cadeaux de patients donnés en échange de services rendus. Paiements en nature.

— Manet s'est fait soigner ici ?

— Certains tableaux ont été achetés par Jacques-Émile, le fils. Viens, je vais te montrer le bureau du père, et par la même occasion te le présenter, s'il s'y trouve. Tu verras, ajouta-t-il plus bas, il n'est plus tout jeune mais il dirige encore tout.

Après avoir traversé l'enfilade de pièces du rez-de-chaussée, suivis du regard dans le grand salon par la femme aux abeilles, les deux jeunes médecins s'arrêtèrent au seuil du bureau du docteur Blanche dont la porte était ouverte. D'un œil attentif Jean détailla l'ensemble : le fauteuil curule derrière le bureau, les chaises encombrées de piles de revues savantes et de dossiers, aux murs des aquarelles de Delacroix évoquant *Faust et Méphistophélès*, ainsi qu'une scène de la *Nonne sanglante* représentant une femme couchée, étouffée par le diable sous des oreillers. Le tout était dominé par un portrait de Blanche, la poitrine barrée par le ruban de l'Annonciade sur son costume noir.

— Qu'est-ce que c'est ? demanda Jean à Gérard en

indiquant un objet sur le bureau à côté d'une photographie représentant un enfant en robe écossaise monté sur un cheval.

Gérard lui répondit par un rire de connivence.

— Toujours à repérer ce qu'il y a de plus remarquable. Un moulage du pouce de l'assassin Troppmann. Ça te dit quelque chose ? En 1869 il a tué huit membres d'une même famille, enchaîna-t-il devant l'air d'ignorance de Jean. La mère et cinq de ses enfants après le père et le fils aîné. Blanche fut l'un des rares à soutenir son irresponsabilité. Ce qui ne l'a pas empêché d'être guillotiné moins d'un an plus tard. Il a conservé ce moulage en souvenir, car il indiquerait par sa forme que l'homme était un débile mental et un dégénéré. Personnellement j'ai du mal à adhérer à cette opinion. Tu me suis ?

Ils sortirent sur la terrasse. Sur la grande pelouse s'étendant devant la maison, les ombres des arbres s'étaient allongées. Avec les différents bosquets, les allées, le bassin, les quelques pavillons à l'allure champêtre et le miroitement du fleuve que par endroits on distinguait en contrebas à travers les feuillages, on aurait pu se croire en pleine campagne, dans la vallée de la Seine, à plusieurs dizaines de kilomètres de la capitale. Dans le parc, les promeneurs s'étaient raréfiés. Avec le jour déclinant on les faisait réintégrer leurs quartiers.

Jean ne l'aurait jamais avoué mais il était impressionné, autant par l'endroit que par ce qu'était devenu Gérard : aliéniste prometteur dans un asile à la pointe pour combattre les maladies ayant leur siège dans le cerveau. Il en avait fait, du chemin, le fils de pâtre, plus que lui manifestement, contingenté à son petit cabinet de la rue du Mail.

Soudain une série de hurlements troublèrent le silence si rare en plein Paris. Les cris augmentèrent en intensité, lugubre signe d'une détresse ou d'une terreur immense, avant de décroître puis de cesser tout à fait. Appuyé à la balustrade, Jean se tourna vers Gérard avec un regard interrogatif. Celui-ci était devenu sombre, manifestement affecté par ce déchirement.

— Tu te souviens de cette femme dont je t'ai parlé, fit-il sans le regarder, le regard fixé dans la direction d'où étaient provenus les cris, ma première patiente, qui se prenait pour un cheval ?

Jean s'en souvenait parfaitement : celle qu'on avait retrouvée presque nue dans les écuries. Gérard était alors plein d'espoir sur ses chances de guérison.

— Qu'est-ce que vous faites pour la calmer ?

— On va la soumettre à une séance de bain.

Jean savait ce que cela signifiait : une station prolongée dans une baignoire fermée par un couvercle qui laissait seule la tête à l'air libre et pour cette raison était comparé à une guillotine. Les patients pouvaient y passer des heures, voire des jours entiers. Mais il avait ouï dire que ni ce traitement, ni les cautères sur le crâne, ni les purgatifs n'avaient jusqu'ici démontré de véritable efficacité. La pharmacopée en matière de maladies mentales était encore moins développée que pour les maladies physiologiques.

— Et quand ça ne fonctionne pas ?

Gérard évita de regarder Jean, conscient de ce que la question sous-entendait des limites supputées de son art, même s'il n'y avait aucune malveillance dans ses propos, le généraliste étant lui-même trop conscient des limites de sa pratique. L'aliéniste risqua un sourire contrit.

— L'hydrothérapie peut avoir des effets bénéfiques en phase de crise aiguë. Quand les patients sont plus calmes et que l'on dispose de temps, la psychologie a ses vertus. Il faut aussi parfois savoir ruser. Le tout est de parvenir à entrer dans leur logique.

Et de raconter à Jean le cas de ce mélancolique qui refusait d'uriner depuis plusieurs jours par crainte d'inonder la Terre, et qui ne se décida à rendre son urine qu'après qu'on l'eut persuadé qu'il n'y avait que ce moyen pour éteindre un violent incendie qui venait d'éclater. Ou encore l'histoire d'Émile Blanche qui un jour n'avait pas hésité à revêtir un habit de chasse à courre pour entraîner dans la clinique un certain marquis de Louvencourt qui, sans cette illusion d'être en pleine action de chasse avec piqueurs, chevaux et chiens déplacés pour l'occasion, n'aurait jamais consenti à se laisser interner.

— C'est un drôle de royaume, reprit Gérard après un silence. Chacun vit dans son monde. On a des dieux, des empereurs, des rois, des possédés, des millionnaires, des faillis ruinés jusqu'au dernier sou, l'un d'entre eux a étranglé son chat pensant qu'il n'avait plus de quoi le nourrir. Autant d'illusions, de fantasmes.

Jean se laissait bercer par la voix suave de son ami, songeant que son contact apaisant devait être bénéfique pour bien des patients.

— Et tous nécessitent de notre part la plus grande fermeté. On doit représenter l'autorité, tu comprends.

— Tu t'en sors ?

Un sourire s'épanouit brièvement sur le visage de Gérard.

— Même si je t'ai parlé de quelques cas qui peuvent prêter à sourire, il y a une détresse infinie. Nos moyens sont limités et la tâche immense.

Jean regardait le parc. À voir la sérénité de son ami, il ne doutait pas une seconde qu'il avait trouvé ici sa place.

— Tiens, voilà Blanche justement, avec le fils de ma patiente. Il ne m'avait pas parlé de sa visite, mais une fois de plus ça n'a pas raté : c'est son apparition qui l'a mise dans cet état.

Jean reconnut aisément le modèle du tableau de Roller : un maintien sévère engoncé dans une longue redingote noire à larges revers et une cravate noire, elle aussi, sur une chemise au plastron blanc, le tout surmonté par un visage épais encadré par de longs favoris. La démarche était pesante : celle d'un homme qui en a trop vu. À son côté, l'autre était un peu plus grand, peut-être un mètre soixante-quinze, mais beaucoup plus mince et nettement plus jeune. Lui aussi portait des vêtements sombres, d'une coupe parfaite, et la finesse de ses traits semblait confirmer celle de sa personne tout entière. Il marchait la main droite dans le dos, la gauche s'agitant à mesure qu'il parlait, à cette distance un papillon blanc virevoltant dans l'air du soir avant que la nuit ne tombe.

— Immense fortune et grand donateur, fit remarquer Gérard qui par souci de discrétion ne nommait personne. Ce qui explique la déférence du docteur à son égard, ajouta-t-il avec malice. C'est son point faible, les honneurs et les grands de ce monde. Mais cette clinique et ses patients sont sa vie…

« Je me demande quel effet ça doit lui faire, reprit-il après un silence en faisant allusion à l'homme qu'accompagnait le docteur Blanche, de mettre sa propre mère dans des états pareils.

Jean suivit du regard les deux hommes, le célèbre aliéniste et le millionnaire qui semblait évoluer dans cet endroit comme s'il lui appartenait.

— Dis-moi, c'est normal qu'une mère soit ainsi terrorisée par son propre fils ?

— C'est classique : les aliénés prennent souvent en aversion les personnes qui leur sont les plus chères. Dans leur esprit ce sont leurs proches qui sont à même de leur être le plus nuisibles, et c'est contre eux qu'ils ont amassé le plus de griefs.

Jean regarda l'aliéniste raccompagner le millionnaire jusqu'à la grille, puis son attention fut à nouveau captée par les frondaisons qu'une légère brise agitait, produisant le son d'une soie que l'on froisse, et par la Seine qu'il tenta de deviner, mais à la surface de laquelle avait disparu tout scintillement.

— J'ai à te parler, dit-il enfin à Gérard les mains toujours en appui sur la balustrade.

16

— Comment ça, pas de représentation ?

Dans le hall médiocrement éclairé les spectateurs se dirigeaient avec impatience vers le guichet, quelques-uns se retournant sur le couple campé en plein milieu, un gros homme qui semblait être chez lui et une jolie femme à la chevelure brune et à l'air consterné, une actrice ?

Ravier regardait Sibylle avec une bienveillance amusée. À près de soixante ans, le directeur du Gymnase en avait vu d'autres, et ce n'était pas l'interruption d'une série de représentations qui allait le miner ; ni le désarroi d'une jeune comédienne, aussi charmante fût-elle. C'était pour lui un amusement, de voir les effets de cette annonce sur son visage. La surprise, puis la panique et l'angoisse, non feintes, qui tour à tour se lisaient sur ses traits mieux que sur scène.

Il l'aimait bien pourtant, il nourrissait même une certaine affection à son égard, avec sa beauté rafraîchissante, ses enthousiasmes, son ingénuité, son courage et cette manière d'être, entière, qui lui faisait considérer cette nouvelle comme une catastrophe. Pour lui la perte était plus importante, mais trente années d'expérience lui permettaient d'appréhender la situation avec philosophie.

Contrairement à d'autres, elle n'avait pas cédé à ses avances, ce qui n'avait fait qu'exacerber son désir pour elle. Mais ça ne l'avait pas empêché de l'engager, ni de jamais tenter d'abuser de la situation. Son respect pour elle s'était même accru, surtout après sa nuit passée au Dépôt avec les putes et les excuses qu'elle s'était ingéniée à trouver à son jeune médecin qui avait manqué sa première. Un accouchement, allons donc ! Qu'est-ce qu'il avait de mieux à faire, cet imbécile ? Voir une autre petite ? Il y avait certaines priorités à respecter dans la vie… Sibylle n'était pas du genre à débiner son homme en public. Une vraie femme, comme il les aimait. Sans sa droiture elle ne serait pas si démunie, pensa-t-il en la regardant. Il soupira. Il n'aimait le désespoir qu'au théâtre.

— Pleure pas, ma chérie. Ce coup-là n'a pas marché comme on voulait, mais le prochain sera le bon. La vie est longue, fais-moi confiance.

Ses façons paternalistes faisaient mouche. Dans ses yeux s'alluma une nouvelle lueur. Le désarroi cédait la place à l'espoir. Elle esquissa un sourire. Elle était plus fondante que jamais. Il avança une main aux doigts courts et la posa sur son épaule, se risquant ensuite à lui caresser une mèche de cheveux et à lui effleurer l'oreille. Elle ne réagit pas. La pauvre s'était déplacée comme tous les jours en pensant jouer son rôle sur scène. Personne ne l'avait prévenue.

— Dans quelque temps tu en riras, et on en rira

ensemble. Tu aurais vu ta tête ! Tu me refais ça sur scène et tu pétrifies toute la salle.

Elle rit.

— Allons ! On ne va pas rester planté là dans le hall. Tiens ! Je ne peux pas te laisser partir comme ça. Suis-moi, je t'offre un verre.

Encore sous le choc de la nouvelle, elle le suivit à travers le hall jusqu'à une porte menant aux coulisses, sous l'œil attentif d'un individu à l'affût parmi les amateurs de théâtre et les curieux présents dans le hall, notamment tous ceux qui se pressaient au guichet pour se faire rembourser leur place.

Un escalier menait au bureau du directeur. Elle l'entendit souffler dans son dos à mesure qu'ils gravissaient les marches. Dans l'étroit couloir il la dépassa pour lui ouvrir la porte, son gros ventre l'acculant contre le mur. Enfin il la fit pénétrer dans son antre aux murs tapissés d'affiches de spectacles qu'il avait montés. Des gloires passées et actuelles s'exhibaient en gros caractères. Toutes ces pièces qui avaient contribué à la renommée de l'endroit, contrairement à la dernière en date…

— Cognac ?

Debout derrière son bureau, Ravier brandissait une bouteille dans une main et deux verres dans l'autre. Tandis qu'elle hésitait, il remplit un verre et d'autorité le lui tendit avant de se servir.

— À toi ! décréta-t-il.

Puis il engloutit son cognac.

Elle l'imita. Le liquide lui brûla l'œsophage et les entrailles. Elle n'avait pas l'habitude des alcools forts. Et maintenant ? Elle se sentait bête. Le bureau les séparait. Ravier la regardait avec un air paternel, mais elle crut discerner autre chose. Du désir ? La porte était fermée. Qu'allait-il vouloir faire ? Le silence et ce regard lui pesaient. La situation était embarrassante. Soudain un sourire éclaira le visage du directeur : il avait perçu sa gêne.

— Allons ! enchaîna-t-il pour dissiper le flottement. Ça devrait aller mieux maintenant. N'est-ce pas ?

Il la traitait comme une enfant. Comme Jean parfois.

— Passe à la comptabilité récupérer ce qu'on te doit. Et demande à ton homme de te sortir ce soir, ça te changera les idées. Repasse me voir la semaine prochaine. Mais je ne te garantis rien.

Rassurée par ces derniers propos, elle l'embrassa avant de filer vers la porte menant aux bureaux.

Vingt minutes plus tard, Sibylle était sur le boulevard devant le théâtre à l'affiche périmée, désemparée, à moitié réconfortée par les paroles de Ravier, refroidie par la sécheresse du comptable, et serrant dans son sac son maigre salaire. À cette heure le pavé retentissait du fracas des sabots et des roues des nombreuses voitures et des omnibus. Un peu perdue, légèrement éblouie, elle les entendait plus qu'elle ne les voyait. Elle avait bu trop vite, à jeun, et l'alcool lui était monté à la tête. Le boulevard et les passants tanguaient devant elle.

Ce n'était pas tant pour elle et son avenir de comédienne qu'elle s'inquiétait que pour Jean. Il ne lui ferait aucun reproche, au contraire il la consolerait de son mieux, mais combien de temps pourraient-ils tenir avec ses seuls revenus ? Il travaillait déjà tellement. Parfois elle avait peur qu'il s'épuise à la tâche. Et elle qui voulait un enfant… Quelle folie…

Le souvenir de la veille où elle était encore sur scène lui revint à l'esprit. Avec les autres, ensemble, quelle ivresse, même devant une salle à moitié vide. Et cette tension jusqu'à la tombée du rideau. Le bouche-à-oreille n'avait pas fonctionné. À qui la faute ? La sienne ? Elle était loin de tenir le premier rôle…

Inconscients de ses tourments, les passants nombreux sur le trottoir manquaient la bousculer. Visages absents, visages durs, visages vulgaires ou bêtes. Des gens rentrant du travail dans ce quartier d'affaires, de banques et de compagnies d'assurances, d'autres qui s'apprêtaient à sortir, en couple, en groupe, au théâtre où ils ne la verraient pas, ou dans un des nombreux restaurants ou débits de boissons que comptait le périmètre.

Elle ne devait pas rester là toute seule. Le souvenir de la rafle la hantait. Pas deux fois, et encore moins ce soir. Malgré la douceur de l'air, elle frissonna et se frictionna les avant-bras. Elle émit un petit rire. Elle était grise. Si Jean la voyait dans cet état !

Adossé derrière elle à la façade du théâtre, un homme la surveillait, le même qui dans le hall un quart d'heure plus tôt l'observait en conversation avec Ravier. Il jugea qu'elle était mûre et s'approcha, s'arrêtant par instants pour laisser passer le flot des passants.

— Sibylle Auclair ?

Elle se retourna. Sa beauté accentuée par la surprise le fit hésiter une seconde.

— Excusez-moi, vous êtes bien Sibylle Auclair ?

Elle ne connaissait pas cet homme, ne l'avait jamais vu.

— Oui, lui répondit-elle sur la réserve, cherchant par avance à deviner ses intentions.

— Enfin je vous tiens ! enchaîna-t-il avec entrain. Quelle déveine ! Les gens n'y connaissent rien ! Si ça avait été en mon pouvoir, la salle aurait été comble tous les soirs. J'ai assisté à la pièce trois fois, et je m'apprêtais à prendre un billet pour ce soir quand j'ai découvert la catastrophe. Remarquez, la pièce est amusante mais vous valez beaucoup mieux. C'est bien simple, on ne voyait que vous sur scène.

Il s'animait à mesure qu'il parlait. Submergée par ce flot continu d'éloges, Sibylle se déridait. Il savait y faire, ce drôle d'homme à peine plus grand qu'elle. Déjà sa volubilité et ses compliments faisaient œuvre de pansement sur ses plaies tout juste ouvertes.

— Cela dit, je ne vais pas m'en plaindre, poursuivit-il. Je m'en plaindrais si votre avenir était compromis, mais bientôt tout le monde vous réclamera. Au moins, ça m'a donné l'occasion de vous rencontrer.

— Mais…

— Poussons-nous, on gêne le passage.

Certaines personnes manquaient en effet buter sur eux, la plupart les contournaient avec des airs agacés. Ils firent deux mètres pour gagner le bord du trottoir, à côté d'un coupé stationné là.

— Je suis portraitiste et je brûle d'envie de faire un daguerréotype de vous. La première fois que je vous ai vue, je me suis dit que je ne pouvais pas passer à côté d'un tel modèle. Il se dégage de vous une telle grâce…

— C'est que… fit-elle en émettant un léger rire.

Mais il ne lui laissa pas le temps de continuer :

— Et puis songez à l'utilité d'un beau portrait dans votre métier. Vous faites la tournée des théâtres, vous leur laissez à chacun une épreuve, je vous en fournirai de quoi, et ils n'auront plus qu'une idée en tête, vous engager. Vous hésitez encore ?

Ses yeux le fixaient pleins d'espoir.

— Je vous offre 350 francs.

C'était colossal. Dans son sac elle n'avait que 40 francs que lui avait remis le comptable, et une somme pareille représentait pour elle le fruit de plus d'un mois de représentations… quand elle avait du travail.

— Tenez, regardez.

D'une chemise en carton qu'elle n'avait pas remarquée il sortit quelques daguerréotypes d'assez jolie facture, des jeunes femmes souriant à l'objectif devant différents trompe-l'œil. Présentées comme un jeu de cartes en éventail, dans la cohue du boulevard, elles avaient l'air de fleurs à peine écloses. Il se dégageait de l'ensemble une fraîcheur et peut-être une grâce qui donnaient envie de les connaître et de les voir s'animer.

— Je vous ai convaincue ?

Il l'observait avec un sourire dans le regard.

— Qu'avez-vous à perdre ?

Qu'avait-elle à perdre en effet ? Sans compter les 350 francs. Encore indécise, elle regarda autour d'elle, les citadins pressés qui passaient sans leur jeter un regard, la tête farcie de leurs propres préoccupations, ne pensant qu'à se frayer un chemin dans cette ville âpre et pleine de mirages, comme disait le père de Jean avec qui elle avait encore déjeuné aujourd'hui. Le vieil homme était las. Elle s'était employée à l'égayer. Alors qu'elle ignorait encore le désastre.

N'était-ce pas une opportunité à saisir ? Et puis elle ne se sentait pas le cœur d'annoncer la nouvelle à Jean.

Cet homme au moins lui proposait de partir sur autre chose. Une photographie, elle y avait souvent pensé. Et ça ferait plaisir à Jean.

— Je vous emmène découvrir mon atelier ? Je m'appelle Claude Lacombe, ajouta-t-il comme s'il s'agissait de réparer un oubli.

D'une main légère – une simple suggestion – il lui saisit le bras. Encore sous l'effet euphorisant du cognac qui avait fait sauter ses inhibitions, elle se laissa guider et monta dans le coupé.

17

La nuit finissait d'envahir le parc. Les ombres avaient achevé de s'étendre au sol et l'obscurité enveloppait les grands arbres jusque dans leurs frondaisons, sentinelles immobiles veillant sur ces lieux silencieux. Pour gagner le bâtiment où logeait Gérard, au bout de la propriété, ils étaient passés au large du potager, du poulailler et des clapiers, la clinique, aux dires du jeune aliéniste, étant capable de vivre en autarcie, comme cela avait été le cas pendant le siège de Paris quinze ans plus tôt. Ils avaient ensuite laissé à leur gauche la maison abritant les bains, puis avaient longé des grilles derrière lesquelles, alerté par des grognements, Jean avait aperçu une silhouette vêtue d'une chemise blanche poursuivie par deux autres lui cavalant après. En d'autres lieux on aurait pu penser à un jeu d'enfants. Il s'agissait de deux infirmiers qui essayaient de rattraper l'une de leurs patientes.

La chambre de Gérard était située au premier étage d'anciennes écuries, là où jadis la princesse de Lamballe devait loger ses cochers. Mansardée, la pièce n'était pas grande mais agréable, avec deux fenêtres en chien assis. Gérard l'avait meublée avec une sobriété quasi monacale : un lit en fer rehaussé aux quatre coins par quatre boules de cuivre, une table, deux chaises, un fauteuil pour la lecture, et une petite armoire où il devait ranger ses effets. Hormis cette sobriété, les seuls éléments pouvant trahir sa personnalité étaient les quelques traités sur les maladies mentales et recueils de poésie en français et en allemand serrés sur deux étagères, ainsi qu'une aquarelle accrochée au-dessus du lit représentant un chalutier sur une mer houleuse. La naïveté du traitement arracha un sourire à Jean. Ce n'était certainement pas la qualité de la facture qui importait à Gérard, mais le souvenir que ce petit tableau représentait. Preuve que l'expérience n'avait pas été douloureuse, sinon pourquoi en aurait-il conservé une trace quelconque ?

Lorsque Gérard eut allumé la lampe à pétrole et les deux bougies largement entamées d'un chandelier en laiton, la pénombre au-delà des fenêtres ouvertes parut plus dense. Au loin, en surplomb, la façade de l'hôtel particulier aux portes-fenêtres illuminées se détachait dans la nuit. Une retraite accueillante et luxueuse au milieu des bois, et non pas une clinique en plein Paris. On soignait donc dans ces conditions les maladies mentales ? Avec d'un côté la maison aux allures de palais champêtre, et de l'autre le pavillon aux baignoires à bouclier, les clôtures grillagées et les camisoles de force ?

Face à ce parc et à ces bâtiments que l'on devinait derrière les arbres, l'idée saugrenue d'être au cœur d'un jardin zoologique traversa l'esprit de Jean avec ses animaux rentrés pour la nuit : ses fauves, ses rats, ses abeilles, ses chevaux, ces êtres aux comportements erratiques, incompréhensibles et surprenants. Gérard s'était engagé dans une branche de la médecine à laquelle lui-même, Jean, n'entendait pas grand-chose.

— Dis-moi.

Jean se retourna. Gérard attendait qu'il lui dise enfin pourquoi il était venu le trouver. Autour de lui la pièce paraissait minuscule, comme si ce géant avait échoué dans une maison de poupée, et à cet instant Jean songea qu'il était sans doute plus à sa place à bord du chalutier traquant les bancs de morues. Comment un être au physique aussi massif pouvait-il appréhender les subtilités infimes de l'âme humaine ?

Jean soutint son regard. À nouveau les deux hommes se jaugèrent, comme lorsqu'ils s'étaient retrouvés quai Voltaire après une si longue absence, forts de cette complicité renforcée par les années et les espérances communes, à peine assombrie par l'apparition dans leurs vies de Sibylle qui aurait pu tout faire voler en éclats. Pour la première fois Jean se demanda comment lui aurait réagi si les rôles avaient été inversés. Aurait-il eu autant de magnanimité ? Poser la question annonçait la réponse. Pas forcément aussi bon perdant.

— Tu veux un verre de calvados ?

Autre souvenir de son existence de terre-neuvier. Ni l'un ni l'autre n'était dupe. Ça simplifiait les choses. Le sourire de Jean avait valeur d'acquiescement.

Par où commencer au juste ? se demanda-t-il en absorbant une gorgée brûlante et râpeuse. Aix-en-Provence ? Pauline Maupin retrouvée sur une berge de la Seine ? Auteuil ? Ou, plutôt qu'entrer dans les détails, d'abord évoquer l'existence de ce tueur d'habitude dont l'ambition serait de reconstituer *Le Déjeuner sur l'herbe* de Manet ? Après tout, l'équation pouvait s'énoncer plus clairement qu'il ne l'avait cru – était-ce grâce à la présence de l'aliéniste ?

Manet et le tueur, deux facettes d'une même médaille, le génie lumineux d'un côté, son reflet obscur de l'autre, le soleil noir. Manet invisible (puisque mort) mais omniprésent, après lequel court le tueur, lui aussi pour l'instant, en tout cas, encore invisible. Dans une course-poursuite forcément perdue d'avance, il jalonne son parcours de victimes innocentes, chacune utilisée comme un objet pour servir ses desseins…

Mais tout ça dans quel but ? Parce qu'incapable d'égaler le génie de Manet, le tueur s'emploierait à le tourner en dérision ? Par la même occasion il mettrait à profit sa monomanie homicide pour en faire une œuvre, l'*œuvre noire* ? Car il fallait bien parler de monomanie homicide ; ses rares connaissances psychiatriques englobaient cette notion. C'était bien de cela dont il s'agissait.

Les deux hommes avaient fini leurs verres. Parvenu à la fin de son exposé, Jean réalisa que le seul élément dont il n'avait pas fait part à son ami, ayant arrangé son discours de façon à s'en passer, était Obscura, sa première visite dans son cabinet, le tableau vivant au bordel, les Folies-Bergère. Élément capital, qui représentait un lien supplémentaire entre cette histoire, le tueur et lui-même. Élément qui permettait d'expliquer sa fascination pour l'affaire. Obscura à l'apparition fracassante qu'il n'avait vue que deux fois, mais qui s'était emparée de son esprit. Cette obsession signifiait-elle qu'elle avait été provoquée à dessein, qu'Obscura avait cherché à se l'attacher ? Sa dérobade et les baisers refusés après cette proximité si soudaine et ces confidences n'en étaient-ils pas la preuve ? Mais pourquoi ce silence à présent ? Ou bien n'avait-elle souhaité le séduire et s'en aller que pour satisfaire sa fantaisie ?

Sans se lever, Gérard sortit de ses étagères un gros volume relié de cuir et le feuilleta sous l'œil curieux de Jean.

— *Des Maladies mentales*, d'Esquirol. La somme de quarante années d'observations cliniques à la Salpêtrière, dit-il pour le faire patienter tout en cherchant dans l'ouvrage. Esquirol est le premier à avoir théorisé la notion de monomanie. Tiens, écoute ça : « *La monomanie est en rapport direct de fréquence avec le développement des facultés intellectuelles ; plus l'intelligence est développée, plus le cerveau est mis en activité, plus la monomanie est à craindre. Il n'est point de progrès dans les sciences, d'invention dans les arts*, et Gérard en prononçant ces mots regarda Jean de façon expressive, *d'innovation importante, qui n'aient servi de cause à la monomanie ou qui ne lui aient prêté leur caractère.* »

— Avec ces reconstitutions de tableaux, on est en plein dedans.

— Les passions factices, celles qui n'ont aucun rapport avec notre conservation et se retrouvent dans les classes les plus élevées de la société. Qu'est-ce que tu en dis ? demanda Gérard en faisant claquer le volume sur ses genoux avant de le remettre à sa place.

La peinture révolutionnaire de Manet n'était-elle pas une invention dans les arts ? Et il était en effet plus que probable que l'homme qui se trouvait derrière toutes ces horreurs appartenait à la haute société. Le visage de Jean affichait une tension lui durcissant les traits figés dans un sourire qui n'avait rien de joyeux.

— Je te parlais tout à l'heure de l'art de la dissimulation que maîtrisent de nombreux malades, poursuivit Gérard. C'est particulièrement vrai des monomaniaques homicides, qui dans bien des cas ne présentent aucune altération appréciable de l'intelligence, au contraire même, ce qui les rend très difficiles à identifier comme tels.

— Cela signifie qu'ils ont l'air normal ?

— D'autant plus que, malgré l'instinct aveugle qui les pousse à tuer, ils peuvent aussi prendre toutes les précautions pour ne pas être confondus. Il me semble que ça ne peut mieux correspondre.

— En effet, admit Jean étonné que cette affaire rencontre un tel écho chez son ami ; même si ce petit cours le mettait dans une position désagréable.

— Tu ne pouvais pas frapper à meilleure porte. Allons parler de ton histoire à Blanche, ça devrait l'intéresser.

Gérard était debout. Sa proposition ne souffrait aucun contretemps, alors que Jean se surprit à hésiter. Pourtant, aurait-il pu rêver mieux que les lumières d'un Blanche ? Alors pourquoi cette pusillanimité soudaine ? Agacé par ses propres réticences il se leva et précéda le colosse dans l'escalier. Malgré son poids, Jean remarqua que Gérard ne faisait grincer aucune marche. Aussi gracieux qu'une danseuse, le marin pêcheur ?

Ils traversèrent le parc en silence, guidés par les lueurs émanant de l'hôtel. Combien de fois au cours de leurs études avaient-ils ainsi marché de nuit dans les rues de Paris, après une garde à l'hôpital, en sortant d'un bistrot, ou de chez l'un d'entre eux où ils avaient passé la soirée à imaginer l'avenir ?

L'avenir, ils y étaient, et l'aliéniste, dont Jean connaissait l'ambition, habitait la chambre d'un cocher après avoir habité la cale d'un chalutier, et le généraliste qui naïvement rêvait d'éradiquer la maladie recevait à la chaîne des patients pour lesquels il ne pouvait pas toujours grand-chose.

Ils gravirent les escaliers et se retrouvèrent sur la terrasse. À travers les portes-fenêtres, Jean aperçut une petite assemblée occupant les différents fauteuils et canapés du salon, au sein de laquelle il reconnut la femme aux abeilles et l'homme aux rats. La femme qui se prenait pour un cheval n'était pas là pour compléter ce bestiaire délirant. Elle devait tremper dans la baignoire à bouclier, à moins que ce ne fût elle qu'il avait aperçue en chemise poursuivie par deux infirmiers. Mais à travers les vitres, rien des affections des personnes présentes dans la pièce ne transparaissait. Ces individus avaient l'air de gens policés que pas grand-chose ne pouvait écarter du sillon rectiligne dans lequel leurs existences étaient tracées ; en revanche, Gérard et Jean, les observant depuis la terrasse dans la nuit, semblaient des intrus dans ce monde auquel ils n'appartenaient pas.

Pourtant, Jean continuait à regarder ces hommes et ces femmes bien mis, vêtus avec élégance et se tenant droits, buvant des tisanes, jouant au trictrac ou aux échecs pendant que l'une d'entre eux au piano interprétait un air dont leur parvenaient certains accords. Sans le savoir, il n'aurait pu se douter que celle-ci qui ne desserrait pas les lèvres redoutait de libérer un essaim d'abeilles, et que celui-ci qui par moments jetait un regard sous les meubles guettait la présence de rats éventuels.

— Je ne vois pas le docteur Blanche, dit Gérard. Il doit être dans son bureau, suis-moi.

Gérard ouvrant la marche, tous deux pénétrèrent dans le vestibule sur lequel ouvrait directement le bureau du patron.

— Au fait, tu ne m'as pas dit à quoi ressemblaient les victimes ? demanda Gérard en se retournant vers Jean alors qu'il s'apprêtait à frapper à la porte du médecin.

— À Sibylle, fut la seule réponse qui vint à l'esprit de Jean.

L'invitation à entrer du docteur Blanche prévint chez Gérard toute autre réaction qu'un regard stupéfait.

Assis derrière son bureau, Émile Blanche regarda s'approcher les deux jeunes médecins avec l'air de se demander ce que lui voulait son assistant pour le déranger ainsi à une heure pareille. Gérard avait prévenu Jean : Blanche n'aimait ni les surprises ni l'imprévu. Peut-être parce que ses patients lui en réservaient déjà suffisamment et qu'en dehors de ce cadre professionnel qui englobait presque toute sa vie, il préférait éviter ce type de désagréments.

De près, à plus de soixante ans, il ressemblait au portrait que Roller avait fait de lui ; au moins devait-on reconnaître au peintre cette fidélité à son modèle. Au premier abord sa personnalité s'accordait à celle d'un artiste aussi conventionnel : la fantaisie caractérisait moins Blanche que son goût pour les honneurs et pour une certaine société d'où provenaient la plupart de ses patients.

— Sans mon épouse *Le Déjeuner sur l'herbe* serait entre ces murs, dit-il après avoir écouté Gérard puis Jean. Je l'ai même fait apporter ici pour l'essayer, mais elle trouvait le sujet trop inconvenant pour être accroché dans la salle à manger. Et ma foi, je dois dire qu'il m'arrive de le regretter, parce qu'il a quelque chose, ce tableau. Alors vous comprendrez que votre histoire m'intéresse d'autant plus.

À cet instant, le regard de l'aliéniste se perdit dans la photographie du jeune cavalier vêtu d'une robe écossaise. Son fils, sans doute, se dit Jean. Son fils Joseph, lui apprit Gérard en sortant du bureau, foudroyé par une crise d'appendicite lors d'une promenade au bois de Boulogne en 1868 et emporté en quelques jours par une péritonite.

Jean avait le sentiment d'approcher la vérité à s'y brûler les ailes. Curieux, comme cet homme sur les épaules de qui tant de destins reposaient pouvait s'absorber ainsi dans la contemplation de cette épreuve représentant son enfant. Pour quelle raison ? Pour y puiser des forces, celles de poursuivre, de continuer à tout porter, cette clinique, son personnel, ses patients aux vies éclatées, échoués sur ces rives hospitalières ?

Face au maître, les deux jeunes médecins gardaient le silence, attendant qu'il revienne à eux. Mais un voile d'une infinie tristesse ternissait ce regard. Que pouvait-il ressortir de cette douleur ? Une intuition ? douta soudain le généraliste après l'excitation provoquée quelques minutes plus tôt par l'attention de Blanche et son intérêt particulier pour la peinture de

Manet. Comme si l'expérience d'un Blanche et l'élaboration d'un portrait psychologique, aussi inspiré fût-il, pouvaient leur permettre de remonter jusqu'au tueur.

Jean promenait son regard de Blanche à son portrait *officiel*, du moulage du pouce de l'assassin Troppmann aux dossiers empilés sur les différents sièges, lorsque l'aliéniste enfin remonté de ses abysses le surprit :

— Je vous prie de m'excuser, finit-il par dire avec un sourire gêné à l'adresse de Jean, celui de quelqu'un que l'on aurait surpris dans son intimité. En admettant que vous ayez vu juste, Manet est mort. Votre tueur court donc après un fantôme, et je dirais même après son absence de talent. Car c'est de cela précisément qu'il doit s'agir. Cette absence de talent, et donc de reconnaissance, qui doit lui avoir fait perdre la raison, insista-t-il.

Gérard jeta un coup d'œil à Jean.

— Le docteur Roch a évoqué la monomanie homicide, certes, reprit l'aliéniste. Mais nous serions face à quelqu'un d'extrêmement organisé, qui dans ces conditions ne peut pas tuer sous le coup d'une impulsion. Tout paraît trop préparé pour ça. Une telle minutie fait froid dans le dos. Et nous serions donc face à une monomanie particulièrement sophistiquée, au sein de laquelle l'homicide ne serait qu'un moyen de parvenir à certaines fins…

Il marqua un silence, respecté par ses deux auditeurs.

— Je n'ai jamais vu une chose pareille, reprit-il enfin, et je serais curieux de pouvoir interroger cet homme. Mais sa quête est vaine, elle ne peut le conduire nulle part, sinon à sa propre perte.

— Que voulez-vous dire ? l'interrompit Jean.

Blanche eut une moue dubitative, agacé que l'on puisse ainsi chercher à lui faire préciser sa pensée.

— Eh bien, où voulez-vous que ça le mène ? Ce n'est pas avec ce genre de mise en scène qu'il va dépasser Manet, ajouta-t-il avec condescendance.

Maître chez lui, Émile Blanche ne souffrait pas la moindre contradiction. Jean le vit se rengorger, sans doute signe qu'il allait dire quelque chose d'important. Par certains côtés, comme cette sensibilité aux honneurs, Jean trouvait le personnage risible, mais il respectait en lui la sommité qu'il était devenu après une vie consacrée à ses patients.

— Permettez-moi de mettre en doute le fait qu'il s'en tienne à ces actes purement gratuits, reprit en effet l'aliéniste. Qu'est-ce que la création artistique, sinon la volonté, même inconsciente, de marquer son passage ici-bas ? Or il est évident que votre homme poursuit cette ambition. Par conséquent, il doit faire en sorte d'en conserver quelques traces, que sans doute il considère comme son œuvre, avec l'intention de la montrer un jour, d'en faire profiter l'humanité, en ayant pris soin d'y attacher son nom.

— Et pourquoi Manet ? risqua Jean profitant d'une pause dans le discours. Cela signifie-t-il que le tueur l'aurait connu ?

Surpris par la question, Blanche haussa les sourcils.

— Peut-être Manet à cause de la révolution que sa peinture a représentée. Un renom universel… dit-il comme s'il se parlait à lui-même. Une notoriété comme aucun peintre n'en avait jamais possédé… Parce qu'il provoquait, martela-t-il soudain en détachant chaque syllabe. Parce qu'il provoquait.

Blanche à cet instant s'empara du moulage du pouce de l'assassin Troppmann et Jean se demanda si, à la simple vue de son pouce, l'aliéniste serait capable de reconnaître l'assassin.

— Ce qui fait de ce tueur quelqu'un de lucide. Il n'a pas choisi Manet au hasard, voyez-vous ? Ni *Le Déjeuner sur l'herbe*, la toile par laquelle le scandale est arrivé. En mettant en scène un cadavre, c'est l'aspect scandaleux de l'œuvre qu'il vise. Ne pouvant égaler son génie, il cherche à dépasser son scandale... Mais dites-moi, fit tout à coup Blanche interrompant le cours de ses pensées, pourquoi ne pas plutôt vous adresser à la police ?

Curieuse façon de procéder en effet, ne put qu'admettre Jean en lui-même. Avait-on jamais tenté d'identifier un coupable sans aucun élément matériel, en dressant son portrait psychologique ? La tâche pouvait paraître impossible. Quant à la police...

La nuit apaisante accueillit Gérard et Jean sur la terrasse. Derrière les portes-fenêtres, dans le grand salon, les pensionnaires du docteur Blanche s'adonnaient toujours à leur comédie inconsciente d'une société qui ne voulait plus d'eux et les parquait dans cet endroit sous l'œil attentif et vigilant de l'aliéniste.

— Je te raccompagne jusqu'à la grille ?

Ensemble ils descendirent les marches dans l'obscurité avec les mêmes précautions pour ne pas tomber. Jean ne regrettait pas le déplacement. Sous ses airs de médecin mondain, Blanche connaissait son affaire. Mais cela les avançait-il beaucoup plus ? Les hypothèses auxquelles ils s'étaient livrés donnaient une idée sans doute assez juste des motivations du tueur et permettaient vraisemblablement de définir le milieu auquel il appartenait. Mais après ? Le champ des recherches était peut-être limité, mais demeurait immense.

Pourtant, Jean avait désormais l'impression de le comprendre et, d'une certaine façon, de pouvoir penser à sa place. Ce qui était déjà rassurant, en un sens…

Ils étaient arrivés devant la grille. Une lumière filtrait à travers une fenêtre du rez-de-chaussée du pavillon du concierge.

— Au fait…

Jean dressa l'oreille. L'hésitation comme le ton employé pouvaient lui laisser deviner la suite. Grand plantigrade semblant danser d'un pied sur l'autre sur les pavés.

— Ça ne me regarde peut-être pas, sûrement pas même, mais tu aurais pu te libérer pour la première de Sibylle. Elle cachait bien son jeu mais elle en avait gros sur le cœur. Tu…

L'éclat du sourire de Jean l'arrêta. Lui aussi le connaissait bien. On pouvait difficilement s'abuser, entre frères.

— Excuse-moi, dit-il d'une voix devenue sourde.

Jean recula. Il aurait pu éviter de sourire. Mais il était trop tard. Gérard n'en dirait pas plus. À sa manière, Obscura venait de se manifester et le colosse avait senti son existence, celle d'une autre en tout cas, une de trop, inacceptable pour lui qui n'avait pas renoncé à Sibylle.

Il gagna la grille et sortit dans la rue. Immobile, les épaules affaissées, le géant ne le quittait pas des yeux. Légèrement mal à l'aise, il remonta la rue et ne se retourna pas, de peur de croiser le regard de Gérard.

sans doute assez juste des observations qu'il fit et per- [illegible] le milieu auquel il appartenait. Mais après ? Le manque des recherches [illegible]

Pour lui, Jean avait [illegible] l'impression de le [illegible] d'une certaine façon, de pouvoir penser à sa place. Ce qui était déjà rassurant, en un sens.

Ils étaient arrivés devant la grille, une [illegible] du pavillon [illegible]

VI

[illegible]

[illegible]

212

18

La fille manifesta les premiers signes de nervosité une fois hors les murs, alors que le trafic et les bruits de la ville n'étaient plus qu'un souvenir et le Sacré-Cœur une silhouette solitaire se détachant dans le crépuscule. Elle avait jusque-là observé un silence songeur alors que, à la vérité, il s'était attendu à ce qu'elle manifeste plus tôt son impatience. Pour la tranquilliser il expliqua que son atelier n'était plus qu'à une vingtaine de minutes.

Elle parut à moitié rassurée. L'alcool dont son haleine était chargée émoussait vraisemblablement sa méfiance, mais à la vue de la basilique Saint-Denis son inquiétude se transforma en panique. Cette réaction aussi il l'avait prévue, d'autant que, contrairement aux autres et en dépit de son ivresse, elle paraissait sur ses gardes. Ni une prostituée ni même une fille facile. Jamais sans ce coup de veine et l'état de vulnérabilité où l'annulation de la pièce l'avait plongée, il ne serait parvenu à la convaincre de le suivre. Une occasion inespérée sur laquelle il avait sauté.

La femme du docteur Corbel.

Lorsqu'il ouvrit la boîte métallique où il conservait

un tampon imbibé de chloroforme et que l'odeur caractéristique envahit l'habitacle, la panique céda le pas à la terreur. Après tout, elle vivait avec un médecin et devait savoir à quoi s'en tenir.

Un réflexe de chatte : alors que la voiture filait bon train, elle se rua sur la poignée de la portière qu'elle parvint à ouvrir, et c'est grâce à la fulgurance de sa réaction, alors qu'elle avait déjà la tête et les épaules à l'extérieur, qu'il put l'empêcher de sauter en marche. Un genou entre ses cuisses il la coinça contre la banquette. Elle se débattait comme une furie. Ça l'excitait, cette lutte inégale. Il aurait bien fait durer le plaisir mais elle tenta de le mordre, la garce. Farouche, sous ses airs de gentille petite femme.

Il fallait en finir. Au risque de lui abîmer le nez ou les dents il lui appuya vigoureusement le tampon sur le visage qu'elle secouait de droite à gauche pour échapper à la compresse. L'effort le faisait émettre un sifflement ainsi qu'une écume de bave par le trou dans sa gencive supérieure. Ça le dégoûtait lui-même, mais elle était trop occupée à résister pour s'en apercevoir.

En quelques secondes le produit remplit son office, ses forces l'abandonnèrent, toute résistance disparut et la fille s'affaissa sur son siège. Il lui cala la tête dans l'encoignure pour qu'elle reste à peu près droite, ouvrit une fenêtre afin de renouveler l'air surchargé de vapeurs de chloroforme et se recula.

Il pouvait enfin l'observer à loisir. Dans la lutte son chapeau avait roulé au sol et un bouton de sa robe avait sauté, découvrant l'échancrure de ses seins. La forme du visage, les lèvres, les cheveux aux reflets auburn. Les épaules aussi. Elle correspondait de façon saisissante.

Pas étonnant que le docteur Corbel se soit intéressé à Marceline Ferrault. Même type de femme. Il avait bien fait de le suivre depuis les Folies-Bergère. Il ne pouvait se douter qu'il abritait chez lui pareil trésor. Quelle ne fut sa surprise, lorsqu'en revenant le lendemain matin pour en savoir plus il la découvrit dans la boutique de peinture. C'est à ce moment qu'il se mit en tête de la filer, pour apprendre le soir venu qu'elle était actrice. Il n'avait pas perdu son temps.

Par mesure de précaution il se pencha vers elle et colla l'index et le majeur de sa main gauche sur sa carotide. Son pouls battait normalement. Du revers de la main il lui caressa le cou avant de se caler sur la banquette.

Il prenait un risque en enlevant cette femme. Elle n'était pas seule, contrairement aux autres dont personne ou presque ne se souciait. Le petit docteur allait s'inquiéter, s'agiter, remuer de l'air. Très vite il allait s'adresser à la police. La belle affaire… L'occasion était trop belle. Un modèle supplémentaire en guise d'esquisse avant le chef-d'œuvre.

Mentalement il les énuméra, depuis la Provençale, qui ne comptait pas vraiment. Puis il s'aida de ses doigts, se rappelant pour chacune les circonstances de la prise et ce qui la caractérisait. La plus jeune s'était avérée la plus difficile. Facile à attirer, par l'argent ; mais les choses se gâtèrent quand elle comprit de quoi il retournait. Pauline Maupin. Une enfant presque, mais la plus farouche d'entre toutes. Pendant deux semaines il conserva la marque de ses dents sur son nez qu'elle avait manqué lui arracher. D'où les coups qu'il avait été obligé de lui assener pour qu'elle lâche prise mais qui la rendirent inexploitable. Alors il avait jeté son corps dans la Seine. Son seul raté…

Celle-ci il ne la baiserait pas. Enfin, il tâcherait : c'était dommage de ne pas en profiter. Surtout inconsciente. Et puis, est-ce que ça faisait réellement une différence, pour le tableau ?

Du pouce il palpa sa gencive perforée.

Dans un virage plus serré que les autres, la tête et le buste de la fille glissèrent sur la droite et il dut la retenir pour qu'elle ne s'affale pas sur son siège. Le cheval allait toujours bon train. Dehors il n'y avait plus de lumières, on était en pleine campagne. En pleine forêt même. Un regard parvenant à percer l'obscurité était vite arrêté par le rideau des arbres.

Après une demi-heure, la fille manifesta des signes d'agitation. Il ouvrit à nouveau sa boîte métallique et, tandis que l'odeur de chloroforme envahissait l'atmosphère, lui appliqua le tampon sur le nez en lui maintenant la tête pour qu'elle ne se dérobe pas.

Il tira sa montre en or. Dans vingt minutes à peine ils seraient arrivés. Tandis que la jeune femme somnolait légèrement secouée par les soubresauts de la voiture, les pieds sur le siège d'en face, il s'autorisa à fermer un œil.

Un mal de tête diffus l'empêcha de s'endormir tout à fait. C'était la deuxième fois qu'il le ressentait en quelques jours, pourvu que ce ne soit pas une nouvelle manifestation de sa maladie. Mais la douleur s'estompait déjà et il n'y accorda pas plus d'attention.

Enfin le cheval ralentit l'allure et la voiture s'arrêta. Quelques secondes plus tard il entendit la grille grincer. En se penchant à la portière il aperçut l'un des deux griffons de pierre surmontant le portail.

19

La lumière filtrait sous la porte de l'atelier. À dix heures passées le vieux Corbel travaillait toujours. Une fois veuf, Gabriel n'avait jamais songé à remplacer sa femme, Amélie. Et à la connaissance de son fils tout du moins, encore dans la quarantaine il aurait renoncé au commerce des femmes. L'éducation de Jean et ses pigments avaient pris toute la place. Très vite l'enfant marqué par la mort de sa mère n'accorda plus aux couleurs tout l'intérêt que son père aurait souhaité lui voir : traumatisé par cette lente agonie, il aspirait à étudier les moyens de retenir cette vie si précieuse et fragile. De ce point de vue, il avait acquis très jeune une certaine gravité.

Pourtant l'univers coloré de son père demeurait celui du merveilleux, autant par les teintes aux variations infinies qui flattaient l'œil, que par leurs noms qui stimulaient l'imagination : bleu de cobalt, noir d'ivoire, brun de Suède… L'enfant aimait aussi ces centaines de petits casiers numérotés, le 113 et ses tubes de laque carminée, le 120 et ceux de Sienne brûlée, ou le 75 avec le bleu céruléum. Savoir ces pigments, ces huiles et ces aquarelles aussi bien classés rassurait son âme d'enfant secouée par la disparition de sa mère, surtout dans une ville agitée par le fracas du progrès et les soubresauts de l'Histoire. C'était aussi se rapprocher au plus près de son père, ce qui pour lui n'avait pas de prix.

Les clients aussi aimaient cet endroit. Pousser la porte de la boutique du quai Voltaire avait un pouvoir apaisant. La clochette tintait comme un grelot aigre-doux, et une fois la porte refermée, on avait vite fait d'oublier l'agitation extérieure. C'est dans cette sérénité que Jean avait pu suivre ses études, à peine dérangé par les discussions sur les mérites de telle teinte par rapport à telle autre, de tel glacis par rapport à telle laque.

Il frappa trois coups appuyés avant d'entendre son père crier à travers la porte qu'il n'était pas sourd. Quelques secondes plus tard il était devant lui, vêtu de son éternelle blouse sur laquelle sa barbe à la Rodin formait un ornement baroque. Jean posa sa main sur son épaule. En arrière-plan il vit le grand établi, celui où il faisait autrefois ses devoirs, éclairé. Gabriel devait être en train d'étiqueter des tubes, tâche à laquelle lui-même s'était souvent adonné. Il avait ainsi pu conserver une écriture lisible, contrairement aux pattes de mouche de la plupart de ses confrères. Comme pour tout le reste, Gabriel Corbel était intransigeant sur la qualité de la calligraphie. En anglaises bien tracées, à l'encre de Chine, il fallait écrire sur une petite étiquette à liséré noir le nom de la couleur, le numéro du tube et « Couleurs Corbel ».

— Tu as dîné ?

— Pas encore. J'ai un reste de pot-au-feu. Tu veux le partager avec moi ?

— Il vaut mieux que j'attende Sibylle. Tu en as encore pour longtemps ?

— Oh, tu sais…

Jean regarda les tubes en métal alignés sur la table. Il y avait du jaune de strontiane en n° 6 – machinalement, pour s'assurer de l'intégrité d'un savoir, il se remémora les caractéristiques de cette teinte : couleur qui avec le vert émeraude donne les verts les plus tendres et les plus vifs –, une demi-douzaine de bleu de Prusse en n° 2 – teinte au pouvoir colorant si extraordinaire qu'un gramme suffit à colorer un kilo de blanc d'argent en bleu ciel, mais qui en contrepartie se décolore sous l'influence de la lumière. Il remarqua également une poignée de bitume de Judée en n° 3 – une résine des bords de la mer Morte qui se dissout dans l'huile de lin et l'essence de térébenthine en fournissant une teinte brune visqueuse.

Un ensemble de notions dont Jean n'avait qu'un usage fragmentaire et gratuit, mais qui lui ouvrait une échappatoire salutaire. Au moins là, il ne se penchait pas sur des lésions, mais des pigments, des couleurs, et parfois la manière dont certains peintres les utilisaient. Il avait en mémoire des centaines de toiles, la plupart exposées au Louvre, dont il reconnaissait certains coloris particuliers sur l'épiderme, les muqueuses ou les mucosités de ses patients. Et s'il retrouvait le plus souvent lors de ses consultations des laques, carminées, de garance ou rose foncé, des ocre jaune, des Sienne naturelles ou brûlées et des vert émeraude employés en peinture pour ombrer les chairs, l'organisme réservait l'ensemble du spectre chromatique d'une palette de peintre.

— Tu as quelque chose à me dire ?

Comment avait-il deviné ? Parce que son fils unique ne lui faisait que rarement l'honneur de ce type de visite ?

— J'aimerais que tu me dises ce que tu sais sur Manet.

Son père vissa le bouchon du flacon d'encre de Chine et essuya sa plume à l'aide d'un chiffon tiré d'une de ses poches.

— Manet… Quel virtuose, ajouta-t-il pensivement avec dans la voix un soupçon d'admiration. C'était quelqu'un d'exquis. J'ai toujours été étonné par le fait qu'un homme à l'apparence aussi sage ait pu provoquer des scandales aussi fracassants.

Comme tous les soirs, le rideau de fer avait été tiré. Privée du ciel et de la vue du Louvre, avec sa vitrine la boutique avait des allures de bocal à l'atmosphère confinée. La mèche d'une lampe à huile émit une dernière flammèche avant de s'éteindre, plongeant une partie de l'atelier dans la pénombre.

— Ces scandales, il les a provoqués en connaissance de cause ?

— Difficile à dire. Il affichait toujours une certaine naïveté et chaque fois paraissait très affecté. À tel point que sans le soutien d'amis comme Baudelaire ou Zola, je doute qu'il aurait eu le courage de poursuivre. Enfin… Je n'en sais rien. Mais je ne pense pas qu'il a pu peindre le *Déjeuner* et l'*Olympia* sans imaginer une seconde les réactions… Mais pourquoi ces questions ?

— La fille d'une de mes patientes a été retrouvée

morte dans une mise en scène visant à reproduire *Le Déjeuner sur l'herbe*.

Il devait une explication à son père qui ne lisait pas la presse et se tenait à l'écart du monde. Sur l'existence de ce tueur obsédé par le peintre, sur ces filles asphyxiées, sur sa démarche auprès de Gérard et du docteur Blanche. Et dire que la victime était la fille d'une de ses patientes était un léger travestissement de la vérité lui permettant de justifier son intérêt pour l'affaire.

Gabriel lui adressa un regard indéfinissable et maugréa dans sa barbe en manipulant machinalement quelques tubes de peinture.

— Il a vécu presque toute sa vie à deux pas d'ici, au 5 de la rue des Petits-Augustins. C'est dans l'atelier de Thomas Couture qu'il a appris son métier. L'auteur des *Romains de la décadence*… Après il en a fait ce que l'on sait. Cette façon de tracer ses contours, c'est de Couture qu'il la tenait.

Jean réprima un sourire d'impatience. Il n'était pas venu chercher un cours sur la manière de peindre de Manet. Mais il fallait en passer par là pour éventuellement obtenir quelque chose de plus intéressant.

— C'est Couture qui lui a appris à composer un ton de chair avec du blanc de plomb, du jaune de Naples et du vermillon. Comme cette façon d'employer ses couleurs sans mélange. Grâce à cet enseignement, Manet était l'un des derniers à peindre d'après les méthodes remontant aux Espagnols, aux Flamands et aux Hollandais. C'est aussi dans la maîtrise de ces techniques que réside la force de son travail. Ce qui a certainement contribué à choquer. Les mêmes tableaux faits à la va-vite, qui y aurait prêté attention ?

Gabriel se tut. La question concluait son exposé. Lui-même n'en avait pas d'autres. Qu'aurait-il pu attendre de plus venant de son père ? Mais même dans ces quelques renseignements il y avait peut-être quelque chose à tirer. Comme cette manière si classique, ou encore l'atelier de Couture dont il devait bien exister une liste des élèves l'ayant fréquenté.

— Mais ça ne peut pas être la seule raison…

Le regard de son père était un foret lui transperçant l'âme. Jean tressaillit.

— Pas la seule raison, non… Dans le cas du *Déjeuner* comme dans celui d'*Olympia*, Manet s'est inscrit dans la grande tradition picturale, dans la lignée de Titien, de Goya ou d'Ingres. Mais dans un cas comme dans l'autre, alors que les nus jusqu'alors figuraient des déesses ou des odalisques, pour la première fois il représentait une femme anonyme, une femme de notre monde dont la nudité n'était plus auréolée ni du mystère de la divinité, ni de celui de l'exotisme. Et comme Manet possédait la technique pour prétendre s'insérer dans la tradition des plus grands, cette nudité vulgaire a d'autant plus choqué. Mais… où veux-tu en venir ?

Jean ne s'attendait pas à une question aussi frontale. Mais son père n'avait pas fini, lui qui avait toujours respecté ses choix, y compris le plus douloureux pour lui, celui de la médecine qui sous-entendait renoncer à prendre sa succession.

— Les maladies que tu combats ne te suffisent pas ? Il y a la police pour ce genre d'affaire.

Il n'avait pas tort, même si la police ne semblait pas

très efficace. Les virus qu'il combattait étaient beaucoup plus dangereux que ce tueur dont il soupçonnait l'existence, qui ne ferait au pire que quelques victimes, une broutille comparée aux milliers de décès dus chaque année aux maladies pulmonaires ou à la syphilis. N'était-il pas en train de s'égarer ? À cause d'Obscura ? À cause d'Ange et de sa promesse non tenue ? Il avait toujours voulu combattre toutes les misères et toutes les injustices. Il tenait cette générosité, ou ce travers, de sa mère qui à son niveau faisait toujours son possible pour soulager les uns et les autres. Elle avait contracté son mal en s'occupant d'un petit voisin malade que ses parents laissaient seul toute la journée. C'est par cet héritage qu'elle survivait en lui.

Son père avait peut-être l'apparence d'un vieillard, pourtant Jean avait ce soir face à lui l'impression désagréable d'être redevenu un enfant.

Déjà Blanche s'était étonné qu'il ne laisse pas cette affaire entre les mains de la police. Les deux hommes avaient eu le même réflexe. Et le commissaire Louvier après tout n'occupait certainement pas cette position par hasard, même s'il lui avait paru peu concerné par le sort de ces malheureuses. La plupart de ses confrères ne paraissaient-ils pas eux aussi peu préoccupés par les souffrances de leurs patients ? Cela ne signifiait pas qu'ils se désintéressaient de leur état. Question d'habitude mais aussi de protection : une carapace pour ne pas être trop affecté par le spectacle quotidien de la douleur. Son père avait vu juste : il prenait cette affaire trop à cœur.

Dans la pénombre il gravit les marches des deux

étages avec une certaine pesanteur. Il avait reçu assez de leçons pour la journée. Il avait passé l'âge.

Cependant le plus désagréable, c'était encore le silence et le regard de Gérard. Pris la main dans le sac. Le colosse avait de quoi lui en vouloir. S'il pouvait avoir la tête tournée par une autre, au moins fallait-il sauver les apparences, être là dans les grandes occasions, comme une première au théâtre, et non pas courir derrière une inconnue aux Folies-Bergère.

En dépit de sa retenue, Gérard lui en voulait toujours pour Sibylle et n'avait pas renoncé. Ses campagnes de pêche n'avaient pas eu raison de sa rancune ni de ses sentiments pour elle. Le fait de la retrouver avait renforcé son amour. S'il acceptait de l'aider, ce n'était que pour mieux le circonvenir, ou mieux profiter de sa faiblesse. Mais pouvait-il lui en vouloir, même si cette idée de froide rancœur était désagréable ? Il ne put réprimer un frisson en pénétrant chez lui.

Il trouva dans le réduit qui leur servait de cuisine quelques œufs, des pommes de terre, un morceau de lard et un quart de pain. Il tira le panier de rattes vers lui et entreprit d'en éplucher quelques-unes. Quelques cubes de lard en plus et il aurait de quoi faire une omelette.

On frappa. Il n'attendait aucune visite. Après avoir posé légume et couteau, il se rendit dans l'entrée. D'un geste ample il ouvrit mais ne vit personne, avant de baisser légèrement les yeux. Du haut de ses dix ans et de son mètre trente, l'enfant le regardait avec un air grave.

— Ange ! s'exclama Jean au comble de la surprise.

— C'est votre père qui m'a dit de monter au deuxième.

Il tenait une casquette entre ses mains jointes et la semelle de son godillot droit commençait à bâiller.

— Qu'est-ce que je peux faire pour toi ? Il faut que je vienne voir le bébé ?

Le petit rouquin secoua la tête et sembla vouloir s'enfermer dans son mutisme.

— Tu es venu me demander quelque chose…

Les mains tordant sa casquette, l'enfant semblait gêné.

— Qu'est-ce qu'on doit faire pour devenir médecin ?

Jean le regarda sans y croire avant d'éclater de rire et son rire résonna dans la cage d'escalier répercuté d'étage en étage. C'était demandé avec un tel sérieux. Mais il eut peur d'avoir vexé le garçon et aussitôt se reprit.

— Entre, fit-il en le prenant par l'épaule avant de refermer la porte.

Il le poussa vers la bibliothèque et l'enfant jeta dans la pièce un regard circulaire.

— Assieds-toi.

— Ici ?

Jean acquiesça et il s'enfonça dans le fauteuil au cuir râpé, les bras soudain comme des ailes, appuyés sur les accoudoirs trop hauts pour lui. Devant l'inconfort de la position, il ramena ses mains sur ses genoux. Jean était amusé de le voir chez lui, son regard courant sur les meubles, les rayonnages et les objets. Il avait beaucoup pensé à lui ces derniers temps. Son apparition tombait bien.

— Tu vas à l'école ?

Devant l'énormité de l'ambition, Jean ne savait comment l'aborder. L'enfant tordit les lèvres.

— Mais je sais écrire et compter ! Et puis j'y vais quand même. Mais des fois on me demande des services.

— Des services ?

L'enfant rougit. Jean ne comprenait rien. Ange tortilla sa casquette entre ses doigts puis se lança :

— Des fois on me demande d'aller chercher un objet précieux dans une maison ou un appartement. Y a qu'à me le décrire et me dire où il se trouve. On m'a jamais attrapé ! s'exclama-t-il avec une fierté tirant au médecin un sourire.

Un petit voleur. Jamais il n'avait soupçonné cette activité chez l'enfant, et pourtant en aucun cas il n'aurait mis sa parole en doute. Une sœur aînée fille de joie avant l'âge et déjà disparue, et lui-même engagé sur la pente glissante du vol… et pour s'en sortir une idée hors de sa portée. Quoique, rectifia-t-il. Il venait de songer à Gérard, fils de berger devenu aliéniste.

— Mais qu'est-ce qui t'a mis cette idée dans la tête ?

Le petit haussa les épaules.

— Vous avez vu comment Paulette a fini.

Paulette. Depuis le temps qu'il y pensait, depuis que cette histoire le hantait. Qu'y avait-il à rétorquer à cela ? Si une mort précoce et brutale était le seul avenir qu'il entrevoyait, et le doctorat de médecine le seul moyen d'y échapper ?… Mais l'évocation de sa sœur le ramena à une autre idée.

— Est-ce que ta sœur t'avait parlé d'un peintre, ou d'un artiste, avant de disparaître ?

L'enfant écarquilla les yeux puis secoua la tête.

— Essaie de te rappeler. Elle ne t'a jamais dit qu'elle posait comme modèle pour un peintre ? Dans un atelier ? hasarda-t-il.

Il n'obtint qu'un autre mouvement de la tête, de dénégation.

— Pourquoi vous me demandez ça ?

— Pour rien. Excuse-moi, je t'ai coupé. Tu me disais que tu ne veux plus voler ? C'est bien, l'encouragea-t-il, décidément attendri par le garçon qui hochait la tête.

— Je veux soigner les gens, comme vous.

Jean se passa la main dans les cheveux.

— Je vous ai déjà demandé votre aide pour ma sœur, poursuivit l'enfant comme s'il plaidait sa cause, une cause perdue. Mais j'ai personne d'autre à qui demander… Juste savoir comment on doit faire. Après je vous demanderai plus rien.

Jean s'était assis. L'enfant ne le quittait pas des yeux, avec ce regard singulier plein d'espoir et sans illusion. À sa façon, il n'en avait pas fait mystère : qu'il s'agisse de médecine ou d'autre chose, il n'avait personne à qui s'accrocher. Médecine ! déplora Jean intérieurement, malgré lui ému par la démarche du petit et la détermination qu'il sentait en lui. Par quel instinct ce saute-ruisseau s'était-il attaché à lui dès la première fois où il l'avait vu ? À cause des soins qu'il l'avait vu prodiguer à sa mère et au nouveau-né ? Et puis quel instinct ? Il n'avait rien pu faire pour sa sœur.

Était-ce lui rendre service que l'aider ? Il ne voulait ni ne pouvait rien lui promettre. Mais il connaissait quelques personnes et il existait des établissements qui prenaient en charge de tels enfants. Il lisait une telle détermination, dans ce regard. Ça pouvait compenser bien des handicaps.

— On va voir ce qu'on peut faire.

Le visage de l'enfant ne s'éclaira d'aucun sourire, mais Jean crut y distinguer une certaine reconnaissance.

Lorsque le bruit de ses pas sur la pierre usée des marches ne fut plus qu'un murmure inaudible et que le fracas de la porte cochère se refermant retentit sous la voûte, Jean sentit son cœur se serrer. De grandes espérances… De bien grandes espérances…

À cette heure il ignorait encore tout de la disparition de Sibylle.

20

Il finit par s'assoupir dans son fauteuil, la *Revue photographique des hôpitaux de Paris* à ses pieds, ouverte sur une double page où figuraient des reproductions de syphilides. Sur celle de gauche, un décorateur de trente-cinq ans affecté d'un bourrelet de couleur lie-de-vin – malgré le noir et blanc de l'image, Jean connaissait par cœur – sous lequel disparaissaient la lèvre supérieure et le menton. Sur celle de droite, une ménagère de trente-trois ans au visage recouvert de plaques de couleur vineuse et violacée, pareille à la pourpre cardinale, où affleurait un réseau blanchâtre comparable à des crêtes papillaires.

Dernier aperçu avant de fermer les paupières… À son réveil il ne pouvait s'en détacher, ni de cet homme à l'impériale de chair boursouflée, ni de cette femme fardée pour un bal de morts vivants. Et voilà que sous ce masque il crut discerner les traits de Sibylle, ou d'Obscura ; il n'existait plus à ses yeux qu'un seul visage de femme.

L'aube grise envahissait la pièce, dévoilant peu à peu

les livres, les meubles et les objets. Les voir ainsi progressivement ramenés à la vie par cette lumière naissante lui en donnait un nouvel aperçu. Comme cette étude pour le tableau d'Henri Regnault, *Exécution sans jugement sous les rois maures à Grenade*, que son père avait obtenue en échange de quelques tubes et toiles montées sur châssis et qu'il lui avait offert lorsqu'il s'était installé au-dessus de chez lui avec Sibylle. « *Ça c'est quelque chose* », disait-il devant le geste du Maure à l'allure hautaine qui essuyait la lame de son cimeterre, le corps d'un de ses semblables étendu sur les marches où la tête avait roulé.

Il détourna son attention vers l'extérieur, mais la longue façade encore sombre du Louvre, de l'autre côté du fleuve, ne lui apporta aucun réconfort. Au contraire, une main d'angoisse agrippait ses entrailles qu'elle ne semblait pas disposée à lâcher. Sibylle !

La porte de la chambre était entrouverte. Il se leva d'un bond. Mais le lit était vide.

Il tenta de se rappeler la soirée. Il était passé par tous les états en ne la voyant pas rentrer. L'agacement d'abord. À cause de cette activité de comédienne qui lui faisait trop souvent perdre la tête. Sibylle, éternelle enfant… Elle avait encore dû prolonger la soirée avec la troupe, au lieu de rentrer directement. Et lui qui avait cuisiné pour elle… Il était trop bon. Il ne la tenait pas. Elle qui, s'il ne lui avait pas dessillé les yeux, aurait continué à poser nue dans les ateliers !

Aux alentours d'une heure, l'agacement s'était mû en jalousie. L'idée que Gérard après sa visite à la clinique en avait profité pour la rejoindre au théâtre et qu'ils étaient enfin tombés dans les bras l'un de l'autre, les scrupules du colosse balayés par son aveu involontaire, s'était imposée à lui. Il avait envisagé de sortir pour les chercher. Mais où ? À la clinique ? Au risque de réveiller tout l'établissement sans les trouver ? Le ridicule de la situation le dissuada d'aller plus loin. Pour calmer ses nerfs il avait bu. Le vin aidant, il se surprit à rire tout seul, de lui-même, de ses faiblesses, de sa bêtise et de sa pusillanimité, lui qui n'avait embrassé Obscura qu'en rêve, un esprit, un fantôme, pas autre chose. Obscura dont l'image revenait en force. Elle l'avait visité dans ses songes, cette nuit dans son fauteuil. Au fait de l'infidélité de Sibylle, elle avait accouru à son secours.

Le vin l'avait conforté dans ses idées d'adultère et de trahison.

Mais une fois l'euphorie liée au vin dissipée, l'inquiétude avait pris le dessus. Cependant que faire à cette heure ? Au beau milieu de la nuit ?... Pour tenter de se rassurer, il s'était accroché au caractère enfantin de Sibylle, à l'idée d'une soirée s'éternisant entre comédiens. En guise de diversion il avait feuilleté la *Revue photographique des hôpitaux de Paris*.

Au réveil, l'inquiétude s'était mue en angoisse : si elle avait découché, elle serait rentrée avant le jour pour se glisser entre les draps sans le réveiller. Elle n'aurait jamais poussé l'affront jusqu'à ne pas faire semblant. Il lui était donc arrivé malheur. Son imagination s'emballait. Il reconstituait le fil des événements. Et considérait avoir sa part de responsabilité dans ce qui le torturait : elle avait été enlevée, elle était tombée entre les mains du tueur fou, celui qu'il avait déjà vu. Au lendemain de la première au théâtre, lorsqu'il l'avait accompagnée et avait assisté à la pièce ; en sortant sur le boulevard, il avait cru apercevoir l'homme qui l'avait suivi depuis les Folies-Bergère. Sur le moment il n'y avait pas prêté attention, mais à présent il en était certain.

Avec un effroi grandissant, Jean réalisa qu'il correspondait en tous points au signalement donné par le serveur des *Lumières de Paris* de l'homme qui avait dîné avec Henriette Ménard, le modèle d'Auteuil. L'homme au costume à carreaux et à la moustache blonde dont une fraction de seconde il avait croisé le regard sur le boulevard à la sortie du théâtre.

Et à aucun moment il n'avait mis Sibylle en garde, alors que sa profession l'exposait, alors qu'elle correspondait au type de modèle que cet artiste dément recherchait.

Il avait besoin de se remettre les idées en place. Il se dirigea vers la cuisine pour faire bouillir de l'eau. Il lui fallait avaler quelque chose, se rincer le visage et changer de chemise. Après il irait trouver la police.

Une lueur sinistre baignait les deux pièces, mais il ne pensa pas à les éclairer davantage. Le parquet gémissait sous ses pas nerveux. Si son père n'était pas déjà descendu à son atelier, il se demandait certainement quelle mouche avait pu le piquer. Étranger à lui-même, Jean se cognait aux meubles, cherchait avec agacement une chemise propre et manqua s'ébouillanter dans la cuisine. L'idée de s'adresser une nouvelle fois à Louvier ne l'enchantait pas, mais il n'avait pas le choix.

La bassine d'eau froide dans laquelle il immergea son visage lui donna le coup de fouet escompté. Il y demeura jusqu'à la limite de l'asphyxie, sentant le souffle lui manquer, le cherchant de toute la force de ses poumons affolés, les deux mains agrippées à la table, avant de jaillir de ce baptistère improvisé dont il aurait souhaité l'eau lustrale et purificatrice. Son buste avait été aspergé. Il le frictionna à s'en faire mal. Le jour pointait à peine. Il n'était pas sept heures et Louvier ne serait pas arrivé avant une éternité.

À huit heures il était devant le planton à l'entrée de la Sûreté. Ni les oiseaux marins ni les vapeurs et les voiliers se croisant sur la Seine n'avaient pu le distraire de sa détresse. On le conduisit dans un large couloir au plancher mal balayé où il aurait pu compter les moutons. Des policiers passaient devant son banc sans lui accorder un regard, certains le considéraient comme s'il avait été un prévenu, d'autres passaient avec un « client » aux poignets menottés. Certains s'interpellaient, plaisantaient, mais toujours pas de commissaire Louvier. Et personne pour le renseigner. Pendant ce temps, la désagréable impression que l'heure tournait et que du nombre de tours d'aiguilles dépendait le sort de Sibylle. Oublié sur son banc au milieu de ces policiers qui ne levaient pas le petit doigt pour lui, il échafaudait les pires scénarios. Une image le hantait, celle du cadavre de Sibylle transformé en modèle dans une reproduction macabre de l'*Olympia* et cette idée lui était insupportable.

Mais Pauline Maupin avait été découverte huit jours après avoir disparu et, d'après le rapport du légiste, sa mort correspondait à ce délai. Henriette Ménard aussi avait été maintenue en vie plusieurs jours avant d'être sacrifiée. Ce qui pouvait sous-entendre que le tueur gardait ses victimes quelques jours avant de les asphyxier.

Le temps peut-être de réaliser sa mise en scène, d'apprêter la fille, peu importaient les raisons. Cela lui laissait un espoir, aussi maigre fût-il.

À condition de ne pas perdre de temps. À condition de ne pas dépendre du bon vouloir d'un commissaire soucieux de ses prérogatives.

Il était capable de mener ces réflexions et d'échafauder ces hypothèses, pourtant tout cela le dépassait. Il avait l'impression d'être happé dans un univers pour lequel il n'était pas fait. Et s'il avait l'intuition que Sibylle avait été enlevée, il ne comprenait pas comment tout cela avait pu être si rapide.

La contemplation de ses chaussures non plus ne lui était d'aucun secours, ces chaussures noires à lacets, montantes, craquelées, souvent ternes ou poussiéreuses avec lesquelles il parcourait les rues et gravissait les étages de ses patients. Pas plus que la vue de sa sacoche contenant le nécessaire pour ses consultations et les soins de première urgence, ces instruments grâce auxquels il pouvait se sentir partout utile, partout à sa place. Partout, à part dans cette salle des pas perdus de la Sûreté où défilait une humanité morose et vulgaire.

Son melon posé sur ses genoux résonnait des tapotements de ses doigts frénétiques. Il devait bien avoir autre chose à faire qu'attendre. Ne jamais dépendre des autres. N'était-ce pas ce que son père lui avait enseigné ? Lui qui n'avait jamais compté sur personne. Ce que Jean lui-même avait mis en pratique au cours de ses études et depuis qu'il s'était installé. À qui devait-il rendre des comptes, sinon à ses patients ? Et que pouvait un Louvier dans cette affaire à laquelle il ne comprenait rien ?

Lorsque la pendule murale indiqua neuf heures, n'y tenant plus, Jean agrippa sa sacoche, se leva et traversa le hall vers la sortie avec précipitation. Sur le quai il crut apercevoir le commissaire Louvier en conciliabule avec un homme aussi grand et sec que lui-même était rond et court. Il tenait une bouffarde dans le creux de sa main d'où s'échappait un panache de fumée emportée par le vent de la Seine. Mais Jean avait mieux à faire. Son melon sur la tête et sa sacoche sous le bras, à grandes enjambées il passa devant le palais de Justice croisant sur le trottoir avocats, greffiers et magistrats, tout le peuple des gens de Loi, puis traversa le fleuve vers la rive droite.

Il l'avait laissée rue des Déchargeurs, au numéro 7, il n'avait qu'à s'y rendre, c'était à dix minutes à peine, au besoin il forcerait sa porte. Elle savait forcément quelque chose. Obscura qui n'avait pas donné signe de vie depuis cette nuit. C'est parce qu'il était avec elle que l'homme à la moustache blonde l'avait suivi jusque chez lui puis le lendemain soir devant le théâtre. Sinon pourquoi aurait-il pris cette peine ?

Rue de Rivoli il faillit se faire renverser par un omnibus bondé. On lui hurla des invectives qu'il ne releva pas. Obscura était trop liée à cette histoire pour être négligée. Obscura travestie en Olympia chez la mère Brabant, Obscura dans les rets de qui il s'était laissé prendre, sous le regard attentif d'un autre, aux Folies-Bergère puis dans les rues, à bonne distance, il en était sûr, jusqu'à cette esquive sous le porche au moment où il aurait voulu l'embrasser.

Pendant que Sibylle pour la première fois se produisait sur une grande scène.

Il approchait. Malgré l'urgence de la situation, il surprit chez lui une excitation nouvelle. Non plus liée à la panique et à l'angoisse de savoir Sibylle en sursis, mais à l'idée de la revoir elle, Obscura aux yeux d'or et au rire cristallin qui l'enlaçait pour mieux se jouer de lui. À la perspective de la revoir dans quelques minutes à peine, il était électrisé.

Pris de vertiges et affolé par ses propres rêves, il était arrivé. L'étroite rue des Déchargeurs était déserte. Seuls deux enfants traînaient leur ennui assis sur le trottoir en compagnie d'un chien étique. Jean s'avança jusqu'au numéro 7 et, devant la porte cochère, hésita.

— Vous désirez ? fit une voix féminine éraillée par l'abus d'alcool.

Il recula et ne vit d'abord qu'un chat pelotonné sur le rebord de la fenêtre au rez-de-chaussée.

— Il y a quelqu'un ?

Une tête rubiconde apparut soudain comme sortie d'une boîte de sous la fenêtre. Elle portait un chaton coincé entre ses seins opulents et le dévisagea avec cette ironie mordante qu'ont certaines femmes à l'égard des hommes, avant de lui demander :

— Vous cherchez quelqu'un ? sur le ton qu'elle aurait employé pour lui proposer de monter.

— Je cherche Mme Ferrault.

— Personne de ce nom n'habite ici, rétorqua-t-elle en secouant la tête.

À force d'arpenter les rues pour aller du domicile d'un patient à un autre, Jean avait l'habitude de ce genre de gens, de ce genre de femmes, comme il avait l'habitude des enfants traînant leur misère tels ces deux-là avec leur chien aux côtes saillantes. Cette première réaction pouvait avoir été dictée dans l'espoir de lui soutirer quelque chose ou par la méfiance, même s'il n'avait pas une tête à inspirer la méfiance.

— Marceline Ferrault ? Ça ne vous dit vraiment rien ? Parce que cette femme est venue me trouver en consultation, je suis médecin, et j'ai quelque chose d'important à lui dire.

Le regard était devenu suspicieux. Les doigts boudinés caressaient le chaton toujours niché entre ses seins tandis que le gros demeurait immobile sur le bord de la fenêtre, indifférent à tout. Une seconde fois, elle ne daigna pas lui répondre.

Il accusa le coup, remercia et battit en retraite, désemparé, le pas lourd et la sacoche pesante. Qu'est-ce que ça signifiait ? Pourquoi l'aurait-elle conduit jusqu'ici ? Pour ne pas lui indiquer sa véritable adresse ? Mais pour quelle raison ? À cause de l'homme qui les suivait, que sans le lui faire remarquer elle avait repéré, espérant qu'ensuite il le suivrait lui, après qu'elle avait marqué l'arrêt devant cette porte cochère ?

Ses pas le conduisaient à travers les rues presque malgré lui, sans qu'il sache où. Ou plutôt si, il savait : il se dirigeait vers la place des Victoires et la rue du Mail. Comme un vieux cheval que l'habitude mène les yeux fermés jusqu'à son écurie, il allait droit à son cabinet, là où l'attendaient ses patients, là où était sa vie. Et les rues de ce quartier animé, entre le Louvre, le Palais-Royal et les Halles, défilaient sous ses yeux hagards à qui rien n'échappait mais qui ne retenaient rien, ni les barriques que l'on faisait rouler depuis une carriole jusqu'à la salle d'un débit de boissons, ni le charbon que l'on portait en sac jeté sur l'épaule, ni les mendiants estropiés, ni les crieurs de journaux, ni le tripier qui lavait le trottoir à grande eau devant sa porte, ni les femmes qui le regardaient passer. Au cours de cette dérive, un doute atroce finit par envahir son esprit : serait-elle de mèche ? Serait-elle revenue pour l'entraîner aux Folies-Bergère après avoir vu la reproduction de l'*Olympia* dans son cabinet, sachant que le modèle partageait sa vie ? Mais alors de quoi serait-elle coupable ? De fournir des modèles ? De fournir des victimes ? Peut-être en ignorant le sort qui leur était réservé…

Son regard tomba sur une vitrine qui retint son attention : des chambres noires faites dans des bois plus ou moins foncés, munies de lentilles plus ou moins larges, plus ou moins proéminentes, voisinaient avec quelques portraits sertis dans des cadres en bakélite noire. Son regard affolé passait d'une photographie à l'autre, images de gens figés dans des poses raides et compassées, hommes cravatés, femmes aux cols de dentelles retenant haut leur menton. Il cherchait ce qui avait provoqué son intérêt dans cette errance où rien jusque-là n'avait pu l'arrêter, lorsque, levant les yeux sur la vitrine, il tomba sur cette inscription en lettres capitales minutieusement peintes en noir : CAMERA OBSCURA.

Hypnotisé par ces sept dernières lettres, il ne sentait plus sa sacoche au bout de son bras. Parmi toutes les réflexions dont le docteur Blanche, du haut de son expérience et son renom, les avait gratifiés Gérard et lui, l'une d'entre elles venait de lui revenir en mémoire : la nécessité pour le tueur, comme pour tout artiste, de laisser une trace.

Et avec elle lui revint l'image qui, sans qu'il y prenne garde, s'était imprimée dans sa mémoire, celle des marques en triangle sur le tapis face à la mise en scène d'Auteuil : le trépied servant de support à une chambre noire, *camera obscura* en latin. L'homme qui l'avait ainsi surnommée était photographe. Un photographe lettré, possédant en tout cas quelques notions de latin et n'hésitant pas à en faire usage. Un amateur de photographie sans doute un peu précieux.

Tout comme lui revint en mémoire ce détail que Marcel Terrasse avait ajouté dans sa deuxième lettre : les volets ouverts pour lesquels jusque-là il n'avait pas trouvé d'explication. L'homme avait eu besoin de la lumière du jour pour prendre ses photographies ! Et pour cela il avait été obligé d'ouvrir les volets, au risque d'être découvert. La nécessité d'immortaliser la scène l'avait emporté sur le danger d'être arrêté, c'était plus fort que lui, ce qui allait dans le sens de la théorie avancée par le docteur Blanche. Un monomaniaque possédé par ce besoin de création artistique, pour qui l'homicide n'est qu'un moyen, pas une fin en soi.

Tout se tenait.

L'aliéniste avait raison.

Et lui tenait enfin le mobile du tueur.

Et Obscura, ressurgie de nulle part, sous la forme de ces quelques lettres peintes sur la vitrine d'un photographe.

Comment n'y avait-il pas pensé plus tôt ? Tout cela la désignait d'autant plus.

Tout se mettait en place : les divers éléments du puzzle, jusqu'aux hypothèses de Blanche d'après qui le tueur agissait par imitation et par orgueil. Jusqu'aux précisions que lui avait fournies son père, la veille, sur le travail de Manet, sur son inscription dans la plus grande tradition.

Ne pouvant égaler le génie de Manet, le tueur voulait le dépasser sur le terrain du scandale. En photographiant des mortes. Des modèles qu'il avait lui-même exécutés. Et cet homme ne pouvait être que le client d'Obscura, celui qu'elle appelait Flanelle, qui la faisait poser en Olympia et l'appelait ainsi : une référence évidente à la *camera obscura*. Peut-être même avait-il pris une photographie de ce tableau vivant. Ce qu'Obscura n'avait pas jugé utile de préciser…

Plus que jamais il devait la retrouver, ou peut-être avant elle son amie Mathilde, Mignon, par tous les moyens, en écumant les grandes tolérances, en retournant aux Folies-Bergère où elle semblait être chez elle. Surtout avec l'aide de Louvier cette fois !

À nouveau plein d'espoir, Jean fit demi-tour et, courant presque, reprit le chemin du quai des Orfèvres à la rencontre du commissaire à qui, avec ces nouveaux arguments, il saurait bien faire entendre raison.

Ses patients lui pardonneront sa défection, se dit-il en pensant à ceux qui devaient s'être cassé le nez devant sa porte et aux autres qui l'attendaient sur le trottoir.

21

Sa tête l'élançait. Des à-coups réguliers qui se succédaient comme des vagues submergeant une grève avant de refluer. Dans ces cas-là Jean massait délicatement ses tempes, sentant palpiter ses veines sous sa peau, lui disait-il. Mais il n'était pas là et elle n'avait d'autre ressource que se recroqueviller sur elle-même et fermer davantage les yeux. Cet effort augmenta encore la douleur.

Était-ce la balancelle de ce Chinois hilare coiffé d'un chapeau de paille en pointe qui lui percutait aussi régulièrement le crâne ? Elle ouvrit un œil. Cette idée saugrenue venait de provoquer chez elle un retour de lucidité. D'un bleu grisâtre sur fond jaune – cobalt sur jaune de strontiane mêlé à du blanc d'argent –, un petit Chinois poussé par une matrone à face de lune et aux yeux effilés lui accordait un regard négligeant, absorbé qu'il était par l'ivresse du balancement dont profitait aussi un singe gracile, du genre ouistiti, agrippé à l'un des cordons de la balancelle.

Sibylle fronça les sourcils et ce geste infime provoqua

un nouvel élancement. Elle leva les yeux. Cette chinoiserie était reproduite jusqu'au plafond. Elle avança la main. La pulpe de ses doigts rencontra un papier peint que le temps à cet endroit avait rendu aussi doux que du velours. Elle laissa glisser ses doigts sur la surface lisse que plus loin elle trouva rugueuse et rayée, sentant même le plâtre sur lequel avait été posé le papier. Son regard suivit sa main. Le papier avait été arraché, à l'ongle sans doute, quelques traces de griffures en témoignaient, et la balancelle, le singe, la Chinoise et l'enfant replet disparaissaient parfois sous des taches brunâtres.

Où était-elle ? Elle ne connaissait pas cet endroit. Elle se retourna trop brusquement : la douleur l'obligea à fermer les yeux. Lorsqu'elle les rouvrit, elle découvrit la chinoiserie dupliquée des dizaines de fois sur les murs, l'ouverture d'une cheminée, dont le manteau avait été retiré, obstruée par un volet métallique, au-dessus un miroir mural, une porte close et, posée à même le parquet, une aiguière en étain. La chambre ne contenait pas d'autre meuble que le lit sur lequel elle était allongée.

Avec mille précautions elle se redressa, faisant aussi attention aux mouvements imprimés à sa tête que s'il s'agissait d'une boîte contenant un explosif sensible aux secousses. L'aiguière. Elle avait soif. Elle se leva, saisit l'anse, en l'absence de verre en porta le bec à ses lèvres et l'inclina vers sa bouche d'où l'eau s'échappa, ruisselant le long de son menton et sur sa robe. Le récipient toujours à la main, elle se plaça devant la glace et s'observa. Elle était pâle, ses yeux cernés de noir – bitume –, sa peau moite et ses cheveux en désordre. Sa robe était froissée. Elle avança la main droite vers le miroir comme si elle voulait en éprouver la réalité, mais ses doigts ne rencontrèrent que leur propre reflet ainsi que le contact froid du verre. Elle approcha son visage et remarqua sa lèvre supérieure tuméfiée. Alors elle se rappela l'odeur de chloroforme et cette pression sur ses lèvres et ses dents.

Quand était-ce ? La veille ? Elle ne savait pas, n'avait aucun point de repère, ni souvenir. Elle se sentait sale, elle avait envie de se changer. C'était un indicateur, mais pas suffisant. Et puis elle mourait de faim, et ne se souvenait pas avoir mangé quoi que ce soit. C'était une indication plus précise.

S'arrachant à son propre reflet, elle décida qu'il était temps de sortir et se dirigea vers la porte pour s'apercevoir avec un effroi soudain que cette dernière ne possédait pas de poignée. Du plat de la main elle frappa contre le panneau en criant jusqu'à ce qu'en l'absence de réponse elle se lasse. Alors elle s'efforça de lutter contre la panique qu'elle sentait poindre.

Cet homme qui s'était présenté comme un photographe et n'avait pas l'air méchant, juste un bon petit artisan peut-être un peu bohème. Quelle gourde ! Elle pensait en avoir fréquenté de bien plus retors que ça, son métier de comédienne la mettant au contact d'un tas de gens différents. Monte-t-on comme ça dans une voiture avec un inconnu ? Pas assez farouche, c'est le métier qui veut ça, femme publique en quelque sorte, habituée au regard des hommes et à leur commerce souvent un peu grossier. Jean le lui reprochait assez. Sa naïveté.

Et puis elle avait bu. C'est cet homme qui en aura profité, et non pas Ravier comme à un moment dans son bureau elle l'avait cru… Elle sentit monter un sanglot qu'elle réprima.

Au cœur du panneau central de la porte, à hauteur d'homme, une ouverture était percée, quatre centimètres sur cinq, fermée de l'extérieur par un petit volet de métal. Ce détail auquel elle n'avait pas fait tout de suite attention la frappa vivement. Alors elle se retourna et vérifia ce qu'elle n'avait pas voulu remarquer : la pièce ne comportait pas d'autre ouverture que cette porte close et le conduit de la cheminée. Aucune fenêtre. Levant la tête, elle découvrit une sorte de caisson dans le plafond qui abritait une ampoule électrique. L'endroit possédait donc l'électricité. Mais quelle indication cela lui donnait-il ? Était-elle chez le photographe ? Elle ignorait même si elle était en banlieue ou plus loin encore, dans une maison isolée.

Elle avait toujours mal à la tête. Elle se rassit sur le lit et découvrit que ses chaussures qu'on lui avait ôtées ne se trouvaient pas dans la chambre. Le lit abritait un pot d'aisance. Tout dans cette pièce indiquait qu'elle était destinée à recevoir des gens captifs, jusqu'aux griffures sur le mur qui signifiaient qu'elle n'était pas la première. Elle frissonna : que lui voulait-on ? Qu'allait-on faire d'elle ? Elle crut entendre un bruit, tourna vivement la tête vers la porte, s'attendant à voir au moins s'ouvrir le petit volet percé en son centre pour y découvrir un œil, mais rien. Elle avait dû rêver. Désespérée elle se jeta en arrière et, les mains plaquées sur le front, sanglota.

Des morceaux d'une conversation lui revenaient, dans les coulisses du théâtre. Il était question d'une prostituée que l'on avait découverte au milieu de mannequins habillés en hommes dans ce qui se voulait la reproduction d'un tableau. D'Édouard Manet. Elle en avait parlé à Jean dont le visage s'était assombri. Il était au courant mais ne s'était pas étendu sur le sujet. Pour ne pas l'effrayer ? C'était d'après un tableau de Manet qu'il l'avait fait poser... Parce qu'elle aussi ressemblait au modèle de Manet ? À cette idée elle fut prise de vertiges.

Un son lointain attira son attention. Une cloche ? Elle tendit l'oreille, se redressa. Une cloche en effet ! Lointaine, étouffée, à peine audible, une cloche sonnant les heures. Elle s'était déjà tue. Elle avait dû percevoir quatre ou cinq coups, mais combien en avait-elle raté ? Quelle heure pouvait-il être ? Elle ignorait même s'il s'agissait du jour ou de la nuit.

Bêtement, ce son atténué par les murs et la distance lui redonna espoir, un espoir hélas aussitôt retombé avec le silence. Que pouvait-elle attendre de cette cloche ? Le bedeau qui la sonnait ne pouvait avoir aucune idée de sa présence.

Le petit mandarin chapeauté et la Chinoise l'observaient de leurs yeux moqueurs et la narguaient, leur rire répété des centaines de fois sur ce papier peint jaune pisseux. Combien elle comprenait les ongles dans le mur et les tentatives pour effacer ce groupe et leur hilarité malsaine !

Et Jean ? Il devait s'inquiéter. Le connaissant, il devait déjà s'agiter, remuer ciel et terre pour la retrouver, même s'il ne s'était pas affolé au cours de sa nuit au Dépôt ; parce qu'il n'avait même pas assisté à sa première. Était-ce seulement vrai, cette histoire d'accouchement ? Il était capable de tout. Et peut-être même de la découvrir, avec sa manière de ne jamais s'avouer vaincu.

Jean s'inquiétait en effet, et faisait tout pour tenter de la retrouver. Chaque instant lui rappelait son absence.

Ne pouvant se résoudre à se reposer complètement sur la police, il avait décidé de se rendre au théâtre du Gymnase, dernier endroit où elle s'était rendue avant de ne plus donner signe de vie. Démarche certainement vaine, que ces messieurs de la Sûreté entreprendraient de leur côté. Mais tout plutôt que l'attente passive.

Il avait déjà auparavant rencontré Ravier, le directeur de l'établissement, un gros avec un cheveu sur la langue qui lui avait jeté un regard méprisant de mâle dominant.

Le boulevard grouillait de monde. Une foule dense et nerveuse entre les flots de laquelle il zigzaguait, qu'il remontait parfois ou descendait, au gré des mouvements erratiques de cette marée humaine. La presse des soirs de printemps où personne ne souhaite rentrer directement chez soi après le travail. Empiétant sur les trottoirs, les terrasses des cafés étaient prises d'assaut, et cette insouciance générale qui contrastait avec son angoisse ajoutait à sa nervosité. Qu'allait bien pouvoir lui dire Ravier ? Il devait surtout être occupé à monter une nouvelle pièce, après l'échec de la précédente.

Enfin il aperçut l'enseigne du théâtre. Il inspira pour se donner du courage : l'action lui permettait de tenir éloigné le spectre du désespoir, mais chaque coup d'épée dans l'eau risquait de l'atteindre davantage.

Soudain il sentit ses jambes se dérober sous lui : elle

était là ! Il venait de l'apercevoir dans la foule ! Elle se dirigeait vers un fiacre !

— Sibylle ! hurla-t-il. Sibylle !

Elle ne l'entendait pas. Soudain frénétique, il fendit la foule. Bousculés, les gens se retournaient et grommelaient. Il allait enfin l'atteindre lorsqu'elle disparut dans le fiacre dont la portière claqua au moment où la voiture s'ébranlait. Sur le coup de la surprise il ne se demanda même pas ce qu'elle pouvait faire là.

Il eut juste le temps de taper à la portière tout en courant avant de s'écarter vivement pour ne pas être écrasé par la roue arrière. L'équipage ne ralentit pas, mais une tête apparut à la fenêtre : Obscura !

Son visage afficha une fraction de seconde une expression de stupeur, mais elle éclata aussitôt de rire et lui adressa un signe de la main avant de disparaître dans la voiture qui ne ralentit pas son allure.

Et Jean resta stupide et désemparé sur la chaussée sous les regards mornes d'une foule déjà désintéressée de l'incident.

Que faisait-elle devant le théâtre ? Cela n'accréditait-il pas sa responsabilité dans la disparition de Sibylle ? Ou en tout cas son lien avec toute l'affaire ? Il s'en voulait de l'avoir prise pour Sibylle. Sans doute une manifestation de son désespoir, ou au contraire de cet espoir fou prêt à s'accrocher à n'importe quoi, comme cette ressemblance entre les deux femmes.

Ne sachant plus que faire, Sibylle eut envie de prier. Depuis l'orphelinat où elle avait été admise à l'âge de sept ans après la mort de son père, elle n'avait jamais renoncé à la prière, et, chaque fois, trouvait le réconfort dont elle ressentait le besoin. Elle priait en cachette de Jean qui lorsqu'il la surprenait la traitait de bigote ou d'enfant. Ce qui ne l'empêchait pas d'aller régulièrement allumer des cierges, à son insu, pour la réussite de telle entreprise, le succès de Jean, la guérison de tel malade, pour qu'il l'aime toujours. Elle s'en acquittait comme d'un devoir. Agenouillée devant son effigie, elle s'adressait à la Vierge en confidente, et ressortait de ces fervents monologues rassérénée. Même si depuis quelque temps elle avait le sentiment de ne plus être très écoutée, pour son premier rôle important, ou pour l'enfant qu'elle désirait tant mais qui ne venait pas. Jean qualifiait cette habitude de superstition. Plutôt qu'entrer dans son jeu, elle esquivait mais n'en pensait pas moins.

Elle récita un *Je vous salue Marie*, de sa manière appliquée, puérile presque, elle pria pour se sortir de là, pour échapper à ce cauchemar, pour ne pas mourir si vite. Avec toute l'humilité dont elle était capable, elle supplia la Vierge de lui venir en aide.

Elle ne voulait pas se l'avouer mais elle était terrifiée, totalement à la merci de son ravisseur qui lui avait proposé tant d'argent pour faire sa photographie. Quelle idiote ! C'était bien d'elle, ces impulsions auxquelles elle s'abandonnait sans réfléchir. Comme lorsqu'elle avait battu en retraite en voyant la machine électrique dans le service du professeur Charcot et qu'elle n'avait pu ensuite se faire payer la totalité de la somme prévue. Jean lui reprochait assez ce côté impulsif.

Mais tout cela débordait le cadre de la prière.

Ces murs étaient trop proches les uns des autres et l'absence de fenêtre la rendait folle. Passant soudain du désarroi le plus profond à la révolte, elle retourna à la porte et cogna des deux poings en appelant. Ni ses coups ni ses cris ne rencontrèrent le moindre écho : lorsqu'elle se tut et arrêta tout mouvement, l'oreille collée au panneau pour tenter de percevoir un son de l'autre côté, attendant ce qui lui parut plusieurs minutes, elle n'entendit rien. Pour un peu elle se serait arraché les cheveux ! Après tout, ça l'ennuierait peut-être, son ravisseur, s'il voulait vraiment faire son portrait.

— Si vous ne venez pas je m'arrache les cheveux ! hurla-t-elle. Je m'arrache les cheveux !

Cette menace non plus ne rencontra aucun écho. Alors, pour conjurer sa peur elle éclata de rire, mais le spectacle d'elle-même dans la glace l'arrêta et, désespérée, elle retourna s'asseoir sur le lit. La chinoiserie mille fois répétée lui mettait les nerfs en pelote.

La prière semblait impuissante face à sa terreur.

Elle ressentit un besoin pressant. Il y avait un pot sous le lit. Elle détestait ça. Résignée elle le tira à la lumière, arrangea ses vêtements et s'accroupit dessus, redoutant soudain d'entendre des pas derrière la porte à cet instant.

Cette petite délivrance lui apporta un soulagement infime et passager mais, toujours accroupie au-dessus du pot, elle réalisa surtout qu'elle n'avait toujours pas de sang. Comment n'y avait-elle pas pensé plus tôt ? Elle qui désirait tant un enfant. Un gouffre sans fond s'ouvrit à ses pieds. C'est maintenant qu'il s'annonçait ? C'est dans ces circonstances qu'elle le découvrait ? Pouvait-on concevoir un cauchemar pire que celui où elle se trouvait ? Un ricanement lui échappa : rire nerveux destiné à repousser l'angoisse qui lui empoignait les entrailles, mais aussitôt submergé par les sanglots.

Un bruit lui fit dresser l'oreille. La cloche. Ça n'avait pas de sens. Qu'est-ce que ça signifiait ? On voulait lui faire perdre la notion du temps et la rendre folle ? Elle porta la main à son ventre. Puis son regard tomba sur les griffures ayant dévasté le papier peint et elle sut qu'elle allait mourir ici. Et son enfant avec elle.

22

Après avoir vu Ravier, le docteur Corbel retourna faire antichambre devant le bureau du commissaire Louvier. Et quand, enfin reçu au terme d'une trop longue attente, il lui annonça la disparition de Sibylle, le policier lui jeta un regard suspicieux avant d'ouvrir une porte dans l'encadrement de laquelle apparut aussitôt un grand échalas aux joues grêlées que recouvrait mal une barbe clairsemée.

Il dut alors répéter son histoire sous les feux croisés de ces deux regards qui faisaient de lui un suspect en puissance. De temps en temps Louvier jetait des coups d'œil à l'autre comme s'il cherchait à deviner ou à influencer ses réactions. Sentant où tout dérapage aurait pu le conduire, avec des précautions infinies Jean déroula toute l'histoire, la maison de la mère Brabant où avait sévi Marceline Ferrault, sa conviction que le tueur faisait des photographies de ses *tableaux*, les Folies-Bergère, et un signalement aussi précis que possible de l'homme à la moustache blonde. Les seuls éléments qu'il omit de mentionner étant le fait qu'Obscura avait fredonné l'air d'*Aux marches du Palais* pendant qu'il l'auscultait, et deux ou trois détails trop intimes pour intéresser des enquêteurs de police.

La pièce sentait le tabac, celui qui brûlait dans la bouffarde que le commissaire rallumait trop souvent avec impatience. L'autre l'écoutait, mains dans les poches, avec une attention obstinée. Au moins bénéficiait-il d'une écoute, s'était dit Jean au départ, impressionné par la tension qui se dégageait des mâchoires du grand escogriffe au crâne rasé. Nosus – c'était son nom – consentit même à retirer les mains de ses poches pour s'emparer d'une feuille et d'un crayon afin de noter, d'une écriture aussi nerveuse que ses maxillaires frémissant sous sa barbe, le signalement du moustachu.

À la fin de l'entretien, congédié d'une tape dans le dos, Jean se retrouva sur le quai, perplexe, même s'il émanait de ce Nosus une énergie inquiétante qui n'était pas pour lui déplaire. Sa sacoche à la main, désemparé, ne sachant plus que faire après avoir confié son affaire entre des mains professionnelles, il reprit machinalement le chemin de son cabinet.

La vision du petit attroupement devant l'immeuble où il exerçait rue du Mail parvint presque à le rassurer.

Interrompu quelques heures par ces démarches policières, le lancinant défilé des malades reprit son cours. Et il apparut à Jean que ce sacerdoce avait retrouvé sa vertu salutaire, celle de le distraire de tout, y compris de ses pires cauchemars. Il suffisait qu'un homme ou une femme franchisse la porte de son cabinet, pour qu'aussitôt le médecin prenne le pas sur tout autre aspect de lui-même. Avant que la personne ait prononcé le moindre mot, à sa démarche, à sa façon de se tenir, de respirer, à son teint, au blanc de ses yeux, il tentait déjà de découvrir la raison de sa visite. Il y avait quelque chose de fascinant dans cette succession de corps, de regards et de récits, d'explications, de plaintes silencieuses. Il n'était gêné ni par les odeurs de transpiration qui pouvaient envahir son cabinet, ni par les haleines parfois fétides lorsqu'il plongeait le regard au fond d'une gorge, ni par les lésions qu'on lui présentait. Il finissait par en tirer une connaissance intime de la nature humaine. Seuls les silences et certains regards le touchaient, qui exprimaient la vraie souffrance.

Il poursuivit plus tard que d'habitude ses visites à domicile. Il évitait soigneusement de se l'avouer, mais il retardait le moment de voir son père. Il ne voulait affronter ni ses regards ni ses questions, encore moins ses silences. Il ne voulait pas non plus lui faire part de la culpabilité qu'il ressentait, or le vieux Gabriel percevrait sa gêne qui finirait par l'inquiéter.

Mais quand il eut achevé ses visites, l'esprit à nouveau vacant, il fut la proie d'une angoisse indescriptible. Il eut beau passer en revue l'ensemble des démarches qu'il avait entreprises, rien n'était de nature à le calmer. Et une journée venait de passer, qui rapprochait Sibylle de sa dernière heure.

La police le laissait sceptique. Il n'avait rien obtenu non plus d'Émile Ravier. Faisant allusion à son absence lors de la première, le directeur du théâtre se permit d'insinuer que Sibylle avait pu vouloir changer d'air et l'entretien en était resté là. Cette perfidie aurait pu le blesser, mais il était surtout secoué par l'apparition furtive d'Obscura, par son rire désobligeant après qu'elle l'eut reconnu sur la chaussée, et plus encore par le fait qu'il ait pu la confondre avec Sibylle.

Plusieurs heures après l'incident, il était encore troublé par cette confusion, comme si dans son esprit les deux femmes ne faisaient qu'une, la sienne qui l'épaulait depuis des années et aidait son père à l'atelier, adoucissant sa solitude ; et l'autre, l'inconnue, la fille de joie sortie d'une grande tolérance par le caprice d'un négociant. Une femme qui ne lui apportait que des ennuis. Une femme qui pouvait le conduire à sa perte.

Absente, Sibylle au contraire lui apparaissait dans ce qu'elle avait d'irremplaçable. Il n'avait plus l'esprit occupé que de son sourire, ses attentions, sa façon de raconter les choses, de décrire les gens, son courage face aux vicissitudes de l'existence, sa légèreté contrastant avec son humeur trop sombre, et avec ça les ressources nécessaires pour le remonter quand trop de souffrances dans la procession de ses patients l'avaient démoralisé.

La perspective de la perdre était aussi obsédante que les délires des aliénés de Gérard. Et la culpabilité qu'il éprouvait à l'idée de ne pas l'avoir mise en garde accentuait son malaise et la douleur qui lui vrillait les entrailles.

À d'autres moments, la perfidie de Ravier lui revenait à l'esprit. Aussi désagréable fut-elle, l'idée qu'après l'échec de la pièce Sibylle avait pu ne pas rentrer directement ouvrait sur une perspective moins sombre. Alors, malgré le rire dont elle l'avait fouetté, les pensées de Jean le ramenaient vers Obscura. Vers ce mélange subtil d'impudence et de fêlure qui l'aimantaient. Mais la même question l'assaillait : que faisait-elle devant le théâtre du Gymnase ? Et pourquoi n'habitait-elle pas à l'adresse où elle s'était fait raccompagner ? Il se sentait trompé et ne pouvait écarter les soupçons qui pesaient sur elle et renforçaient sa responsabilité dans la disparition de Sibylle.

Elle demeurait alors la seule piste à sa disposition pour la retrouver.

Face à son père dans l'atelier désert ce fut pire que ce à quoi il s'attendait. Il ne pouvait le tenir à l'écart et lui taire la situation. L'absence de Sibylle qui depuis quatre ans lui rendait visite tous les jours l'avait nécessairement frappé.

Parce que dans sa gêne il était incapable de diplomatie, sans ménagement il lui annonça sa disparition et lui fit part de ses craintes. Le vieil homme parut d'abord ne pas comprendre et cette réaction le déstabilisa. Il était au supplice d'avoir à infliger ça à son propre père. En quelques phrases, il déroula l'histoire et, pour la deuxième fois, évoqua ce tueur obsédé par l'œuvre de Manet ; et la possibilité – il n'osait parler de certitude – que Sibylle ait été enlevée pour servir ses desseins ; pour finir en modèle d'une reconstitution macabre après avoir été asphyxiée ; à cause de sa ressemblance avec Victorine Meurent…

« *Victorine,* l'entendit-il prononcer d'une voix faible après un silence de mort. *Un jour elle est venue chercher des couleurs. Je l'ai reconnue parce qu'elle ressemblait à celle du "Chemin de fer"... Curieux comme à chaque fois Manet l'a représentée avec une tête différente. Et pourtant on la reconnaissait. Quel tempérament... Cette longue collaboration entre le peintre et son modèle ressemblait à s'y méprendre à une histoire d'amour.* »

Son père avait dit ça pour tenir la réalité cauchemardesque à distance. Mais il avait passé l'âge de ce genre d'épreuve. Il n'avait plus la force pour encaisser. Sa voix était brisée, presque inaudible, comme celle d'un enfant sur le point d'essuyer des coups.

Une main en appui sur la table de marbre pour éviter de vaciller, il ne bougeait plus. Ses traits paraissaient soudain tellement creusés que sa barbe en acquit une importance démesurée. Il figurait une statue de souffrance et de résignation, et face à ce spectacle affligeant, la culpabilité de Jean s'accrut davantage.

Son père manifesta alors le désir d'être seul et, la mort dans l'âme, Jean qui aurait voulu le soutenir se retira.

Qu'avait-il fait ? Après Sibylle, son père. Les deux seuls êtres qui constituaient sa famille et son univers entier se délitaient. Et lui seul pouvait faire quelque chose pour tenter de retourner la situation. Pour réparer ce qu'il avait l'impression d'avoir contribué à briser.

Chez lui, l'appartement désert et l'inactivité le rendirent fou, pareil à l'un de ces animaux destinés à la vivisection pressentant dans sa cage le sort qu'on lui réserve.

Il ne pouvait rester seul entre ces murs imprégnés de la présence de Sibylle, avec le bouquet d'asters que trois jours plus tôt elle avait arrangé, la broderie aux roses anciennes qui nécessitait encore des centaines d'heures de travail, et tous ces détails qui portaient sa marque. Il ne pouvait rester dans cet intérieur accueillant où chaque détail évoquait son souvenir alors qu'elle était peut-être en train d'agoniser quelque part. Ce tête-à-tête avec son fantôme allait le conduire à boire plus que de raison, alors qu'il n'y avait pas de temps à perdre, que chaque heure comptait et qu'il ne se remettrait pas de sa disparition.

Après avoir enfoncé son melon sur sa tête, deux minutes plus tard, par une nuit claire il traversait le pont du Carrousel. À égale distance des deux rives, on n'était pas gêné par les lampadaires et l'on pouvait scruter le ciel. Des milliers d'étoiles y scintillaient. Il marqua un temps d'arrêt pour y puiser quelque inspiration. Si son avenir y était inscrit, il s'avérait incapable de le déchiffrer. Il s'arracha à leur contemplation.

Il doutait que la police fasse du zèle pour la disparition d'une comédienne inconnue vivant en ménage avec un médecin sans le sou. Il lui fallait donc prendre le relais.

Après une vingtaine de minutes de marche dans les rues encore fréquentées à cette heure, Jean parvint rue Richer. Le vacarme et l'agitation produisirent un violent contraste avec son esprit obsédé par l'urgence de la situation.

23

Obscura avait le droit de sortir, pas de s'offrir. Jules Hénin le lui avait dit à demi-mot. S'il la logeait dans cet appartement, c'était pour qu'elle y soit tous les jours, pas trop tard. Et il avait, bien sûr, les moyens de vérifier. Ne suffisait-il pas d'arroser la concierge ? Ou quelqu'un d'autre, capable de la suivre partout ? Tant de précautions dans quel but, puisqu'il ne profitait même pas d'elle ? Mais Obscura s'en tenait à ces consignes, à cette chasteté imposée. Elle ne sortait que pour retrouver ses amies et rentrait seule chez elle vers minuit, une crainte indéfinissable la retenant de tricher, d'en approcher un autre, comme elle l'avait fait avec le petit médecin qu'elle avait entraîné ici même, aux Folies-Bergère. Ça n'avait pas raté : il avait fallu qu'il s'amourache.

Pour oublier sa faiblesse, elle se disait que cette mauvaise passe comportait quelques avantages, parmi lesquels ce petit logis bien confortable, sa tranquillité, ainsi qu'Hector, son perroquet. Mais elle se demandait surtout comment cet être aussi falot pouvait lui inspirer une telle peur. Pour la première fois, elle avait l'impression d'avoir trouvé son maître, et le fait que ce soit cet homme lui renvoyait d'elle-même une image détestable.

Son regard éperdu et provocant affolait les hommes. Le côté éperdu tenait à sa fragilité, la faille en elle qui un jour l'engloutirait. La provocation qu'on y lisait naissait de son désir et de son absence de pudeur à l'afficher. Cette ambivalence rendait fous certains, exacerbait la cruauté chez d'autres, énervés par cette fragilité. Elle avait toujours su en jouer, les changer en enfants. Certains en redemandaient, d'autres au contraire la fuyaient. Tout ça pour se retrouver à la merci d'un pékin qui n'avait pour lui que de savoir gagner de l'argent. Oh comme elle le haïssait !

Accoudée au comptoir, Mignon avait commandé deux autres verres. Sa maladie empirait, elle tournait mal, buvait sans mesure. À certains moments, Obscura devait la soutenir de peur qu'elle tombe. C'était déjà arrivé. Sur le coup, elles trouvaient la ressource d'en rire, mais c'était pathétique.

Pour ne pas heurter son amie qui souffrait déjà tant, elle porta le liquide vert à ses lèvres. Tête jetée en arrière, Mignon achevait son verre. Elles avaient drôle d'allure dans le miroir. Et ce qu'Obscura lisait sur le visage de Mignon et dans ses yeux, le premier défait, les seconds tantôt vides, tantôt battus, c'était son propre avenir. Marion aux charmes en capilotade, qui s'accrochait à un verre, à un éclat de rire, à cette musique de bastringue, à la chaleur de la foule, aux rares regards dont on la gratifiait encore, à cette fête tarifée chaque soir renouvelée qu'étaient les Folies-Bergère.

Derrière le comptoir, la femme à barbe jonglait avec les bouteilles et les commandes. Obscura frissonna. Dans la glace où se reflétaient les dizaines de flacons, un homme la regardait. Il approchait. Elle détourna les yeux, donna un coup de coude à Mignon et l'entraîna avec elle en prenant garde à ne pas se retourner.

— Qu'est-ce qui te prend ?

— Un raseur, tu le veux ?

— Faut voir.

La fille partit de son rire tragique, tandis que devant elle Obscura s'était mêlée au flot empruntant les escaliers pour retourner dans la salle où l'on dansait. Le long des marches elle croisa des connaissances. La nouvelle de son installation par un protecteur s'était répandue aussi vite qu'une traînée de poudre. On la considérait depuis comme une bourgeoise et elle devait essuyer ces regards d'envie de toutes celles qui ne savaient pas.

En bas la musique était plus forte et la presse plus dense encore. Elle se retourna. Elle avait perdu son amie. Partie avec son poursuivant ? Elle avait chaud et les regards qui se posaient sur elle et l'accompagnaient la dégoûtaient, puisqu'elle ne pouvait y répondre. L'absinthe, la cohue, la rumeur de la foule et celle de l'orchestre lui portaient sur les nerfs. Elle était en perdition dans cette marée de noceurs et de danseuses qu'elle fréquentait pourtant depuis si longtemps. Trop de vacarme, de couleurs, de placards publicitaires vantant des idioties que les premières fois elle regardait émerveillée quand cet endroit lui apparaissait comme un lieu magique. Les exclamations, les rires et la joie des gens au milieu desquels elle se sentait ballottée lui étaient étrangers. Elle avait trop bu, sa tête l'élançait.

L'air et le relatif silence de la nuit dans les rues lui feraient du bien.

Tandis qu'elle amorçait la remontée du courant des nouveaux arrivants en direction de la sortie, une agitation soudaine attira son attention sur la galerie supérieure en face de la scène où se produisaient des acrobates.

Elle leva la tête et leurs regards se croisèrent. Elle se figea une seconde et tressaillit. Le docteur Corbel. Elle aurait dû se douter qu'il reviendrait ici pour la retrouver. Elle eut alors ce réflexe étrange de rajuster le dahlia de tissu noir épinglé dans ses cheveux et, haletante, entreprit de fendre la foule.

Son cœur fit un bond. Cela faisait une demi-heure qu'il errait dans l'établissement à sa recherche, hermétique au vacarme, à la musique et aux sollicitations en tous genres, alors que chaque détail lui rappelait cette unique fois où il l'avait suivie et s'était senti irrésistiblement attiré, quand elle se penchait vers lui et qu'il pouvait sentir son souffle dans son oreille, ou quand avec ce sourire si entier elle lui prenait la main pour l'entraîner ailleurs où sa fantaisie la guidait. Sans elle l'établissement lui apparaissait dans tout ce qu'il avait de factice, et la femme à barbe derrière son comptoir, au milieu des empilements de verres et des bouteilles multicolores, une monstruosité de fête foraine.

En l'apercevant depuis la galerie son cri resta coincé dans sa gorge mais son geste attira son attention : elle l'avait reconnu pour se détourner aussitôt, avec cette façon de rajuster la fleur dans ses cheveux. Sa fuite ouvrit un gouffre sous ses pieds : affolement, panique, déchirement, désillusion, autant de sensations et de sentiments balayés par sa course éperdue vers l'escalier pour la rejoindre avant qu'il ne soit trop tard, avant qu'elle n'ait disparu, jouant des coudes, marchant sur des pieds, bousculant des silhouettes qui l'injuriaient, se frayant un passage au milieu des invectives et des regards soulignés de khôl, manquant trébucher et rouler dans les escaliers encombrés, retrouvant par miracle son équilibre, pour échouer enfin au rez-de-chaussée, à quelques mètres à peine de l'endroit où il l'avait aperçue mais où elle n'était plus.

Il se mit sur la pointe des pieds puis sauta pour regarder par-dessus la foule. Parmi les têtes en mouvement, un dahlia noir était déjà dans l'encadrement de la porte. Désespérément il essaya de forcer un passage au sein de cette marée humaine. Un groupe de femmes riant de le voir aussi pressé l'entoura de ses bras multiples. Il voulut se dégager, agit trop brusquement, essuya une bordée d'insultes. Une dizaine de mètres le séparaient encore de la porte encombrée d'une foule compacte. On aurait voulu l'empêcher de la rattraper qu'on ne s'y serait pas pris autrement. Il se remit sur la pointe des pieds, tendit le cou comme une girafe, la fleur avait disparu. Il était à la porte lorsqu'il sentit une main lui enserrer le bras. Il se retourna.

Des cheveux rasés et des joues ayant essuyé la mitraille, mal couvertes par une barbe rare, il reconnut Nosus, l'adjoint de Louvier. Ses yeux souriaient comme ceux d'un mandarin. Jean frissonna.

— Que… que faites-vous ici ? parvint-il à demander, se rendant aussitôt compte de l'incongruité de la question.

— La même chose que vous, je suppose.

Plus personne ne les bousculait, la foule s'écartait sur eux comme s'il émanait de Nosus une force invisible mais palpable, Jean était sous son emprise. Il se ressaisit :

— Elle était là ! J'allais la rattraper !

— Marceline Ferrault ?

Jean regarda avec effroi ces yeux qui ne le lâchaient pas. Le vrai policier c'était lui, pas Louvier. Mais était-il ici pour Obscura, ou pour lui, Jean Corbel ? La question méritait d'être posée, étant donné la suspicion avec laquelle le commissaire l'avait reçu.

— Allons-y.

Nosus lui avait lâché le bras mais il pouvait toujours sentir la pression de ses doigts. Sur le trottoir devant les Folies-Bergère, l'attroupement habituel et trois ou quatre voitures attendant le client ; les chevaux avaient tapissé le pavé de crottin. Mais pas d'Obscura.

Haletant, Jean regarda partout. Aussi loin que son regard portait, aucune silhouette lui ressemblant. Soudain il tourna la tête. Nosus l'observait avec ce sourire indiquant qu'il l'avait percé à jour. Il détourna les yeux. Il aurait voulu maudire l'inspecteur mais il n'était pas en cause : même s'il ne l'avait pas retenu il ne l'aurait pas rattrapée. L'amertume lui tordit le visage. Sa propre ambivalence à cet instant le répugnait.

— Je retourne à l'intérieur… Vous voulez m'accompagner ?

À l'air hagard de Jean répondit le sourire de sphinx de Nosus qui inclina légèrement la tête en guise de salut et se dirigea vers l'entrée des Folies-Bergère tandis qu'on s'écartait sur son chemin.

Jean était désormais seul. L'agitation de cet établissement de nuit l'avait énervé, et cette vision fugitive encore plus. Il ne pouvait se résoudre à rentrer chez lui. Il tenta de reprendre ses esprits. Obscura lui avait échappé, il s'était épris d'un fantôme, de quelqu'un qui depuis la première fois s'était joué de lui, et la rue déserte en était la preuve. Il fouilla ses poches, estima l'argent qui s'y trouvait et donna à l'un des cochers à moitié assoupi sur son siège l'adresse de la clinique du docteur Blanche.

24

À peine la voiture se fut-elle ébranlée que la musique des sabots le divertit. Elle correspondait plus à son état d'esprit que celle de bastringue jouée aux Folies-Bergère. Tout comme les doux soubresauts du véhicule allant au rythme de l'animal. C'était reposant de se laisser conduire ainsi après avoir bataillé contre le courant de la foule dans cet établissement surchauffé. En risquant un œil, dehors il pouvait distinguer la lueur de la lanterne qui équipait la voiture, selon une récente règle émanant de la préfecture. Le cheval colportait une lumière falote pour éclairer les ténèbres dans les rues où l'éclairage public faisait encore défaut.

Après son rire devant le théâtre, la fuite d'Obscura ce soir confirmait ses craintes les pires : elle avait une part de responsabilité dans la disparition de Sibylle. Sinon, comment expliquer son comportement à son égard ?

À mesure que la voiture progressait vers l'ouest, la densité de la ville diminuait : moins d'immeubles, moins de fenêtres éclairées, plus d'hôtels particuliers, quelques maisons de rapport récentes, ou en construction, quelques terrains vagues, zones d'ombre où se perdait le regard et qui pouvaient aussi bien abriter des vagabonds que des cochons, des chèvres ou des colonies de chats errants. Sibylle avait disparu depuis vingt-quatre heures, il n'en avait pas encore parlé à Gérard, et à présent il se sentait redevable. D'autant qu'il s'était tourné vers lui pour évoquer le tueur et bénéficier de ses lumières d'aliéniste.

Enfin la voiture s'arrêta et d'une voix gutturale le cocher lui annonça qu'il était arrivé. Jean descendit et sortit de quoi payer la course. Une légère vapeur se dégageait du cheval échauffé par l'effort.

Le pavillon du concierge du 17, rue Berton, derrière la grille majestueuse de l'ancien hôtel princier, laissait filtrer de la lumière. Jean sonna.

Gérard écrivait avant d'être dérangé. Quelques feuillets noircis de son écriture fine voisinaient avec une plume d'oie et un encrier. Il avait la nostalgie de cette pratique et n'était pas encore passé au porte-plume. En d'autres circonstances Jean en aurait ri. Mais ses lèvres ne dessinèrent qu'un sourire indécis et il se planta face à l'une des fenêtres où se reflétait son image. L'aliéniste le laissait venir, mais sentait bien que Jean n'était pas venu le trouver à pareille heure pour rien. Il était pourtant loin de se douter. À quoi bon tergiverser, même si cet aveu lui coûtait au-delà de tout ce qu'il avait imaginé ?

— Sibylle a disparu, lâcha-t-il plus abruptement qu'il l'aurait souhaité.

Dans son dos – il pouvait l'apercevoir dans la vitre – Gérard ne cilla pas. Il s'attendait à tout sauf à ça. Et il n'était pas au bout de ses surprises.

— Elle t'a quitté ? hasarda-t-il prudemment.

Jean ne put cette fois réprimer un sourire dont le reflet

lui parut pathétique : n'était-ce pas ce que Gérard espérait depuis toujours ? L'aliéniste n'y était pas du tout. Et lui l'avait soupçonné à tort. Il avait voulu le ménager et n'avait fait que lui donner un espoir fou.

— Elle a été enlevée… Et je suis convaincu qu'elle l'a été par l'artiste fou dont je vous ai parlé, à Blanche et à toi pas plus tard qu'hier, poursuivit-il devant l'absence de réaction.

— Qu'est-ce que tu racontes ? entendit-il enfin gronder.

Cette fois il se retourna. Avec sa carrure de débardeur et son regard noir, Gérard était impressionnant. Jean planta ses yeux dans les siens et lui raconta tout ce qui étayait sa conviction : la visite d'Obscura, sa ressemblance avec Sibylle et donc avec Victorine Meurent, le modèle de Manet, sa surprise devant la copie de l'*Olympia*, les exigences artistiques du miché dans la grande tolérance de la mère Brabant, les Folies-Bergère, l'impression d'être observé, et cet homme à la moustache blonde les épiant sur le boulevard à la sortie du théâtre, Sibylle et lui, le même qui l'avait suivi la veille depuis les Folies-Bergère, et encore la fausse adresse d'Obscura, Marceline Ferrault, centre de toute cette histoire… Quel était son rôle au juste ? Rabatteuse, victime, initiatrice ?

Gérard l'agrippa par le revers de sa veste, mais Jean ne bougea pas. Cette force herculéenne finirait bien par le lâcher. Gérard n'était pas du genre à sortir de ses gonds. Lorsqu'il s'écarta, Jean n'en fut même pas soulagé.

— De combien de temps disposons-nous ?

— Au mieux quelques jours, répondit Jean impressionné par cette détermination agressive.

Et d'évoquer ensemble les pistes et les démarches à leur disposition, en espérant que la police faisait son travail de son côté : Obscura – car comment être sûr de l'identité qu'elle avait donnée ? –, son amie Mignon qui si on lui mettait la main dessus les conduirait jusqu'à elle, la mère Brabant qui avait forcément quelque chose à leur apprendre sur son ancienne pensionnaire et peut-être sur ce client amateur de peinture, les photographes professionnels, les fabricants de chambres noires, les anciens élèves de Thomas Couture qui auraient fréquenté Manet, peut-être hasardeux, mais on ne pouvait pas se permettre de négliger quoi que ce soit…

Gérard poussait Jean dans ses retranchements et le conduisait à évoquer toutes les pistes imaginables. La détermination de l'aliéniste, son refus de se laisser abattre, étaient contagieux. En venant le trouver, Jean ne s'était pas douté qu'il allait rencontrer une telle force morale. La même sans doute qui l'avait animé au cours de ses études entreprises sans soutien ni aide d'aucune sorte, ou encore sur son chalutier, lorsqu'il n'avait pas d'autre alternative pour survivre, tandis que lui-même avait toujours bénéficié du soutien de son père. Sous ses airs doux, le colosse était doué d'une volonté implacable et parvenait à ses fins. L'obtention de cette place à la clinique du docteur Blanche en était la preuve. En serait-il de même avec Sibylle ?

Jean eut tout le loisir de ressasser cette idée qui n'était pas sans provoquer chez lui une certaine amertume, en arpentant les rues sombres à la recherche d'une voiture.

Mais pour l'heure, il s'agissait surtout de retrouver Sibylle vivante, et rien n'était moins sûr.

25

Le drap noir formait au-dessus de sa tête une tente qui retenait son souffle captif. Sous ce voile de nuit il pouvait entendre sa régularité rassurante et en sentir la chaleur réconfortante. Pénétrer dans cet abri de fortune, c'était reproduire ce qui se rapprochait le plus des conditions et des sensations de la vie *in utero*, lorsqu'il ne connaissait de l'existence que le ventre de sa mère. Paradis perdu où il n'avait expérimenté ni les contraintes ni les vexations que réserve ce bas monde. Éden où l'esprit pouvait divaguer à loisir et échafauder toutes les constructions mentales imaginables. Éden envolé où l'absence de matière et de matériaux signifiait l'absence de limites.

À moins que l'imagination ait besoin de contraintes sur lesquelles s'appuyer pour s'envoler. Quel était l'état de sa conscience dans cette vie intra-utérine ? Dénuée de connaissances et de contraintes, pouvait-elle seulement être, cette conscience ? Pour sa part il n'en avait jamais douté. Sinon, comment expliquer les différentes personnalités au sein d'une même fratrie, révélées dès le plus jeune âge chez des êtres qui, à peu de chose près, possèdent la même histoire ?

Avec la naissance les souvenirs de cette vie antérieure disparaissaient. Pour que la comparaison ne rende pas le séjour terrestre trop insoutenable. L'annihilation de la mémoire prénatale fonctionnait pour la multitude mais pas pour lui. D'où la nécessité vitale de régulièrement disparaître sous le drap noir pour retrouver l'illusion de cette vie originelle.

Précaire, l'illusion supposait un effort d'imagination. Il lui était impossible de retrouver cette sensation de flottement procurée par le liquide amniotique. En revanche il avait gagné un sens : celui de la vue qui lui ouvrait des horizons nouveaux mais, de par les limites intrinsèques à la réalité, en fermait bien davantage. Sous sa tente d'obscurité son champ de vision était strictement limité, physiquement circonscrit. L'objectif de la chambre noire lui révélait la matérialisation d'une de ses constructions mentales. Dans ces conditions minutieusement préparées à l'avance, rien ne pouvait le contrarier.

Sous le drap couleur abîme lui tombant aux genoux, les pieds dans le triangle du trépied, le souffle régulier mais rauque, l'œil droit appliqué contre le viseur, la vision passée au prisme des lentilles, il était le scaphandrier immergé dans l'océan de ses fantasmes.

Au-dehors, c'est-à-dire dans son studio, la lumière du nord était parfaite. Le visage nimbé d'un éclairage doux et régulier, son modèle était immobile. Par l'économie de moyens le peintre lui avait facilité la tâche : pour tout décor une toile de fond d'une couleur unie hésitant entre le beige et le gris. Une toile de jute de deux mètres sur deux fit l'affaire. Son seul effort avait consisté en la recherche de l'uniforme complet, pantalon garance, veste noire aux boutons de cuivre, guêtres blanches, godillots et calot, sans oublier l'essentiel auquel le tableau devait son titre : l'instrument. La recherche du garçon n'avait présenté aucune difficulté, petit vaurien prélevé rue du faubourg Saint-Antoine dans le quartier des ébénistes, saute-ruisseau que la perspective d'un pourboire largement supérieur à la normale avait suffi à détourner de son chemin. Un de plus un de moins, qui s'en souciait, dans cette ville où chaque jour naissaient et convergeaient des centaines de nouveaux arrivants ? Le chagrin d'une poignée de proches ? Quelle importance par rapport à son dessein ? Seule difficulté : faire en sorte de ne pas être repéré au cours de la phase critique consistant à convaincre le modèle. L'anonymat de la métropole lié à la multitude sous-entendait autant de témoins potentiels.

Cette quête de modèles lui coûtait une fortune. L'idée était parfois déplaisante, il lui arrivait de se sentir pieds et poings liés, d'avoir la tête prise dans un piège pouvant se refermer à tout moment ; il s'efforçait de ne pas y penser, surtout dans ces moments d'accomplissement. Il s'agissait d'un risque à prendre, or quelle entreprise d'envergure n'en comportait pas ? Et puis l'argent n'était rien, au regard de son œuvre.

L'unique détail qui clochait et retarda la réalisation de ce tableau : le trop fort embonpoint du garçon. Par souci d'exactitude il lui fallait un enfant aux joues pleines, mais celui-ci avait bien six kilos de trop, et une bonne semaine de diète dans sa cellule fut nécessaire pour qu'il atteigne la corpulence désirée.

Quant à ses cheveux roux, le calot suffisait à les couvrir.

La mise en scène lui réserva la principale difficulté. Il dut concevoir un dispositif assez ingénieux pour maintenir son modèle debout et lui conférer une apparence de vie : un système de sangles reliées à un piquet de bois solidement rivé dans le plancher, et de son point de vue masqué par la jambe droite du garçon, ainsi qu'une armature de métal passée dans chaque manche de la veste et pliée afin d'imposer aux bras la position désirée. Sans oublier la ficelle, imperceptible à travers l'objectif de la chambre noire, destinée à maintenir le fifre entre les mains du petit musicien.

De l'extérieur ou du reste de la bâtisse, pas un son ne filtrait. L'unique bruit qu'il aurait pu percevoir, en prenant la peine de s'extraire de l'écran protecteur de son drap, de retenir sa respiration et de s'approcher de quelques pas, aurait été celui des asticots, plus ténu que le bourdonnement d'une mouche et trop continu pour constituer une gêne dans ce face à face intime.

Pour l'odeur il avait trouvé la parade. Cette épouvantable odeur de charogne, empirant à mesure que passent les jours et qui finirait, s'il n'y prenait garde, par imprégner jusqu'aux murs de son studio. Putréfaction des organes rendant autant d'humeurs qui, conjuguées, produisent ce fumet révoltant. Deux gouttes d'essence de lavande distillée sous chacune de ses narines permettaient d'en atténuer l'effet, à défaut de la tenir tout à fait à distance de son système olfactif.

Mais ce désagrément faisait partie des épreuves à endurer, celles sans lesquelles nulle activité créatrice n'a de valeur. Toute création ne pouvant être que le résultat d'une certaine somme d'efforts et de souffrances.

La régularité de son souffle tiède emplissant la cavité du drap noir l'apaisa. L'œil rivé au viseur de la chambre noire, toute son attention concentrée sur la matérialisation de ses fantasmes, il observait son œuvre avec un regard critique. Le cadrage était parfait, en tous points conforme à l'original. Au centimètre près. La position du petit musicien de fanfare militaire elle aussi était identique à celle de l'original, le pied gauche en avant, le fifre à portée de lèvres, le calot légèrement incliné sur la tête.

Son visage déjà passablement décomposé était animé par le mouvement des vers qui grouillaient à l'endroit d'où émanait son regard, lui conférant ainsi un simulacre de vie fantastique.

C'était la quatrième photographie qu'il faisait de ce modèle, chaque fois à un stade de décomposition plus avancé, comme s'il s'agissait de reproduire le travail du peintre mais à rebours, en partant du tableau fini, pour réaliser ensuite une série d'esquisses aux traits de moins en moins précis.

Depuis sa première image, la physionomie du garçon s'était profondément modifiée. Très vite l'aspect vivant qu'il était parvenu à préserver quelques heures après la mort avait cédé la place à autre chose d'indéfini, avant que le dessin du visage ne se brouille, que le nez ne s'épate, que les lèvres ne se gonflent et que les yeux vides de tout éclat ne se boursouflent, l'ensemble prenant des teintes que ses images ne pouvaient rendre.

Comme cette photographie, la dernière de cette série, ne rendrait pas compte du grouillement qui avait remplacé le regard de l'enfant et, à la commissure des lèvres, lui tenait également lieu de sourire.

Immobile, seule la soufflerie de ses poumons lui rappelant la course du temps, il s'apprêta enfin à appuyer sur le déclencheur qui actionnerait l'obturateur et permettrait au tableau de s'imprimer.

Quelque chose le gênait. Un détail indéfinissable, à moins qu'il ne s'agisse du sujet : un jeune garçon vêtu d'un uniforme ne pouvait exercer la même attraction que le corps d'une femme entièrement dévêtue.

Ce qui par conséquent révélerait la supériorité de l'œuvre de Manet par rapport à la sienne, puisque lui n'avait pas eu besoin de la nudité pour s'imposer. Cette idée précéda l'éclair d'un frisson le long de sa colonne vertébrale.

Il tenta de se rassurer : Manet n'avait-il pas eu recours à son modèle fétiche, Victorine Meurent, pour remplacer le jeune musicien qui ne savait pas prendre la pose ? Cela faisait partie des légendes circulant sur le peintre. Une idée de nature à le rassurer, en effet, puisque même pour figurer un jeune musicien le peintre s'était une fois de plus alloué les services de cette femme habituée du scandale.

Rasséréné, il appuya sur le déclencheur et entendit l'obturateur s'ouvrir avant de se refermer dans un claquement étouffé par le bois du caisson. Sa dernière esquisse, qui en peinture aurait été la première.

Avec lui la photographie révolutionnait le temps, comme lui révolutionnait l'art.

S'extrayant enfin de son voile noir qui l'isolait du monde, hors cadre son *tableau* lui apparut tel qu'il était : une mise en scène aussi sinistre que macabre, à droite de laquelle s'imposait le poêle à charbon dont l'allumage avait tout précédé.

Il s'aperçut aussi que, sans le prisme des lentilles, le modèle ressemblait beaucoup plus à un cadavre qu'à un musicien s'apprêtant à tirer quelques notes de son instrument et qu'il empestait avec une intensité à peine supportable.

Dégoûté il quitta la pièce au plus vite.

Il allait bientôt pouvoir se rattraper avec Olympia.

26

L'inspecteur Nosus avisa la plaque de cuivre mentionnant « Docteur Corbel » et poussa la porte. Lorsqu'il pénétra dans la salle d'attente il sentit les gens se raidir. Une femme houspilla ses deux enfants pour qu'ils se lèvent et laissent la chaise qu'ils occupaient à eux deux. Le plus petit grimpa sur les genoux de sa mère, l'autre s'assit à ses pieds. Il prit le siège qu'on lui avait obligeamment cédé. Il avait l'habitude : on se poussait toujours pour lui laisser le passage ou la place. Il déplia ses longues jambes et les croisa devant lui, d'un regard circulaire photographia l'assemblée serrée dans cette pièce exiguë : à part la mère et ses gosses, une prostituée d'une trentaine d'années, un rougeaud au souffle court, un homme au teint hâve à qui une femme chuchotait sans discontinuer dans le creux de l'oreille, enfin, perché sur le manteau de la cheminée un petit apprenti au nez tombant et au menton en casse-noisette, qui dans cette position avait l'air d'une gargouille de Notre-Dame. Il ferma les yeux en sachant que tout ce petit monde allait aussitôt en profiter pour le détailler, lui qui avait l'air d'avoir besoin de tout sauf d'un médecin. Il sourit. Plus jeune, c'étaient les ravages de la petite vérole sur son visage qui aimantaient les regards sur lui.

Les yeux à quelques centimètres de la bouche de son patient, le docteur Corbel en observait l'intérieur avec l'attention d'un gemmologiste scrutant une pierre de l'eau la plus pure : les gencives gonflées, ramollies et ulcérées, la langue parsemée de taches bleuâtres.

— Vous pouvez baisser votre pantalon ?

L'homme s'exécuta d'un geste lent. Ses jambes étaient couvertes de plaques jaune verdâtre. Jean en avait assez vu.

— Vous souffrez du scorbut, déclara-t-il, tandis que l'homme rajustait ses bretelles avec la plus grande peine.

L'autre le regarda avec un air abruti.

— C'est pas la maladie des marins ?

Jean soupira.

— C'est une maladie provoquée par la carence de viande et de végétaux frais, répliqua-t-il, son porte-plume en suspens au-dessus d'une feuille d'ordonnance. Vous savez lire ?

L'homme hocha la tête.

— Alors je vais vous dresser une liste d'aliments à consommer sans tarder.

Et il les énuméra tout en les notant scrupuleusement : *« Fruits et légumes frais, salades, oignons, pommes de terre, crucifères, cochléaria, citronnade, jus d'orange. »*

Avant de prescrire certains soins :

« Attouchement sur les gencives avec un mélange de

jus de citron et d'alcool. Antisepsie de la bouche avec du chlorate de potasse et de l'alcoolature de cochléaria. »

— Qu'est-ce que vous exercez comme activité ?

— Je travaille dans les égouts de la ville.

Jean releva la tête.

— Essayez de prendre l'air le plus souvent possible. Mais suivez mes prescriptions dès aujourd'hui.

— Combien est-ce que je vous dois ?

Près de quarante-huit heures après la disparition de Sibylle, sa pratique lui paraissait vaine et il n'avait pas le cœur à l'ouvrage. Mais que faire d'autre, alors qu'il n'avait aucun moyen de retrouver Obscura ni Mignon et que le policier l'avait assuré qu'il s'occupait de tout ? Tout plutôt que tourner en rond à penser à Sibylle et à subir les tortures de son imagination. Au moins le défilé de ses patients atténuait son supplice, même s'il lui paraissait plus lancinant que jamais.

Une main sur l'épaule de son patient il le poussa vers la sortie. Ce dernier avait du mal à marcher. Comme dans un traité de médecine, il présentait tous les symptômes de la maladie. Les diarrhées sanguinolentes, l'extrême faiblesse, la peau refroidie, les ganglions sous la mâchoire, les dents prêtes à tomber. Et le pire était que la plupart des maladies dont souffraient ses patients étaient dues à l'ignorance, ou à la négligence.

Lorsqu'il ouvrit la porte donnant sur la petite salle d'attente, la vue de Nosus assis parmi ses patients le fit tressaillir. C'était étonnant de voir à quel point il se sentait coupable en sa présence. Était-ce à cela que l'on reconnaissait un vrai policier ? Il n'avait pourtant rien à se reprocher, ou plutôt rien que la justice pourrait lui reprocher, rectifia-t-il. Il eut à peine le temps de lui faire un petit signe de tête que Nosus en deux pas traversait la pièce, observé par les patients résignés. D'une grimace Jean s'excusa et referma la porte derrière l'inspecteur.

— Je suis passé chez la mère Brabant, déclara le policier à brûle-pourpoint. Marceline Ferrault a quitté la maison il y a six mois. Un miché qui la voulait pour lui seul. Mais elle n'a pas donné de détails et on ne connaît pas l'identité du bonhomme. Elle a juste parlé d'un représentant en horlogerie. Plutôt léger, d'autant que ça peut aussi bien être de la foutaise, mais ça vaut le coup de vérifier. Notez qu'elle n'a aucune raison de se cacher. La preuve, vous l'avez aperçue aux Folies-Bergère. On va la retrouver. C'est une question de jours.

Une question de jours, frémit Jean. D'après lui c'était plutôt une question d'heures… Nosus restait au milieu de la pièce ; avec ses membres d'araignée il dominait Jean qui ne se sentait plus du tout chez lui.

— J'ai aussi questionné la mère Brabant et tout son petit monde, la Martiniquaise notamment, sur l'amateur de tableaux vivants dont vous avez parlé. L'*Olympia* d'Édouard Manet, c'est ça ?

— C'est ça, fit Jean priant pour que son interlocuteur ne remarque pas sa version du tableau.

— Comme celui-ci ? Si j'en crois votre description… dit alors le policier qui avait fait les trois pas l'en séparant et s'en emparait. C'est vous ?

Jean hocha la tête.

— Drôle de coïncidence, non ? suggéra son tortionnaire en reposant la croûte après y avoir accordé quelques secondes. Personnellement je n'entends rien à la peinture… Pas le temps.

Jean avait chaud et sa cravate le serrait.

— Il n'est venu qu'une fois, ne s'est pas mélangé aux autres clients, reprit Nosus qui feignait de n'avoir pas remarqué le malaise du médecin. Un homme très discret. Je me suis demandé si ce n'est pas lui qui a sorti Marceline Ferrault de cette taule, étant donné qu'à quelques semaines près ça correspondait avec son départ. Mais là encore, je n'ai pu avoir aucune confirmation.

L'homme réfléchissait vite, beaucoup plus vite apparemment que le commissaire Louvier, ce qui était plutôt rassurant pour Sibylle.

— En tout cas, s'anima l'inspecteur, il ne correspond pas au signalement que vous avez fourni du moustachu aux épaules rondes. Qui pour le coup colle avec le séducteur d'Henriette Ménard, la soupeuse des *Lumières de Paris* retrouvée dans cette reconstitution du *Déjeuner sur l'herbe*, ce tableau qui a déjà fait l'objet d'une reconstitution à Aix avec un cadavre volé. La police locale nous l'a confirmé. À propos, j'ai appris que vous vous étiez rendu sur place, à Auteuil…

En apparence impassible, intérieurement Jean maudit Berthot.

— Vous n'avez pas confiance dans le travail de la police ? À moins qu'il s'agisse d'un intérêt d'amateur de peinture, ajouta-t-il avec un regard pernicieux en direction du petit tableau…

Jean sentit une menace confuse mais bien présente planer dans la pièce.

— C'est donc ici que vous l'avez vue pour la

première fois, reprit le policier sur un ton badin, après un silence. Elle est venue en conquérante dans votre petit cabinet. Elle s'est assise dans ce fauteuil, je suppose… En calant ses pieds dans les étriers et vous…

Il n'acheva pas sa phrase, au grand soulagement du docteur qui se sentait de plus en plus mal à l'aise face à cet homme qui le devinait jusque dans ses moindres recoins. Hypnotisé, Jean le regardait. Les mains dans les poches sous l'étoffe desquelles saillaient ses poings, le pantalon trop court, tout comme la veste dont les manches laissaient voir ses poignets imberbes et noueux. Et pourtant, malgré ses manières inquisitrices et la dureté que ses joues grêlées et son crâne rasé conféraient à sa personne, il émanait par éclats de son regard une certaine douceur.

— J'ai aussi lancé des hommes à moi sur la piste de la photographie. Mais je crains qu'on manque de temps. Un travail de fourmi, les échoppes et les ateliers ont poussé comme des champignons ces dernières années.

Le temps. On y revenait toujours. Sur le bureau, la pendule de voyage égrenait les minutes et les heures, et dans sa tête un compte à rebours s'était enclenché depuis la disparition de Sibylle sans qu'il sache quand tomberait le couperet. Pareille à une fleur coupée, la pensée en émaux soufflés du presse-papier de cristal lui apparut funestement prémonitoire.

— Je ne vous dérange pas plus longtemps. Vous avez du travail, précisa Nosus avec un signe de tête vers la salle d'attente. Mais je tenais à vous informer de l'avancée de mes démarches.

Un vague sourire éclaira son visage. Il ne devait pas être habitué.

— Au fond, nos fonctions sont assez proches, par leur finalité tout du moins, ajouta-t-il la main sur la poignée de la porte. Vous et moi nous œuvrons pour la sécurité de la société. Vous contre les maladies, moi contre le crime. C'est grâce à des gens comme nous que tout ça tient à peu près debout, cette grande foire, conclut-il avec un éclat de rire qu'entre grincement et gaîté Jean ne sut interpréter.

Lorsque le policier eut disparu, s'efforçant de masquer sa lassitude, Jean fit entrer le patient suivant : le jeune apprenti au menton en casse-noisette sauta de son promontoire avec l'agilité d'un singe. De quoi pouvait-il souffrir, celui-là ?

La visite du policier aurait dû le rassurer par le sérieux avec lequel était considérée la disparition de Sibylle. Elle le déstabilisa complètement. Ne serait-ce qu'à cause du regard dont il l'avait gratifié en découvrant sa copie de l'*Olympia*. Était-il venu pour le tenir au courant, ou pour le mettre en garde ?

Et cette façon de s'extraire de la multitude en considérant devoir veiller sur elle ! Mais lui aussi pouvait être rattrapé par le crime ou la maladie !

Jusqu'à la fin de la journée Jean ne pensa plus qu'au sort réservé à Sibylle et ne put accorder qu'une attention douloureuse à ses patients. Que faire d'autre ? Sinon attendre l'ouverture des Folies-Bergère pour tenter d'y trouver, sans trop y croire, Mignon ? Avait-elle encore la force de se lever, avec la progression de sa maladie ?

À sept heures il mit son melon, saisit sa sacoche et

s'apprêta à sortir : il avait besoin de prendre l'air. Lorsqu'il ouvrit la porte donnant sur la salle d'attente il se maudit d'avoir oublié de mettre le loquet en raccompagnant son dernier patient : dans une robe de velours bleu de Prusse, une forme ramassée sur elle-même l'attendait. Elle leva la tête et Jean fut soudain la proie d'une vive émotion. C'est d'ailleurs à la couleur de la robe qu'il la reconnut. Comment aurait-il pu, à ce visage misérable, identifier Mathilde Lantier qu'on appelait Mignon ?

— Qu'est-ce qui vous est arrivé ? demanda-t-il consterné par son œil gauche tuméfié et son nez, papillon aux ailes indigo déployées de chaque côté de l'appendice.

Elle haussa les épaules et amorça un rire qui s'éteignit aussitôt.

— Un mauvais coucheur. La fois de trop, comme on dit. Ça m'apprendra…

La vision d'horreur sous sa robe lui revint en mémoire. Il essaya de ne pas le laisser transparaître. Mais que croyait-elle ? Qu'en découvrant ses lésions ils allaient sauter de joie et en redemander ?

— Si c'était que ça. Depuis deux jours le mal empire. Je perds mes cheveux par paquets, et je souffre atrocement. Surtout la nuit. Le reste du temps je me vide. Par tous les orifices, tenta-t-elle de rire. J'ai l'impression de fondre à vue d'œil. Déjà que j'étais pas grosse. Pour essayer de supporter, je me suis mise à boire. Et j'entends plus de l'oreille droite. C'est pas brillant, hein docteur ? ajouta-t-elle en tentant à nouveau un rire qui la rendit plus vulnérable qu'une enfant.

Jean contourna son bureau et s'approcha pour s'asseoir sur l'autre chaise et la regarder de plus près. Les contusions mises à part, la figure s'était altérée, la peau avait pris une teinte grisâtre. Avec la perte des cheveux, celle de l'ouïe, les douleurs et les autres maux dont elle souffrait, elle présentait les principaux symptômes d'une syphilis tertiaire dans les circonstances les pires. Altérations diverses du système nerveux, névralgies, paralysies locales ou générale, convulsions, troubles intellectuels, ce qui ne semblait pas être le cas. Il avait assisté à des autopsies de sujets morts des suites d'une syphilis en troisième période. Il avait vu des tumeurs gommeuses développées dans les membranes du cerveau ou de la moelle et des exostoses comprimant l'encéphale ou les nerfs. Chez Mignon le sens de l'ouïe pouvait être aboli par une altération du nerf auditif ou par quelque carie du rocher envahissant l'oreille moyenne ou l'oreille interne. Ses viscères aussi devaient être attaqués : transformation jaunâtre et hypertrophie des tissus fibreux pour le foie, altération de néphrite albumineuse ou dégénérescence amyloïde pour les reins…

Il n'y avait rien à faire sinon l'aider à supporter la douleur.

— Je vais vous prescrire de la morphine, dit-il d'une voix légèrement étranglée en lui posant une main sur l'épaule.

La compassion qu'elle sentit chez lui fit céder ses barrières. Des larmes ruisselèrent sur ses joues. Jean lui tendit son mouchoir dans lequel elle enfouit son visage, misérable silhouette agitée de soubresauts sur sa chaise.

Et ces questions qui lui brûlaient la langue et que

face à un tel désastre il n'avait encore pu se résoudre à poser. Enfin elle releva la tête et lui rendit son mouchoir imbibé de larmes.

— Mais c'est pas pour ça que je suis venue vous trouver, docteur, renifla-t-elle.

Jean sentait les battements de son cœur aller à un rythme infernal. Elle ne pouvait pas avoir idée de ce qui était arrivé à Sibylle ni de ce qu'il endurait. Et puis, quelle perception pourrait-elle en avoir dans son état ? Alors pourquoi était-elle venue le trouver ? Qu'avait-elle à lui dire ? Les yeux vides elle semblait frappée de stupeur. Il dut se retenir pour ne pas la secouer et tenta de se raisonner : cette hébétude était due à la douleur et à la lassitude.

— Vous n'avez pas suivi mon traitement ? lui demanda-t-il brusquement.

Elle haussa les épaules.

— Les traitements… J'étais déjà foutue. J'ai eu tort ?

Il lui prit les mains, ses mains sèches et décharnées qu'il retourna dans les siennes, comme s'il s'agissait de lire dans leurs lignes la confirmation de l'évidence.

— J'ai besoin de la voir.

Elle secoua la tête avec un air apeuré. Ce visage sur lequel avaient plu les coups récemment ne lui inspirait plus aucune pitié, seulement de la répulsion.

— Je peux pas, implora-t-elle.

— Elle n'a même pas voulu me montrer où elle habite ! Pourquoi ? hurla-t-il en lui maintenant les poignets.

Elle était terrorisée. Il ne la lâcha pas pour autant. Elle était réduite à un tel état de faiblesse qu'il aurait pu lui enserrer les poignets d'une main et la frapper de l'autre sans qu'elle esquisse le moindre geste de protection, cette petite putain qui écartait encore les cuisses alors qu'elles étaient envahies de syphilides. Des pustules qui repousseraient le dernier des soudards.

— Elle… Elle a peur qu'il lui coupe les vivres, qu'il la mette dehors… Vous savez pas ce que c'est, docteur.

— C'est qui cet homme ? gronda-t-il.

Sa bouche était déformée par le mépris.

— Je l'ai jamais vu.

— Même chez la mère Brabant ?

Elle secoua la tête, les yeux révulsés par la peur.

— Le client qui lui a demandé de poser pour un tableau vivant, ça ne vous dit rien ?

Elle secoua la tête de façon précipitée, dernier geste auquel elle semblait réduite.

— Ce tableau, ça ne vous dit rien ? cria-t-il en désignant sa croûte.

Même réaction.

— Un homme à moustache blonde qui porte un costume à carreaux et qui a un visage rond… ça ne vous dit rien non plus ?

— Vous… vous me faites mal.

Elle balbutiait. Sa voix n'était plus qu'une plainte. Elle paraissait de plus en plus effrayée, ne comprenait rien, ne devait être au courant de rien. Il faisait fausse route. Il soupira.

— Vous ne comprenez pas ce qui se passe… Il me faut son adresse.

De la tête elle fit non en se reculant sur la chaise. Alors il lui tordit les poignets. La douleur déforma sa bouche et libéra de nouvelles larmes. Il maintint la torsion, le visage à deux doigts de ce masque de misère, ses yeux plantés dans les siens.

— C'est une question de vie ou de mort, gronda-t-il avec une dureté qu'il ne se connaissait pas.

Et il accentua davantage la torsion sur ses poignets.

— Au 6 de la rue de l'Arbre-Sec, c'est là qu'elle habite, balbutia-t-elle entre deux sanglots.

À quelques rues de l'immeuble devant lequel elle l'avait conduit l'autre soir. Il lui lâcha les poignets et se leva tandis qu'elle restait affaissée sur la chaise. De ses doigts malhabiles elle séchait ses larmes. En deux pas il fut à la petite armoire où il conservait quelques remèdes, l'ouvrit et en sortit un flacon.

— Tenez, fit-il en le lui tendant. C'est de la morphine. Vous savez comment vous l'administrer ?

Les yeux encore brouillés par les larmes, elle hocha la tête et s'en saisit avec avidité.

— Il faut y aller maintenant.

Elle se leva péniblement, tel un animal à l'agonie. Après avoir ouvert la porte, il se retourna sur son cabinet où s'écoulait sa vie, pour l'heure baigné d'une lumière grise.

Dans la rue chacun prit de son côté. Il ne se retourna pas pour la regarder s'éloigner.

27

Au seuil de la chambre, le docteur Roch se racla la gorge. Il considérait avoir assez attendu. Nélie Favre leva le nez de son ouvrage et découvrit enfin la présence du jeune aliéniste. Ou bien avait-elle feint de ne pas remarquer son apparition ? En quelques semaines dans l'établissement du docteur Blanche, Gérard avait appris à se jouer de certaines ruses parmi les plus répandues chez les patients. L'absence d'attention accordée à un membre du personnel ou l'absorption dans une tâche quelconque au point de paraître hermétique à toute sollicitation extérieure en faisaient partie.

Cela lui avait laissé le temps de contempler la broderie : nuage de papillons bleu pervenche travaillés à l'aide d'une laine à l'apparence sèche, dont trois pelotes avaient roulé aux pieds de sa patiente.

Après une séance prolongée d'hydrothérapie, Nélie Favre avait pu regagner sa chambre où, grâce à quelques meubles, elle avait en partie reconstitué son univers familier. On avait notamment déménagé de l'hôtel particulier de l'avenue de Friedland son lit, un petit secrétaire, une coiffeuse, deux chaises et un fauteuil, un tapis et trois portraits de feu son mari, de son fils et d'elle-même. Gérard avait appris qu'ils étaient d'elle, leur finesse laissait présager une grande délicatesse.

Il n'avait pas encore eu l'occasion de lui parler depuis sa crise. Plusieurs jours avaient passé et, la broderie posée sur ses genoux aidant, l'incident paraissait loin, mais Blanche lui avait suggéré de procéder avec le plus grand tact.

— Vous permettez que je m'asseye ?

— Je vous en prie, fit-elle en désignant la chaise qui faisait face à la coiffeuse.

Avec mille précautions Gérard la retourna et s'assit, priant pour que ce meuble aux pieds si frêles ne cède pas sous son poids.

Il sourit. Il y avait un abîme entre les marins-pêcheurs dont il partageait les épreuves quelques semaines plus tôt et une Nélie Favre, ravissante veuve d'un des hommes les plus riches de Paris. Et pourtant le docteur Blanche lui avait fait confiance. Il se devait donc de la mériter. Mais comment évoquer cette crise, cette terreur provoquée par son propre fils et cette propension à se prendre pour un cheval, avec une femme de la grande bourgeoisie à l'aspect si digne et paisible, assise dans ce joli fauteuil crapaud, son ouvrage sur les genoux ? Blanche lui avait bien conseillé d'avoir recours à la ruse, mais comment ? Comment réagir, si par exemple elle feignait d'avoir tout oublié de cette crise ? Et puis la ruse n'était pas son fort.

— Comment vous sentez-vous ?

Elle regarda autour d'elle, parut hésiter et finalement répondit :

— J'ai détesté cette séance de bain dans cette affreuse baignoire. Lorsqu'on m'a forcée à y entrer et qu'on a fermé ce bouclier, j'étais terrorisée.

— Vous savez pourquoi nous avons été obligés de vous soumettre à ce traitement…

Il était soulagé. Elle aurait pu tout nier en bloc, l'entretien au contraire semblait prendre bonne tournure.

— Qu'est-ce qui a provoqué cette crise ? Vous nous avez fait peur, vous savez ? Nous craignions que vous vous blessiez.

Un voile de tristesse ternit son regard. Comme si elle renâclait à répondre. Renâcler, se dit Gérard, le terme était choisi, pour une patiente se prenant pour un cheval.

— Vous étiez pourtant bien… Dois-je en conclure que c'était la présence de votre fils ? Je vous ai entendue parler d'équarrisseur…

À ce mot elle tressaillit.

— Vous aviez peur qu'il vous envoie chez l'équarrisseur ? risqua-t-il, ayant honte de poser une question pareille à une femme d'apparence aussi respectable, dans cette chambre meublée avec tant de goût.

Mais cela faisait partie de l'enseignement de Blanche qui répétait à l'envi qu'il ne fallait jamais avoir peur d'entrer dans le jeu des patients. Ainsi avait-il fini par se présenter face à la femme aux abeilles en tenue d'apiculteur, les mains gantées et la tête couverte d'un filet. Un véritable apiculteur le secondait. Après que Blanche eut feint de faire passer l'essaim de la bouche de sa patiente à la ruche, il fit ouvrir cette dernière au spécialiste et sa patiente fut émerveillée de voir les insectes grouiller autour des alvéoles. La clinique y gagna l'amorce d'un rétablissement, et le parc une ruche qui d'ici quelque temps devrait donner du miel.

Nélie Favre semblait avoir quelques réticences à aborder le sujet. Mais Gérard n'avait pu se résoudre à se présenter dans sa chambre en tenue de palefrenier ou de cavalier, ce que Blanche n'aurait peut-être pas hésité à faire.

— Le docteur Blanche lui a demandé de bien vouloir vous laisser tranquille. Vous êtes en sécurité ici, vous n'avez plus à avoir peur. Il ne peut rien vous arriver. Vous en avez conscience ?… Votre fils, ajouta-t-il comme elle haussait les sourcils.

Gérard baissa les yeux et vit qu'elle serrait dans sa main gauche sa broderie, petits papillons aux ailes froissées par des doigts incontrôlables.

— D'où vient cette peur de votre fils ?

S'il n'avait pas la pratique suffisante pour avoir recours à la ruse, au moins n'avait-il pas de mal à entrer dans le jeu de ses patients et à adapter son discours et ses questions à leurs obsessions. Un talent qu'il devait à son imagination, à laquelle très tôt il avait laissé libre cours. Un grand-père conteur avait favorisé cette propension. Ainsi grâce à l'aïeul il était accessible aux délires les plus extravagants.

— Il a déjà fait du mal à un cheval, pour que vous en ayez peur à ce point ?

Nélie Favre lui adressa un regard exprimant qu'elle avait enfin été devinée. Un regard où il lut également du soulagement.

— Mon cheval.

— Votre cheval ?

— Il y a plusieurs années, il l'a tué, dit-elle d'une voix fêlée.

L'altération que l'évocation de ce souvenir imprimait à son visage inquiéta Gérard. Il craignit de provoquer une nouvelle crise chez sa patiente, et pourtant voulait profiter de son avantage. Avec le sentiment d'avancer sur le fil du rasoir il entreprit de la questionner encore.

— Comment l'a-t-il tué ?

Elle frissonna. Cela n'avait rien à voir avec le froid mais il se leva, alla chercher le châle posé sur le lit et proposa de lui en couvrir les épaules. Elle le remercia d'un sourire.

— D'un coup de pistolet.

Elle avait dit ça d'une voix étouffée, comme si elle craignait d'être entendue.

— Mais… pourquoi ? demanda-t-il le plus naturellement possible, sans laisser transparaître l'horreur que cela lui inspirait.

Elle s'était raidie.

— Pour l'achever parce qu'il s'était blessé ?

Elle secoua la tête. Dans le couloir, Gérard entendit des pas feutrés. Le voisin de Nélie Favre sans doute, qui à ses heures se prenait pour un fantôme.

— C'était de la colère.

— De la colère ? s'étonna l'aliéniste soudain mal à l'aise d'avoir ainsi droit à de telles confidences concernant un homme aussi riche.

Sa patiente fermait les yeux, ses lèvres frémissaient, ses doigts trituraient les papillons de laine, à les réduire en poussière.

— Parce qu'il considérait que le cheval l'avait desservi, glissa-t-elle les paupières toujours closes. D'après lui le cheval avait été la cause de sa plus grande humiliation… Peut-être pour me punir aussi… Quel souvenir affreux !

— Vous punir ?… demanda le docteur Roch de plus en plus troublé par le terrain où il se laissait entraîner.

Son ouvrage tomba sur le tapis et Nélie Favre se prit la tête dans les mains pour masquer ses sanglots. Le jeune aliéniste blêmit. Il se pencha vers elle. La petite chaise gémit sous son poids. Il avait redouté un nouveau débordement mais elle séchait déjà ses larmes. Encore peu familier de ce genre de situations, il l'observait, impressionné. Après un silence suffisamment long, il jugea qu'il n'obtiendrait plus rien d'elle et se leva.

— Voulez-vous que j'appelle quelqu'un pour vous aider à vous coucher ?

Derrière la jalousie de ses doigts entrecroisés, ses beaux yeux noirs le fixaient. Elle hocha la tête. Il sortit et referma la porte derrière lui.

28

6 rue de l'Arbre-Sec, deuxième étage. Après une légère hésitation, Jean saisit le heurtoir, petit poing en bronze aux doigts graciles, et le laissa retomber trois fois contre la porte. Un cri qui n'avait rien d'humain précéda des pas rapides et légers. La porte s'ouvrit.

Dans l'entrebâillement, le visage d'Obscura apparut, un instant figé par la stupeur. Cette stupeur qu'elle avait manifestée sur le boulevard avant d'éclater de rire. Les mains sur la porte, elle allait la refermer précipitamment. Il mit son pied en travers.

— Il faut qu'on parle, dit-il avec un sourire pour atténuer l'agressivité du geste. Je peux entrer ?

Une fraction de seconde, la panique déforma ses traits mais elle se reprit et finalement ouvrit, à contre-cœur. Il pénétra dans l'appartement tandis qu'elle refermait derrière lui.

Meeeiick !

Jean haussa les sourcils. Le cri du volatile venait de l'autre pièce.

— C'est Hector, rit-elle nerveusement. Vous… vous

voulez peut-être poser votre sacoche, ajouta-t-elle avec plus d'animation. À moins que vous soyez venu pour m'ausculter.

Passé l'instant de panique, elle avait déjà repris ses manières provocantes et était revenue au vouvoiement qu'aux Folies-Bergère ils avaient abandonné. Mais son trait d'esprit tomba à plat.

— On ne va pas rester dans le vestibule, venez, fit-elle avec désinvolture.

Elle portait un long déshabillé rose fané dont les manches aux poignets et le col ouvert laissaient voir une fine dentelle blanche. Ses cheveux relevés par un ruban bleu roi dévoilaient sa nuque. Son sillage embaumait le jasmin. Jean se raidit. Elle l'introduisit dans une pièce aux meubles de bois sombre – une table, quelques chaises, une banquette et un fauteuil à bascule – où quelques objets compliqués, animaleries de barbotine au goût du jour, retinrent son attention. Mais le principal ornement était le gris du Gabon retenu à son perchoir par une chaînette, qui lorgnait un compotier débordant de fruits hors de sa portée. Une porte entrouverte devait desservir la chambre.

— Cerise ?

Il fit non de la tête.

— De quoi voulez-vous parler alors ?

Elle braquait sur lui ses yeux d'or impudiques, des yeux qui le traversaient comme s'il n'avait pas été là. Cette nouvelle attitude à son égard le déstabilisait.

— De l'homme qui vous a fait poser en Olympia, répliqua-t-il plus nerveusement qu'il aurait souhaité.

Elle eut un mouvement de recul à peine perceptible.

— Mais je ne l'ai jamais revu ! Qu'est-ce que vous voulez que je vous dise de plus !

— Faites un effort.

— Si on devait s'attarder sur chacun d'eux… Un de ces vicieux comme il en pullule dans les maisons closes. J'ai rien à ajouter sur son compte, conclut-elle en ayant l'air de se refermer.

Elle avait repris ses manières de fille publique habituée à la rugosité de l'existence et revêtu sa carapace d'agressivité teintée de mépris. Ce comportement correspondait au rire qui l'avait cinglé. Il avala cette couleuvre inattendue, identique à celle qui serpentait autour d'un plat en barbotine et s'apprêtait à engloutir une salamandre dont les pattes arrière et la queue jaune tachetée de noir dépassaient de sa gueule. Mais il ne pouvait pas se permettre de flancher.

— Flanelle… ce ne serait pas une allusion à une éventuelle impuissance ?

Elle lui adressa un regard craintif.

— Je ne vois pas de quoi vous voulez parler, répliqua-t-elle trop nerveusement.

— Ne me racontez pas d'histoire. C'est comme ça que vous l'avez appelé.

Il devenait agressif. Il en allait de la vie de Sibylle, et cette femme trônant dans sa bonbonnière avec son volatile continuait à se moquer de lui. Après avoir malmené Mignon, il était prêt à tout.

— Il s'était fait tout seul, répondit-elle plus bas comme si elle craignait d'être entendue.

Il s'approcha davantage, menaçant.

— Enfin… La main dans la poche, ajouta-t-elle en repliant vers le bas son index qu'elle avait tendu à l'horizontale. On peut toujours lui accorder le bénéfice du doute.

Elle s'exprimait avec l'impudeur et la crudité de la fille publique qu'elle était, qu'avait-il pu croire ? Fallait-il qu'elle l'ait aveuglé ! Il enregistra l'information puis la regarda avec un air suspicieux. Il détestait cette situation. Il se sentait ridicule et pourtant l'heure tournait, le compte à rebours mortel était lancé. Ses soupçons ne reposaient que sur une intuition, sans être étayés par aucun fait tangible, et malgré tout, il avait la conviction que cette femme représentait sa seule piste. Mais elle se dérobait. Elle avait tout verrouillé et se murait dans le silence. Pour quelle raison ? Parce qu'elle avait justement quelque chose à cacher ? Sinon pourquoi un tel mystère ? Il ne devait pas perdre pied, l'occasion ne se représenterait pas.

— Ce ne serait pas lui qui vous aurait sortie de chez la mère Brabant pour vous installer ici ? demanda-t-il avec un regard englobant la pièce.

— Jules ? s'esclaffa-t-elle toujours aussi nerveusement. Mais Jules n'a rien à voir avec cet homme.

— C'est une question de vie ou de mort, la coupa-t-il, exaspéré. Deux jeunes femmes ont été retrouvées mortes dans des mises en scène reproduisant *Le Déjeuner sur l'herbe*, un autre tableau de Manet. Et je suis persuadé que l'homme qui a commis ces crimes est celui qui vous a fait poser. Alors il faut le retrouver !

— Je ne comprends rien à ce que vous racontez, déclara-t-elle négligemment, attrapant une cerise avant de la présenter à l'oiseau qui d'un coup de bec s'en saisit.

D'une de ses serres, le perroquet avait attrapé le fruit pour en extraire le noyau qui tomba sur le tapis.

— Cochon, va ! s'exclama-t-elle en se baissant pour le ramasser.

Jean lui saisit les bras et la secoua. Elle eut à peine le temps de pousser un cri que la lueur qu'elle vit dans les yeux du médecin la réduisit au silence. Il était tout contre elle. Il pouvait sentir son parfum, son souffle, ses seins contre son torse, et observer le grain de sa peau. Ils n'avaient jamais été si proches. Ce contact et l'érotisme hors de propos qui s'en dégageait accrurent sa rage.

— Une question de vie ou de mort, vous m'entendez ! gronda-t-il en affirmant sa prise. Ma femme a été enlevée, et si on ne retrouve pas cet homme, d'ici quelques jours elle sera morte ! Elles vous ressemblent toutes, vous ne comprenez pas ? Comme vous-même ressemblez au modèle de Manet ! hurla-t-il en la secouant plus fort encore.

— Vous me faites mal !

La surprise passée, des deux mains elle agrippa ses poignets pour tenter de se dégager. Elle était habituée à ce genre de situation.

— Lâchez-moi ou j'appelle au secours.

Avec l'impression de capituler, il s'exécuta. Plantés l'un en face de l'autre, ils se regardèrent, elle se massant le bras droit, lui haletant, un peu honteux de s'être laissé emporter. Mais une fois de plus elle lui filait entre les doigts. Il était en train de la perdre, de tout perdre.

— Votre femme, hésita-t-elle. Elle a peut-être tout simplement disparu pour quelques jours. Elle va revenir… ça arrive.

Un sourire mauvais lui échappa. Il fit mine de ne pas le remarquer. Elle voulait le rassurer sur le compte de Sibylle, lui qui quelques jours plus tôt avait tenté de la séduire.

— À quoi ressemble votre négociant en horlogerie ? Moustache blonde, épaules rondes, visage plein, costume à carreaux ?

Elle secoua la tête.

— Ça vous dit quelque chose, cette description ?

Même geste de dénégation. Elle semblait totalement maîtresse d'elle-même. Une menteuse-née.

— Parce que ça correspond au signalement de l'homme qui nous a suivis, vous et moi, depuis les Folies-Bergère jusqu'à l'endroit où je vous ai laissée, qui m'a ensuite suivi et que j'ai aperçu le lendemain à la sortie du théâtre où je vous ai surprise.

— On aurait été suivis, vous et moi ? Pourquoi ? demanda-t-elle avec dédain.

— Par jalousie ?

Elle haussa les épaules, puis le regarda, avant de finalement concéder :

— Il n'était pas à Paris ce soir-là.

Immobile sur son perchoir, l'oiseau paraissait naturalisé. Jean promena son regard dans la pièce, un instant arrêté par le combat de perroquets dans la jungle reproduit sur des panneaux de céramique. Il serra les poings. Cet air dédaigneux le rendait fou. Il prit sur lui pour se contenir.

Les yeux d'Obscura s'arrêtèrent sur les jointures blanchies de ses doigts. Jean émit un rire grinçant. Figée au centre de cet intérieur coquet, elle lui apparut telle qu'en elle-même : une femme entretenue, vivant dans la peur de manquer, se constituant certainement en cachette un misérable bas de laine grâce aux subsides de son protecteur.

— De quoi avez-vous peur ? demanda-t-il de nouveau à quelques centimètres d'elle.

De la tête elle fit non. Appuyée à la table, elle ne pouvait pas reculer.

— De perdre tout ça ?

D'un mouvement du menton il désignait la pièce et son mobilier. Il lui sembla qu'elle rougit légèrement.

— Il faut que vous partiez, maintenant, lâcha-t-elle à voix basse.

— Qu'est-ce que vous me cachez ? insista-t-il.

— Je ne vous cache rien ! Partez maintenant ! Vous n'avez rien à faire ici !

Elle haussait le ton mais elle avait peur. Il rit de sa peur. D'un rire forcé qu'il n'aimait pas. Mais il s'enhardit. Après ce serait trop tard. Il n'avait plus d'autre carte dans son jeu, alors que c'était ici, à cet instant précis que tout devait se jouer.

— Vous avez dit qu'il s'appelle Jules… Jules comment ?

— Ça ne vous regarde pas ! Vous êtes rasant à la fin. Je vous ai dit de partir !

— J'ai tout mon temps.

Pendant une seconde elle eut l'air déstabilisé, avant de se ressaisir.

— Vous pouvez toujours l'attendre… Il est parti pour Londres.

Il n'était pas à son aise dans ce rôle de persécuteur. Cela lui ressemblait tellement peu. Elle le sentait bien. Elle était plus coriace que Mignon. Il n'avait aucune prise. Rien chez elle ne subsistait de l'intérêt qu'elle lui avait témoigné, et la dureté avait remplacé la fragilité qui le séduisait chez elle.

À la frustration s'ajoutait le sentiment d'avoir été trahi.

Il avait l'impression de brûler sans pour autant être capable d'obtenir les réponses qu'il était venu chercher. Comme s'il n'était pas armé pour ça, face à une femme qui le toisait avec hauteur. Une femme qu'il désirait toujours, vêtue d'un déshabillé rose pâle, à portée de main dans cet appartement où ils étaient seuls. Une femme que d'autres s'étaient offerte avec de l'argent mais qui lui était inaccessible.

Elle redressa la tête, d'un air de dire « *sortez maintenant* », un sourire effronté au coin de la bouche. Puis elle se retourna comme s'il avait disparu, manière de lui signifier son désintérêt et de lui lancer : « *Vous êtes toujours là ?* »

Il faillit obtempérer mais franchit les trois mètres qui les séparaient. Elle se retourna vivement et le gifla. Un instant il demeura stupéfait avant de lui rendre sa gifle, à toute volée. Le perroquet poussa un cri strident et battit des ailes avec nervosité, retenu à son perchoir par la chaînette.

Le coup l'avait renversée sur la table. Elle porta la main à sa bouche. Elle saignait. Jean s'avança. Elle leva le coude en guise de protection mais il l'attira à lui. Des larmes roulaient sur ses joues et elle secouait la tête en le regardant. Pour la première fois elle lui inspira de la pitié, puis à nouveau du désir. Celle que sur le boulevard il avait prise pour Sibylle et que dans son esprit il devait retrouver pour sauver sa femme. La survie de l'une dépendant de l'autre. Quelle ironie. N'était-ce pas une création de son imagination ? Et voilà que le visage de Sibylle se superposait désormais au sien. Était-il en train de devenir fou ?

Il s'en voulait de son désir mais son ventre était contre le sien. Du pouce il essuya ses larmes. Sibylle le regardait d'un air suppliant. Il fondit sur sa bouche. Elle se raidit mais il l'étreignait, une main sur sa nuque défaisant ses cheveux, l'autre au creux de ses reins pour la serrer contre lui. Leurs langues s'entremêlaient. Jean sentit l'une de ses mains dans ses cheveux. Elle lui répondait avec avidité, avec urgence. Il se laissait entraîner par cette ivresse. Ses mains la plaquaient davantage contre lui, leurs souffles étaient à l'unisson, plus rien n'existait que ce baiser, que cette langue agile, ces lèvres pressées contre les siennes et ces mains qui le parcouraient.

Enfin, tandis que sa main s'aventurait sous sa robe, entre ses cuisses, irrésistiblement attirée par ce sexe qu'il avait ausculté, il se rappela la raison de sa présence et se détacha. Puis il recula. Ce n'était plus Sibylle qu'il venait d'étreindre, et ce baiser ne l'avait pas ramenée d'entre les morts.

Une fraction de seconde Jean espéra que la situation aurait raison de ses défenses et qu'elle parlerait enfin, mais elle tint bon. Ses yeux étincelaient de haine.

Alors, sans un mot, juste un dernier regard pour le tableau qui s'offrait à lui, une courtisane blessée et son perroquet dans sa prison dorée, il quitta la pièce.

Dans l'entrée il attrapa sa sacoche, ouvrit la porte et dévala les escaliers. Des sentiments contradictoires l'animaient. Jamais auparavant il n'avait frappé une femme. Et il n'avait rien obtenu pour autant, rien lui permettant de remonter jusqu'à Sibylle.

Une fois dans la rue il aperçut à l'une des fenêtres du deuxième étage un rideau qu'une main refermait prestement. Une main dépassant d'une manche de veste noire, crut-il distinguer. Un homme ? Il avait très bien pu se tenir dans l'autre pièce pendant toute la durée de l'entretien… Il eut cnvic de revenir sur ses pas mais haussa les épaules : une illusion ! Et il n'obtiendrait rien de plus. Ne s'accrochait-il pas à cette piste parce que c'était la seule à sa disposition ?

Nosus lui avait parlé de sa visite chez la mère Brabant. Il était peu probable qu'il en sorte moins bredouille que le policier expert à faire parler les gens, alors que lui venait de démontrer le contraire.

29

— Vous dites qu'animé par la colère, Lucien Favre aurait tué le cheval de sa mère d'un coup de pistolet ? répéta le docteur Blanche, les sourcils froncés par le doute.

Assis sur le bord d'une chaise face à son patron qui trônait derrière son bureau, Gérard ne se démonta pas.

— C'est ce qu'elle affirme…

— Absurde.

— Je serais enclin à la croire, ajouta Gérard, avec la conscience de marcher sur des œufs.

Sa première patiente était un cadeau empoisonné. Trop de zèle et d'application à tenter de la guérir, ou au moins de la comprendre, risquait de lui coûter cher. Mais n'était-ce pas se trahir soi-même que de ne pas faire tout ce qui était en son pouvoir pour la soulager ? Et puis, il était encore loin d'avoir franchi les bornes. Il serait toujours temps de reculer.

— C'est bien que vous soyez parvenu à la faire parler, admit l'aliéniste. Mais tout de même, cela semble étonnant de la part de Lucien Favre. Je doute qu'il apprécie que ce genre de souvenir soit remonté à la surface, et encore moins que ce soit ébruité. S'il s'agit bien d'un souvenir.

Assis derrière son bureau recouvert de piles de dossiers, Blanche travaillait encore lorsque son jeune assistant était venu le trouver. Même après une journée de labeur il ressemblait au portrait qui dominait la pièce. Un modèlc dc quelques années son cadet qu'il devait s'efforcer de ne pas trahir, se dit Gérard.

— Le plus surprenant c'est qu'elle a émis l'hypothèse qu'il ait pu commettre un tel acte pour la punir… risqua-t-il entre ses dents.

— Je vous demande pardon ? gronda Blanche.

Il s'était très bien fait comprendre. Il préféra ne pas répéter.

— Mais cela ne nous dit pas pourquoi elle se prend elle-même pour un cheval, ni pourquoi elle a peur que son fils l'envoie chez l'équarrisseur. Encore que… réfléchit-il tout haut. À partir du moment où elle se prend pour un cheval, étant donné le sort que son fils leur réserve, dans son esprit perturbé, cette terreur s'explique, n'est-ce pas ?

Le docteur Blanche regardait son assistant d'un œil sombre, prêt à lui faire une confidence tout en se demandant dans quelle mesure il pouvait lui faire confiance. Parler ainsi d'un homme aussi riche et puissant que Lucien Favre lui était extrêmement désagréable, cela se sentait.

— Dans son esprit perturbé, comme vous le soulignez vous-même.

Gérard tressaillit. La partie n'était pas gagnée.

— Sa fragilité remonterait à quelques années, reprit

Blanche. Après la mort de Jules Favre, son époux, il a été question qu'elle se remarie, longtemps après sa mort en réalité. Son fils devait avoir… vingt-cinq ans, décida-t-il après un effort de mémoire.

— Que s'est-il passé ?

— À quelques semaines du mariage, son futur époux a été retrouvé mort dans la forêt où Jules Favre avait fait ériger son château.

— Elle n'en a jamais parlé.

— Elle a dû enfouir ça au plus profond d'elle-même.

— Comment est-il mort ?

Le regard de Blanche fut irrésistiblement attiré par la photographie de son fils posée sur le bureau.

— Il s'est rompu le cou lors d'une chute de cheval, répondit-il finalement.

— La mort de cet homme n'est évidemment pas à l'origine de la plus grande humiliation de Lucien Favre, commenta Gérard.

Il avait à peine terminé sa phrase qu'il rougit de son audace. Il était en train de s'aventurer sur une planche très savonneuse. D'un autre côté, peut-être pouvait-il aussi compter sur l'intelligence de l'aliéniste. L'homme ne se résumait pas à sa tendance mondaine, se rassura-t-il.

— Que voulez-vous dire ? lui demanda Blanche sur un ton qui incitait à la prudence.

Gérard hésita une seconde, avant de peser ses mots :

— Je repensais à ce que m'a dit Mme Favre. Et je ne pense pas que le cheval sur lequel s'est tué le prétendant de sa mère soit celui que Lucien Favre a abattu.

Blanche lui adressa alors un regard qui lui rappela à quel point sa position était fragile. Il était inenvisageable de lui déplaire : le patron pouvait le remercier du jour au lendemain, et son expérience n'était pas assez grande et les places d'aliéniste trop rares pour en retrouver une. Tout à coup le vent du large, la force de la houle et l'odeur de la morue lui parurent tout proches. Pour rien au monde il ne voulait y retourner. Il était plus que temps de faire machine arrière. Même si cela devait lui coûter un peu de sa conscience.

— Sous-entendriez-vous que la mort de cet homme aurait arrangé les affaires de Lucien Favre, que le remariage de sa mère aurait certainement privé de la plus grande partie de sa fortune ?

Gérard respira. Blanche le suivait sur ce terrain sans y être forcé ni même paraître indigné.

— Une fortune estimée à quarante millions or, reprit l'aliéniste que la somme rendait songeur. De ce point de vue, vous avez sûrement raison. Lucien Favre n'allait pas mettre à mort ce cheval qui avait sauvé sa fortune.

Le jeune médecin fit mine d'apprécier le trait d'esprit.

— Après tout, poursuivit Blanche que le sujet inspirait, on peut douter que ce deuxième mari aurait fait un usage aussi généreux que son beau-fils de tout cet argent. Sans doute la société y a-t-elle gagné au change. Savez-vous qu'il projette de financer la construction d'un orphelinat ?

Gérard lui renvoya son sourire. L'intérêt général avant les intérêts privés. C'était frappé au coin du bon sens.

— Mais je suppose que ce n'est pas exactement là où vous vouliez en venir… Vous devez avoir une autre idée derrière la tête… Sinon, quel rapport avec notre patiente ?

— La phrase m'a échappé, dit avec précipitation Gérard. Mais elle est indirectement liée à ce que j'ai en tête.

D'un regard, Blanche l'encouragea à poursuivre. Mais Gérard ne savait plus très bien où il en était ni s'il avait envie de pousser plus loin son raisonnement. Blanche lui apparut comme un gros chat se délectant des efforts d'une souris pour lui échapper. Des efforts voués à l'échec.

— Vous dites que la mélancolie de Nélie Favre correspond à la mort de cet homme, à ce second deuil, après celui de son mari.

— Il s'agissait d'un de ses amis d'enfance, si mes souvenirs sont bons, ajouta Blanche. La douleur a donc dû être d'autant plus aiguë... Les femmes sont étonnantes. Elles sont souvent capables de supporter de nombreuses épreuves avec le plus grand courage, jusqu'à celle de trop qui les fait basculer. J'ai eu il y a quelques années parmi mes patients une femme qui avait résisté à la mort de son enfant, à la faillite de son mari, mais dont la raison a succombé lorsqu'elle a découvert l'infidélité de ce dernier. Elle était tombée dans la mélancolie la plus sombre, la pauvre... Mais je vous en prie, continuez.

— Eh bien je me demandais s'il ne serait pas possible que Nélie Favre ait fait l'amalgame entre la mort de son fiancé victime d'une chute de cheval donc, et une éventuelle, voire probable, colère de son fils face à ce projet de mariage. Cela ne pourrait-il pas expliquer pourquoi il lui arrive parfois de se prendre pour un cheval ? Ce qui nous permettrait peut-être de la guérir de ce délire, conclut-il en attendant du regard l'assentiment de Blanche.

L'aliéniste eut une moue dubitative.

— Surtout n'essayez pas d'orienter ses réponses en l'entraînant sur ce chemin. Parce que si je déroule votre pensée jusqu'au bout, on pourrait être tenté de dire que cet internement arrange les affaires de Lucien Favre. Même si depuis cette mort il a certainement les coudées franches pour administrer cette fortune comme bon lui semble.

À nouveau le docteur Blanche se perdit dans la contemplation de la photographie de son fils. Gérard attendit qu'il refasse surface, impressionné par la prégnance de ce souvenir malgré les années écoulées. Cette douleur aussi appartenait à la personnalité du docteur Émile Blanche.

— J'ai vu tellement de femmes dont l'internement servait les affaires de certains de leurs proches pour ne pas être suspect, fit-il soudain avec un sourire résigné. Même si en l'occurrence je ne doute pas de la fragilité de Mme Favre. Il n'est pas à exclure que cette fragilité a pu être provoquée à dessein chez un être à l'origine particulièrement sensible. Mais ce serait porter des accusations trop graves et sans fondement à l'encontre de Lucien Favre. Ce qui n'est pas notre rôle.

Gérard crut discerner un reproche dans cette dernière phrase.

— Sur ce, mon cher Roch, j'ai encore du travail. Mais ne vous emballez pas, et n'accordez pas trop d'importance au discours de vos patients. C'est à la Salpêtrière chez le professeur Charcot que vous avez contracté cette habitude ?

Sur la défensive, Gérard acquiesça.

— On a trop vite fait un faux pas, reprit Blanche. Et les conséquences peuvent être lourdes, voire désastreuses.

Une fois à la porte du bureau, Gérard se retourna. Le docteur Blanche était déjà absorbé par un dossier. Il ne savait pas si les conséquences désastreuses s'appliquaient à sa patiente ou à lui-même.

Depuis la pelouse en pente douce séparant l'hôtel particulier des autres bâtiments, Gérard observa la façade majestueuse. Au premier étage sur la droite, il aperçut la lumière de la chambre de Nélie Favre sans doute encore occupée avec ses papillons. Les yeux braqués sur cette fenêtre il repensa soudain aux séances d'hypnose auxquelles il avait assisté à la Salpêtrière dans le service du docteur Charcot qui y voyait un moyen de découvrir les causes de l'hystérie.

Puis il se retourna vers l'obscurité et fut parcouru par un frisson glacial. Avec tout le travail de la journée, l'ensemble des obligations auxquelles il avait dû faire face, avec le cas de Nélie Favre, il n'avait pas pensé une minute à Sibylle. Et pendant ce temps l'heure n'avait cessé de tourner.

30

La mère Brabant se prénommait Jacqueline. Personne ne l'appelait comme ça et, sans le grand livre confié par l'administration qu'elle eut la complaisance de lui montrer, Jean ne l'aurait jamais su.

Avant d'en arriver là, elle l'avait détaillé des pieds à la tête, pour conclure son inspection en déclarant que ce n'était pas le jour de la visite sanitaire. Il ne s'était pourtant pas présenté, mais, comme toujours, sa sacoche jouait le rôle de carte de visite. Alors il lui débita son petit laïus sur Marceline Ferrault et l'amateur de peinture révolutionnaire et elle l'entraîna au bout d'un couloir.

La mère Brabant réglait ses problèmes dans la cuisine.

Ils s'assirent autour d'une table rectangulaire recouverte d'une toile cirée verte à motifs floraux.

Elle avait les sourcils épilés et les paupières bleu cobalt encadrant des iris à l'éclat gris. Des iris comme des pièces de monnaie qui conféraient à son regard un air halluciné auquel il ne fallait pas se fier : rien ne lui échappait. Le registre entre eux tenait lieu de point d'ancrage à leur conversation. Il semblait avoir été apporté pour étayer ses dires.

À plusieurs reprises, Jean s'était demandé ce qui lui valait une telle sollicitude. Il devait ce traitement particulier à plusieurs facteurs dont il ne pouvait avoir conscience : son air innocent, son intérêt pour Marceline qu'elle-même regrettait, et la quête de respectabilité de cette femme dont l'activité à ses propres yeux demeurait un mal nécessaire et lui rappelait un passé qu'elle aurait souhaité avoir oublié. « *Mes deux filles sont en pension au couvent des Oiseaux, à Auteuil* », l'avait-elle averti. D'ici quelques années elle vendrait son établissement et s'emploierait à gommer tous ses souvenirs pour en créer d'autres plus… neutres.

Aussi forte que sa patronne était fine, les manches retroussées sur de gros bras nus, une cuisinière s'affairait devant ses fourneaux. Sur le feu mijotaient ce qui, d'après l'odeur, devait être une soupe à l'oignon et des rognons au vin blanc. À ces fumets se mêlaient ceux de gâteaux encore au four. Lorsqu'elle ne surveillait pas les cuissons, grattant le fond de ses casseroles avec une cuillère en bois, elle épluchait des oranges dont elle détachait ensuite les quartiers qu'elle disposait dans des petits saladiers en verre taillé. Entre ses doigts habiles, chaque écorce faisait un unique serpentin qui, détaché, allait rejoindre les autres sur la table en une sorte de nid de vipères inertes couleur corail. Un panier contenait des œufs aux coquilles terre de Sienne. Un amoncellement de petites rattes et quelques poivrons rouges, verts et jaunes complétaient la nature morte. Au-dessus des éviers émaillés, une batterie de casseroles en cuivre rutilait sur un damier de carreaux crème et bordeaux. Sur un buffet, une vingtaine de bouteilles de bourgogne attendaient d'être débouchées. Sur une étagère, des bocaux en grès marqués au nom de différentes épices.

Jacqueline Brabant fixait le jeune médecin avec une nuance d'amusement.

— Il faut bien nourrir et abreuver tout ce petit monde. Ça creuse l'appétit, cette farandole. Et puis ça fait partie du service que ces messieurs attendent.

Jean n'aurait su dire s'il y avait du mépris ou de la lassitude dans ces remarques. Elle avait les mains posées sur son registre ouvert. Des mains aux doigts fins et aux ongles peints en carmin. Des doigts dénués de la moindre bague, crochetés sur son livre. Le registre où étaient enregistrées toutes les filles formant la tolérance représentait toute sa fortune. Il suffirait que l'administration le lui retire pour qu'elle se retrouve dans l'obligation de fermer. Elle l'avait ouvert pour lui montrer les dates d'arrivée et de départ de Marceline, la seule à ne pas avoir changé de prénom en prenant ses quartiers dans la maison. Elle en avait profité pour lui détailler son gynécée : revue des troupes sur le papier comme s'il s'agissait de lui faire l'article, à lui qui n'avait ni les moyens ni le goût de ce genre d'extras.

Pendant ce temps la cuisinière émincait des pommes de terre qu'elle disposait dans un plat à gratin, responsable à elle seule d'une série de services qui durerait jusqu'au bout de la nuit. Elle passait d'une tâche à l'autre sans jamais s'arrêter, dans un ordre certainement pensé à l'avance. Et elle œuvrait à la préparation de ses plats sans accorder la moindre attention à ce que disaient sa patronne et le jeune médecin.

Cela dit, l'administration ne retirait pas ses registres comme ça, il fallait un beau scandale pour en arriver à pareille extrémité. Mais peut-être cette peur du scandale expliquait-elle sa complaisance, raisonna Jean. L'implication, d'une manière ou d'une autre, de son établissement dans cette affaire pouvait lui être dommageable. La visite du médecin après celle du policier ne pouvait pas ne pas l'alerter sur l'ampleur du risque que son entreprise courait. Mieux valait donc coopérer. Même si le docteur ne représentait pas une menace en soi, elle aurait très bien pu lui claquer la porte au nez.

Marceline était apparue un 18 juin et avait disparu dix-sept mois plus tard, le 13 janvier de cette année très exactement. Jean releva ces termes d'apparition et de disparition qu'à propos d'Obscura lui-même aurait employés. Elle avait produit sur la mère Brabant une impression aussi vive que sur lui, bien que pour des raisons vraisemblablement différentes. Entre sourde inquiétude et arrogance, sa personnalité hésitait constamment. La seconde était le résultat de son ascendant sur les hommes et l'augmentait encore, la première était la marque d'une fragilité profonde qui finirait par avoir raison d'elle, prédit la tenancière. Et ce désastre prochain qu'elle portait en elle lui avait valu l'indulgence dont entre ses murs elle avait toujours bénéficié. Malgré ses caprices et ses frasques. Malgré les rebuffades qu'elle opposait à certains clients.

À cause de cette faille, Jacqueline Brabant la protégeait comme une mère couve un enfant qu'elle sait condamné. C'était ce que par des détours elle essayait de faire comprendre à Jean.

Sur l'autre table, le claquement répété d'une lame de

couteau sur une planche de bois rythmait ce récit. La cuisinière coupait les poivrons en rondelles. Un instant Jean s'imagina dans la cuisine de quelque château où l'on préparait un banquet.

Jacqueline Brabant aussi était une séductrice, et pas des moindres parmi les fleurs qu'elle proposait, malgré la discrétion de son maquillage et la sobriété de sa robe noire qui, la couvrant des poignets aux chevilles, mettait plus en valeur ses attraits que tous les déshabillés de son salon.

Marceline manquait, mais sa maison comptait d'autres joyaux que Jean découvrait sur papier, au travers de leurs patronymes, de leurs noms d'*artistes*, de brèves descriptions physiques afin d'éclairer médecins du service d'hygiène, policiers des mœurs et autres représentants de l'autorité, enfin au travers des résultats des visites sanitaires bimensuelles. Il apprit ainsi que Carmen l'Andalouse, qui devait plus sûrement venir de Toulouse, de Sète ou de Montpellier, avait développé des syphilides papulo-croûteuses quelques semaines plus tôt et croupissait à Saint-Lazare ; qu'Olga, « ma rousse », avait précisé la Brabant, en était à son sixième mois de grossesse et continuait malgré tout à travailler. Chacune avait droit à son commentaire, ce qui permit à Jean de constater que le subtil mélange qui se retrouvait dans les bonnes maisons, histoire de satisfaire les exigences les plus variées, était respecté : la variété se retrouvait autant dans les tempéraments que dans les origines géographiques. La fille du Levant, la Flamande, la banlieusarde anémique aux airs de garçon, l'affectée, la joyeuse, la cynique.

Parfois l'une d'entre elles apparaissait en coup de

vent dans la cuisine et Jean tentait de l'identifier d'après le registre et les commentaires de Jacqueline Brabant. Elle venait piocher une bouteille de champagne dans la glacière, une corbeille de fruits ou une assiette de poulet parce que son miché était d'humeur festive, qu'il voulait l'enivrer ou qu'il avait faim. Et toutes, l'Algérienne, la garçonne ou la plantureuse, se demandaient qui il pouvait bien être pour retenir ainsi la Brabant autour de cette toile cirée, lui qui mis à part sa bonne mine n'avait pas l'air de représenter quoi que ce soit d'important.

À onze heures un coucou suisse sortit de son horloge en forme de chalet fixé au-dessus de la porte. Des bruits d'une agitation croissante leur parvenaient amortis par le couloir qui séparait la cuisine des pièces de réception.

Il n'allait pas pouvoir la retenir beaucoup plus longtemps, elle ne laisserait pas sa troupe sans surveillance, elle qui œuvrait pour l'avenir de ses deux filles pensionnaires dans une institution religieuse. Deux jeunes filles bien sous tout rapport qui plus tard feindront d'ignorer à quelle sueur elles devaient leur ascension sociale. Il gênait et ne pouvait pourtant se résoudre à partir sans réponse. Mais par où commencer ? Par son irruption, le coucou venait d'annoncer l'imminence de son départ.

Quelle question poser qui ne l'avait déjà été ? Il n'y avait par exemple rien de plus à tirer à propos de ce *Flanelle* qu'elle ne connaissait pas avant ce fameux soir et qui n'était jamais reparu depuis.

— C'est curieux cette façon de louer les services de vos pensionnaires pour un simple tableau vivant sans autre forme de… consommation, hasarda-t-il.

Elle lui répondit par un rire rêche.

— On demande Wotan pour la chambre noire !

Jean tourna la tête. Une rousse hilare venait de faire irruption dans l'encadrement de la porte. Il s'aperçut qu'elle était enceinte. De six bons mois en effet, à en juger par la proéminence de son ventre.

Un doux cliquetis se fit entendre dans son dos. Il se retourna. Un dogue danois haut comme la table venait de frôler la chaise sur laquelle il était assis et se coulait vers la porte pour retrouver Olga.

— Qui est dans la chambre noire ? l'arrêta Jacqueline Brabant.

— Iris, répondit la jeune femme après une infime hésitation.

— Tiens ?…

La surprise sur son visage ne dura pas plus d'une seconde. C'était suffisant pour éveiller la curiosité du jeune médecin ; qu'elle consentit à satisfaire :

— Je l'ai toujours entendue jurer ses grands dieux que jamais elle ne s'accouplerait avec un chien. Marceline évidemment ne se serait jamais prêtée à pareille fantaisie, trop dégradant, ajouta-t-elle perfidement en guettant la confusion sur le visage de Jean.

Il blêmit.

— Je suppose que le chien a répondu à votre question, poursuivit-elle les mains plaquées sur le registre ouvert.

Jean demeura de marbre.

— Les perversions sont d'une infinie variété. Et pourtant on en a vite fait le tour… Je vous raccompagne ?

Elle était déjà debout, longiligne et désirable, avec sa robe près du corps, ce visage osseux aux pommettes saillantes, aux lèvres impeccables et au regard froid, avide et fou. Si elles lui ressemblaient, ses filles devaient avoir de l'allure, dans leur uniforme de pensionnaires.

— À moins que vous préfériez profiter des charmes de la maison. Ce serait un honneur.

Il ignora le coup de griffe. Il fit un signe de tête à la cuisinière affairée et suivit la Brabant. En regardant une dernière fois la toile cirée, il constata qu'on ne lui avait même pas offert un verre.

Dans le couloir ils croisèrent une blonde qui se hâtait vers la cuisine. Elle le frôla et il sentit son parfum de lilas. Quelques secondes plus tard elle lui posait une main sur l'épaule pour obtenir le passage et le frôla de nouveau, une bouteille de champagne à la main. Et toujours ce parfum de lilas.

Elle ouvrit une porte sur la droite et la referma prestement. Pas assez vite pour que Jean ignore le spectacle : une femme à la peau mate harnachée d'un godemichet qu'un homme enserrait dans ses mains. Jean ferma les yeux un instant. Dans une autre chambre tendue de noir afin que la blancheur des corps s'y détache mieux, une autre fille se prêtait à quelques contorsions avec le grand chien danois sous le regard d'un homme hypnotisé.

Pour l'avenir des filles Brabant.

Le vestibule donnait sur un salon d'où émanaient des rires, des exclamations et des chants. Jean avait récupéré sa sacoche. La mère Brabant le regardait avec un sourire où perçait une once d'ironie. Et pourtant ces yeux perdus recelaient autre chose. L'un et l'autre avaient choisi des voies différentes, et une part d'elle-même enviait cette rigidité pure et fragile qu'elle devinait chez le jeune médecin.

Elle ne le retenait pas.

— Ça rigole, ça jacasse. Mais ne croyez pas que c'est simple tous les jours. Il est même difficile à tenir, ce petit monde…

Jean avait du mal à compatir.

— Tenez, glissa-t-elle en lui ouvrant la porte qui donnait sur la rue, j'ai deux clients qui ne viennent que pour Yvette, la Martiniquaise. Eh bien, ça fait deux jours qu'elle a disparu. En quatre ans c'est la première fois qu'elle me fait un coup pareil. Comment je fais moi ?

— Celle qui a posé avec Marceline pour ce tableau ? parvint-il à demander.

— Mais qu'est-ce qui vous arrive ?

Il avait l'air affolé. Comme il ne répondait pas, elle le poussa dans la nuit fraîche.

— Docteur Corbel ?

Il sursauta. La porte de la mère Brabant venait de claquer dans son dos, il était à peine sur le trottoir, encore étourdi par ce qu'il venait d'apprendre, la disparition, l'enlèvement plutôt, de la Martiniquaise – qu'est-ce que ça pouvait être d'autre ? – et il ne s'attendait pas à être interpellé de cette façon, par une voix qu'il connaissait, qu'il avait entendue récemment. Il se retourna.

Trois hommes en arc de cercle ne le quittaient pas des yeux. Il reconnut le plus grand d'entre eux : l'inspecteur Nosus. À son mouvement de recul, l'un des deux autres fit un pas de côté comme s'il s'agissait de lui couper toute éventuelle retraite ; dans l'obscurité de la rue à cet endroit mal éclairé par les réverbères trop distants, le visage de Nosus affichait un sourire dur et froid.

— Veuillez nous suivre, je vous prie.

— Mais…

Jean sentit la panique s'emparer de lui.

— Que me voulez-vous ?

D'un geste Nosus arrêta les deux hommes qui s'apprêtaient à se saisir du médecin.

— Ce ne sera pas nécessaire, leur assura-t-il.

Puis, s'adressant à Jean :

— Nous vous exposerons tout cela dans les locaux de la Sûreté.

31

Le plus discrètement possible, il s'agenouilla sur le plancher et parvint à se mettre à plat ventre sans provoquer le moindre grincement. Il dut prendre sur lui pour ne pas gémir : ce mouvement venait de ranimer la douleur de plus en plus fréquente et vive qui irradiait dans son cerveau depuis l'oreille gauche. Maudite syphilis.

Une fois accoutumé, avec d'infinies précautions il retira le morceau de latte prévu à cet effet et appliqua son œil droit contre le trou. Il voulait assister à son réveil. Avec le bruit qu'il avait organisé en donnant des coups contre le conduit de la cheminée desservant sa chambre, ça ne devrait pas tarder. Une variante par rapport à la cloche. Il ne voulait pas agir avec elle comme avec les autres.

Vêtue de sa robe elle était étendue sur le lit et manifestait les signes d'agitation qui précèdent le réveil. Allongé juste au-dessus d'elle, séparé par ce plancher et 2,50 mètres de vide, la situation l'excitait. Grâce au chloroforme il pouvait disposer d'elle sans avoir recours à la violence ou à la menace.

Il la contemplait abandonnée dans son sommeil qu'elle était sur le point de quitter. La dose habituelle n'avait pas suffi. Il avait dû s'y reprendre à deux fois. Au total il avait fallu trois fois plus de chloroforme que pour les autres. Était-ce une question de race ?

Pourtant elle présentait le problème inverse de celui du saute-ruisseau. Autant le petit musicien avait plusieurs kilos en trop, autant elle était plus mince que le modèle utilisé pour le tableau. Et il ne fallait pas compter la faire engraisser comme on avait fait maigrir le garçon. On n'avait ni le temps ni la possibilité. L'expérience avait démontré que dans cette situation elles se laissaient dépérir. Et il n'allait pas la gaver comme une oie du Périgord. Si le peintre avait seulement su ce que ses toiles allaient inspirer quelques mois après sa mort…

Tant pis pour la fidélité au tableau. Mais elle était beaucoup plus belle que la nounou de l'original. Il avait pris le temps de l'observer, d'admirer ses cuisses en soulevant sa robe, d'admirer ses fesses rebondies, sa toison noire où il eût été si facile de se perdre, et ses seins haut perchés dont il avait embrassé les tétins en dégrafant son corsage. Elle avait une odeur particulière aussi, en grande partie concentrée dans ses cheveux si denses.

Il avait profité de sa sortie hebdomadaire pour l'approcher, la laisser mordre à l'hameçon puis la ferrer avant de l'embarquer. Comme toujours il fallait que ça se fasse en une fois, pour ne pas être repéré. À plus forte raison avec elle qui attirait tant les regards.

Il les avait suivies elle et deux de ses amies jusqu'au Bon Marché où il l'avait observée, toujours à distance respectueuse, évoluer avec une grâce animale entre les comptoirs. La plupart des gens se retournaient sur son passage. Il aurait du mal à passer inaperçu à son côté et il ne fallait pas traîner. Il avait attendu le moment propice, tandis que ses deux amies étaient occupées au rayon vaisselle. Toutes les mêmes, à rêver d'un petit intérieur bourgeois. Pour des pensionnaires de la mère Brabant, il y avait peu de chances que ce type de rêve se réalise…

Quelques minutes avaient suffi à la prendre dans son filet. Il avait su que c'était gagné lorsque après l'avoir harponnée ce n'était plus lui qui la suivait dans ses déambulations erratiques, mais elle qui, sans le savoir, se laissait entraîner vers la sortie deux étages plus bas.

D'où lui venait ce pouvoir de les faire rire et de les séduire aussi vite ? Aucun homme à sa connaissance dans sa famille ne possédait ce don. Sa mère était drôle, avant que la maladie n'entre dans sa phase agressive. Et cette faculté qu'il avait héritée d'elle, il en usait contre les femmes… Y aurait-elle trouvé à redire ?

Cinq minutes plus tard elle se hissait dans sa voiture. Seul un mendiant l'avait vue monter ; une affaire entendue. Comme la petite actrice, c'est à la hauteur de Saint-Denis qu'elle avait commencé à se rebiffer et qu'il avait dû sortir son nécessaire d'anesthésiste. Chaque fois il attendait le moment où elles allaient regimber.

Avant il l'avait fait parler de son pays, des coutumes, de la faune et de la végétation, et de la traversée de l'Atlantique en bateau. Elle éveillait sa curiosité. Sa première négresse. Un élément d'exotisme que se devait de proposer un établissement comme celui de la mère

Brabant : les expositions universelles avaient développé le goût pour la chair colorée.

Elle ouvrit un œil et se redressa.

Sa douleur oubliée, à plat ventre il pouvait sentir un début d'érection bloquée par le plancher. Il faudrait qu'il s'occupe d'elle avant de l'installer face au poêle à charbon.

Une fois entre ses mains, leur espérance de vie n'excédait jamais celle d'un papillon.

32

La panique et l'incompréhension finirent par céder la place à l'hébétude. Assis sur une chaise inconfortable, les coudes en appui sur les genoux, Jean fixait d'un air absent ses poignets. Au moins lui avait-on épargné l'humiliation des menottes. L'inspecteur Nosus ne l'avait sans doute pas estimé assez téméraire ou dangereux pour tenter quoi que ce soit.

On l'avait installé dans un bureau attenant à celui du commissaire où quelques jours plus tôt il était venu les alerter de l'existence du tueur. Et maintenant les soupçons portaient sur lui ! On l'avait fait mijoter près de deux heures sous la surveillance d'un sergent de ville qui régulièrement entrebâillait la porte pour s'assurer qu'il était toujours sur sa chaise. Deux heures à le laisser mariner et réfléchir à la portée de ses actes. Le temps de se maudire de s'être manifesté auprès de la police. Le temps également de se demander ce qu'il avait bien pu faire pour mériter pareille suspicion.

Enfin, tandis qu'il commençait à piquer du nez après être passé par tous les états, Nosus entra dans la pièce suivi par les deux hommes présents au cours de son interpellation. Il feignit tout d'abord de ne pas faire attention à lui, niant presque ainsi sa présence pour le déstabiliser un peu plus.

Pendant ce temps l'horloge tournait. Et avec la Martiniquaise le tueur avait réuni les deux principaux éléments de son prochain tableau, ses deux modèles. Dont Sibylle.

Rien ne le séparait de Nosus assis en face de lui sur une chaise identique à la sienne. Lorsqu'il se penchait pour lui parler, Jean pouvait sentir son haleine. Il avait voulu abolir toute distance entre eux, jouer la comédie de la proximité. Il n'avait à user d'aucune menace. Il était lui-même une menace assez éloquente.

Jean soupira. Dans son dos l'un des deux policiers, le plus gros, faisait grincer le parquet par ses va-et-vient d'animal en cage. Recroquevillé en chien de fusil sur un banc placé le long d'un mur, l'autre dormait. Une heure plus tôt, lui-même aurait donné cher pour en faire autant, mais il était désormais trop tenaillé par l'angoisse pour ne serait-ce qu'y songer. Quelle heure pouvait-il être ? Il sentait sa propre sueur. Il ne comprenait toujours pas ce qu'on lui reprochait. Mais le malaise qu'il avait ressenti dans son cabinet lorsque Nosus était venu le tenir au courant des progrès de son enquête trouvait là toute sa justification.

— Assez joué maintenant, décréta le policier d'une voix neutre.

Jean se raidit sur sa chaise. Dans son dos le parquet avait cessé de gémir. L'autre policier se tenait juste derrière lui. Il avait l'impression de sentir son souffle sur sa nuque. Après la disparition de Sibylle qui risquait d'être assassinée dans les heures à venir, on le traitait comme un vulgaire prévenu, lui qui dévouait sa vie à ses patients. Il avait bien senti l'effet produit par sa copie de l'*Olympia* sur Nosus. Cette copie qui avait dû alerter Obscura sur l'existence de Sibylle, un modèle potentiel pour le tueur à qui elle était forcément dévouée corps et âme. Il aurait mieux fait de s'abstenir, le jour où il avait peint cette croûte.

— Quels sont vos liens exacts avec Marceline Ferrault ?

Cela virait au cauchemar.

— Que faisiez-vous chez elle alors que vous ne connaissiez soi-disant pas son adresse ? insista son tourmenteur.

— Laissez-moi vous expliquer…

— Qu'êtes-vous allé faire ensuite chez la mère Brabant ?

— Je…

— Que faites-vous dans tous les endroits et avec toutes les personnes qui ont un lien avec cette affaire ?

— Je vais…

— Cette affaire qui manifestement tourne autour du peintre Édouard Manet dont vous avez vous-même copié une des œuvres.

Jean percevait toujours derrière lui la présence du policier immobile, mais cette menace n'était rien comparée à celle que représentait Nosus avec ses questions en cascade et son regard inquisiteur. À cet instant il pensa à son père et à cette passion pour la peinture qu'il lui avait transmise. Passion tranquille, à l'abri des histoires. Il vivait là un mauvais rêve. Il aurait voulu trouver de l'aide, mais chaque fois son regard retombait sur celui de Nosus qui à cette heure avancée de la nuit ne semblait pas éprouver la moindre fatigue.

Il regrettait presque le commissaire Louvier qui devait être au fond de son lit. Comme il s'était trompé à l'apparition de Nosus qui lui avait paru beaucoup plus efficace que son supérieur hiérarchique… Il n'était en réalité là que pour le tourmenter, lui qui représentait le seul os à ronger à sa disposition. Mais Louvier était un imbécile et sa présence n'arrangerait rien, au contraire, trop heureux qu'il serait de tenir un coupable. Et que répondre à cette avalanche de questions, tant les apparences l'accusaient ? Il en fallait beaucoup moins pour condamner quelqu'un à mort. Se sentant étouffer, il voulut desserrer sa cravate mais il craignit que ce geste trahisse sa peur. Sa peur de la guillotine, l'infâme châtiment dont il se sentait soudain si proche. Un cauchemar, il vivait un cauchemar. Il s'était enfermé tout seul dans ce piège, ce piège qu'il avait lui-même, à son insu, mis au point.

Le pire était que si cette comédie tragique devait se poursuivre, alors Sibylle serait la prochaine victime, puisque la police abandonnerait toute recherche et qu'il ne pourrait leur apporter aucune des réponses décisives.

Son père et Blanche s'étaient étonnés de sa démarche, cette enquête menée en dehors de tout cadre officiel. La question que chacun posait marquait leur désapprobation respective. Il aurait mieux fait de les écouter. Mais cela supposait attendre de voir réapparaître Sibylle étendue dans sa nudité sur un sofa avec tous les attributs d'Olympia, morte asphyxiée depuis plusieurs jours.

Il ferma les yeux. Il était cerné. Quelle que soit la direction dans laquelle il orientait sa pensée, c'était sans issue. Il lui semblait être le jouet d'une manipulation dont il n'avait même pas soupçonné l'existence. Une manipulation amorcée dès l'instant où Obscura avait découvert sa copie d'*Olympia*. Mais alors, quid de la lettre de Marcel Terrasse ? Et de la sœur d'Ange asphyxiée ? Et de la proposition de Berthot de le conduire à Auteuil ? Tout cela n'était qu'un faisceau de coïncidences auxquelles Obscura était étrangère, mais qui lui avait permis de s'enferrer tout seul. Elle, la seule chose qui l'avait intéressée, c'était Sibylle pour sa ressemblance avec le modèle de Manet.

Pour échapper à ces tourments, il rouvrit les yeux, mais il était toujours dans le bureau de la Sûreté mal éclairé par une unique lampe à huile, et les yeux de Nosus braqués sur lui semblaient lire la moindre de ses pensées.

Épinglées au mur, il découvrit quelques photographies anthropométriques, des portraits semblables à ceux des insurgés qui avaient circulé après la Commune. Des repris de justice, des hommes recherchés. Autant de visages à l'aspect patibulaire auxquels il pouvait désormais assimiler le sien. Des têtes parmi lesquelles ne dépareillerait pas non plus celle de Nosus, avec son crâne rasé et ses joues grêlées mal recouvertes par une barbe clairsemée.

— Mais les réponses à ces questions ne sont après tout que des détails, poursuivit l'inspecteur implacable. Celle qui demeure plus mystérieuse, c'est pourquoi vous êtes venu nous trouver. Par défi ? ajouta-t-il avec un air dubitatif. À vous voir, ça m'étonnerait.

À cette insinuation plus directe, Jean se redressa vivement. Deux énormes mains plaquées sur ses épaules l'empêchèrent de se lever. D'un signe de tête, Nosus suggéra à son acolyte de les retirer. Le relâchement de la pression sur ses épaules le soulagea à peine. Il n'était pas fait pour ce genre d'épreuve. Traité comme un criminel. Au pied d'un des bureaux il aperçut sa sacoche avec laquelle il se sentait partout à sa place. Pour l'heure elle avait perdu ce pouvoir.

Nosus se leva et arpenta la pièce. L'autre policier émergea de son sommeil et se releva. Les pas de son supérieur avaient retenti dans ses rêves comme un avertissement. Nosus ne lui accorda pas la moindre attention.

Jean le regardait aller et venir entre les bureaux avec inquiétude. De temps à autre il jetait un œil en direction de la fenêtre, persuadé que le jour allait se lever, mais au-delà de la vitre, le ciel demeurait obstinément noir.

— Parce que vous êtes bien conscient que tout vous accuse, décréta-t-il sans le regarder.

Jean sursauta sur sa chaise, redoutant les mains du gros dont il sentait toujours la présence dans son dos.

— C'est quand je t'ai vu sortir de chez Marceline Ferrault que mes doutes se sont dissipés. Jusque-là je n'y croyais pas trop, contrairement à Louvier. Il faut croire que c'est lui qui avait raison. Comme quoi, l'expérience ça a du bon, ajouta-t-il avec un clin d'œil.

C'était donc ça ! Le simple fait d'avoir été vu sortant de chez elle l'accusait… Ce qui signifiait qu'il y avait peut-être un moyen de se disculper.

— Laissez-moi vous expliquer, repartit Jean d'une voix faible, averti de la précarité de sa situation par le fait que le policier était passé au tutoiement.

Nosus arrêta sa déambulation et haussa les sourcils.

— C'est Mathilde Lantier qui m'a donné son adresse. Elle est passée me voir à mon cabinet juste après vous. C'est une ancienne de chez la mère Brabant. Marceline Ferrault me l'avait amenée pour que je la soigne…

— Oui ? l'encouragea l'inspecteur.

— Je… je l'ai forcée à me donner son adresse. Elle devrait vous le confirmer. Mais je ne sais pas où la trouver.

— Mathilde Lantier tu dis ?

— Chez la mère Brabant elle se faisait appeler Mignon.

Nosus claqua des doigts à l'intention du policier sur son banc qui se leva et quitta la pièce.

— Eh bien, je te suggère de prier pour qu'on lui mette le grappin dessus, glissa l'inspecteur à Jean accablé. D'ici là, on va te garder avec nous.

— Mais ma femme ! hurla-t-il au désespoir. Il va la tuer si vous ne le retrouvez pas !

Une claque portée sur son oreille gauche le fit vaciller sur la droite.

— Ferme-la et tout ira bien, rugit le policier toujours dans son dos.

Insensible à la douleur mais parcouru par un frisson glacial, Jean repensa à la dernière fois qu'il avait vu Mathilde Lantier, affaiblie et défigurée, repartir de son cabinet avec assez de morphine pour en finir une fois pour toutes. Et il douta des chances de la retrouver vivante.

33

Les grincements du sommier s'élevèrent dans le silence absolu. Très vite suivis par des grognements identiques à ceux d'une bête. Un cochon, un cochon rendu fou par une nourriture abondante après une période de jeûne forcé. Des grognements frénétiques dont l'intensité au bout d'un moment diminua pour des manifestations de satisfaction moins démonstratives.

Frissonnante, Sibylle remonta le drap sur son cou. En se réveillant, elle constata qu'il faisait aussi noir que dans un puits. Malgré ses efforts, ses yeux ne distinguaient pas ses propres mains. Elle grelottait et l'obscurité qui régnait l'enjoignait à se recroqueviller sur elle-même. Elle ignorait depuis combien de temps cela durait, mais cette nuit absolue lui mettait les nerfs en pelote. Une torture supplémentaire ajoutée à l'enfermement ? Un moyen de lui faire perdre définitivement tout repère ?

Les tout premiers jours, elle avait compté sur Jean qui allait certainement remuer ciel et terre pour la retrouver. Malgré ses airs il s'avérait d'une ténacité à toute épreuve. Cette combativité qu'il manifestait sans relâche pour sauver de parfaits inconnus… Elle s'y accrochait comme à son seul espoir. Il ne la laisserait pas tomber. Le contraire était impossible. Surtout depuis qu'elle portait son enfant.

Avec son père, il représentait sa seule famille. Ils s'étaient mutuellement adoptés, ces deux hommes un peu austères et elle qui leur apportait sa fantaisie. Jamais elle ne l'aurait imaginé, après qu'il l'avait poursuivie et abordée. Mais il n'était pas si simple de lui résister… Quelques semaines après cette rencontre elle réalisait qu'elle l'aimait, quatre ans plus tard elle ne regrettait rien.

Mais à présent elle ne savait plus. Même avec son opiniâtreté, que pouvait Jean pour la retrouver ? Elle ne savait même pas où elle se trouvait. Son dernier souvenir était la basilique Saint-Denis dont elle avait aperçu la silhouette et deviné la toiture verdie dans le crépuscule. Elle devait donc être au nord de Paris… Mais à combien de kilomètres ? Elle ignorait combien de temps ils avaient roulé pendant son *anesthésie*. Et elle n'avait aucune idée de la nature de l'endroit où elle était séquestrée : on l'avait sortie de la voiture et posée sur ce lit pendant qu'elle était inconsciente. L'absence de fenêtre et la relative fraîcheur lui évoquaient un sous-sol ; l'absence de bruit, une maison grande et isolée. Mais à part ça ?

L'idée qu'elle pouvait être oubliée ou abandonnée dans cette pièce aveugle était ce qu'elle envisageait de pire. Plus que tout, elle redoutait de finir emmurée vivante. Cette perspective la glaçait. Et la présence de son enfant en elle ajoutait à son désespoir. Cet enfant pas encore né et déjà sacrifié. Cet enfant pour lequel elle ne pouvait rien…

Soudain elle se figea : elle n'était pas seule dans la pièce ! Elle venait de sentir quelque chose, elle en avait la conviction, et cette idée la terrorisait. Mais elle ne pouvait pas non plus rester immobile, elle devait en avoir le cœur net. Que risquait-elle de plus ? Alors, doucement elle se redressa et, en appui sur les poings, se mit à l'affut du moindre bruit, du moindre souffle. Elle était sûre d'avoir senti une présence, un frôlement au-dessus de sa tête, une vague odeur peut-être… Au bout d'un temps qui lui parut infiniment long, elle commença à douter de ses propres facultés.

— Il y a quelqu'un ? murmura-t-elle d'une voix tremblante aussitôt absorbée par les ténèbres.

Elle avait dû rêver. Elle perdait la raison. Elle avait déjà perdu la notion du temps, à force d'être enfermée dans cette pièce sans la moindre ouverture sur l'extérieur. À cet instant, elle ignorait si dehors il faisait jour ou nuit.

Enfin une odeur volatile mais ténue attira son attention. Une odeur qu'elle n'avait jamais sentie en ce lieu… Était-ce ce qui lui avait fait croire à une présence étrangère ? Elle essaya d'en découvrir l'origine. Et pourquoi avait-elle si froid ? De l'éther ! C'était de l'éther qu'elle sentait ainsi.

Dans la voiture son ravisseur avait utilisé du chloroforme. On en faisait le même usage… Mais pourquoi dans cette pièce ? Quel intérêt, puisqu'elle était déjà prisonnière et n'avait aucun moyen de s'échapper ? Et quand ? Pendant son sommeil ? Mais pourquoi ? Ces questions en cascade augmentaient son malaise.

Avec effroi elle se rendit compte que sous la couverture elle était nue !

Tout à coup ses oreilles perçurent des gémissements provenant de l'autre côté de la cloison contre sa couche… Alors elle étouffa son cri dans sa gorge.

Il ne s'agissait pas de gémissements mais d'un grincement discontinu émis par des ressorts. Un sommier. Et par-dessus ces grincements, elle entendit des grognements d'animal. Les mêmes qui quelques minutes plus tôt avaient perturbé son sommeil. Des bruits qui ne laissaient aucune place au doute quant à leur origine… Et apportaient à ses questions la réponse la plus angoissante.

À tâtons elle chercha ses vêtements. Quelqu'un l'avait entièrement déshabillée pendant son sommeil… Elle ne se rappelait pas s'être déshabillée elle-même. Mais que lui avait-on fait ? se demandait-elle feignant d'ignorer la réponse que semblaient lui fournir les bruits de la pièce contiguë. Elle fut prise de sanglots. Elle se sentait tellement vulnérable, à la merci de son ravisseur, cet homme qu'elle avait eu la naïveté de croire et la folie de suivre.

Et les grognements renforçaient ses craintes. Des grognements qui n'émanaient que d'une seule personne… Comme si l'autre, une femme sans doute, une femme qui partageait son sort, était bâillonnée… ou pis encore… Jean lui avait parlé de rumeurs concernant des rapports sexuels sous anesthésiant qui circulaient parmi les étudiants en médecine.

À cette idée, elle fut secouée par des mouvements convulsifs qu'elle tenta aussitôt de maîtriser en silence. Mais les couinements des ressorts et les gémissements continuaient de lui vriller la tête tout en lui révélant ce qu'elle avait déjà subi ou ce qui l'attendait…

Elle avait tâtonné sur toute la surface du lit sans trouver sa robe et n'osait pas se lever pour fouiller la pièce plongée dans le noir le plus dense. Toute forme d'espoir la fuyait. Jean n'avait aucun moyen de la retrouver. Personne ne pouvait la sauver et on n'allait pas l'épargner. Des larmes roulèrent sur ses joues et tombèrent sur ses seins.

De désespoir elle poussa un hurlement qui fut répercuté par les murs de sa prison et lui déchira les tympans. Lorsqu'elle se tut, elle réalisa que les couinements et les grognements s'étaient interrompus.

Puis elle entendit soudain un faible grésillement et au plafond l'ampoule s'alluma.

Cette lumière brutale l'éblouit. Elle ferma les yeux une seconde et les rouvrit. Soudain elle redouta ce qui allait suivre. Allait-on la punir pour ce hurlement ? Allait-on le lui faire payer ?

Sa robe était sur un cintre accroché à la porte. Elle traînait à côté de ses chaussures sur lesquelles tirebouchonnaient ses bas. Elle la décrocha et l'enfila vivement ainsi que ses bas avant de chausser ses bottillons. Au moins elle ne paraîtrait pas nue si la porte s'ouvrait.

Mais personne ne venait. Elle avait beau plaquer son oreille contre la porte, elle n'entendait rien. Pas le moindre grincement, pas le moindre pas. Alors ? Cette attente était pire que tout. Que signifiait cette lumière brusquement allumée ? Qu'on avait compris qu'elle était réveillée et que par conséquent on ne la laissait pas dans l'obscurité ? Par égard pour elle ? Elle intercepta son propre regard dans le miroir. Un regard de possédée.

Le plateau qu'elle trouvait au réveil, avec ces plats tièdes ou carrément froids, était posé à même le plancher. Elle se demanda pourquoi elle y touchait, ne se posa pas la question plus longtemps. Elle connaissait la réponse : pour l'enfant qu'elle portait.

Elle fut soudain la proie de vertiges. La tête lui tournait. Elle se sentait tellement misérable. Et observée. Mais par où ? Elle avait déjà inspecté cette pièce dans ses moindres recoins et n'avait rien trouvé, à part le judas dans la porte. La glace au-dessus de la cheminée ? Un miroir sans tain ?

Le pot de chambre en métal était le seul objet à sa disposition. Elle le lança contre le miroir où rayonna une étoile de lézardes. En roulant sur le sol, l'objet la fit sursauter. Elle se baissa pour le reprendre et le projeta avec la même énergie contre la glace dont les morceaux ruisselèrent sur le parquet dans un fracas assourdissant. Elle s'approcha. À la place il n'y avait que des planches étroitement scellées entre elles et aucun regard…

Le bruit de pas précipités s'amplifiait dans le couloir. Elle se figea. Quelques secondes plus tard elle entendit le verrou grincer.

34

La mort approchait, elle pouvait la sentir, tapie dans l'ombre, l'observant, à chaque instant plus près, inexorable. Elle commençait à montrer des signes de nervosité, renâclant, piaffant et frappant le sol de ses sabots. Elle n'avait encore rien vu mais ne pouvait pas se tromper. Elle sentait l'odeur du tranchet, cette odeur caractéristique de métal et de particules de sang séché. Les cloisons de bois l'empêchaient de fuir. Rendue folle de terreur elle se cabra puis, de ses postérieurs frappa la porte qui résista. Le choc résonna dans toutes les stalles mais rien ne se produisit, personne ne vint à son secours. Elle entendit un cliquetis : le verrou que l'on tirait de l'extérieur. Un grincement : les gonds mal graissés. Un raclement sinistre : la lame du tranchet contre le montant en fer rouillé de la porte. Elle poussa un hennissement de désespoir.

Son cri déchirant la réveilla.

Elle se retrouva assise dans son lit, haletante, en nage, la chemise de nuit trempée lui collant à la peau. Encore dans son cauchemar, elle tentait de revenir à la réalité, fixant les quelques objets qui, malgré l'obscurité, étaient présents. Dans cette chambre de douleur et d'exil, au mobilier trompeusement familier. Son souffle emplissait la pièce. Elle n'était ni calmée ni rassurée. Il allait revenir.

Un rai de lumière filtra sous la porte. Elle se figea. Et si c'était la mort ? Puis des pas dans le couloir. Elle réprima ses tremblements. Enfin la porte s'ouvrit, dessinant sur le tapis un parallélépipède de lumière où se dessinait l'ombre d'une silhouette. Elle leva la tête et poussa un nouveau hurlement.

Une cavalcade sur l'échelle de meunier grimpant à sa chambre. Dans son demi-sommeil il tendit l'oreille. Des pas précipités. Qu'est-ce que cela pouvait bien être ? Un mauvais rêve sûrement. Il venait à peine de se coucher après être passé au théâtre du Gymnase puis aux Folies-Bergère, errant en vain sur les traces de Sibylle. Au théâtre, le directeur n'avait rien pu lui dire de plus que ce qu'il savait déjà. Elle était partie avec son dernier cachet suite à l'arrêt prématuré des représentations. Elle était sortie sur le boulevard et depuis, aucune nouvelle. Disparue. La police était déjà passée. Jean également, ce qu'il savait aussi.

Aux Folies-Bergère ce fut pire. Il cherchait une inconnue dont il ne connaissait même pas le visage. Simplement parce que Jean lui en avait parlé. Et cette gaîté générale, ce brouhaha, ce crincrin de bastringue, cette cohue et ces gens qui se pressaient contre lui, au milieu desquels il fallait se frayer un passage, l'exaspéraient.

Il enfonça sa tête sous son oreiller. Le tambourinage

sur la porte ne lui laissa aucun répit. Il se redressa en grommelant. *« Docteur Roch ! Docteur Roch ! C'est votre patiente, Mme Favre, venez vite ! »*

Il s'assit sur son lit, se frotta les yeux.

— J'arrive, j'arrive, bougonna-t-il d'une voix pâteuse.

— Docteur Roch ! reprit la voix plus fortement.

— J'arrive ! cria-t-il cette fois, tâtonnant dans l'obscurité en quête d'un briquet pour allumer la bougie sur son chevet.

Il enfila son pantalon, sa chemise de la veille, sa veste. Blanche insistait toujours pour que médecins, infirmières et infirmiers se présentent devant les patients dans une tenue imposant le respect. Même au milieu de la nuit. Il laça ses chaussures aussi vite qu'il put et ouvrit enfin la porte. Renard l'attendait sur le palier dans une attitude pétrie d'humilité.

— Eh bien allons-y, le bouscula Gérard.

L'autre glissa sur l'échelle de meunier en manquant s'écraser en bas. Malgré ses cent kilos sur la balance, Gérard le suivit, aussi leste qu'un berger. Dehors l'autre avait déjà filé, ombre tressautant vers l'hôtel de Lamballe. Il le regarda s'éloigner avec mépris. Depuis qu'il l'avait surpris en train de maltraiter les patients qu'on lui confiait à l'hydrothérapie et pris par le col en le menaçant de le dénoncer à Blanche s'il l'y reprenait, l'autre avait adopté profil bas. Dégoûté, il le vit disparaître dans la bâtisse et hâta le pas.

Dans le couloir qui desservait la chambre de Nélie Favre régnait une certaine agitation. L'empereur de la terre et du soleil coiffé d'un bonnet de nuit s'entretenait avec Mme Pouchet qui la veille encore avait été prise dans le grand salon un concombre volé à la cuisine enfoncé dans le sexe. Elle avait été trahie par ses gémissements et la protubérance tendant sa robe entre ses cuisses. Las de ce genre d'incidents, son mari s'était décidé à la faire interner après deux ans de crises. Tous deux avaient l'air de deux voyageurs égarés. Lorsqu'il passa devant eux leur conversation se tarit. L'empereur suprême le prenait sans doute pour un de ces conspirateurs en voulant à son trône, quant à Mme Pouchet, elle le craignait depuis qu'il avait repoussé ses avances.

Mme Lambert montait la garde devant la porte de Nélie Favre. Depuis vingt ans au service du docteur Blanche, elle était l'un des piliers de la maison ; à force de dévouement elle avait gagné la confiance du maître, même si ses airs revêches en rebutaient plus d'un. Elle fit néanmoins plutôt bon accueil à Gérard : en l'absence de Blanche, qui depuis quelques années ne dormait plus à la clinique mais chez lui à Auteuil, il représentait sur sa patiente la plus haute autorité.

— Que s'est-il passé ? lui demanda-t-il.

Il dominait d'une bonne tête l'infirmière à la stature pourtant imposante. Elle n'aimait pas ça. Elle devait lever la tête pour s'adresser à lui qui n'était encore qu'un novice. Elle n'aimait pas non plus donner du « docteur » à ce jeune homme qui aurait pu être son fils. Toute son attitude semblait mettre en doute le fait qu'il puisse parvenir avec les patients à un meilleur résultat qu'elle. Comme si quelques années passées sur les bancs de la Faculté pouvaient peser autant que vingt ans d'expérience acquise au contact du docteur Blanche et de centaines d'aliénés.

À trois heures du matin elle était impeccablement

vêtue alors que lui n'avait pas pris le temps de nouer sa cravate et allait se présenter devant sa patiente le col ouvert. Mais en dépit de ses arrière-pensées, elle avait toujours le sens de la hiérarchie.

— La même chose que d'habitude, répondit-elle à contrecœur. Toujours cette histoire de cheval.

Gérard soupira et frappa à la porte de la chambre. En l'absence de réponse, il recommença et plaqua son oreille contre le panneau de bois sous l'œil scrutateur de l'infirmière. L'empereur de la terre et du soleil et la nymphomane aussi l'observaient, à l'affût du moindre faux pas, de la moindre faiblesse, un signe après quoi on pourrait lui marcher dessus, en faire un sujet supplémentaire pour l'un, un esclave sexuel pour l'autre. Il était attendu au tournant.

— Madame Favre ?

Il posa la main sur la poignée et fut surpris de sentir la porte céder sous sa pression. Il s'attendait à une résistance, à quelque meuble poussé derrière en guise de barricade. La chambre était plongée dans l'obscurité. Il retourna dans le couloir et prit une lampe à huile qui s'y trouvait. Son fanal à la main il pénétra dans la pièce. Dans son dos on se pressait pour voir ce qui s'y passait. Il referma doucement la porte derrière lui. La première chose qu'il vit ensuite fut son propre reflet dans le miroir de la cheminée, avec la lampe qui lui conférait un aspect effrayant même à ses propres yeux. Il craignit que cette vision énerve davantage sa patiente que le halo de lumière n'avait pas encore attrapée. Dans le couloir il entendit Mme Lambert houspiller le maître de l'univers et sa commère afin qu'ils regagnent leurs chambres respectives.

— Nélie ? risqua-t-il enfreignant ainsi l'une des règles imposées par Blanche qui prohibait toute forme de familiarité avec les patients, les appeler par leur prénom, surtout une Mme Favre aussi riche, en étant une des moins pardonnables.

Mais il se fiait à son instinct ; mieux encore : il devait faire tomber certaines barrières, s'il voulait obtenir sa confiance et essayer de comprendre. Qui l'en blâmerait, s'il obtenait quelque résultat ? Et quand bien même la mère Lambert plaquerait son oreille à la porte…

— Nélie… C'est moi, le docteur Roch. Vous ne devez pas avoir peur de moi.

Il promenait dans la pièce le halo lumineux, qui tour à tour faisait apparaître le lit défait, le secrétaire, la coiffeuse, la commode, les motifs sur le tapis, les fauteuils. Après un tour sur lui-même, la lueur balayant les confins de la chambre comme un phare balayant l'océan, il s'accroupit. Deux yeux le fixaient comme ceux d'un animal hypnotisé. Elle était terrée sous le lit. Il posa la lampe sur le tapis et s'approcha à quatre pattes. Sa main s'avança prudemment, comme lorsque enfant il la glissait avec appréhension dans un terrier pour y trouver des lapereaux.

— N'ayez pas peur, venez, chuchota-t-il.

Ses doigts effleurèrent un poing crispé sur une étoffe. Elle était tétanisée, véritable statue de terreur.

— Vous voulez que je me recule ? murmura-t-il de sa voix la plus douce.

Il joignit le geste à la parole. En appui sur les coudes et les genoux, le visage au ras du tapis, d'un geste de la main il lui fit signe de le rejoindre.

— Venez, l'encouragea-t-il.

Il devait avoir l'air fin, dans cette position. À l'époque il ne pensait pas que ses études le conduiraient à ce type de situation. Mais sa patiente esquissa un mouvement. Dans une reptation sur le flanc elle s'avança. Enfin elle sortit la tête de son refuge puéril. Gérard lui tendit une main pour l'aider à se relever. Elle accepta cette aide. Il bénit le ciel pour la distance qu'il était parvenu à franchir.

— Où voulez-vous vous installer ? Dans votre lit ? Ou bien vous n'avez pas sommeil ?

Elle fit non de la tête. La lampe à la main, Gérard avisa une robe de chambre qu'il attrapa et lui tendit. Il l'aida à s'en vêtir. Elle se laissa faire, toute résistance était tombée.

— Où voulez-vous vous asseoir ?

D'un pas mal assuré, elle se dirigea vers sa coiffeuse sur laquelle il posa la lampe. D'une main il lui tint le bras gauche et de l'autre le dossier de la petite chaise où elle s'assit. La lampe nimbait son reflet d'une lueur jaune. Le verre qui protégeait la flamme prévenait tout vacillement. Hirsute, elle s'observait. D'une main timide elle parcourut son visage, une joue, une tempe, le front. Elle peinait à se reconnaître.

Après une seconde d'hésitation Gérard saisit une brosse au manche de nacre, dans sa main précieux objet de poupée, et, avec d'infinies précautions, entreprit de la coiffer. Marin pêcheur puis cameriste, ne put-il s'empêcher de sourire, après tout ce savoir accumulé. Mais peut-être était-ce ce savoir, ou une intuition dictée par cette somme de connaissances, qui justement l'avait conduit à se saisir de cette brosse ? Nélie

Favre se laissa faire. La brosse dans ses cheveux semblait l'apaiser. Quelques larmes coulèrent sur ce visage spectral dans l'obscurité de la chambre. Gérard savait que ces larmes préludaient une accalmie. Il poursuivit ses « soins » jusqu'à ce que, se sentant trop maladroit, il repose la brosse sur la coiffeuse. Alors il prit une chaise et s'assit à la gauche de sa patiente. Il voyait son profil et, en se tournant, son visage de trois quarts dans le miroir.

— Il n'est pourtant pas venu vous rendre visite, avança-t-il en guise de sonde.

Dans le miroir, ses yeux se détournèrent afin de le voir, comme pour s'assurer qu'il pensait à la même chose qu'elle.

— Je ferai tout pour vous éviter ces séances de bain qui vous sont si désagréables, mais pour ça il faut que nous parlions, suggéra-t-il, honteux de cette amorce de chantage.

Le chantage, la menace, la ruse, la flatterie parfois. Au fond les aliénés ne différaient pas tant que ça des autres. Comme eux, ils étaient accessibles au spectre des sentiments humains. Il s'agissait de trouver la clef.

— Il était là, affirma-t-elle, à peine audible.

Il soupira, soulagé d'entendre enfin le son de sa voix.

— La dernière fois vous m'avez dit qu'il avait tué votre cheval, enchaîna-t-il en prenant soin de ne pas directement faire allusion à son fils.

À travers le miroir elle le regardait toujours. L'absence de réaction pouvait être considérée comme un encouragement à poursuivre.

— Parce que ce cheval avait été la cause de sa plus

grande humiliation. C'est ce que vous m'avez dit… De quelle humiliation vouliez-vous parler ?

De nouvelles larmes coulèrent sur ses joues.

— Tout cela est ma faute, déplora-t-elle.

Il s'y attendait : une mère protégeant son enfant unique. Classique. Mais ce réflexe maternel lui importait peu : à partir du moment où elle s'était engagée sur cette voie, les confidences devraient suivre, même si elle s'attribuait tous les torts, exonérant ainsi de toutes les fautes son fils qu'après la mort de son mari elle avait élevé seule. Si l'on pouvait parler de solitude avec autant de domestiques.

Quels liens la mère et son fils avaient-ils tissés entre eux ?

On gratta à la porte. Nélie Favre lança un regard terrifié à l'aliéniste et lui agrippa le bras. Un sanglot lui échappa.

— C'est lui, docteur, je vous l'avais dit, chuchota-t-elle au bord de l'hystérie.

Il lui prit la main d'un geste qui se voulait rassurant puis, contenant son exaspération, se leva et alla voir. Torturée par la curiosité, Mme Lambert venait aux nouvelles. Ne serait-ce que vis-à-vis de Blanche, il ne pouvait se permettre de l'ignorer. « *Tout va bien,* lui dit-il, *vous pouvez vous recoucher, j'achève de la calmer, ensuite elle devrait dormir.* » Et il referma la porte en soupirant pour aller se rasseoir à côté de sa patiente.

Nélie Favre, l'une des femmes les plus en vue de Paris, l'une des plus belles et des plus riches, qui collectionnait ainsi les superlatifs, aujourd'hui réduite à cet état, tyrannisée par la peur que lui inspirait son fils et internée dans un asile pour aliénés.

Son sang se glaça : elle n'était plus à sa place. Il embrassa la chambre du regard mais ne la vit pas.

— Nélie ? chuchota-t-il pour ne pas l'effrayer davantage.

Il se baissa pour regarder sous le lit. En deux pas il fut à la fenêtre et écarta les rideaux. Perplexe il se retourna et tenta de deviner où elle pouvait se cacher. La coiffeuse : elle devait être blottie dessous. Il s'en approcha et souleva la nappe de velours qui recouvrait la petite table. Il s'accroupit. Recroquevillée sur elle-même, les mains plaquées sur son visage, Nélie Favre le regardait avec des yeux exorbités.

— C'était Mme Lambert, dit-il en maudissant l'infirmière et sa curiosité mal placée. Je vous l'ai déjà dit, il ne peut rien vous arriver ici.

Il lui tendit la main mais elle se raidit. Il soupira. Tout était à reprendre à zéro.

— De quoi avez-vous peur ?

— Ma jument alezane.

Il dressa l'oreille. Elle avait dit ça d'une voix lointaine, d'outre-tombe, une voix revenue de tout. Toujours à l'abri sous sa coiffeuse, les mains encadrant son visage. Mais de quoi parlait-elle ? Il ne devait pas la brusquer. Il attendit.

— Il avait voulu faire un portrait équestre. Sur ma jument alezane. Un grand tableau. Une véritable entreprise. Il ne parlait plus que de ça.

Elle eut un sourire triste à l'évocation de ces souvenirs. Puis elle se tut.

— Oui ? l'encouragea Gérard.

— Son maître s'est moqué de lui, ajouta-t-elle après un silence qui lui parut infini. Dans l'atelier, au milieu des élèves… Une mortification… Il a fallu un coupable. Il faut toujours un coupable, n'est-ce pas ?

Jusque-là elle s'était exprimée en phrases entrecoupées, hésitant de façon douloureuse entre chacune, mais à présent elle butait sur une vérité difficile à révéler. Elle tremblait et paraissait sur le point de griffer ses tempes à l'aide de ses ongles polis. Toujours accroupi, Gérard tendit le bras et le lui passa autour des épaules pour doucement l'attirer à lui et la sortir de son refuge. Elle se laissa faire, une enfant ayant abandonné toute résistance. Gérard l'assit sur la chaise face à la coiffeuse et jeta un regard inquiet vers la porte, espérant qu'ils ne seraient plus dérangés.

— Un coupable ? répéta-t-il une fois assis pour l'encourager à poursuivre. Vous parliez d'un coupable, ajouta-t-il comme elle le regardait sans comprendre.

— Un coupable pour ne pas sombrer soi-même… dit-elle, les ongles laissant des sillons blancs sur son visage, à force de le parcourir à la verticale des paupières à la mâchoire inférieure.

— Vous évoquiez un portrait équestre, suggéra-t-il en lui prenant un poignet dans l'espoir qu'elle cesse ce mouvement compulsif.

Il ne ressentait plus la fatigue. Il attendait la suite, ému d'une telle intimité avec une femme aussi riche, qui en d'autres circonstances ne l'aurait pas remarqué, tant était profond l'abîme social les séparant, et soudain conscient d'être à deux doigts d'une révélation importante.

— Il n'allait pas s'en prendre à sa propre mère, dit-elle finalement en se regardant dans le miroir.

Un rire fêlé lui échappa.

— Sa petite sœur. Restait le cheval… Il lui avait fait des jambes disproportionnées, grinça-t-elle avec une dureté soudaine dans le ton.

Cette dureté qu'il ne lui connaissait pas le surprit.

— Il n'avait pas su voir, lâcha-t-elle avec ce qui lui parut du mépris.

Des larmes ruisselaient sur ses joues. Gérard déglutit. L'origine de la perte de sa raison paraissait claire, désormais.

— C'est ma faute, reprit-elle d'une voix atone. Tout est ma faute.

Elle avait prononcé cette dernière phrase sur un ton particulièrement lugubre qui alerta le jeune aliéniste. La manière de prononcer les mots était aussi importante que les mots eux-mêmes. Dans le miroir de sa coiffeuse il n'aurait pu dire si elle le fixait ou si elle regardait au-delà.

— À la mort de son père, Lucien avait onze ans. J'ai été trop faible avec lui. La gentillesse est un écueil, n'est-ce pas ?… C'est moi qui l'ai encouragé à peindre. Il voulait tellement me plaire… C'est pour ça qu'il m'en a voulu. Comme pour mon remariage, poursuivit-elle d'une voix plus basse encore, lentement, comme si les souvenirs lui revenaient au compte-gouttes et de manière douloureuse. Une colère, frémit-elle. Il ne l'a pas pleuré longtemps, mon pauvre Antonin.

Elle hoquetait, secouée par des sanglots silencieux. Elle avait trop longtemps gardé ça enfoui en elle et cette nuit ouvrait enfin les vannes. Gérard se rappela certaines séances d'hypnose auxquelles il avait assisté chez Charcot. Le phénomène était comparable.

— Nous étions tellement proches, Lucien et moi. Il

me considérait comme sa sœur, sa petite sœur même, lâcha-t-elle avec un rire soudain. Jamais je n'aurais dû… Mais nous étions seuls lui et moi.

Immobile, Gérard s'était reculé sur sa chaise pour tenter de s'extraire du halo de lumière et disparaître dans l'obscurité de la pièce. Il comprenait mieux l'aliénation mentale de sa patiente, mais il avait l'impression d'entendre des choses qui ne lui étaient pas destinées. Des vérités qui pourraient lui attirer des ennuis, à lui, simple médecin récemment débarqué de son chalutier, dont la place dans cet asile était encore fragile, pouvant dépendre du bon vouloir d'une Mme Lambert, ou même de ce sadique de Renard qui, à la moindre occasion, n'hésiterait pas à lui faire payer son humiliation et se débarrasser de lui.

Ce que Nélie Favre était en train de lui raconter, il allait devoir s'empresser de l'oublier.

— J'étais beaucoup trop pour lui, reprit-elle, inconsciente de la torture qu'elle lui imposait ; un autre souvenir trop longtemps occulté qui lui revenait comme une révélation ? J'aurais dû m'en rendre compte à l'époque, mais j'étais aveuglée. Une humiliation terrible. Pour rien au monde il ne m'en aurait parlé. À l'occasion d'une première visite dans une de ces maisons de tolérance. Je l'ai su par une indiscrétion. Ça m'a suffi pour soupçonner l'existence d'une… difficulté, acheva-t-elle pudiquement. Et depuis… enfin…

Gérard se racla la gorge. Il aurait tout donné pour échapper à ce regard plein d'une attente trop intense. Il était temps pour lui de mettre un terme à ces confidences. Il ne savait même pas s'il pourrait en parler à Blanche.

— Il faut vous coucher maintenant, sinon vous serez épuisée demain.

Il lui semblait discerner de la honte dans son expression, comme il arrive parfois lorsque, dans un accès de lucidité, certains aliénés se souviennent des extrémités où leur mal les a conduits. Elle aussi se leva. Gérard alors saisit la lampe, lui prit le bras pour l'aider à gagner son lit.

— Docteur ? l'appela-t-elle une fois couchée.

Un pied dans le couloir il se retourna, son visage éclairé par la lampe à huile qu'il tenait de la main gauche.

— Mon fils ne ferait pas de mal à une mouche, lui glissa-t-elle d'une voix lasse.

35

Six heures du soir. Depuis son interpellation à la sortie de chez la mère Brabant rue de Beaujolais, Jean avait passé près de dix-huit heures dans les locaux de la Sûreté, incertain de son sort.

Le temps que l'on retrouve Mathilde Lantier, il eut vingt fois l'occasion de s'imaginer basculé sur la guillotine, tandis qu'ailleurs, Sibylle serait ligotée dans un fauteuil face à un poêle à charbon, cherchant désespérément son souffle dans les souffrances atroces décrites par l'ouvrier Morel.

Sur tous les tons il essaya de convaincre Nosus qu'il faisait fausse route. Mais l'autre ne voulut rien entendre. Lorsqu'il lui opposa Marceline Ferrault, il lui répliqua que son discours ne comportait aucune faille, qu'il n'avait rien contre elle. Puis il le fit emmener dans une cellule empestant l'urine et le vomi. Le temps pour lui de méditer sur son bonheur perdu, sa responsabilité dans cette perte, dans la disparition de Sibylle, son aveuglement face à cette Obscura qu'il avait suivie comme un toutou aux Folies-Bergère en oubliant le théâtre, sa culpabilité. Car les choses n'auraient pas pris cette tournure, s'il ne lui avait pas donné de prise. Obscura si méprisable dans son intérieur coquet, ce misérable confort auquel elle était attachée et qui donnait une juste idée de sa personne. Obscura dont il gardait encore l'amère saveur, après cet unique baiser. Le paradis perdu pour une illusion.

Il se surprit même à penser à Ange, le petit monte-en-l'air qui se voyait terminer sur l'échafaud. C'était lui qui à présent en était tout proche. Ange…

Tout plutôt qu'être innocenté par la mort de Sibylle tandis qu'il serait dans cette cellule ! Tout plutôt que devoir son salut à Sibylle dont il aurait causé la perte ! Mais il était bien tard pour regretter son geste, et il pouvait toujours pleurer sur son sort.

À cinq heures un sergent de ville actionna le verrou de la porte et le conduisit dans le bureau de Nosus. L'inspecteur le reçut les mains dans les poches.

— Vous êtes libre.

On avait trouvé Mathilde Lantier une heure plus tôt, elle avait confirmé les affirmations de Jean. D'un mouvement du menton, Nosus désigna la sacoche toujours posée sur le parquet. La sensation de la poignée au cuir noirci par sa propre sueur le réconforta. À son contact il retrouvait un peu de lui-même et de sa dignité. Il aurait voulu en savoir plus sur Mathilde. Mais il pouvait déjà considérer miraculeux le fait qu'on l'ait retrouvée vivante.

Miracle également qu'elle n'ait pas été sous l'emprise de la morphine, incapable de répondre à la moindre question. « *Mais on vous tient à l'œil,* avait ajouté le policier qui était repassé au vouvoiement. *Estimez-vous heureux que l'on ait prêté foi à la parole d'une fille comme elle.* »

Jean ne broncha pas. Il était trop soulagé pour relever le mépris que ce « *une fille comme elle* » sous-entendait. Mignon incapable de refuser les avances du premier venu malgré ce qui avait germé entre ses cuisses et les coups qui derrière n'allaient pas manquer de pleuvoir.

Une fois sur le quai, il se retrouva désemparé, à nouveau libre, accroché à l'espoir que Sibylle ne soit pas déjà passée de vie à trépas.

Mais toujours aucun moyen de remonter jusqu'à elle. Cette liberté face à tant d'impuissance lui était insupportable.

Il n'avait pas le cœur à se rendre à son cabinet. Pour la première fois, la procession de ses patients le rebutait. Il ne se sentait pas de taille à les affronter. Ils seraient un certain nombre à se casser le nez. Tant pis pour sa réputation. Il n'était pas à ça près.

Il prit la direction du quai Voltaire. Délaissant Notre-Dame, il suivit le cours du fleuve sur l'île de la Cité jusqu'au Pont-Neuf, puis longea la Seine sur la rive gauche. Encore haut, le soleil l'éblouissait lorsqu'il levait la tête. Sur l'eau, plusieurs barges et bateaux à vapeur encombrés de passagers laissaient des remous à la surface opaque où scintillaient des reflets lumineux. De leurs cheminées s'échappaient des panaches de fumée que le vent emportait vers l'est. Mais son regard glissait sur ce spectacle qui ne parvenait pas à lui changer les idées.

Enfin arrivé devant la boutique de son père, il s'apprêtait à monter directement chez lui, lorsque son attention fut attirée par une silhouette familière. Gérard !

Que faisait-il ici ? Il poussa la porte vitrée. Le petit grelot l'annonça. Son père derrière son comptoir et le colosse se retournèrent en même temps. Son père paraissait affaibli et Gérard soucieux.

— J'ai à te parler, lui lança le géant.

— Où étais-tu ? lui demanda son père.

Il hésita, mais ne pas lui répondre aiguiserait ses craintes les pires.

— Dans les locaux de la Sûreté, papa, je t'expliquerai. Tu veux qu'on monte chez moi ? proposa-t-il à Gérard.

L'aliéniste lui emboîta le pas vers l'atelier et la porte qui ouvrait sur la cour de l'immeuble. Dans l'escalier Jean remarqua le volume relié de toile verte que son ami tenait de sa main gauche.

Parvenu à son étage, il inséra sa clef dans la serrure et laissa Gérard entrer le premier. Il pouvait sentir la tension qui émanait de sa personne.

La vue de son appartement aurait dû le réconcilier avec l'existence, après son séjour à la Sûreté, mais chaque détail lui rappelait la disparue. Il posa sa sacoche, fit voler son melon à travers la pièce jusqu'au fauteuil et alla ouvrir la fenêtre donnant sur le quai. Même la vue du Louvre ne le rasséréna pas. La présence de Gérard lui portait sur les nerfs. Elle accentuait sa culpabilité et il se demandait ce qu'il lui voulait, pourquoi il avait traversé Paris son ouvrage sous le bras.

— Je crois savoir qui est le tueur. Celui qui a enlevé Sibylle, précisa l'aliéniste comme il ne réagissait pas.

Jean fit volte-face. Le grand était planté au milieu du salon, sa respiration lui soulevait le coffre avec l'ampleur et la régularité d'une soufflerie de forge. Il sentit son sang refluer de son visage. Comment était-ce possible ? Mais Gérard n'avait jamais paru si sérieux.

— Qu'est-ce que tu dis ?

— Je ne suis pas sûr évidemment. Et Blanche est contre moi. Je lui ai parlé mais il n'a rien voulu entendre.

Jean ne comprenait pas.

— Cette patiente, celle qui a peur d'être envoyée chez l'équarrisseur…

Sa première patiente qu'il évoquait avec tant de fierté lors de leurs retrouvailles. La femme envoyée en séance d'hydrothérapie après une crise. Jean s'en souvenait très bien, mais ne voyait pas le rapport avec le tueur.

— Avant d'aller plus loin, je voudrais que tu lises quelque chose.

Gérard s'avança, son livre ouvert à une page marquée à l'aide d'un signet. Jean hésita à s'emparer de l'ouvrage.

— Qu'est-ce que c'est ?

— Le *Traité médico-philosophique de l'aliénation mentale* de Philippe Pinel.

Jean se demanda s'il n'était pas devenu fou. Il avait évidemment entendu parler de Pinel, l'aliéniste qui s'était rendu célèbre en libérant les aliénés de leurs chaînes à la fin du XVIIIe siècle. Le premier à avoir considéré que ces malades nécessitaient d'être traités comme des êtres humains, et non comme des animaux parqués dans un jardin zoologique. Mais que venait-il faire en pareilles circonstances ?

— Je suis obligé ?

— Il s'agit de la description d'un cas de monomanie raisonnante, qui englobe la monomanie homicide, répliqua le colosse. C'est édifiant.

Jean s'empara du livre. Familiers de ce genre de traité, ses yeux couraient sur la page, seulement accrochés par les phrases qui rencontraient quelque écho dans son esprit.

« Un fils unique élevé sous les yeux d'une mère faible et indulgente... l'impétuosité de ses penchants augmente et se fortifie par les progrès de l'âge, et l'argent qu'on lui prodigue semble lever tous les obstacles à ses volontés suprêmes... Qu'un animal quelconque, un mouton, un chien, un cheval lui donne du dépit, il le met soudain à mort... »

Il leva les yeux vers Gérard. Il affichait la gravité de celui qui aurait trouvé la pierre philosophale. Alors Jean se replongea dans la prose de Pinel, ses yeux à l'affût du moindre indice qu'il n'aurait pas encore relevé.

« ... possesseur dans l'âge adulte d'un grand bien, il le régit avec un sens droit, remplit les autres devoirs de la société et se fait connaître même par ses actes de bienfaisance... Il s'emporte un jour contre une femme qui lui dit des invectives et la précipite dans un puits. »

Il releva la tête. Gérard le regardait avec des yeux de braise.

— Où veux-tu en venir ?

— Possesseur d'un grand bien, actes de bienfaisance...

Gérard lui reprit le volume.

— Ça correspond trait pour trait au fils de ma patiente, Lucien Favre, que tu as aperçu à la clinique. Ce mécène qui participe au financement de l'hôpital Saint-

Louis et projette la construction d'un orphelinat. Dans l'esprit de sa mère, c'est lui l'équarrisseur. Il aurait tué son cheval d'un coup de pistolet. Il avait fait un portrait équestre de sa chère mère. Parce qu'il avait des prétentions artistiques. Un tableau que son maître a tourné en ridicule. Tu commences à comprendre ?

— Mais d'où tiens-tu une chose pareille ?

— D'elle-même.

— Mais tu dis que Blanche ne veut rien entendre... finit-il par rétorquer pour calmer son tumulte intérieur.

Jean était étourdi par ces affirmations assenées en rafales. Et cette histoire de peintre était troublante. Mais Lucien Favre, l'une des plus grandes fortunes de Paris... Cela paraissait si peu probable. Pourtant, en proie à l'espoir fou né de l'hypothèse de Gérard, son cerveau était dévoré de flammes.

Gérard balaya ce souvenir d'un revers de la main.

— Il m'a écouté. Mais au bout du compte, c'est revenu au même. Avant de m'éconduire, il a évoqué la théorie de la dégénérescence héréditaire.

— C'est-à-dire ?

— Un dégénéré peut devenir un grand savant, un grand artiste, un administrateur habile, mais il manifestera de profonds défauts d'ordre moral, et il emploiera ses facultés brillantes aussi bien pour servir une grande cause que pour satisfaire les penchants les plus vicieux. On compte surtout des savants détraqués, des criminels célèbres et des prostituées fameuses. Et parmi eux, une infime minorité de grands hommes. Il se gargarisait de toutes ses théories, Blanche, jusqu'à ce qu'il se rappelle de qui il était question.

L'aliéniste émit un rire désabusé. Puis il reprit :

— Soudain il s'indignait du fait que l'on puisse soupçonner un tel personnage, allant jusqu'à demander si Nélie Favre avait jamais mentionné Manet. Il en venait à mettre les allégations de ma patiente sur le compte du délire. Et moi je n'avais qu'à filer doux, ajouta-t-il amèrement.

— Alors ? Tu ne respectes pas le jugement du docteur Blanche ? objecta Jean. Je croyais que c'était une sommité.

Gérard soupira.

— Son œuvre est immense. Mais par rapport à Charcot c'est un dinosaure. À la Salpêtrière, celui-ci est en train d'ouvrir des perspectives fabuleuses dans le champ d'exploration qu'est le cerveau. Mais il accorde pour cela une grande importance au discours de ses patientes.

— Même s'il s'agit de délire ?

— Le délire a toujours une origine. Tu me fais confiance ?

Jean le regarda longuement.

— Un homme aussi riche risquerait de tout perdre pour satisfaire son besoin de création artistique ?

Gérard haussa les épaules. Les réserves émises par Jean l'atteignaient.

— Comment être sûr ? D'après ce que m'a dit sa mère, je le soupçonne de l'assassinat de son futur beau-père. Pour éviter que la fortune ne lui passe sous le nez. Note, il y a une certaine logique dans tout ça : la dégénérescence est héréditaire, et il faut appartenir à certaines sphères de la société pour avoir de telles aspirations.

— Tu vas aller lui rendre visite chez lui.

Le colosse eut soudain l'air affolé.

— Sous quel prétexte ? glapit-il impressionné par cette perspective.

— N'es-tu pas le médecin de sa mère ?

Gérard tiqua. Ce que lui proposait Jean lui paraissait insurmontable. Nélie Favre était sa patiente, mais jamais il ne pourrait affronter son fils, se présenter dans son hôtel particulier et lui faire part de ses soupçons, ou avoir recours à la ruse pour tenter de voir clair dans son jeu.

— Mais s'il se doute de l'objet de ma démarche et que je me suis trompé, alors je perds ma place.

— Qu'est-ce que ça pèse face à la vie de Sibylle ?

La question atteignit son objectif : les défenses du colosse se fissuraient. Sibylle… Il n'y avait pas meilleur argument. Pour elle le fils de berger était prêt à se confronter au millionnaire. Avec tous les risques que cela comportait pour lui, Jean, en cas de réussite de cette entreprise ô combien hasardeuse en effet. Mais l'heure n'était pas à ce genre d'atermoiement.

— Allons-y maintenant. Si tu prétextes une communication que tu aurais à lui faire sur sa mère, il ne pourra que te recevoir. S'il est chez lui.

Gérard regarda son ami. Il n'était soudain plus sûr du tout de sa théorie. Après tout Blanche devait avoir raison… Mais le plus simple était en effet de se rendre chez cet homme. Malgré le risque qu'une telle démarche représentait.

Jean aussi savait que Lucien Favre pouvait faire et défaire bien des choses à Paris, parmi lesquelles la carrière d'un Gérard Roch était des moindres. L'acceptation de cette prise de risque en disait long sur la profondeur de ses sentiments à l'égard de Sibylle.

— Alors allons-y, décréta Gérard d'une voix mal assurée. Tu m'accompagnes ?

— Attends…

Une idée venait de germer dans son esprit.

— Si cet homme est intelligent, il risque de te voir venir, ou en tout cas de ne rien laisser filtrer qui permette de le soupçonner.

— Tu as quelque chose à proposer ?

— Il habite où ?

— Avenue de Friedland.

— Alors il y a juste un petit détour à faire.

— De quoi s'agit-il ? s'enquit l'aliéniste.

Jean fit un clin d'œil. Il s'en contenta.

— Je te suis.

Après avoir enfoncé son melon sur la tête et refermé la porte derrière lui, Jean rejoignit son ami qui dévalait les marches de l'escalier avec souplesse. Il le considéra soudain avec affection et reconnaissance, cet ami qui venait de se laisser convaincre de mettre sa carrière en péril pour une femme qui ne lui appartenait pas. Une telle abnégation n'existait pas. Pour la première fois depuis une éternité, il était animé par un espoir fou. Et pourtant cet espoir ne reposait que sur les délires d'une aliénée et les élucubrations de son médecin.

36

— Veuillez attendre ici. Je vais prévenir M. Favre.

Sur ce, la gouvernante le laissa après un regard peu charitable englobant toute sa tenue comme si, avec sa chemise au col élimé, son costume grossièrement coupé et ses chaussures aux talons éculés, il faisait tache dans cet endroit.

Une fois seul, Gérard respira. Jusque-là tout s'était bien passé. Mais le plus dur restait à venir et, après la succession des salles qu'il avait traversées, la magnificence de cette pièce acheva de lui tomber sur les épaules. Les pieds enfoncés dans un tapis de la Savonnerie, il découvrait le décor avec autant d'incrédulité que de crainte : l'ensemble donnait une idée très claire de la puissance de l'homme qu'il était venu sonder. Entre les centaines d'ouvrages aux reliures frappées d'or, les différentes natures mortes et les meubles plaqués de nervures de bronze et d'écailles de tortues, son regard hésitait où se poser.

Il s'approcha des rayonnages et des livres aux dos frappés du blason dont l'or rehaussait le motif : une truelle, un soufflet, une tête de cheval et une gerbe de blé, les deux premiers symboles éclairant l'origine de la fortune des Favre. Cette dynastie devait sa prospérité à un siècle qui, sous l'impulsion de Napoléon III, avait connu la transformation de Paris et le développement tentaculaire des voies de chemin de fer aux quatre coins du pays. Deux révolutions dont les Favre avaient su profiter, lorsque ces maîtres de forges diversifièrent leurs activités dans des entreprises de construction galvanisées par les percées haussmanniennes, réussissant ainsi, sous l'égide de Jules, le père, le curieux alliage de la pierre et de l'acier.

Comment pouvait-on travailler dans un tel endroit ? Le bureau était un immense meuble Empire, massif et imposant, au plateau tapissé de cuir et aux parois couvertes de bronze doré. Il était surmonté d'un portrait de Jules Favre, dont le nom apparaissait gravé sur un cartouche de cuivre, qui rappelait celui de Louis-François Bertin par Ingres, archétype de la bourgeoisie triomphante.

Mais que faisait Lucien Favre ? Plus Gérard demeurait seul dans cette pièce au luxe ostentatoire, moins il se sentait à l'aise. Était-ce avec cet objectif qu'on le faisait attendre ? Ou pour lui faire comprendre le rang où se situait le médecin de sa propre mère ? Enfin la porte s'ouvrit dans son dos. Il se retourna.

Lucien Favre s'avança vers lui la main tendue. Gérard fit un pas et saisit ces doigts qui filèrent entre les siens.

— Je vous prie de m'excuser. Vous êtes donc venu me parler de ma mère, constata-t-il en se dirigeant vers son bureau. D'habitude c'est avec le docteur Blanche que j'évoque son cas. Il a eu un empêchement, pour vous envoyer à sa place ?

— Le docteur Blanche est en effet occupé, mentit Gérard. Et il m'a dépêché ici, parce que votre mère nous a tenu des propos qui nécessiteraient quelques éclaircissements, si nous voulons améliorer son sort.

— Ah oui ? releva Lucien Favre qui s'apprêtait à s'asseoir. De quoi s'agit-il pour que vous ayez cru bon de venir me trouver si vite ? Mais je vous en prie, vous n'allez pas rester debout, vous m'impressionnez, avec votre stature.

Gérard devait se faire violence pour ne pas perdre contenance. Au-delà de l'argent qui transpirait de chaque recoin de la pièce, il se dégageait de cet endroit une atmosphère qui le mettait mal à l'aise, en dépit de sa familiarité avec les maladies mentales et la folie.

— Il s'agit d'une histoire de cheval. Une histoire qui d'après elle vous concernerait, ajouta-t-il avec toutes les précautions imaginables.

Dominé par le portrait de son père, Lucien Favre paraissait plus fragile. Il avait de lui, si l'on se fiait au tableau, les sourcils fournis et le nez busqué qui lui conférait un certain caractère. Mais il ne possédait ni la force ni la brutalité qui se dégageaient de Jules. Tout le reste, il le devait à sa mère : la finesse de ses traits, la pâleur de sa peau, les poignets que l'on aurait dits de verre, et l'étrange indécision, étant donné sa fortune et son rang, qui par instants émanait de sa personne. Mais s'il avait été déstabilisé, cela n'avait pas duré une seconde.

— Pouvez-vous préciser ?

C'était ce qu'il redoutait : avoir à entrer dans les

détails. Ce qui l'encouragea – il s'y était préparé – c'est le fait que son interlocuteur jouisse de cette gêne : si l'hypothèse était fondée, elle confirmait les affirmations de Nélie Favre. Et l'homme assis en face de lui avait bien abattu la jument de sa mère à cause d'un tableau raté. Cela ne l'accusait pas de l'enlèvement de Sibylle ni des autres crimes, mais ça en disait déjà long sur son compte.

— Alors ? le pressa Lucien Favre en le sondant de ses yeux clairs avant de porter son attention sur le daguerréotype posé sur son bureau.

Agrippé à la descente d'eau, les pieds utilisant les interstices entre les pierres de taille comme les barreaux d'une échelle, Ange parvint à la corniche du deuxième étage. À la force des bras, il se souleva avant de lancer sa jambe gauche sur le parapet recouvert de zinc, puis parvint à se rétablir. Ne disposant que d'un appui d'une vingtaine de centimètres pour ses pieds, il s'accorda quelques secondes pour reprendre son souffle après l'escalade. Sa toux l'avait épargné pendant l'ascension, un miracle. En espérant qu'elle le laisse tranquille dans sa progression jusqu'à la fenêtre entrouverte, le ventre plaqué contre le mur, il fit un premier pas latéral puis un second, s'efforçant de ne pas baisser les yeux malgré l'attraction du vide, priant pour qu'une quinte de toux ne le secoue pas à cet instant précis.

Parvenu à la fenêtre, il glissa une main entre les deux battants et réussit à tourner la poignée. Il se coula à l'intérieur et referma la fenêtre à l'identique.

Il s'agissait d'une chambre. Un tablier de soubrette reposait sur le dossier d'une chaise. Un lit aux montants métalliques, une armoire à glace, une petite table, une commode en bois sombre, derrière un paravent un lavabo surmonté d'une tablette et d'un miroir. Plaquant son oreille contre la porte, il essaya de percevoir ce qui pouvait se passer de l'autre côté. La main sur la poignée en céramique blanche, il allait la tirer vers lui lorsqu'il fut secoué par une quinte de toux qu'il s'efforça d'étouffer. L'orage passé, il avança la tête dans un vaste couloir au parquet recouvert d'un tapis cloué au sol. Parfait pour étouffer le bruit de ses pas.

Il prit sur sa gauche, dans la direction opposée à l'escalier qui devait mener au premier et au rez-de-chaussée.

Si l'étage était réservé à la domesticité, il devait être désert, à près de huit heures du soir, se dit-il en ouvrant une première porte qui commandait une autre chambre, apparemment inoccupée. À pas furtifs il se dirigea vers la suivante qu'il ouvrit également. Il courait presque d'une porte à l'autre, entrouvrant chacune en priant pour qu'elle ne grince pas, puis passait sa tête dans l'entrebâillement afin de s'assurer que la pièce ne contenait pas ce qu'il était venu chercher. Dès qu'elle n'était pas fermée à clef, il ne regardait à l'intérieur que par acquit de conscience.

Il avait inspecté tout l'étage. Au bout du couloir, un escalier en bois l'invitait à monter. Au grenier sans doute. Il devait fouiller la maison des combles au sous-sol. Il gravit les marches deux à deux. Une porte fermait le petit palier en haut de l'escalier. Il en poussa la poignée mais ne parvint pas à ouvrir. Les battements de son cœur s'accélérèrent. La clef n'était pas dans la serrure. Il sortit un fil de fer d'une de ses poches et l'introduisit dans l'orifice, appréciant le mécanisme avant de l'actionner. Son travail produisait de petits grattements métalliques qui lui semblaient assourdissants. Sans interrompre ses efforts il se raisonna : il fallait être à quelques mètres à peine pour percevoir ce bruit. À moins qu'il y ait quelqu'un derrière la porte…

Jamais il n'aurait imaginé le docteur lui demander ce genre de service !

Enfin le mécanisme de la serrure céda et il ouvrit la porte. De l'autre côté il découvrit un long couloir baigné d'une lumière grise, desservant à droite comme à gauche une série de pièces. L'éclairage provenait du plafond où étaient percés des vasistas. L'atmosphère était saturée de millions de particules de poussière en suspension. Il pénétra dans le couloir, se demandant par où il pourrait fuir si quelqu'un venait.

Lucien Favre avait fini par s'abîmer dans la contemplation du daguerréotype posé sur son bureau. Un silence pesant régnait dans la pièce et Gérard se sentait de plus en plus démuni face à cet homme à l'apparence délicate, dont l'immense fortune avait nécessairement aboli toute borne à sa volonté. Malgré ses cheveux couleur plomb et l'air magnanime qu'il semblait vouloir se donner, il lui apparaissait comme un enfant imprévisible et perdu. Un enfant prématurément vieilli, l'énergie en moins. Et plus il restait assis face à cet homme, moins il lui apparaissait comme pouvant être le coupable qu'ils recherchaient. Comment un être à l'apparence aussi velléitaire pourrait-il être l'auteur de ces crimes ?

Et quand bien même ce serait le cas, comment lui arracher les aveux qui permettraient de sauver Sibylle ?

Il avait déjà l'impression d'être allé aussi loin que possible.

Enfin Lucien Favre s'arracha à la contemplation du portrait et croisa son regard.

— Ma mère a été très affectée par la mort de mon père, au point qu'elle en a peu à peu perdu la raison. Son séjour à la maison est devenu de plus en plus… un problème. Cette histoire de cheval par exemple est une de ces obsessions qui m'ont contraint à faire appel au docteur Blanche. Mais il n'y a évidemment aucun crédit à accorder à ces absurdes allégations me concernant, vous en convenez.

— La raison de votre mère n'aurait-elle pas vacillé à la mort d'un certain Antonin Schwob, l'homme qu'elle devait épouser en secondes noces ?

En posant cette question, Gérard s'aventurait sur un terrain particulièrement glissant au-delà duquel il ne pourrait pas aller. Il eut l'impression que son hôte écarquillait les yeux sous l'effet de la surprise, mais cela ne dura qu'une fraction de seconde.

— Je n'ai pas pleuré la mort de cet homme. Seule l'affliction qu'en a conçue ma mère m'a affecté… Cette union eût été pour elle un désastre, reprit-il après une seconde d'hésitation.

Gérard aurait voulu ajouter quelque chose, mais Lucien Favre s'était une nouvelle fois plongé dans la contemplation du daguerréotype, comme s'il y cherchait réconfort ou approbation. Il avait l'air de s'y noyer, et cette fuite dénotait une fragilité qui décourageait toute question.

L'étage sous les combles ne recelait aucune surprise. Des vieux meubles, des tableaux relégués au grenier, notamment un grand portrait représentant une femme élégante montée en amazone sur un cheval aux proportions bizarres, des malles, des tapis roulés, des massacres d'animaux, d'autres objets comme un vieux rouet, des fleurets et des épées aux poignées dressées comme des fleurs au-dessus d'un panier de forme cylindrique, un piano mécanique ainsi qu'un setter irlandais naturalisé, le tout composant un ensemble hétéroclite d'objets oubliés sous la poussière et les toiles d'araignées. Largement de quoi frapper l'imagination d'un garçon de son âge, même après qu'il eut *visité* autant de maisons et contemplé sa propre sœur allongée sur un plateau de la morgue. Mais Ange n'avait pas le temps de s'attarder.

Ses pieds foulant à peine les profonds tapis couvrant les parquets et les marches des escaliers de marbre, il descendit au premier, où devait se situer la chambre du maître des lieux. Il n'y trouverait évidemment pas la femme du docteur Corbel, mais il ne fallait rien négliger.

Le palier du premier ouvrait sur une large galerie aux fenêtres donnant sur l'avenue, les pièces qu'elle desservait étant côté jardin. Les domestiques devaient s'affairer au rez-de-chaussée, entre la cuisine, la salle à manger et les différents salons. Autant de pièces où il était inenvisageable, et surtout inutile, de fouiller.

La première porte donnait sur une antichambre où trônait une sorte de sculpture qui devait avoisiner les deux mètres de haut. Un premier globe en émail bleu qu'enserrait un serpent en bronze doré en supportait un second, de verre, surmonté d'une femme en argent aux ailes déployées. Le tout reposait sur une monstrueuse tortue en bronze patiné dont la simple vue impressionna l'enfant. Sous l'animal, un disque à la tranche gravée de différentes inscriptions en lettres capitales. Ange s'en approcha, contournant le monument sans pouvoir déchiffrer une série de mots vraisemblablement étrangers, avant de lire enfin : *TOUT VIENT À POINT À QUI SAIT ATTENDRE.* La femme ailée dans son attitude lascive au sommet de l'édifice symbolisait-elle ce qui devait venir à point ?

Ange pénétra dans la pièce contiguë. Il s'agissait de la chambre. Jamais il n'avait soupçonné qu'il en existât de si vastes. Au centre, le lit noir avec ses baldaquins ressemblait à un corbillard. Il s'avança vers une table en bois d'ébène incrusté de nacre qui faisait face à la fenêtre centrale. À côté d'une pile de documents, il avisa une imposante liasse de billets de banque. La tentation était grande. Mais le docteur Corbel lui avait bien dit de ne surtout rien prendre.

Soudain il entendit des pas dans la pièce voisine. Il sursauta en proie à une terreur irrépressible. Malgré les mises en garde du docteur, il s'était laissé hypnotiser par cette richesse extravagante, alors qu'il aurait dû rester aux aguets. Les pas approchaient. Aussi vite que possible il se faufila derrière une porte en bois sculpté qui abritait une penderie. Retenant son souffle, à l'écoute de ce qui pouvait se passer dans la chambre, il se tapit au fond du réduit à l'abri d'un rideau de vêtements.

La porte s'ouvrit et la lumière s'alluma. L'instant précis que choisit sa toux pour se manifester. Paniqué il se pinça le nez et serra les mâchoires le plus fort possible.

Ainsi comprimée sa toux explosa dans ses entrailles. L'onde de choc se répercuta sur les habits pendus qui ondulèrent dans un bruissement d'étoffes froissées. Ange suait à grosses gouttes, s'attendant à être découvert d'une seconde à l'autre. Quelqu'un s'affairait dans la penderie. Avec terreur il aperçut ses vilaines chaussures qui dépareillaient parmi les élégants souliers. À part ses godillots il ne voyait rien. Ça sentait le bois de cèdre.

Enfin la lumière s'éteignit et l'on referma la porte. Il respira. Il attendit encore quelques minutes puis s'extirpa d'entre les vêtements où il étouffait et ouvrit la porte.

Il aperçut alors au fond de la penderie deux boîtes en bois qu'il n'avait d'abord pas remarquées. Pour en avoir le cœur net il revint sur ses pas, et sortit enfin. Dans la chambre déserte le lit avait été préparé pour la nuit.

Il voulut ensuite descendre lorsqu'il entendit des voix provenant du rez-de-chaussée. Un homme et une femme discutaient et ne semblaient pas vouloir bouger. Et tandis que cette conversation se poursuivait, il aperçut une silhouette progresser dans l'escalier à sa rencontre. Alors il remonta au deuxième étage, pénétra dans la chambre par où il était entré, grimpa sur la corniche et se laissa glisser le long de la descente.

Devinant la curiosité de l'aliéniste, Lucien Favre tourna le daguerréotype vers lui et Gérard fit tout son possible pour ne pas laisser la grimace que cette horreur lui inspirait déformer ses traits.

— Mon père, indiqua l'héritier avide de la moindre

réaction. La photographie a été prise sur son lit de mort. Il s'est tiré une balle dans la tête. Je la conserve sous les yeux pour me rappeler que la fin de son séjour ici-bas n'a pas été facile.

Gérard ne pouvait détacher son regard de cette image, sachant qu'elle risquait d'avoir sur son cerveau le même effet qu'un ver sur un fruit : Jules Favre dont le nez en bec de faucon était hideusement rongé par une ulcération profonde.

Le médecin connaissait. Il avait été en contact avec quelques cas similaires au cours de ses études, avant de bifurquer vers les maladies mentales. La carie de la face fait communiquer la bouche avec les fosses nasales ou amène l'affaissement de la racine du nez ; au larynx elle détruit les cartilages, produit l'aphonie et quelquefois cause la mort par asphyxie. Une fin atroce et physiquement dégradante que le malade avait écourtée d'une balle dans la tête.

La raison pour laquelle Lucien Favre faisait des dons aussi considérables à l'hôpital Saint-Louis, comprit Gérard à cet instant, comme lui revenaient à l'esprit les théories évoquées par Blanche sur la dégénérescence, dont l'une des causes était la syphilis.

— Il ne me reste plus qu'à vous laisser retourner soigner ma mère, en espérant que vous avez trouvé les quelques éclaircissements que vous étiez venu chercher, déclara Lucien Favre qui s'était levé. Et ne faites pas attention à ce qu'elle dit. Elle a perdu la raison hélas, ce n'est pas à vous que je vais l'apprendre… J'ignorais d'ailleurs que l'on accordait autant d'importance aux délires des patients…

L'aliéniste perçut dans cette dernière phrase une

contrariété qui le surprit. Lucien Favre pensait-il qu'un internement dans un asile était une sorte d'enterrement avant l'heure ? Une relégation en un lieu où plus rien, et a fortiori la parole, n'avait de valeur ? C'était encore vrai, dans la plupart des asiles, mais sous l'influence d'un Charcot justement, les choses étaient en train d'évoluer. Blanche avait bien évoqué ces internements de femmes trop favorables aux affaires de certains de leurs proches pour ne pas être suspects…

— Ils sont pourtant souvent riches d'enseignements, répliqua-t-il finalement. On doit cet intérêt nouveau à l'enseignement du professeur Charcot.

Lucien Favre qui se dirigeait déjà vers la porte ne releva pas et Gérard le suivit. Au moment d'ouvrir, tandis que son hôte le laissait passer devant lui, il avisa sur la gauche un portrait sur lequel il reconnut Nélie. Il s'en approcha.

Sa patiente se présentait de face, elle avait bien dix ou quinze ans de moins que celle qu'il tentait de soulager depuis plusieurs semaines. D'une manière franche, le peintre avait bien rendu la régularité de ses traits et une certaine fragilité qui déjà se dégageait de son regard. Il se pencha davantage pour lire la signature, et avec stupeur déchiffra celle d'Édouard Manet.

Les jambes flageolantes sous l'effet d'une telle découverte, il traversa en sens inverse l'enfilade de pièces écrasantes.

37

Avec les nuées amoncelées par le vent d'ouest au-dessus de Paris, le ciel s'était considérablement obscurci. Comme il était encore tôt pour l'allumeur de réverbères, il faisait presque nuit. Dans cette pénombre envahissante, la façade de l'hôtel Favre brillait de mille feux.

Jean regardait Ange encore effaré par ce qu'il avait vu dans cette bâtisse au luxe inimaginable. Il n'avait pas trouvé trace de Sibylle mais, entre le portrait équestre relégué au grenier et les chambres noires dans la penderie, il n'était pas rentré bredouille. Ni le premier ni les secondes ne constituaient une preuve de la culpabilité de Lucien Favre, mais en renforçaient l'hypothèse. Le premier surtout présentait l'immense avantage de confirmer les dires de Nélie. Quant à son portrait par Manet, il ouvrait des perspectives que ni Gérard ni Jean n'avaient envisagées jusqu'alors. Même si, selon l'aliéniste, Lucien Favre paraissait trop fragile pour être l'auteur des crimes qu'on lui attribuait.

Alors, dans le doute, Jean avait préféré demeurer sur

l'avenue à surveiller un éventuel mouvement du millionnaire. Si, en dépit des réserves de Gérard, il était celui qu'ils soupçonnaient, il y avait fort à parier qu'il bougerait. Il n'avait pu être dupe de la démarche de l'aliéniste et ne pouvait rester sans réaction. À défaut de le faire avouer, les deux médecins espéraient le pousser à la faute.

Gérard, lui, était retourné à la clinique avec l'intention d'interroger sa patiente fort de ce nouvel élément. Et puis, étant donné la position sociale de l'intéressé, il fallait la caution d'un Émile Blanche pour peser dans la balance face à la police.

Si Lucien Favre était bien l'homme qu'ils soupçonnaient…

Jean avait posé son melon sur ses genoux. Ses doigts nerveux tiraient des sons feutrés de son couvre-chef. Il en avait assez d'attendre. Il se demandait s'ils ne faisaient pas fausse route et cette station immobile s'avérait insoutenable dès que Sibylle envahissait ses pensées.

À intervalles réguliers il reportait son attention sur l'hôtel particulier, ce palais qui depuis la mort de Jules ne devait plus accueillir grand monde, hanté par le souvenir du bâtisseur.

À présent son unique héritier ne conservait de son père qu'une image dégradée ; n'était-ce pas un moyen de s'en affranchir, surtout lorsque l'on n'avait pas soi-même les moyens de ses ambitions ? Lucien Favre, reclus en son palais avec ses domestiques. Même sa mère, il s'en était débarrassé. Pour quelle raison ? Parce qu'elle était le dernier témoin de son absence de talent ? La rendre folle et la traiter comme telle n'était-il pas le meilleur moyen d'éradiquer le problème ?

Mais tout cela n'était qu'hypothèses.

Il observait l'enfant avec une certaine admiration. Comme s'il était parvenu à dérober les secrets d'un dragon dans son antre. Il n'en tirait pourtant aucune fierté, assis à côté de lui sur ce banc public, ses pieds ne touchant même pas le sol. Familier de ce genre de situation, il ne disait rien, ne s'agitait pas, ne s'impatientait pas, et si sur les deux l'un représentait pour l'autre une présence rassurante, c'était lui.

Jean leva la tête vers le ciel.

— On va être rincé d'une minute à l'autre.

Une affreuse quinte de toux lui répondit. Le garçon en sortit secoué comme s'il avait encaissé une série d'uppercuts au foie.

— Il ne faudrait pas que tu restes sous la pluie quand elle va commencer à tomber.

Ange haussa les épaules. Il en avait vu d'autres. Au centre de la chaussée passait régulièrement le tramway, grosse voiture bondée tractée par des percherons et des ardennais. Les passagers assis sur l'impériale jetaient des regards inquiets vers les nuages. Ils s'étaient postés à proximité d'une station de fiacres, à une centaine de mètres à peine de l'hôtel Favre. L'odeur du crottin leur parvenait aux narines. Le trafic était régulier mais il y avait toujours au moins une voiture en attente, se rassurait Jean qui guettait tout éventuel mouvement en provenance de l'hôtel particulier.

Sans le moindre coup de tonnerre annonciateur, tout juste trois ou quatre gouttes éclatées à leurs pieds, un rideau de pluie leur tomba dessus avec une violence inouïe. Par réflexe Jean prit son chapeau et en coiffa l'enfant. Autour d'eux, en quête d'un abri, les piétons couraient comme des rats. Jean voulut entraîner Ange sous le porche de l'immeuble le plus proche quand il vit sortir de l'hôtel Favre une voiture tractée par deux chevaux.

— Vite ! cria-t-il à l'enfant qui se dirigeait vers la porte cochère où étaient agglutinées une dizaine de personnes.

Jean lui attrapa le bras et le poussa vers le fiacre. Un individu s'apprêtait à s'y engouffrer. Jean lui coupa la route, intima au cocher l'ordre de suivre la voiture qui sortait de l'hôtel, projeta l'enfant à l'intérieur et referma la portière au nez de celui qu'il avait pris de vitesse et qu'il abandonnait sous des cataractes d'eau. Une fois le fiacre ébranlé, Jean sortit la tête pour s'assurer que le cocher suivait bien la voiture de Lucien Favre ; à cette allure réduite à cause du déluge, il n'y avait pas de risque d'être distancé. Il rentra alors la tête, aussi trempée que s'il l'avait plongée dans une bassine. Assis face à lui, l'enfant toussait à s'en déchirer les bronches.

— Il va falloir que je te soigne, si tu veux arriver au bout de ta médecine, plaisanta-t-il pour masquer sa crainte.

Ange rigola timidement.

L'enfant lui faisait pitié. Seuls ses cheveux d'un roux flamboyant que son chapeau avait protégés de la pluie avaient encore fière allure. Il avait envie de le frictionner mais ne disposait de rien de sec. Il détourna le regard vers l'extérieur. Sur sa gauche il devina l'église Saint-Augustin et, quelques minutes plus tard, reconnut la Madeleine. Le fiacre s'engagea ensuite sur le boulevard puis à l'Opéra bifurqua en direction du Louvre. Où les emmenait-il ainsi ?

Ils s'étaient engagés dans un entrelacs de rues. Enfin le tambourinement assourdissant finit par décroître. Le grain faiblissait. Un orage de printemps aussi violent que passager.

Et pendant ce temps Gérard essayait de convaincre Blanche…

— Lucien vous a montré le tableau d'Édouard ? s'étonna Nélie dont le visage à l'évocation de Manet s'était illuminé comme jamais encore Gérard ne l'avait vu.

Enfin il tenait là une clef, une de ces clefs que l'on peut chercher en vain pendant des mois, parce qu'elles donnent accès à un esprit hermétiquement fermé sur lui-même qui sans ce sésame peut ne jamais se livrer et demeurer un mystère. La réaction allait au-delà de toutes ses espérances. Le regard de sa patiente reflétait une affection jamais éteinte. Que s'était-il passé entre Manet et elle, pour que ce simple souvenir provoque un tel transport ?

Elle posa sur son lit à côté d'elle la broderie aux papillons qu'après le dîner servi dans la salle à manger en compagnie de Blanche, de sa femme et des autres aliénés habitant l'ancien hôtel, elle avait reprise. Gérard constata qu'elle avait progressé depuis la dernière fois. Mais surtout il tremblait à l'idée qu'elle puisse se refermer en n'ayant fait qu'entrouvrir une fenêtre, pour le laisser avec une énigme supplémentaire.

Pour se mettre à sa hauteur et ne pas l'intimider davantage, il s'était assis sur cette chaise aux pieds si frêles qu'à chaque fois il redoutait de briser sous son poids et attendait, immobile, redoutant le moindre craquement annonciateur d'une chute qui briserait tous ses efforts.

— Il est magnifique, n'est-ce pas ? Quelle clarté. À l'image du peintre. Voilà douze ans déjà que j'ai posé pour lui. Quel être merveilleux…

À cet instant ses yeux se couvrirent d'un voile de tristesse évoquant l'idée d'un regret, d'un rêve inabouti. L'aliéniste avait son idée : douze ans plus tôt elle était déjà veuve, or n'avait-elle pas parlé de l'étroitesse de sa relation avec son fils ? N'avait-elle pas dit qu'il la considérait comme sa sœur ? Partant de là, il ne paraissait pas absurde d'imaginer que Lucien ait pu prendre ombrage du penchant nouveau de sa mère pour le peintre… Il avait le sentiment de brûler mais ne pouvait se permettre d'influencer le cours de ses pensées.

— Votre fils ? risqua-t-il pourtant afin de l'extraire du mutisme où elle s'était à nouveau réfugiée.

— Lucien ? s'exclama-t-elle comme si elle sortait d'un songe. Alors il vous a aussi montré son *Déjeuner sur l'herbe* ? Quelle curieuse idée, d'avoir pris pour modèle un cadavre… C'est bien de lui. Pour ne pas le décourager, je lui ai dit que je trouvais la piste intéressante, mais à vous je peux avouer le fond de ma pensée, c'est trop macabre à mes yeux. C'est par jalousie qu'il a fait ça… À cause du talent que je trouvais à Édouard. Je n'aurais pas dû en faire autant état, j'ai été maladroite, c'est ma faute. Ça l'a blessé, mon pauvre Lucien, il a une telle ambition artistique. Mais vous ne dites rien ?

Livide, Gérard s'était levé. Il ne pouvait se résoudre à quitter sa patiente de façon aussi abrupte, mais il n'y avait pas une minute à perdre.

— Mais où allez-vous ?

Elle avait soudain l'air affolé. Comme si elle réalisait toute la portée de ce qu'elle venait de confesser. La mère qui avait toujours protégé à outrance son fils unique… Le médecin redoutait une nouvelle crise, mais l'heure n'était pas à ce genre de crainte. Il ouvrait la porte. Il avait déjà un pied dans le couloir.

— Je dois y aller. Ne vous inquiétez pas, je vais faire appeler Mme Lambert.

— Où allez-vous ? – Son affolement était criant. – Ne lui faites pas de mal ! Il ne ferait pas de mal à une mouche ! C'est son frère qui a tout fait ! Son frère !

Gérard ne comprenait pas. Il n'avait plus le temps. Il courait déjà dans le couloir jusqu'à l'escalier, poursuivi par ces cris de détresse qui lui déchiraient les tympans.

Soudain l'allure diminua et le fiacre s'arrêta tout à fait. La trappe séparant l'intérieur de la place du cocher s'ouvrit et Jean aperçut sous son chapeau ruisselant la tête de l'homme qui se penchait vers lui.

— Il semblerait que nous sommes arrivés, maugréa-t-il. Il y a un monsieur qui est sorti de la voiture pour rentrer dans un immeuble.

— À quelle adresse ? demanda Jean qui sortit sa monnaie.

L'homme n'aurait pas employé le terme de monsieur à mauvais escient. Il s'agissait de Favre.

— Rue de l'Arbre-Sec. Mais d'ici j'vois pas le numéro.

Les pièces que Jean tenait dans sa main roulèrent au fond du fiacre. Aussitôt Ange se baissa pour les ramasser et les tendit au médecin qui les reçut dans une main tremblante. D'un geste mal assuré il tendit le montant de la course au cocher avant d'ouvrir la portière et de faire descendre l'enfant avant lui. Puis, tandis que le fiacre s'éloignait, ses grandes roues soulevant des gerbes d'eau sur la chaussée détrempée, Jean observa la voiture stationnée devant l'immeuble d'Obscura, à une cinquantaine de mètres de l'endroit où Ange et lui se tenaient. Jean ne pouvait détacher ses yeux de cette voiture noire attelée d'un alezan et d'un bai aux robes fumantes après la pluie, avec la silhouette du cocher enveloppé dans sa capote sombre.

La tête lui tournait, et pour un peu l'enfant l'aurait soutenu. Tout était soudain si clair. *Flanelle*, c'était lui, Lucien Favre, qui chez la mère Brabant avait fait poser Obscura et la Martiniquaise en *Olympia*. Très vite ces tableaux vivants ne lui avaient plus suffi. Il lui avait fallu passer à autre chose, à des sensations autrement plus fortes. Peintre raté, il se serait rabattu sur la photographie tout en gardant la peinture en ligne de mire ; et se serait appuyé sur l'aspect scandaleux de certaines toiles pour assurer le retentissement de son œuvre.

Un hasard extraordinaire avait voulu que sa mère soit internée chez Blanche et confiée aux bons soins de Gérard. Mais le plus extraordinaire était que Gérard justement, ce fils de pâtre un temps égaré sur un chalutier, ait trouvé une place dans un établissement comme celui du docteur Blanche. Car il était en effet logique, comme le lui avait souligné son ami, qu'une Nélie Favre échoue dans une telle clinique : elle et ses semblables constituaient l'essentiel de la clientèle de cet asile qui n'avait pas son équivalent dans Paris.

En la faisant interner dans la clinique du docteur Blanche, son fils n'avait pas imaginé qu'elle allait parler. Il pensait sans doute que c'était un moyen de la mettre définitivement à l'écart du monde ; ce à quoi se réduisaient la plupart des asiles. C'était compter sans l'ambition de Gérard que les expériences chez Charcot avaient enthousiasmé. Charcot qui s'intéressait aux délires de ses patients comme jamais personne avant lui.

Était-ce Lucien Favre qui avait été dans le sud de la France, près d'Aix-en-Provence ? Forcément… Et Obscura était donc complice. À moins qu'elle fût manipulée : Jean venait de se rappeler sa tenue lorsqu'il était venu l'interroger chez elle. Avec le gris du Gabon sur son perchoir et son déshabillé rose pâle, elle figurait exactement un autre tableau de Manet, *La Femme au perroquet*, l'un des plus doux du peintre, pour lequel avait posé une Victorine Meurent assagie, presque timide après l'impudeur du *Déjeuner* et de l'*Olympia*. Obscura avait-elle seulement conscience d'être ainsi transformée en modèle jusque chez elle ? Certainement pas. Mais quel était son rôle véritable ? Et pourquoi Favre se rendait-il justement chez elle après la visite de Gérard ?

Quant à Sibylle, qui l'avait enlevée ? L'homme qui les avait suivis Obscura et lui depuis les Folies-Bergère et qu'il avait aperçu devant le théâtre du Gymnase ne ressemblait ni de près ni de loin à Lucien Favre. Un homme de main chargé de surveiller Obscura ? Favre ne pouvait agir seul. Ni à Aix pour déterrer un cadavre, le transporter et tout installer dans une maison vraisemblablement visitée à l'avance, ni à Paris pour repérer ses modèles, les séduire, les enlever et les asphyxier. Un homme comme lui avait forcément un complice pour exécuter ses basses œuvres. Il ne pouvait ni se salir les mains ni prendre le risque d'être découvert. Il avait trop à perdre. Et il avait largement les moyens d'acheter les services et le silence de n'importe qui.

Jean n'eut pas le temps de se torturer davantage : de l'immeuble ressortait déjà Lucien Favre avec, à son bras, Obscura. Elle paraissait éteinte, résignée, apeurée presque. Rien à voir avec l'hétaïre flamboyante qui l'avait séduit. Était-ce simplement de l'ennui ? Et cette sortie était-elle prévue, ou provoquée par la visite du médecin ?

À ces incertitudes se substitua la panique : sans fiacre en vue, il n'avait aucun moyen de les suivre. Il allait perdre leur trace.

Instinctivement Jean posa sa main sur l'épaule d'Ange qui leva la tête vers lui et, avant que le médecin ait eu le temps de dire un mot, fila vers la voiture en maintenant le melon sur sa tête pour éviter qu'il ne vole. Obscura et Favre étaient déjà à l'intérieur. Par deux fois Jean avait observé le véhicule s'abaisser sous leur poids. Il s'ébranlait tout juste sous la traction des deux chevaux, quand Ange profita du mouvement pour se hisser sur la plate-forme destinée aux bagages. La voiture ne s'arrêta pas. Ni le cocher ni les passagers ne s'étaient rendu compte de rien.

Interdit, Jean regardait la voiture s'éloigner dans la rue aux pavés luisants de pluie. Recroquevillé à l'arrière, passager clandestin, toujours coiffé de son melon, Ange était embarqué pour une destination inconnue. Et il n'avait aucun moyen de le contacter. Une seconde Jean voulut suivre la voiture en courant, mais elle avait déjà tourné dans la rue et disparu de sa vue.

38

Claude Lacombe était sorti en espérant que l'air du soir et l'obscurité calmeraient sa douleur. Plus violente que jamais, elle était apparue après que la situation lui avait échappé. Après que la négresse arrachée à sa somnolence s'était débattue. Parce qu'il avait mésestimé sa capacité de résistance à l'éther. Ces gens-là étaient aussi résistants que des animaux.

Cette erreur lui avait coûté cher.

Après y avoir goûté une première fois, il avait voulu recommencer. À plusieurs reprises. Lumière allumée ou dans le noir. En la positionnant sur le ventre ou sur le dos. Malgré elle, elle l'avait rendu fou de désir. Pour ces fesses fermes et rebondies, pour ces seins haut perchés, ces lèvres épaisses et ce sexe qui enserrait si fort le sien. Pour le grain de sa peau. Pour son goût délicieusement âcre. Il y retournait plusieurs fois par jour comme s'il avait été l'objet d'une attraction irrésistible, et l'inertie de ce corps ne refrénait pas ses ardeurs, au contraire, elle l'excitait d'autant plus. Pourquoi se serait-il gêné, alors qu'il l'avait à sa disposition ? Ce corps passif, à l'odeur et à la densité si particulières, livré à ses assauts répétés.

Mais elle était sortie de cette léthargie alors qu'il était en train de la besogner. Il ne s'y attendait pas et elle était parvenue à le frapper. Une vivacité de fauve. Sur le nez et la tempe gauche. Il vit quelques chandelles. Mais il la maintint sous lui. Elle ne pouvait pas lui échapper. À la stupeur succéda la rage. Et comme elle continuait à hurler et frapper, il fut obligé de se défendre. Son sexe toujours enfoncé en elle, il l'agrippa au cou et serra des deux mains. Jusqu'à ce que les cris et les coups cessent. Jusqu'à ce que ses bras retombent inertes le long de son corps et que, possédé, il éjacule enfin. La lutte avait décuplé son désir. Avec l'étranglement sa jouissance avait atteint une intensité inconnue jusqu'alors.

Il voulut ensuite la réveiller. Il la secoua, lui administra quelques claques qui ne firent qu'entraîner sa tête à droite puis à gauche sur l'axe de son cou : elle était morte.

La lune se reflétait dans l'étang sous l'eau duquel reposaient déjà les corps de plusieurs modèles que celui-ci allait bientôt rejoindre. Ces cadavres lestés de briques qu'à coups de rames il avait conduits au milieu de la pièce d'eau pour les faire ensuite passer par-dessus bord, les jetant en pâture aux anguilles et aux écrevisses. Un jour quelqu'un aurait l'idée de vider l'étang pour le curer. Ce serait alors l'occasion de découvrir ce qu'il en resterait, quelques ossements enfouis dans la vase, au mieux des squelettes.

Mais lui serait déjà loin et n'assisterait pas à cette découverte.

Profitant de cette promenade nocturne, les chiens l'accompagnaient. Deux fauves qui filaient dans ses jambes, s'éloignaient puis se rapprochaient, dont il entendait cliqueter les colliers dans l'obscurité. Ils lui obéissaient au doigt et à l'œil. Il était ici le maître.

Soudain le reflet de la lune disparut à la surface de l'étang. Il leva les yeux et s'aperçut qu'un nuage immense et noir en provenance de l'ouest masquait l'astre, ainsi que la plupart des étoiles. Dans le lointain un éclair déchira la voûte céleste assombrie. La pluie n'allait pas tarder à tomber.

La douleur s'estompait, mais il savait qu'elle était une manifestation nouvelle de la maladie, de la pourriture qui envahissait son corps. Même si elle avait été provoquée par les coups de la négresse autant que par l'émotion suscitée par sa mort : la perte était à la hauteur de la rareté et il allait devoir s'en procurer une autre pour compléter le tableau… Elles ne couraient pas les rues, les femmes de couleur ; cela le contrariait. À moins que l'*artiste* décide de réaliser son tableau dans les vingt-quatre heures. Après tout, le corps était intact et les marques sur son cou à peine visibles ; il s'était empressé de vérifier et en éprouva même un soulagement passager.

Dans sa cellule Sibylle avait atteint les sommets de la terreur. Les grincements du sommier et les grognements de porc devenus si fréquents ces derniers temps avaient soudain été couverts par des hurlements de femme, d'autres bruits indistincts, puis les râles étouffés de la femme, bientôt eux-mêmes à nouveau couverts par les grincements du sommier et les grognements qui avaient repris de plus belle.

Elle entendit ensuite des claquements qu'elle assimila aux efforts de l'homme pour réveiller sa victime, puis un juron. Elle demeurait l'oreille collée à la cloison, ivre d'angoisse et pétrifiée, n'osant faire un geste de peur de rappeler sa présence et de donner à l'homme l'idée de s'en prendre à elle. Enfin elle l'entendit faire quelques pas et sortir dans le couloir.

Après avoir compté jusqu'à mille, elle s'enhardit à taper contre la cloison puis à appeler. Seul le silence lui répondit, elle comprit alors que la malheureuse était morte et elle fondit en larmes.

À présent elle comprenait pourquoi elle avait été enlevée et ce à quoi on la destinait. Il allait revenir pour elle. Terrorisée, elle se trouvait dans la situation des condamnés qui attendent la peine capitale, à la différence que dans son cas ni le jour ni l'heure n'étaient fixés.

Et elle avait eu beau tirer le lit contre la porte, elle savait que cet obstacle ne le retarderait que quelques secondes.

La douleur s'estompait mais pas son désir. Jamais auparavant il n'avait ressenti un plaisir si intense qu'en la besognant tout en l'étranglant. Ce plaisir qui avait succédé à la fureur. Il avait eu le temps d'y réfléchir : c'est le regard et l'expression d'horreur et de dégoût de la négresse en découvrant ce qu'il était en train de lui faire qui avaient provoqué cette fureur. Parce qu'ils réduisaient à néant les fantasmes élaborés dans sa solitude.

Mais il avait ensuite ressenti comme un déclic en lui comprimant les veines du cou et la trachée qui l'avait happé tout entier. Et il avait déjà envie de recommencer.

La femme du docteur Corbel ne l'attendait-elle pas dans sa cellule ? À cette idée son sexe se gonfla aussitôt et, en souriant, il s'apprêta à regagner le château.

Est-ce que tout n'était pas déjà mort ? Est-ce que tout n'était pas déjà foutu ?

Il était chez lui.

Il avait tout son temps.

Celui que lui laisserait la maladie.

Et il n'allait pas se laisser emporter seul par le mal.

39

Elle ne s'attendait pas à cette visite, elle ne s'y attendait jamais à dire vrai. Il ne prévenait pas. Il s'agissait d'une manifestation du pouvoir qu'il exerçait sur elle. Mais cette fois il avait utilisé sa clef. Et comme elle n'avait pas entendu la porte s'ouvrir il lui avait fait peur. Elle était en train de jouer avec son perroquet lorsque, sentant une présence dans son dos, elle s'était brusquement retournée. Il était là, immobile et livide. « *Venez*, avait-il simplement dit. *Maintenant* », ajouta-t-il comme elle hésitait. Alors elle le suivit sans un mot, parce que l'heure n'était pas aux questions.

Mais à présent que la voiture l'emmenait vers l'inconnu, elle se sentait bête de s'être laissé entraîner sans la moindre protestation. Et pour la première fois, elle comprenait que ce n'était pas la peur de manquer qui lui dictait sa conduite, mais autre chose, une crainte qu'elle ne s'était encore jamais expliquée, qui ne lui était même jamais apparue. Alors ? Pourquoi une telle faiblesse en sa présence ? Elle se posait la question, ce qui était un pas vers la réponse. Mais peut-être se la posait-elle parce qu'il paraissait différent, rien dans son attitude ne rappelait ce négociant en horlogerie qui ne l'impressionnait que parce qu'il ne la touchait pas et ne faisait que la regarder. Dans cette voiture qui l'éloignait de chez elle, ce mystère laissait la place à un autre, beaucoup plus inquiétant.

— Où m'emmènes-tu ?

Elle avait à peine posé sa question que le tutoiement lui parut déplacé.

— À la campagne. Une surprise, ajouta-t-il pour répondre à son regard d'incompréhension.

En d'autres circonstances elle aurait protesté ou voulu en savoir plus, mais elle était paralysée. Le sourire qu'elle tenta vira au tragique. Soudain elle repensa au docteur Corbel, le petit médecin sans le sou qu'elle s'était amusée à séduire… à ses questions pressantes sur Flanelle et à sa propre réticence à lui répondre, à ses dénégations systématiques. Une question de vie ou de mort, avait-il dit. Sa femme avait disparu. Et elle n'avait rien voulu savoir. Elle aurait dû. Mais il était trop tard. Trop tard pour revenir en arrière comme pour regretter. Elle fut parcourue par un frisson de glace puis étouffa un sanglot. Elle n'allait pas en plus se montrer en larmes.

Assis dans le sens de la marche, Jules Hénin l'observait avec un regard absent. Qui était-il vraiment, lui face à qui elle n'avait jamais été à l'aise ? Était-ce seulement son nom ?

Ils roulaient désormais dans les faubourgs et, à mesure que la voiture l'éloignait de Paris, elle regrettait sa légèreté.

La pluie s'était remise à tomber. Elle détourna son

attention de ce paysage déprimant dans lequel s'absorbait Jules Hénin. Elle en profita pour l'observer et fut frappée par le changement qui s'était opéré en lui et qu'elle n'avait d'abord pas remarqué.

Sa voix pourtant aurait dû l'alerter lorsqu'il l'avait priée de le suivre. Une voix légèrement hautaine et plus haut perchée que celle qu'elle lui connaissait. Ses vêtements aussi étaient différents, plus élégants, coupés dans des étoffes plus fines. Jusqu'à son visage qui lui paraissait autre, aux traits plus délicats, mais peut-être était-ce le fait de cette expression tendue qu'elle ne lui avait jamais vue non plus. À quoi était due cette métamorphose ? Avait-il jusque-là joué la comédie face à elle, allant jusqu'à se façonner un autre personnage plus… grossier ? L'homme assis en face d'elle n'avait rien d'un négociant en horlogerie voyageant avec ses valises remplies de sa camelote à écouler. Ou alors son jugement sur les hommes ne valait plus un clou.

Ange n'avait pas imaginé qu'ils allaient quitter Paris, et il se demandait comment il allait prévenir le docteur Corbel, et même rentrer. À un moment il fut tenté de sauter en marche ; l'idée de décevoir le docteur le retint. À présent, même si cette pensée le pressait à nouveau, la voiture allait beaucoup trop vite. Déjà il pouvait s'estimer heureux de ne pas avoir été repéré. Trois personnes dans les rues l'avaient aperçu, l'une d'entre elles avait voulu prévenir le cocher, mais la voiture un instant arrêtée avait très vite repris son allure et il avait observé avec un immense soulagement l'individu rapetisser en agitant les bras.

La pluie s'était remise à tomber dru, il grelottait et

faisait tous ses efforts pour comprimer ses quintes de toux afin qu'elles ne soient pas entendues. Les sabots martelant le sol et le ruissellement de la pluie auraient couvert des bruits moins étouffés, et ses quintes de toux étaient emportées par le vent de la vitesse. Ange était surtout en train d'attraper la mort, lui qui se demandait avec une inquiétude croissante ce qu'il pourrait bien faire une fois arrivé à destination. Agrippé comme il pouvait pour ne pas tomber, blotti contre la carrosserie pour se protéger de la pluie, il fermait par moments les yeux pour essayer de rentrer en lui-même et échapper à ce cauchemar.

Engourdi par le froid, il ignorait combien de temps avait passé et quelle distance ils avaient parcourue, quand la voiture fut soudain secouée comme elle l'était sur le pavé parisien. Il ouvrit les yeux. Ils étaient dans une ville. La nuit, la pluie et le faible éclairage le mettaient à l'abri des regards, mais l'attelage ne semblait pas devoir s'arrêter et son inquiétude grandissait. Une fois cette agglomération mystérieuse traversée, ils reprirent leur vitesse de croisière.

Après quelques minutes sur cette route inconnue ils ralentirent, la voiture vira sur la droite et s'engagea dans un chemin pavé. Ange regardait s'éloigner la rangée de peupliers bordant la route avec une certaine appréhension lorsqu'un rideau d'arbres lui obstrua la vue. Ils pénétraient dans une forêt et l'obscurité s'épaissit davantage.

Quelques centaines de mètres plus loin, le rythme des sabots décrut et la voiture s'immobilisa enfin. Ange retint son souffle. Il ne savait que faire. Ils semblaient arrêtés au milieu de la forêt et il risquait à tout instant d'être découvert. Lorsqu'au mouvement des ressorts il comprit que le cocher était descendu de son siège, tétanisé, il s'apprêta à bondir vers la protection des arbres parmi lesquels il pourrait sans doute s'échapper, mais il entendit un grincement. Une grille que l'on ouvrait, devina-t-il.

Les battements de son cœur couvraient tous les éventuels bruits de la forêt détrempée, comme ceux provoqués par les chevaux. Il retint son souffle et prit garde à ne pas esquisser le moindre geste pour ne pas être trahi. Il aurait déjà dû filer mais la fatigue et le froid l'engourdissaient. Et lorsqu'il comprit enfin que la voiture allait franchir les grilles après quoi le cocher les refermerait et qu'à ce moment il serait nécessairement découvert, il voulut sauter mais il était trop tard : le dominant de la tête et des épaules, un homme lui interdisait toute possibilité de fuite. Le cocher qu'il n'avait pas entendu contourner la voiture. La surprise et la terreur se manifestèrent en un cri, mais une main gantée l'étouffa avant qu'il ne franchisse ses lèvres.

Déjà dehors, l'homme – elle ne savait plus comment l'appeler – lui tendait la main. Elle l'ignora et descendit sans son aide. Aussitôt elle leva la tête vers la bâtisse qui la dominait mais la pluie lui cingla le visage. Dans Paris elle n'avait jamais vu de bâtiment comparable, ou peut-être l'Hôtel de Ville, et l'idée qu'elle se faisait du négociant en horlogerie était de plus en plus floue. Il ne lui laissa pas le temps de s'appesantir et, lui prenant le bras, l'entraîna vers les quelques marches du perron qui menaient à la porte principale. À son côté elle les gravit, ses jambes la soutenant à peine. En haut elle sursauta :

deux molosses aussi gros que des veaux la reniflaient en silence.

— N'ayez pas peur, lui glissa l'homme. Ils ne vous sauteront dessus que si vous vous mettez à courir.

Cette précision acheva de la remplir d'effroi.

Il poussa ensuite la gigantesque porte vitrée protégée par une grille en fer forgé dessinant des arabesques végétales et l'introduisit dans un hall dont la taille lui coupa le souffle : à lui seul il devait pouvoir contenir la nef d'une cathédrale. Un escalier monumental à la rampe de marbre montait à l'étage. À l'autre extrémité de la pièce une porte s'ouvrit et un homme apparut brusquement. Plus il approchait, plus il lui disait quelque chose. Une moustache blonde, un visage aux traits épais, des épaules rondes, un costume à carreaux. Une silhouette depuis quelque temps familière, toujours lointaine mais souvent présente lorsqu'elle s'aventurait hors de chez elle. La description que lui avait faite le docteur Corbel ! se rappela-t-elle quand il fut à deux pas. Il avait donc raison sur tout ?

— J'ai entendu la voiture. Je savais pas que tu devais venir ce soir.

Il avait dit ça d'une voix forte qui résonna entre les murs.

— Moi non plus, répliqua son protecteur beaucoup plus doucement, comme si le fait d'être entendu lui importait peu.

— Qui est-ce ? lui chuchota Obscura.

— Mon frère, répondit-il dans un soupir.

Elle ne comprenait rien. L'homme ne lui ressemblait en rien et avait l'air de tout sauf de son frère. Peut-être aurait-il pu être le frère de Jules Hénin, mais jamais de cet homme.

— Il n'y a pas de temps à perdre.

Elle tressaillit puis se retourna vers celui qu'elle avait toujours appelé Jules Hénin. Il avait dit ça très vite, sur un ton sec et plaintif qui ne souffrait pas la moindre contradiction.

— Tu as l'air tendu. On te dérange ?

— Pas du tout. Je ne t'attendais pas…

— N'oublie pas la négresse. On devrait avoir la nuit pour nous.

— La nuit ? Que se passe-t-il ?

— Après je ne réponds plus de rien.

— La police ?

— Pas encore, se contenta de répondre Lucien Favre.

Le moustachu le regarda gravement avant de hocher la tête.

— Mais qui êtes-vous ?

Le tutoiement n'était plus pensable. Elle le regardait en tremblant. Il lui indiqua un blason au-dessus d'une cheminée pouvant accueillir des troncs entiers. Dans le bronze ressortaient une truelle, un soufflet de forge et des gerbes de blé. Elle ne comprenait rien. Le moustachu était à deux pas d'elle et lui tendait la main. Elle aurait voulu se raccrocher à Jules Hénin mais il était déjà ailleurs.

— Suivez-le, dit-il sans la regarder. Il va s'occuper de vous.

Ce vouvoiement soudain qui ne faisait que répondre au sien la glaça. En lui souriant de plus belle, le moustachu découvrit une gencive hideusement perforée. Que pouvait-elle faire ? Fuir ? Où ça ? Il y avait les chiens…

Elle ne savait même pas ce qu'on attendait d'elle, ne voulait pas savoir, plus exactement, puisque l'ensemble du discours du petit médecin lui était revenu à l'esprit.

Le docteur Corbel. La première fois qu'elle l'avait rencontré, elle avait eu la tentation de s'accrocher à lui comme à une bouée de sauvetage. Il semblait tellement innocent, une sorte d'apôtre en son genre. Et puis elle n'avait pas eu le cœur de poursuivre. Un petit médecin sans le sou qui avait déjà sa vie. Qu'en aurait-elle fait ?

Elle aurait au moins pu l'écouter… Mais n'avait-elle pas toujours su qu'elle ne ferait pas de vieux os ?

Alors, avec une pâleur soudaine lui conférant une beauté d'échafaud, Obscura suivit dans l'escalier monumental son bourreau.

40

Assis devant le grand établi au fond de l'atelier, Gabriel Corbel demeurait inerte. Seuls les tremblements continus de ses mains croisées devant lui témoignaient de la vie qui ne l'avait pas quitté. Aussi loin que ses souvenirs remontaient, Jean ne l'avait jamais vu ainsi, mais la disparition de Sibylle l'avait anéanti. À sa manière, vingt ans après la mort de sa femme, sa belle-fille avait comblé cette absence, l'aidant plusieurs heures par jour à l'atelier ou à la boutique et égayant ses vieux jours de sa présence frivole, et Jean craignait qu'il ne s'en remette pas. Voûté, il n'était plus que l'ombre de lui-même, et son fils assistait à ce naufrage, impuissant et rongé par la culpabilité : il s'estimait responsable, et le spectacle du délitement de son univers le consumait. À l'angoisse de savoir Sibylle en danger de mort, s'ajoutait le chagrin provoqué par l'effondrement de son père.

Il n'avait pas voulu attendre seul chez lui le retour d'Ange. Il s'en voulait d'avoir laissé l'enfant se hisser ainsi à l'arrière de la voiture. L'idée que le sort de

Sibylle pouvait dépendre d'un aussi jeune garçon lui était insupportable, sans compter qu'il s'inquiétait à présent pour deux personnes.

Malgré l'heure tardive, ils avaient laissé le rideau de fer ouvert. Sur l'autre rive, la silhouette du Louvre se détachait plus sombre que le ciel. Quelques passants surgissaient parfois derrière la vitrine, étonnés de voir de la lumière chez le marchand de couleurs à une heure pareille. Autant d'ombres à peine entrevues, apparaissant pour disparaître aussi vite. Chacune d'elles provoquait chez Jean un espoir mort-né. Il attendait des nouvelles de Gérard, il attendait des nouvelles d'Ange qu'il ne pouvait s'empêcher d'imaginer à la merci de Lucien Favre, et demeurait à la torture d'ignorer tout de l'endroit où il avait pu être entraîné.

À dix heures et demie, Gabriel monta se coucher. À partir de ce moment Jean resta livré à lui-même dans cet endroit qu'il connaissait dans ses moindres recoins, mais où ce soir il se sentait étranger. Où se serait-il senti chez lui dans son état ? Dans son cabinet à recevoir ses patients ? Même ça, ces jours-ci, lui semblait au-dessus de ses forces.

À onze heures enfin, la silhouette massive de Gérard apparut dans l'encadrement de la porte vitrée. Jean se rua pour faire entrer le colosse hors d'haleine.

— J'espérais bien te trouver ici.

— Alors ? le pressa Jean.

— Elle a tout avoué. Elle était au courant depuis le début. Elle m'a parlé du *Déjeuner sur l'herbe* avec un cadavre !

— Qui ça ?

— La mère, Nélie Favre, ma patiente. Elle protégeait

son fils. C'est le fait de lui parler du portrait de Manet qui a tout débloqué.

— Et Blanche ?

— Quand j'ai évoqué ma visite chez Favre, j'ai cru qu'il allait me mettre dehors, mais il a finalement consenti à m'écouter jusqu'au bout. Le portrait mortuaire de Jules Favre défiguré posé sur son bureau et la réaction de la mère ont fait leur effet. Il était partagé entre l'ambition et la peur du scandale. L'ambition a fini par l'emporter. Je pense qu'il a été assez séduit par l'idée de pouvoir étudier un de ces fameux dégénérés supérieurs…

— Alors il n'y a pas une minute à perdre. Tu restes ici à attendre Ange pendant que je vais trouver Nosus. Sachant qu'on a besoin de lui pour savoir où Favre est parti.

— Où est-il ? s'inquiéta le colosse en regardant dans la boutique comme s'il s'attendait à le voir sortir d'un casier.

Jean lui raconta ce qui s'était passé. Par la même occasion, il revit l'enfant transi à l'arrière de la voiture qui disparaissait au coin de la rue et ne put réprimer un frisson. Il s'en voulait de plus en plus, mais ravala ses tourments en sortant dans la nuit. Courant déjà vers l'île de la Cité, il se ressaisit à l'idée de comparaître une nouvelle fois devant l'inspecteur qui l'avait suspecté, mais il comptait sur ses nouveaux arguments pour le convaincre.

Un sifflement strident couvrit le vacarme des roues sur les rails, immédiatement suivi par un second. Hagard, l'enfant regarda dans l'espace délimité par les deux wagons entre lesquels il se trouvait. Un haut mur de pierre avait remplacé le paysage nocturne. Le train entrait en gare. Plusieurs lignes métalliques scintillaient dans son champ de vision : d'autres voies de chemin de fer conduisant à autant de quais. Le staccato des roues, qui depuis Senlis où il avait tenté sa chance à la gare et s'était glissé entre ces deux wagons sans se faire repérer, l'avait abruti et bercé, décroissait. Jamais il n'était monté dans un train auparavant, s'étant toujours contenté de les voir entrer en gare ou sortir. Il était terrorisé mais n'avait pas le choix ; même s'il avait l'impression qu'il n'en sortirait pas vivant, que le colosse de métal allait le broyer.

Surtout, il n'était plus à ça près, après ce qu'il venait de vivre : en plaquant sa main sur son visage, le cocher lui avait infligé la plus grande terreur de son existence. Pendant quelques secondes, il crut sa dernière heure venue, jusqu'à ce que l'homme relâche sa pression sur sa bouche et d'un chuchotement lui intime l'ordre de disparaître. Il ne se le fit pas dire deux fois et sauta à bas du véhicule sans demander son reste pour filer vers les arbres.

Enfin il entendit le grincement de la grille puis le claquement du fouet. Et lorsqu'il jugea possible de bouger, à travers les barreaux il vit la voiture qui s'éloignait et, au-delà, masse sombre d'où émanaient les lumières de quelques pièces éclairées, un château immense. En levant la tête il aperçut, perché sur chacun des piliers du portail, un griffon taillé dans la pierre.

Il n'y avait plus rien à faire, sinon tenter de regagner Paris au plus vite puis rejoindre le docteur Corbel. Impressionné par la noirceur qui de part et d'autre du chemin s'étendait sous les arbres, il se mit à trotter en direction de la route. C'était la première fois qu'il quittait la ville et il n'avait jamais vu une forêt. Il avait entendu des histoires affreuses sur ce qu'il s'y passait. Il prit sur lui pour ne pas être submergé par la panique et accéléra le pas.

Les lumières étaient plus nombreuses. Un grincement continu manqua lui déchirer les tympans. Il se boucha les oreilles. Sur sa gauche le quai avait remplacé le ballast. Le couinement des freins s'accentua et le train s'arrêta tout à fait. Il en profita pour sauter à terre. Un coup de sifflet le fit sursauter. Il se retourna vivement. Un contrôleur en uniforme s'avançait vers lui. Il détala sur le quai en zigzaguant entre les voyageurs. Parvenu à l'extrémité de la voie, juste après avoir dépassé la locomotive qui fumait encore, il se retourna. L'homme avait renoncé à le poursuivre. Alors il se hâta vers la sortie de la gare. Quelques personnes se retournèrent sur cet enfant coiffé d'un melon trop grand pour lui, aux vêtements trempés, qui cavalait tout seul dans le hall, mais la plupart étaient trop absorbées pour le remarquer. La grande horloge indiquait onze heures.

Une fois sur le parvis il se demanda combien de temps il lui faudrait pour traverser Paris jusque chez le docteur Corbel. Une quinte de toux plus douloureuse que les précédentes le plia en deux. Le séisme passé, il se remit en route.

chemin s'enfonçait sous les arbres. Il se mit à trotter en direction de la route. C'était la première fois [illegible] la villa et [illegible] une forêt. Il avait entendu des [illegible] Il [illegible] de ne pas [illegible] par la panique et accéléra le pas.

[illegible] comme [illegible] des [illegible], il se boucha les oreilles [illegible] qui avait remplacé le bruit. [illegible] le train s'arrêta [illegible] pour sauter à terre. Un coup de sifflet [illegible]. Il se retourna [illegible]. Un contrôleur en uniforme s'avançait vers lui. [illegible] en zigzaguant [illegible]. Il [illegible] l'extrémité de la voie, juste après avoir dépassé la locomotive [illegible]. Alors il se [illegible] vers la sortie de la gare. Quelques personnes se retournèrent sur cet enfant [illegible] pour lui, ses vêtements [illegible] qui [illegible] seul dans le hall mais la plupart étaient trop absorbées pour le remarquer. La grande horloge marquait onze heures.

Une fois sur le parvis il se demanda combien de temps il lui faudrait pour traverser Paris [illegible] chez [illegible]. Une [illegible] et plus [illegible] que [illegible] pas [illegible] encore.

41

Il avait agi dans la précipitation, après la visite de l'aliéniste, mais n'avait pas été dupe du véritable enjeu de sa démarche : la volonté de comprendre et guérir sa mère masquait d'autres objectifs. De ce point de vue, la confier à Blanche avait été une erreur. C'était s'exposer inutilement, et par conséquent prendre un risque par ricochet. Mais il n'avait pas eu le courage ou l'énergie d'adopter une solution plus… radicale. Il aurait pu la reclure ici, à La Forge. Elle ne l'aurait pas gêné dans le château, et encore moins dans un des pavillons. Sa mère… Il aurait dû se résoudre à la cloîtrer. Parce que les questions du médecin en annonçaient d'autres, plus pressantes, plus directes, moins… mouchetées. Et posées par d'autres, surtout.

Ça ne tenait pas debout, ce besoin urgent d'obtenir des éclaircissements sur le passé de sa patiente. Et cela supposait une telle audace, de venir ainsi le questionner chez lui, surtout de la part d'un petit médecin de rien du tout. D'où sortait-il ? Un paysan mal dégrossi. Blanche avait confié sa mère à un paysan gavé de nouvelles théories qui s'était mis en tête de la comprendre !

Dans son atelier, ces questions étaient tenues à distance. En quelques semaines, il avait rassemblé tous les éléments du décor et les accessoires composant le tableau. Le châle à franges en fil d'or et motifs floraux, les mules, le bracelet, le ruban noir et la perle, les boucles d'oreilles, la robe rose pâle et le fichu de la négresse, le bouquet qu'il avait fait composer en fleurs artificielles pour l'avoir toujours à sa disposition, les tentures vertes et le papier peint chocolat et losanges de laurier sombre rehaussés de cercles d'or qui formaient le fond de la toile. Et ce dont il était le plus fier : le chat noir naturalisé dans la position exacte, le dos rond et la queue dressée. Il avait même poussé l'exactitude jusqu'à exiger du taxidermiste des yeux jaunes que la photographie ne rendrait pas, mais qui le satisfaisaient lui.

Tout était prêt. Il n'attendait plus que les modèles dont Claude se chargeait en ce moment même. Pour accélérer le processus, il les avait placées dans une pièce plus petite, afin que l'air soit plus rapidement saturé par les émissions de gaz carbonique issues du poêle. Avec un volume d'air quatre fois inférieur, les choses devraient aller quatre fois plus vite, c'était mathématique.

Olympia, surnom de cocotte arrivée, de courtisane ou demi-mondaine, référence explicite à la mythologie grecque et à l'Olympe. À ceci près que la Vénus était devenue une catin, ce qui avait été l'une des raisons du scandale, lors de sa première exposition.

Il avait gardé la sienne à son insu, comme on conserve une langouste dans un vivier. Il avait ainsi pu la voir évoluer sous l'apparence d'un autre. La regarder bouger, s'animer, observer ses gestes, son regard, l'écouter rire et parler. Petite comédie à laquelle il avait fini par prendre goût, bien que destinée à connaître une fin brutale, même s'il ne l'avait pas imaginée aussi précipitée. Pendant ces quelques mois il avait eu l'impression que plus il la voyait, plus il apprenait à la connaître, mieux il saurait rendre son image pour l'éternité.

Une question cependant le tracassait : comment ce petit aliéniste en était-il venu à remonter jusqu'à lui, puisque sa démarche sous-entendait ses soupçons ?

Claude qui ne se serait pas montré assez discret ? Qui aurait pris trop d'initiatives ? Qui avait enlevé cette actrice ? Par excès de zèle… Claude était évidemment le défaut de la cuirasse dont il avait tenté de protéger son système. Trop hâbleur, trop bavard, trop vantard. Trop peuple. Mais jamais sans lui il n'aurait pu entreprendre cette œuvre. Jamais il n'aurait pu se procurer ses modèles. Le seul qu'il ait lui-même approché était Obscura.

Mais Claude le lui faisait payer cher. Au sens propre. Une véritable fortune qui passait d'une poche à l'autre. Et si le prix à payer pour cette aide consistait aussi en un ébruitement de ses activités, il deviendrait exorbitant, pour le coup. S'il voulait accéder à la notoriété, ce n'était pas par ce biais.

Plusieurs fois il s'était demandé s'il n'aurait pas pu tout entreprendre seul, mais jamais il n'aurait pu les aborder, leur faire la conversation, les ramener en voiture, jouer cette infâme comédie, leur appliquer une compresse de chloroforme sur le visage puis les installer dans un fauteuil et allumer le poêle. Sans compter le reste, le corps dont il fallait se débarrasser, la sale besogne.

Claude le considérait comme son débiteur éternel, à cause de la syphilis. Son frère de lait… Malédiction qui avait emporté son père avant de passer à Claude, le fils de la nourrice contaminée au cours de l'allaitement… Ainsi étaient-ils doublement frères, disait Claude avec un rire mauvais qui ne lui arrachait pas l'ombre d'un sourire. La rancune s'était amplifiée à l'apparition de cette carie perforante à la gencive…

Claude était sa faiblesse mais il servait parfaitement ses desseins et n'avait aucun intérêt à être découvert, se rassurait-il. En passant ce marché, il avait signé un pacte avec le diable.

La seule autre possibilité de fuite était Obscura. Elle connaissait son intérêt pour le tableau de Manet. Elle avait peut-être entendu parler de son *Déjeuner sur l'herbe* à Auteuil. Elle a pu parler du tableau pour lequel il l'avait fait poser dans cette maison sordide. À ce jeune médecin… Ce jeune médecin qui lui-même connaîtrait l'aliéniste de sa mère, le docteur… Roch. Et le docteur Roch aura fait le lien entre les bavardages de ce médecin et les délires de sa mère… Ce médecin qui aura fait le rapprochement entre *Le Déjeuner sur l'herbe* à Auteuil et son *Olympia* dans la maison close. Un médecin amateur de peinture…

Il tenta de revenir à son tableau. L'idéal était d'attendre sept à huit heures après le décès pour opérer, une fois les contractions de l'agonie disparues. Le délai à l'issue duquel on obtenait l'illusion de vie la plus saisissante. Cela devrait coïncider avec le lever du jour.

Trois heures. Claude n'allait pas tarder à lui apporter la négresse. Son installation allait être plus compliquée que celle d'Obscura. Il allait falloir la sangler sur la chaise prévue à cet effet, lui passer la robe découpée dans le dos, la coiffer de son fichu, lui glisser le bouquet entre les mains, après avoir positionné le bras droit au moyen d'un fil de fer imposant au coude l'angle adéquat, lui faire légèrement pencher le buste et la tête comme sur le tableau, à l'aide d'une cuillère à café orienter son regard vers sa maîtresse.

Quelle heure était-il ? Il remarqua qu'il avait consulté sa montre à peine dix minutes plus tôt. Il ne devait pas se montrer trop nerveux ni trop impatient. Cela ne pouvait qu'être néfaste à son travail.

Il regarda autour de lui. Son atelier orienté au nord. Il avait été pensé pour Nélie, lorsque son père avait fait bâtir ce château vingt-cinq ans plus tôt sur les plans de Joseph Paxton, l'architecte du Crystal Palace construit à Londres pour l'exposition universelle de 1851. Paxton qui avait été à l'origine de la première reproduction sous serre du nénuphar géant *Victoria amazonica*, qui lui valut d'être anobli par la reine. L'analogie n'était pas déplaisante : n'avait-il pas lui-même élevé sa plus belle fleur sous serre, avant de l'immortaliser comme il s'apprêtait à le faire ? Œuvre qui ne lui vaudrait jamais aucun anoblissement ni honneur officiel. Plus élevées, ses ambitions ne pouvaient se contenter de ce genre de hochet.

Il tenait sa passion pour l'art de sa mère. Elle avait un trait ravissant et un sens de la couleur des plus délicats. Mais il avait dépassé ces notions. Il n'était plus question ni de trait ni de couleur avec la photographie.

Des noirs, des blancs, entre les deux une variation infinie de gris, et en guise de traits ceux que lui imposaient ses sujets, aux contours plus ou moins précis en fonction de la lumière et de la vitesse d'obturation de sa chambre noire.

Art né avec la révolution industrielle, sans couleur, mécanique, chimique, instantané dans sa réalisation – il suffisait d'appuyer sur le déclencheur – mais reposant sur une conception longuement mûrie. Un art de la duplication, et non pas d'œuvres uniques. Un art nécessitant une infinité de ressources, et pour cette raison infiniment supérieur à ce qui l'avait précédé. Il ne s'agissait plus d'habileté manuelle, de capacité à reproduire fidèlement tel ou tel sujet, mais d'une œuvre de pur esprit.

Sa fortune lui avait permis de se lancer dans cette œuvre ; de vivre à l'écart de ce monde abject et libéré de la plupart de ses contraintes, admit-il en embrassant du regard son atelier dont le mur de verre montait jusqu'à sept mètres de haut, cette pièce aux dimensions d'usine – ainsi l'avait voulue son père – tout à fait inadaptée aux besoins de sa mère, mais qui pour lui s'avérait parfaite.

Au moins ses modèles n'étaient pas trop présents et ne l'incommodaient pas par leur odeur ou leurs regards parfois trop insistants. De leur passage dans cette pièce à l'allure de volière ne subsistait qu'une nuée de mouches que l'on entendait régulièrement se cogner contre la verrière et que l'on retrouvait mortes sur le parquet au pied des panneaux de verre.

Trois coups frappés à la porte le tirèrent de sa rêverie.

— Entre ! cria-t-il avec brusquerie, agacé d'être ainsi dérangé dans cette introspection.

Claude fit son apparition, la Martiniquaise dans les bras comme un marié franchissant le seuil de sa maison, sa jeune épouse pendue à son cou. Lucien Favre réprima une grimace, mais il ne pouvait pas lui interdire de sourire. Par une de ces injustices inhérentes à la nature, Claude avait développé la maladie alors que lui semblait avoir été épargné.

Mais dès l'instant où Claude Lacombe posa le cadavre de la Martiniquaise sur la chaise où elle allait d'ici peu retrouver une apparence de vie, il n'exista plus aux yeux de Lucien Favre qui s'avança fébrilement vers son œuvre en devenir. Il allait enfin entrer dans le vif du sujet, la positionner, la vêtir de sa robe rose pâle rappelant la peau d'Olympia, la coiffer, déposer entre ses bras le bouquet présenté comme l'offrande d'un admirateur.

Par acquit de conscience, il retourna à sa chambre noire et colla son œil au viseur pour s'assurer de son cadrage. Non qu'il n'en fût déjà certain, mais avec le premier modèle en place, l'effet pouvait être changé. Rassuré il commença à s'affairer sur le corps de la Martiniquaise. De sa position dépendait l'illusion de vie. Elle n'était pas docile dans la mort, seule la mécanique pouvait la modeler à l'envi. Plus aucune autre forme de persuasion n'avait cours. Ce qui faisait toute la beauté du geste. Deux sangles de cuir, l'une à hauteur du ventre, l'autre sous l'aisselle gauche comprimant le sein droit pour tenir compte de l'inclinaison latérale que le peintre lui avait imposée, lui donnèrent satisfaction. Il recula pour avoir une vue d'ensemble. Restait à imprimer au coude le bon angle et à lui lever le bras droit avant de l'habiller enfin. Il avait à cet effet préparé du fil de fer assez souple pour être plié mais assez fort pour supporter le poids d'une tête. Il aimait ce travail qui réquisitionnait toute sa personne, la phase manuelle qui succédait à la conception. Déléguer l'eût privé d'un plaisir rare.

Le peintre et ses tableaux devaient être considérés comme un marchepied, une base dont il s'inspirait pour démarrer son œuvre, comme Manet pour *Olympia* s'était inspiré de la *Vénus d'Urbin* de Titien et de la *Maja desnuda* de Goya.

Ainsi lui-même s'inscrivait dans cette tradition, poussant plus loin encore l'audace qui avait valu à Manet tant de critiques. Il n'aurait bientôt plus besoin de tels supports ou sources d'inspiration. Très vite il s'engagerait sur sa voie que nul autre avant lui n'avait empruntée ni même défrichée.

La robe de ce rose si pâle était suspendue à un valet-muet. Il s'en saisit avec délicatesse et l'enfila sur le corps de la Martiniquaise, le bras droit, avant d'en envelopper le buste et fixer entre elles, à l'aide d'épingles de nourrice, les deux parties découpées dans le dos. Il constata avec satisfaction que le col ample et lâche découvrait un peu de la clavicule gauche. Restaient le fichu et le bouquet. Il mit plusieurs minutes à nouer le premier qui lui ceignait la tête, puis s'empara du bouquet et le lui colla entre les bras, imprimant aux doigts de la main droite un mouvement pour retenir le papier de soie enveloppant les fleurs artificielles.

Il recula jusqu'à sa chambre noire et, se recouvrant du drap couleur nuit, n'ayant pour vision qu'une ébauche parfaitement cadrée du tableau de Manet, appuya sur le déclencheur. La scène manquait de lumière, la négresse ne serait qu'une masse sombre et floue, et l'œil chercherait en vain l'*odalisque*, mais il n'avait pu résister.

Émergeant de son drap noir, il remarqua que Claude était ressorti sans un mot. Il se dirigea vers la verrière, ouvrit l'un des panneaux et mit le nez dehors. Le ciel était constellé d'étoiles. La matinée allait être radieuse et lui permettrait de prendre ses photographies dès la première heure.

Une nouvelle fois il sortit sa montre de son gousset. Elle indiquait cinq heures. Le jour n'allait pas tarder à se lever. Dans trois quarts d'heure à peine les premières lueurs déchireraient l'horizon à l'est. Mais que faisait Claude ? Un instant il fut tenté d'aller le chercher mais se ravisa : il ne devait pas s'extraire de l'atmosphère dégagée par son tableau.

Enfin il entendit des pas dans l'escalier. Nouvel époux aux bras chargés d'Obscura ? Comment être sûr ? Elle avait pu se débattre, profiter d'une seconde d'inattention pour s'abîmer le visage. C'était déjà arrivé, avec cette petite rousse… Et peut-être dans ce cas Claude se sera-t-il rabattu sans lui en parler sur l'autre, la jeune actrice. Ces choses pouvaient arriver dans la précipitation.

À cette idée, à la crainte d'être déçu, ne sachant ce qu'il allait découvrir, il sentit cogner son cœur sous ses côtes.

42

Le train siffla pour annoncer l'imminence de son départ. La nuit s'était éternisée en démarches absurdes. Dans un premier temps il avait fallu mettre la main sur Nosus qui ne se trouvait ni à la Sûreté ni chez lui. Jean avait dû déployer des trésors de persuasion pour convaincre l'inspecteur de permanence de le faire chercher. Enfin lorsqu'il parut, le regard animé par une curiosité dérangeante, il consentit à suivre le médecin jusqu'à la boutique du quai Voltaire qu'Ange entre-temps avait rejointe. Il écouta l'enfant, attentif à son parler naïf, mais au nom de Favre il tiqua. Il ne pouvait décider de perquisitionner son château. Il prit sur lui pour aller réveiller son supérieur. Jean connaissait d'avance la réaction de Louvier, jamais il ne prendrait de risque et en référerait à qui de droit, au chef de la Sûreté peut-être, qui lui-même ferait sans doute de même, pour se tourner vers qui ? Le préfet de police ?

Pendant ce temps l'heure tournait et les chances de retrouver Sibylle vivante fondaient comme neige au soleil. Sibylle nécessairement enlevée pour satisfaire l'ambition artistique de ce monstre. Et c'était une torture d'avoir tout compris ou presque, de savoir comment les choses allaient se passer, pis encore comment elles étaient en train de se passer, et d'être obligé d'attendre pour agir que la hiérarchie policière se décide enfin. Elle ne faisait pas tant de manières avec le commun des mortels. Il fallait bien se rendre à l'évidence : pour toutes victimes on comptait quelques misérables filles de noce et une actrice inconnue ou presque que l'on pouvait facilement oublier, et en face, en guise de principal suspect, l'un des hommes les plus riches du pays, réputé pour la munificence de ses dons à l'hôpital Saint-Louis et à diverses institutions du même acabit. Deux poids deux mesures. Le calcul était vite fait.

Mais à présent le train s'ébranlait et Jean regardait dormir l'enfant qui avait pris tant de risques pour que tout cela soit possible. Malgré son état, le petit avait tenu à être du voyage pour les guider, alors qu'avec sa fièvre il avait surtout besoin d'un bon lit et de remèdes.

À sa droite était assis Nosus qui avait pris le temps de se faire confirmer l'histoire auprès du docteur Blanche, ultime précaution ayant retardé d'autant le départ. L'expertise de l'aliéniste avait fait pencher la balance de leur côté.

En face de Nosus, à la gauche d'Ange, Gérard. Les deux autres sièges étaient occupés par les inspecteurs qui l'avaient encadré depuis la rue de Beaujolais devant chez la mère Brabant jusqu'à la Sûreté, le gros qui l'avait frappé et l'autre qui s'était endormi sur le banc. Le commissaire Louvier et le sous-chef de la Sûreté étaient dans un autre compartiment. Devant l'importance du suspect, ils avaient cru bon de se déplacer eux-mêmes.

À bord de la locomotive, le machiniste accélérait la cadence, le train prenait de la vitesse et traversait déjà les faubourgs de la ville. Si le château était aussi près de Senlis qu'Ange l'affirmait, le temps de monter dans une voiture une fois arrivés, ils devraient y être d'ici une heure.

La tête appuyée contre le colosse, l'enfant dormait toujours, pas plus réveillé par les soubresauts du train que par sa propre toux. Conscients qu'être parvenu à entraîner ainsi la police relevait du tour de force, Gérard et Jean échangeaient des regards où l'incrédulité le disputait à l'espoir. Un espoir infime auquel il était difficile de renoncer.

Dans son costume trop court pour lui, Nosus demeurait impassible, mais sa simple présence avait le don de provoquer la nervosité de Jean. Il avait dû batailler ferme pour imposer le point de vue des deux médecins à sa hiérarchie. Pourtant ces efforts louables ne pouvaient effacer cette nuit passée dans les locaux de la Sûreté au cours de laquelle Jean avait senti le vent du couperet sur sa nuque.

Les deux autres fumaient. Leurs visages n'exprimaient rien, mais lorsqu'il croisait leurs regards, Jean ne doutait pas qu'il demeurait à leurs yeux le principal suspect, beaucoup plus… pratique que Lucien Favre.

Le train filait désormais dans un paysage sylvestre entre les pins qui bordaient la voie ferrée. Après les fortes pluies de la veille, lavée à grandes eaux, la nature resplendissait sous les rayons obliques du soleil.

43

Lucien Favre dévala le grand escalier en appelant. Sa voix criarde se répercutait contre les hauts murs et résonnait comme s'il avait hurlé dans une cathédrale. Cet escalier qu'enfant il descendait assis sur un plateau transformé en luge. Personne apparemment n'était là pour lui répondre. Il traversa le hall en courant jusqu'à la porte qu'il ouvrit. Les deux chiens surgirent de la terrasse et pointèrent leur museau vers lui en remuant la queue.

« *Claude !* » hurla-t-il vers l'étang qui étendait ses eaux planes devant le château. Il descendit les marches suivi par les chiens qui croyaient à une promenade et courut à droite puis à gauche sur l'esplanade. Le gravier crissait sous ses pas. Ravis de cette activité soudaine les deux mâtins de Naples aboyaient joyeusement et se sautaient l'un sur l'autre en suivant leur maître. Celui-ci lançait des regards éperdus dans toutes les directions et les molosses continuaient de prendre pour un jeu son affolement qui lui dictait cette course erratique.

Sa voiture n'était plus devant le perron. Le cocher

avait dû rentrer les chevaux à l'écurie… Elle était en contrebas avec les différents bâtiments des communs où, du temps de son père, logeaient les domestiques. Comme tout cela avait changé… Il découvrait ce désert qu'il avait organisé autour de lui. Domaine sans âme au parc en friche. Les pelouses et les haies à l'abandon ; depuis trop peu de temps encore pour avoir perdu toute trace des plans initiaux. Mais dans son agitation il ne pouvait apprécier l'ensemble, tout juste quelques détails : la barque pleine d'une eau saupoudrée de lentilles vert tendre, des traces de roues sur le gravier qui autrefois aurait été ratissé, le grincement de la cloche.

« *Claude !* » hurla-t-il de nouveau en direction des communs. Il aurait pu y aller mais renonça. Il ne le trouverait pas là-bas.

D'un pas précipité il retourna vers le château, les chiens toujours sur ses talons. Il ne prit même pas la peine de refermer la porte derrière lui. À quoi bon ?

Avant de remonter il aperçut le blason qu'avait voulu son père. L'image aussitôt en fit surgir une autre, un souvenir. Un vacarme d'enfer, le métal en fusion qui brûlait la vue, des hommes caparaçonnés comme des scaphandriers dont il ne fallait pas gêner les mouvements, son père qui lâchait sa main, vers qui les regards déférents se tournaient.

« *Claude !* » glapit-il. À pas désordonnés il remonta l'escalier. Son reflet dans une glace de la galerie circulaire au premier l'effraya. Une seconde il y revint. Il eut du mal à se reconnaître, les cheveux en bataille, les traits déformés. La concentration due à son travail, se rassura-t-il. Il traversa un couloir dont les statues dans son enfance semblaient des fantômes assoupis. Aujourd'hui encore : des fantômes indifférents à sa détresse. Rien ne changeait jamais.

Une porte sur la droite. La chambre de sa mère aux volets clos. Ses propres pastels dont elle avait décoré les murs.

La salle de bain au poêle à charbon était vide. Un fauteuil Voltaire sur l'assise et les accoudoirs duquel reposaient des bandelettes trônait à côté de la baignoire à pieds de griffon et au robinet en bec de cygne. La salle de bains de Nélie.

Il était resté trop longtemps absorbé par son tableau. Claude en aura profité pour tirer sa révérence. Après s'être acquitté de cette dernière tâche. Il n'aurait jamais dû lui dire qu'ils n'avaient plus que la nuit devant eux. Il aura pris peur… Qu'allait-il faire à présent ? Il retraversa la chambre de sa mère en gémissant. Dans le couloir il lui sembla que les statues s'animaient. Les chiens l'auraient rassuré mais ils étaient dressés à rester dehors.

Il se rua vers son atelier. Au moins s'y sentirait-il en sécurité. Dans cette pièce aussi il y avait des poêles. Trois cylindres d'un mètre cinquante de haut, en fonte ouvragée façon feuilles d'acanthe, disposés en ligne au milieu de la pièce pour y maintenir une température propice au travail même en plein hiver. Trois conduits montaient à la verticale comme autant de cheminées d'un transatlantique. Sa mère riait de cette démesure qui symbolisait l'amour que son mari nourrissait pour elle.

Devant sa chambre noire sur son trépied il se figea : pour la première fois il vit en elle une bouche à feu, une arme conçue pour les exécutions. Avec lenteur il tourna la tête vers la cible. Son tableau lui apparut dans toute sa nudité. Sans le prisme de son objectif c'était un spectacle effrayant. Qu'avait-il fait ! La tête de la négresse penchait carrément vers la gauche comme si le fil de fer manquait de résistance. Il fit quelques pas vers elle pour la redresser puis se ravisa. Il regarda au-delà de la verrière le ciel bleu et les frondaisons luisantes sous le soleil. Mais le spectacle ne correspondait pas à son état d'esprit. Il reporta son attention à l'intérieur. La présence de son tableau était trop imposante. Comment allait-il s'en débarrasser ? Il ne put retenir un sanglot. Même son frère de lait l'avait abandonné. Il était seul. Seul en son royaume déserté avec, pour unique compagnie, son œuvre aux sujets morts qui le contemplaient de leurs yeux vitreux.

Il tressaillit. On venait. Son ouïe ne le trompait jamais. Il se précipita vers la verrière. Sur le chemin contournant l'étang s'avançaient deux voitures. À côté du premier cocher était assis un autre homme, et entre les deux il crut distinguer un enfant. Qu'est-ce que ça signifiait ?

Sa vue se brouillait : les larmes qu'il versait. On venait donc. Plus vite encore que ce qu'il avait imaginé. « *Claude !* » Il s'étrangla. Pourquoi l'appelait-il encore ? C'était idiot ! Il n'allait pas se laisser faire ! Et puis ses images étaient dans la chambre noire, ils arrivaient trop tard… Ils n'avaient pu l'empêcher d'accomplir son œuvre. Un coup d'œil lui apprit que les voitures atteignaient la terrasse.

Auprès des deux modèles il chercha un soutien, mais elles aussi étaient parties depuis longtemps.

44

Jean fut le premier à sauter à bas de la voiture. Bâti comme un cube surdimensionné le château l'arrêta dans son élan, quand un mouvement dans son champ de vision lui fit baisser la tête : deux énormes chiens couleur fauve accouraient vers lui en grondant. Il se figea. « *Ne bougez surtout pas* », entendit-il dans son dos. Nosus lui passa devant et, se courbant légèrement tandis que ses lèvres libéraient un sifflement aigu, il tendit une main vers les molosses dont l'attitude menaçante disparut aussitôt. L'inspecteur impressionnait manifestement autant les chiens de garde que ses congénères.

La petite troupe qu'entre les différents policiers, les deux médecins et l'enfant, ils formaient, hésita avant de gravir les degrés menant à la porte principale qu'ils devinaient entrouverte. Pas un bruit ne filtrait de l'intérieur. Aucun chant ni aucun trille d'oiseau ne leur parvenait non plus aux oreilles. Comme si la nature elle-même participait à un deuil encore mystérieux. Une quinte de toux d'Ange répercutée par la façade fut pour Jean le signal. Il enjamba deux à deux les quelques marches et poussa la lourde porte vitrée, Ange, Gérard et Nosus sur ses talons.

Le gigantisme et la magnificence du hall les arrêtèrent une seconde fois. D'un regard Jean en fit le tour, la cheminée, le blason aux récentes armes de la famille Favre, une table à l'échelle de l'endroit, aux murs des dizaines de massacres de grands animaux qui dardaient leurs bois inutiles et lugubres vers le plafond à caissons, quelques portes ouvrant vers les quatre points cardinaux.

— Police ! Il y a quelqu'un ? cria Nosus tandis que Louvier, le chef de la Sûreté et les deux autres inspecteurs les avaient rejoints.

Un silence spectral flottait au-dessus de leurs têtes, habité par les fantômes des animaux dont les trophées constituaient une présence macabre. Ce n'était pas normal, cette porte entrouverte et cette absence de vie dans une demeure aussi grande. On aurait déjà dû venir à leur rencontre. Une propriété de cette taille devait employer l'équivalent de la population d'un petit village. Or là, personne. Comme si tout le monde, le maître et l'ensemble de la domesticité, avait déserté les lieux quelques heures plus tôt.

Dans son dos Jean entendit un gémissement. Il se retourna. L'un des molosses pointait son museau vers l'intérieur, arrêté sur le seuil. Le médecin claqua des doigts et le chien se rua dans le château suivi par son compagnon. D'un trait ils traversèrent le hall et s'engagèrent dans l'escalier. Le léger cliquetis de leurs colliers bruissait dans le silence. Jean le premier se précipita à leur suite.

Parvenu au premier étage, il eut juste le temps d'apercevoir l'arrière-train et la queue de l'un des mâtins disparaître dans l'embrasure d'une porte sur la droite, à l'extrémité d'une longue galerie rythmée par une succession de gaines supportant chacune un buste en bronze ou en marbre. Il pressa le pas entre cette haie d'honneur de personnages antiques dont il ignorait les noms. Praticiens augustes, Junon coiffée de métal, empereurs ou philosophes au nez rongé par l'érosion, femme à la poitrine drapée… La plupart doués d'une certaine présence, malgré leurs yeux de pierre ou d'airain.

Enfin il atteignit le seuil de la pièce où s'étaient engouffrés les chiens.

Un atelier. Il leva la tête. Le plafond lui parut aussi haut que celui du hall d'entrée. Il risqua un pas à l'intérieur et déglutit. Son regard était aimanté par un *tableau* dont il ne connaissait que trop bien l'original, mais que sous le coup de l'émotion il ne parvenait pas à identifier. Il s'avança, soudain secoué par un tremblement irrépressible. La Martiniquaise avait la tête inclinée. Un chat noir empaillé gisait renversé sur le lit. Mais le corps dénudé d'Olympia était une offense et son regard absent une déchirure.

Au tremblement s'ajouta le vertige. La tête lui tournait. Il entendit une quinte de toux rauque dans son dos. Il aurait voulu épargner le spectacle à l'enfant, mais il était incapable du moindre mouvement.

Dans la mort il ne la reconnaissait pas. Ses traits étaient déjà brouillés, étrangère à ce qu'elle était de son vivant et semblable à l'Olympia de Manet. Ce modèle que des critiques à l'époque avaient comparé à un cadavre exposé à la morgue.

— Jean.

Il se retourna. Gérard tenait Ange par les épaules dans une attitude protectrice. Les cinq policiers formaient un demi-cercle statufié autour d'un autre groupe que Jean découvrit seulement à cet instant : Lucien Favre étendu aux pieds de sa chambre noire, la tête baignant dans une flaque de sang qui lui faisait une auréole pourpre et irrégulière s'étendant sur le parquet, un revolver nickelé sur le sol à quelques centimètres de sa main droite. L'un des chiens reniflait son cadavre tandis que, tassé sur lui-même à quelques mètres et ne le quittant pas des yeux, l'autre émettait un grondement sourd et continu qui relevait plus de la plainte que de la menace.

En s'approchant, Jean sentit l'odeur de poudre encore en suspension dans la pièce. Le visage de Lucien Favre était intact mais le sommet de son crâne au niveau de l'occiput laissait voir un cratère au pourtour de chair, de débris d'os et de cheveux poisseux. Comme son père une vingtaine d'années avant lui il s'était tiré une balle dans la bouche.

Aucun des policiers ne pipait mot, chacun contemplait avec une certaine fascination la dépouille du millionnaire. Seul Nosus le regardait. Jean était incapable de déterminer ce que ce regard exprimait.

Il détourna la tête et se rapprocha du *tableau*.

Mais qui disparaissait ainsi sous les traits d'Olympia ? Sibylle ou Obscura ? Il perdait la raison, incapable de les distinguer l'une de l'autre. De quelle forme d'hallucination était-il victime ? Il devenait fou. Entraînées par son esprit malade ou affaibli, toutes deux avaient entamé pour lui une danse folle, au point que leurs visages dans ce tourbillon s'entremêlaient et que travesties par Lucien Favre il ne parvenait à les reconnaître. Il n'entendait plus que les battements de son cœur, ne ressentait rien, hypnotisé par ces deux femmes qui n'étaient plus qu'une et, par-delà la mort, lui faisaient leurs adieux.

— Alors ? Où est Sibylle ?

— Hein ?

Gérard était à côté de lui. Sous les traits d'Olympia apparurent enfin ceux d'Obscura que jusqu'à la dernière limite il aurait soupçonnée à tort.

Mais il y avait donc une chance que Sibylle soit toujours en vie, puisqu'elle n'avait pas été sacrifiée pour ce tableau ! Aussitôt l'espoir fou ressuscita en lui. Elle était là, forcément, quelque part entre ces murs ou dans une des dépendances du château ! Il fallait la trouver. Retourner la bâtisse des combles au sous-sol ! Il n'y avait pas un instant à perdre.

Un sifflement vulgaire le fit tressaillir. Il tourna la tête. C'était l'un des deux policiers adjoints de Nosus planté devant l'installation avec un air stupide.

Les autres s'étaient éparpillés dans le vaste atelier. Tout était conforme à ce que le jeune médecin leur avait dit, en plus extraordinaire, étant donné l'identité du tueur.

— L'héritier Favre artiste homicide, on voit d'ici les gros titres. De la chair fraîche pour l'ogre millionnaire, entendit-il d'une oreille distraite.

La stupeur passée, les esprits s'échauffaient, l'excitation montait. Et où était l'enfant ? Ce n'était pas bon pour lui de voir ça. Jean le chercha du regard. Ange était contre Gérard comme s'il avait cherché une protection.

— Ne reste pas là. Tu en as déjà trop vu comme ça, lui dit-il.

L'enfant lui répondit par une quinte de toux caverneuse.

Nosus donnait des instructions à l'un de ses hommes. Il tendit l'oreille :

— Tu retournes à Senlis d'où tu fais prévenir le procureur et tu rameutes des renforts. N'oublie ni le médecin ni le photographe. Et le signalement que nous a fourni monsieur, ajouta-t-il avec un geste du menton en direction de Jean, moustache blonde, épaules rondes, un mètre soixante-dix, enfin tout ça quoi, c'est dans les bureaux, ils le trouveront, tu le fais circuler partout, dans toutes les gares, dans tous les ports, à tous les postes frontières. L'oiseau ne va pas faire de vieux os parmi nous. Allez, file ! Et toi Raynaud, tu arrêtes de te rincer l'œil et tu viens avec moi, on va commencer à fouiller. On a du pain sur la planche. Et écarte-moi ce foutu clébard, nom de Dieu !

Jean se retourna. L'un des chiens lapait la flaque de sang qui s'était épanouie autour de la tête de Lucien Favre. Le policier se rua dessus mais recula quand le molosse se mit à gronder. Ce n'est que lorsque Nosus s'avança qu'il consentit à abandonner son festin et déguerpit aussitôt suivi par l'autre.

Contre la verrière, le commissaire Louvier qui avait allumé sa pipe s'entretenait avec le sous-chef de la Sûreté. Les deux policiers bedonnants étaient face à l'une des affaires les plus importantes de leur carrière et leur impression était perceptible. *« Il aura paniqué en nous voyant arriver. Avec une telle position dans le monde...* »

Tandis que l'autre policier avait déjà filé, Nosus et le gros s'apprêtaient à sortir. Jean les rejoignit.

— Je viens avec vous.

L'inspecteur le gratifia d'un regard indéfinissable puis, d'une légère inclinaison de la tête, l'invita à les suivre. Jean fut alors submergé par une bouffée d'angoisse aussi soudaine que violente : après cette fouille il n'y aura plus de moyen de retrouver Sibylle. Il était au pied du mur, et toute son existence menaçait de tomber en ruine.

45

— Mon Dieu !

Jean avait eu beau traverser trois fois la galerie aux bustes antiques, il n'avait rien remarqué, passant toujours à pas précipités entre cette haie de spectres pour ouvrir les portes, s'engouffrer dans chaque pièce et en inspecter le contenu. Toujours en vain, ressortant de ces chambres au luxe ahurissant plus angoissé encore. Gérard et Ange sur les talons, il manquait enfoncer les portes, ouvrait les penderies, contournait le lit jusqu'à la salle de bains avant de s'attaquer à la suivante, opérant ainsi au premier puis au second étage, avant de monter au grenier où ils ne firent que déranger quelques pigeons qui y avaient élu domicile et à leur arrivée battirent en vain des ailes sous les charpentes compliquées. Toute la bâtisse puait le malaise et la mort, pourtant ils faisaient fausse route et après le sursaut d'espoir né de l'absence de Sibylle dans l'atelier, Jean recommençait à désespérer.

Mais tandis qu'avec Gérard et Ange il s'apprêtait à rejoindre les autres qui s'étaient réparti le rez-de-chaussée, le sous-sol et les communs, n'osant imaginer qu'ils auraient eu plus de chance, il venait de repérer sur la tête d'une des statues le petit chapeau à voilette de Sibylle qu'elle portait le jour de sa disparition. Confectionné à l'aide de velours gris, il coiffait un César en bronze et de ce fait, à moins de tomber dessus, était peu visible.

Les mains tremblantes il s'en saisit comme d'une relique. Le portant à son nez il reconnut l'odeur de la jeune femme, ce qui paradoxalement rendit plus flagrante encore sa disparition. Au plus vite il devait voir les autres.

— Regarde.

Gérard avait dit ça d'une voix blanche. Jean leva la tête. Parmi les bustes, un certain nombre était affublé d'un élément de toilette féminine : une étole, un collier, d'autres chapeaux… Aucun de ces objets n'appartenait à Sybille, ce qui pouvait laisser supposer autant de victimes.

— J'en compte sept…

Gérard pensait à la même chose. L'ensemble donnait une idée de l'ironie malsaine qui avait présidé à tous ces crimes, et produisait une impression détestable. Entre eux, Ange fut secoué par une quinte de toux.

— Ce châle, balbutia-t-il… C'était celui de Pauline.

Les deux hommes se regardèrent.

— Allons vite retrouver les autres, décida Jean devenu livide.

Parvenus dans le hall, ne voyant personne ils appelèrent puis se ruèrent sur le perron. Les quatre policiers les attendaient. Ils avaient trouvé le cadavre d'un homme dans les écuries – un cocher sans doute étant donné ses vêtements – qui avait dû être égorgé par les chiens, mais pas la moindre trace de Sibylle. À part les effets laissés sur les statues, quelqu'un avait fait le ménage. Le cadavre en témoignait. Certainement pas Favre, mais l'autre. L'homme à la moustache blonde et au costume à carreaux, qui contrairement à Favre ne les avait pas attendus.

— Nélie Favre, sa mère, m'a parlé d'un frère que son fils aurait eu, avança Gérard. Mais je n'ai pas eu le temps de lui faire préciser.

— Un frère ? Il n'était pas fils unique ? Qu'est-ce que ça signifie ?

L'incompréhension se lisait sur tous les visages.

— Il va falloir vider l'étang.

Tous se tournèrent vers Nosus puis vers le plan d'eau. Ils avaient compris, et à l'idée de découvrir le cadavre de Sibylle dans la vase, Jean dut s'asseoir.

— Vous permettez ? demanda Nosus en se tournant vers Louvier et le sous-chef de la Sûreté.

Les deux hommes hochèrent la tête et les quatre policiers se dirigèrent alors vers la pièce d'eau suivis par les deux molosses, dont l'un au moins avait goûté à la chair humaine quelques heures plus tôt.

Défait, Jean les regarda s'éloigner, tandis que sur le chemin arrivaient deux voitures : les renforts demandés par Nosus. Qu'allaient-ils faire de plus ? Ils avaient déjà passé des heures à fouiller partout. Il ignorait ce qui avait pu arriver à Sibylle mais craignait le pire après ce qu'il avait vu. L'autre s'en était chargé, forcément. Même si elle n'avait pas servi à Favre, il n'aura pas voulu laisser de témoin derrière lui. Aussi fortes que des évidences, ces idées s'imposaient à lui et le détruisaient peu à peu. La fin dont il imaginait Sibylle victime l'anéantissait. Gérard aussi semblait désemparé, suivant des yeux les policiers au loin, groupés autour de la bonde de l'étang dont Nosus s'apprêtait à actionner le mécanisme. Quant à l'enfant, la vue du châle ayant appartenu à sa sœur venait de raviver des souvenirs douloureux. Assis, perdu dans ses pensées, Jean contemplait un champ de ruines : celles qu'était devenue son existence. De toute façon, la vidange de l'étang prendrait plusieurs jours et il faudrait attendre autant de temps pour vérifier l'intuition du policier…

Sans que rien l'ait annoncé, il se leva d'un bond et pénétra dans le château. Au pied de l'escalier il gravit les marches quatre à quatre pour se ruer dans l'atelier. Il venait d'en avoir une autre, d'intuition, et voulait elle aussi la vérifier, sans plus attendre une seconde.

Il avait remarqué une sorte de buffet sur le plateau duquel étaient étalées en vrac un certain nombre de photographies. Sans accorder un regard ni à l'Olympia ni au cadavre de Lucien Favre, il s'avança vers le meuble.

Il s'empara d'une photographie représentant un enfant en uniforme coiffé d'un calot et s'apprêtant à souffler dans un fifre. De plus près il remarqua l'état de ses yeux et manqua défaillir. Un garçon de l'âge d'Ange qui venait d'entrer à son tour avec Gérard dans l'atelier et, trop petit, ne pouvait voir l'image que le médecin s'efforçait de maintenir hors de sa vue. Un enfant mort depuis une semaine au moins, pour être dans cet état de décomposition. Et pourtant il tenait debout.

D'autres photographies du *Fifre* étaient étalées sur le plateau, le même cadrage, la même posture toujours fidèles à ceux du tableau de Manet, mais à différents stades *post mortem*. Pris de nausée, Jean s'accrocha au meuble. Il avait sous les yeux l'œuvre de Lucien Favre, la preuve qu'il avait poursuivi son objectif avec une détermination froide qu'aucune pitié n'avait infléchie, au-delà de tout ce qui était imaginable, sans aucune considération pour ses victimes. Ses modèles… Ainsi cet enfant qu'il avait vu pourrir sous ses yeux… Jusqu'où ? Jusqu'à quel point ? À quel moment s'était-il arrêté ? Isolé du monde et de ses semblables par sa fortune. Travaillant à une œuvre qu'il devait garder pour lui seul, qu'il était hors de question de montrer à qui que ce soit. Alors pourquoi ? Mais Jean savait qu'il n'existait pas de réponse raisonnable à cette question…

Sur une autre photographie il reconnut la mise en scène d'Auteuil. Il fut aussitôt replongé dans l'atmosphère sinistre de cette maison. Henriette Ménard, que le moustachu avait séduite dans un restaurant. Le frère de Lucien Favre ?

Mais ce n'était pas cela qu'il cherchait, ou plutôt qu'il espérait ne pas trouver : une photographie représentant Sibylle, qui prouverait sa mort, mais dont l'absence au contraire lui permettrait de continuer à espérer. Cet espoir dément auquel il refusait de renoncer.

Alors, avec plus de fébrilité encore, il tria les photographies, redoutant de tomber sur celle où apparaîtraient les traits de Sibylle. Comme elle aussi partageait un air de ressemblance avec le modèle de Manet, à plusieurs reprises il eut des sueurs froides en croyant la reconnaître. Mais elle n'y était pas. Ce qui représentait un ultime espoir, même infime.

Posée sur le meuble servant de support à toutes ces

horreurs, une lampe à pétrole brûlait encore malgré l'heure. Jean se retourna. Gérard et lui étaient seuls, avec Ange. Il retira le verre de la lampe et, une fois la flamme à nu, en approcha la photographie du petit musicien de fanfare militaire au visage décomposé, exposant d'abord le haut de l'image. Le papier se tordit sous l'effet de la chaleur, tandis que la reproduction aux teintes grises disparaissait peu à peu sous la flamme orange et bleue qui la dévorait et progressait à la surface, rongeant le calot puis le visage cauchemardesque de l'enfant, avant de s'attaquer à l'instrument et aux mains, dégageant une fumée noire ainsi qu'une odeur de produit chimique brûlé qui irritait les narines.

— Mais qu'est-ce que tu fais ? s'inquiéta Gérard.

— Je détruis l'œuvre de ce fou, ajouta-t-il en désignant le cadavre.

Gérard lui posa son énorme main sur l'avant-bras.

— Ce sont des pièces à conviction. Tu ne peux pas faire ça, le pressa-t-il.

Jean dégagea son bras. Bien sûr qu'il s'agissait de pièces à conviction. Mais il ne fallait pas permettre que cette œuvre infernale survive à leur auteur dans son intégralité, qu'il survive au travers de ces images. Alors que faire ? Entre la nécessité de détruire et celle de témoigner pour la police ? Précipitamment Jean tenta d'opérer une sélection, de ne prélever que les images les plus insoutenables, où la décomposition cadavérique était la plus avancée, où se lisait l'ignoble complaisance du photographe, capable d'attendre la putréfaction et de s'en repaître, de la disparition progressive du visage de ses victimes, leur ultime expression, leurs traits, les dernières traces d'humanité. Quelques reproductions du

Déjeuner sur l'herbe, avec deux modèles différents, la victime d'Auteuil et vraisemblablement celle d'Aix-en-Provence. D'autres tentatives, d'autres inconnues sacrifiées, mais pas de Sibylle. Elle était toujours vivante ! Il voyait clair dans son jeu, comprenait sa démarche. Les regarder dans l'ordre inversement chronologique permettait de partir d'une esquisse grossière – pour ce qui concernait le visage – jusqu'au résultat final où la physionomie aurait retrouvé son intégrité.

Sans perdre une seconde, Jean rassembla la plupart des photographies qui se trouvaient sur le meuble, tâchant de procéder à un rapide tri pour en conserver assez à des fins d'identification, et enfourna le paquet dans le poêle où le charbon s'embrasa. Puis il retourna devant le meuble et en ouvrit les tiroirs. Dans le troisième il trouva ce qu'il cherchait et s'empara des négatifs. La matrice, qui permettait une reproduction mécanique à l'infini ou presque. Il courut jusqu'au poêle, le bourra comme il put, manquant se brûler les mains, puis retourna devant le meuble et ouvrit le reste des tiroirs et des casiers, attrapant au passage tous les négatifs qu'il trouvait. Son regard fébrile distinguait des parodies de tableaux de Manet, des silhouettes familières à la peau sombre et aux yeux pâles, dans ce spectre de teintes grisâtres et translucides propres aux négatifs. L'œuvre d'un fou. Lui-même en procédant à cet autodafé riait comme un dément.

Il fallait tout détruire, ne pas laisser intactes ces images avec lesquelles Lucien Favre semblait les narguer par-delà la mort. Enfournant les derniers négatifs à l'aide d'une pince à feu, Jean risqua un œil vers le cadavre et émit un ricanement maniaque. Pour un peu il lui aurait semblé voir Lucien Favre se tordre sur le tapis, se tordre et hurler, tendre la main vers le revolver, se redresser et s'apprêter à lui tirer dessus. Hors de question que ces malheureuses servent sa mémoire. Jean regarda dans la chambre de combustion du poêle les négatifs se tordre et se désagréger sous l'assaut des flammes. Une âcre fumée devait s'échapper de l'une des cheminées du château. Il croyait deviner les cendres se mêler aux morceaux de charbon rougeoyant. Ce n'était qu'une illusion. Avec l'apport d'oxygène dû à la trappe de chargement restée ouverte, ça brûlait plus vite. Les forges du père Favre d'où était partie sa fortune. Dans ce même feu disparaissait ce à quoi son misérable fils avait consacré cet héritage et son existence. Et c'était l'âme de Lucien Favre qui se tordait dans la fournaise.

Lorsqu'il entendit des pas, Jean referma la trappe et se retourna. Immobile sur le seuil de l'atelier, Nosus l'observait. Son regard passa du poêle au meuble dont les tiroirs étaient ouverts. L'inspecteur se dirigea vers le meuble où Lucien Favre conservait ses photographies. Il lui tournait le dos mais Jean pouvait voir ses longues mains manipuler les images, les approcher de son visage pour les voir de plus près, sans doute pour tenter d'identifier les victimes.

— Vous feriez bien de cesser d'alimenter ce feu, maintenant.

Un avertissement. Nosus le comprenait mais ne pouvait laisser faire.

— Vous n'y avez donc pas trouvé votre femme…

Jean ne prit pas la peine de répondre. Il détourna son attention, irrésistiblement attirée par le tableau toujours en place au centre de la pièce, et au-delà par Obscura.

Puis son regard suivit la direction vers laquelle ses yeux vides étaient braqués : la chambre noire. Sous le coup d'une impulsion il s'en approcha, contourna le trépied, prit garde à ne pas frôler le cadavre, puis, après une infime hésitation, souleva le drap noir et s'en couvrit, approchant son œil de l'objectif.

Au premier coup d'œil lui apparut une Olympia très fidèle à l'originale, à ceci près que les couleurs du tableau avaient cédé la place à des teintes moins vives, sans doute filtrées par les différentes lentilles de l'objectif. Puis il remarqua le chat renversé sur le lit et la tête inclinée de la Martiniquaise comme si on lui avait brisé la nuque. Ces deux détails suffisaient à rompre l'illusion que Favre était sans doute parvenu à créer.

Alors il concentra son attention sur Obscura. Marceline Ferrault dont les yeux avaient déjà changé d'aspect. Des yeux plus secs, inaptes à toute fonction, que tout soupçon de vie avait désertés.

Tentative absurde et désespérée d'atteindre le génie de Manet. Œuvre qui n'apportait rien d'autre que la destruction qu'elle opérait sur sa route. Comme en témoignait de façon si criante Obscura quelques jours plus tôt encore si vivante.

Enfin il s'arracha à cette hypnose malsaine, et le drap noir retomba comme un rideau sur un théâtre d'ombres. Mais une fois consumée l'excitation née de son autodafé, ne lui restait plus que son désespoir : ils avaient déjà cherché partout, et malgré les nombreux policiers qu'il pouvait entendre monter l'escalier et investir la bâtisse, il craignait d'avoir à attendre la vidange complète de l'étang pour retrouver Sibylle.

46

Quatre jours avaient passé depuis l'*excursion* au château de Lucien Favre et il n'avait toujours aucune nouvelle de Sibylle. On avait fouillé le château de fond en comble, ainsi que l'ensemble des bâtiments de la propriété et l'hôtel parisien dont on avait soumis la domesticité à la question. Aucun des domestiques n'avait rien pu révéler. Lucien Favre et son homme de main – Claude Lacombe son frère de lait, le fameux moustachu, aux dires de la gouvernante, seule information d'importance obtenue – avaient opéré un cloisonnement étanche entre leurs activités criminelles et leurs existences sociales.

Le fils de la nourrice, compagnon de jeux dominé par l'ascendant conféré par cette fortune insondable, à l'âge adulte devenu compagnon d'autre chose, quelque chose d'innommable.

L'homme à femmes, l'*asphyxieur*.

La presse s'était emparée de l'affaire. Le trottoir de l'hôtel Favre connut les attroupements d'une population révoltée par les agissements du millionnaire. Des familles endeuillées par la disparition d'un enfant tentaient d'en faire attribuer la responsabilité à l'héritier défunt. On glosait sur son projet d'orphelinat, selon l'opinion populaire nécessairement destiné à le pourvoir en chair fraîche, en modèles.

Nélie Favre non plus ne fut pas épargnée, malgré les efforts de Gérard et du docteur Blanche, conscients de ce qu'un tel choc pouvait avoir de fatal à leur patiente, afin de la protéger. L'écho de cette affaire traversa l'enceinte isolant la clinique. Était-ce l'œuvre d'un patient, d'un membre du personnel réjoui à l'idée de la tourmenter ? La malheureuse tomba dans une mélancolie dont les aliénistes désespéraient de jamais la sortir. Cet état où l'on plonge pour échapper à une trop grande douleur. Nélie Favre grâce à qui on était remonté jusqu'au criminel. Et qui de ce fait causa sa perte.

Nélie Favre au courant, et pour ainsi dire, à l'origine de tout.

L'inspecteur Nosus couvrit Jean pour son autodafé, mais Jean était au-delà de tout cela. Au-delà de la peur et du scandale. Il avait tout perdu. Les premiers jours il s'était accroché à l'idée qu'on allait retrouver ce Claude Lacombe par qui Sibylle s'était laissé séduire. Mais il n'y croyait plus. Ni aux chances de la retrouver vivante ni au reste : sa présence face au défilé de ses patients lui apparaissait comme une imposture.

Sa dernière démarche importante fut d'éviter à Obscura la fosse commune à laquelle elle était promise, et lui assurer une sépulture décente. Mignon trop affaiblie pour quitter son grabat, il fut seul à suivre le cortège funèbre. Pourtant prévenue, la Brabant ne se manifesta pas. Elle devait avoir mieux à faire, pour l'avenir de ses filles.

Deux ouvriers vidaient des ballons au comptoir. Son verre était vide. Une femme apparue sur le seuil de l'établissement traversa la salle. Jean esquissa un mouvement pour se lever avant de retomber sur la banquette. Il l'avait déjà vue quelque part mais ne la reconnaissait pas. Une femme entre deux âges, la peau pâle et les traits tirés. Fatiguée. Des cheveux blond vénitien prématurément blanchis. Elle hésitait. De la timidité ? Elle était si répandue chez ses patients…

— Docteur Corbel ?

Il cligna des yeux.

— Je suis Charlotte Maupin. Vous m'avez accouchée.

— Votre enfant a un problème ?

Elle secoua la tête.

— C'est Ange, lâcha-t-elle plantée devant lui en dansant vaguement d'un pied sur l'autre.

Maintenant il la reconnaissait. Il se leva et prit son melon posé sur la table.

— Ça ne va pas mieux ? demanda-t-il d'une voix sourde.

— Il étouffe.

— Allons-y.

Jean posa une pièce sur le comptoir et se hâta de suivre la mère d'Ange.

— Ne perdons pas de temps. Vous me raconterez en chemin.

Il avait ausculté l'enfant en rentrant à Paris. Son ordonnance rédigée il ne s'en était plus occupé, accaparé par l'enterrement d'Obscura, les questions de la police, la peur de ne jamais retrouver Sibylle, et le cortège quotidien de ses patients.

À côté de lui Mme Maupin peinait pour marcher à son allure. Essoufflée, elle lui décrivait la progression de la maladie. La voix enrouée, rauque puis éteinte, de moins en moins perceptible, comme la toux, au départ voilée. La respiration de plus en plus difficile et l'inspiration tantôt sifflante, tantôt bruyante. De temps à autre, à l'occasion d'un mouvement brusque ou d'une émotion, une crise de suffocation, le visage livide et couvert de sueur, toutes ces manifestations précédant un état de somnolence.

Elle avait peur. Après sa fille aînée assassinée, elle ne voulait pas perdre un deuxième enfant. Ses larmes inondaient ses joues que dans sa course elle ne prenait pas la peine d'essuyer.

Jean en savait assez. Elle le retardait. Il n'avait plus besoin d'elle. Il connaissait le chemin. Au guichet du Louvre il partit en courant. Il traversa la Seine sans la voir et s'engouffra rue des Saints-Pères, sa sacoche serrée contre sa poitrine pour ne pas gêner sa course. En maintenant cette allure il en avait pour dix minutes. Il n'était pas question d'arriver trop tard. Boulevard Saint-Germain il accéléra. Le sang lui battait les tempes. Les passants qui ne s'écartaient pas assez vite manquaient parfois le faire s'étaler sur le trottoir.

Rue du Dragon il ralentit. Dans l'escalier il tenta de maîtriser sa respiration. Le couloir sous les combles était désert. D'après son souvenir c'était la cinquième porte sur la gauche. Sa sacoche fermement maintenue dans sa main droite, il s'y engagea. Son cœur battait à tout rompre. Il ne devinait que trop ce qui l'attendait.

Parvenu devant la chambre il frappa. Le raclement d'une chaise sur le plancher lui parvint aux oreilles et la porte s'ouvrit sur une petite rousse qui lui adressa un regard timide. Il entra et la fillette retourna près du couffin où se trouvait le nourrisson.

Ange était étendu sur un petit lit qu'il n'avait pas remarqué les premières fois. Il s'approcha, tira une chaise, s'assit à son chevet et posa sa sacoche par terre. Les yeux saillant sous ses paupières mi-closes, les veines du cou gonflées, le jeune garçon respirait avec la plus grande difficulté. Son visage était creusé. Il avait perdu toute force vitale.

Jean lui prit le poignet. Son pouls était rapide et faible – il compta 120 pulsations. Il lui pressa la main et l'appela. En l'absence de réaction il lui pinça le lobe de l'oreille. L'enfant ouvrit les yeux, le reconnut. Un sourire misérable tremblota sur ses lèvres. Il voulut lui parler mais voilée sa voix était inaudible. Avisant un oreiller, le médecin s'en saisit, passa le bras derrière les épaules d'Ange, le redressa et le cala dans son dos. Il lui demanda alors d'ouvrir la bouche en grand. L'enfant s'exécuta.

Blanchâtre, opaline, comme de la cire de bougie, la fausse membrane partie des amygdales avait gagné le voile du palais, le fond de la gorge et la luette, gainée comme dans un doigt de gant. Sous le maxillaire inférieur Jean sentit les glandes. Croup. Tous les symptômes étaient réunis.

Encore une fois on avait trop tardé pour l'appeler. Par ignorance, par négligence. Par peur de déranger… Toujours la même histoire, cet immense gâchis occasionné par la gêne.

L'asphyxie gagnait. L'enfant agonisait. Il n'était plus temps de procéder à des cautérisations au nitrate d'argent, ni même à la trachéotomie pour laquelle il ne disposait de toute façon d'aucun instrument. Il ne disposait non plus d'aucune sonde avec quoi éventuellement pratiquer le tubage de la glotte. Il ne restait plus qu'une solution…

Un nom, parmi d'autres médecins morts d'angine couenneuse en voulant sauver un patient, lui vint à l'esprit : le docteur Vert-de-gris, qui quelques années plus tôt s'était sacrifié pour sauver un jeune enfant. Un enfant qu'il ne connaissait pas, alors que des liens indéfectibles l'avaient attaché lui, Jean Corbel, à Ange qui étouffait sous ses yeux. Il frémit. Il n'y avait pourtant rien d'autre à faire.

Un instant le docteur Corbel fut tenté de mesurer la portée de son geste, d'en évaluer les conséquences, hélas fatales. Le souvenir de Sibylle s'imposa à lui. N'y avait-il vraiment aucune chance de la retrouver ? La question était un moyen de reculer. Mais Claude Lacombe avait fui comme Lucien Favre à sa manière. Et ils avaient fait en sorte d'emporter Sibylle avec eux. Sibylle dont il s'attendait à retrouver le cadavre au fond de l'étang en cours de vidange devant le château de La Forge. Il avait eu le temps de méditer sur les événements depuis l'apparition d'Obscura dans son cabinet. La chute de Favre avait entraîné celle de son propre univers et il n'avait rien pu faire pour l'éviter.

Dans un dernier sursaut il aurait voulu revenir en arrière, espérer encore, mais Ange gisait sous ses yeux, suffoquant, ses poumons soulevant à peine son torse squelettique.

Un souvenir fondit sur lui, comme pour le rappeler à l'ordre : la main d'Ange cherchant la sienne et la serrant après avoir reconnu sa sœur Pauline à la morgue. Un second s'agrégea au premier : l'enfant lui demandant ses lumières pour devenir lui-même médecin.

Jean se retourna. La sœur d'Ange agitait ses doigts au-dessus du berceau en fredonnant doucement. Sentant le regard du médecin, elle se redressa et lui adressa un regard inquiet.

— Je vais te sortir de là, fit le médecin, courbé au-dessus du petit garçon.

Alors, à l'aide des deux mains il lui maintint les mâchoires écartées puis appliqua ses lèvres contre les siennes et aspira de toutes ses forces. Après quelques secondes qui lui semblèrent une éternité il se redressa et reprit son souffle.

Écartant à nouveau les mâchoires d'Ange, il plongea son regard au fond de la gorge. La fausse membrane paraissait avoir été dérangée, sa surface n'était plus aussi lisse, comme celle d'un lac ridé pris sous la glace par grand vent. Il supposait qu'il s'y prenait comme il fallait. Sans plus réfléchir il expira puis fondit sur la bouche d'Ange qui sans doute aurait voulu se débattre mais n'en avait pas la force.

Le peu d'énergie qu'il lui restait, celle du désespoir, il la consacrait à arracher l'enfant aux griffes de la mort, et par la même occasion à se rapprocher de Sibylle.

47

Dans sa main nerveuse tournoyait le whisky dont l'odeur tourbée lui montait aux narines. Deux verres feraient plus d'effet, mais mieux valait qu'il conserve toute sa lucidité. Ses doigts aux ongles courts pianotaient sur le comptoir, ils ne feraient pas pour autant accélérer le cours des choses. Si cela n'avait été qu'une question d'argent, ils auraient déjà appareillé et seraient au large…

Même la douane, il l'avait passée sans encombre. Les joues creusées après quelques jours de diète, une redingote de sous-chef de bureau à la place de son costume à carreaux, la moustache enrichie d'une barbe, le tout teint en brun, des papiers au nom d'un autre, et le tour était joué. Sa seule erreur avait été de se présenter si tôt à l'embarquement. L'attente aurait sans doute été plus facile à supporter à terre, alors qu'à bord, au moindre pépin il serait fait comme un rat.

— Nerveux ?

Il leva la tête. Derrière le comptoir, cintré dans une veste de la Compagnie générale transatlantique, un blanc-bec aux oreilles en pointe et aux dents de devant proéminentes l'observait avec la curiosité prudente liée à sa profession.

— C'est votre première traversée ?

Sans lui retourner son regard, il opina du chef.

— L'*Amérique* est le premier paquebot transatlantique construit en France. Tenez, regardez.

De mauvaise grâce, il se tourna dans la direction que lui indiquait le barman. Au-dessus d'un canapé en rotin était accrochée une photographie représentant le paquebot, une grande roue à aubes en son centre.

— Les roues à aubes ont été remplacées par une hélice.

— Dites-moi plutôt dans combien de temps on part.

Pincé, l'employé jeta un œil vers la pendule fixée au-dessus des bouteilles quand la sirène du navire retentit.

— D'ici un quart d'heure, répliqua-t-il finalement.

Claude Lacombe engloutit une première gorgée de whisky. Il émit une grimace et inspira. Ajouté au breuvage, l'air aspiré par l'orifice de sa gencive produisit un bruit de succion si disgracieux qu'il attira l'attention du barman.

L'ouverture de la porte provoqua un courant d'air. Une femme fit quelques pas puis s'arrêta. Son apparition produisit une diversion bienvenue. Son regard engloba le salon et elle retint un sourire. Elle commanda un brandy et s'installa dans le canapé en osier, disséminant sur son passage des effluves de violette. Lacombe se retourna et, du haut de son tabouret, lui adressa un signe de tête. Un miroir de poche à la main, elle se poudrait le nez. Le serveur contourna le comptoir et posa un verre devant elle. Grâce à la glace murale,

Lacombe pouvait l'observer à loisir. Vingt-huit ans, en tout cas pas encore trente, la taille bien prise dans sa robe de soie prune, les cheveux bruns, les yeux sombres, les lèvres épaisses comme il les appréciait et surtout cet air peu farouche si prometteur. La traversée serait peut-être moins monotone que prévu.

— Je peux vous laisser la garde du bar ? demanda soudain le barman. Je dois m'absenter quelques minutes.

Lacombe répondit par un haussement d'épaules.

— Nous voilà seuls à bord, fit-il sans se retourner.

La femme ne répondit pas. Il avait tout son temps.

Dans une dizaine de jours il serait à New York. C'était tout ce qui lui importait. Il ne parlait pas l'anglais, mais l'argent qu'il emportait dans ses bagages lui permettrait de se faire comprendre dans toutes les langues du monde. De quoi mener grand train aux États-Unis comme ailleurs jusqu'à la fin de ses jours, dût-il vivre jusqu'à cent ans.

Lucien… Une expression de mépris lui déforma les lèvres. Enfant déjà il n'était pas d'aplomb, trop sensible, trop émotif, toujours à fleur de peau. Avec ça d'une cruauté sans nom à l'égard des animaux. Les insectes, les poissons… Ou ces piafs qu'il lui demandait de capturer, incapable qu'il était de le faire lui-même, pour ensuite les plumer vivants et rire de leurs tentatives vouées à l'échec pour s'envoler. S'il rechignait c'étaient des caprices auxquels il finissait toujours par céder. Et dès que quelque chose n'allait pas il s'abritait derrière lui, son frère de lait… Il avait eu beau prendre tout le lait de sa mère, c'était lui, Claude, le cul-terreux, le plus robuste et le plus fort. Lucien… Si faible mais si riche. Il le détestait mais s'efforçait de n'en rien montrer.

C'est à cause de lui qu'il s'était habitué à dissimuler ses sentiments. Parce qu'il n'aurait pas supporté de trouver dans ses yeux le mépris qu'il lui inspirait déjà. Et que lui-même avait compris tout ce qu'il avait à gagner en demeurant si proche. Lui faire croire à sa soumission pour se rendre indispensable et finalement le tenir sous son emprise.

Le père Favre l'avait percé à jour, son propre fils dégénéré. Ça le désolait d'avoir un tel héritier. Parfois son regard le trahissait. Il avait tout réussi mais pas sa succession. Mais sa mère avait toujours été aveuglée par son amour pour ce fils unique.

Il se pencha au-dessus du comptoir et, s'assurant que la femme ne pouvait pas le voir, découvrit ses gencives pour en inspecter la crevasse dans le miroir apparaissant entre les bouteilles. On ne voyait que ce trou laissé par l'incisive manquante et la fissure remontant dans la gencive jusqu'au palais. Il referma la bouche avec dégoût et se rassit sur le tabouret.

Transfert de fortune… Quelle fortune compenserait jamais le poison qui par la faute de Lucien circulait dans ses veines ? Que via sa propre mère, la contaminant au passage, il lui avait inoculé ? Ce poison qui finirait par avoir sa peau et gâcher ses dernières années quelle que soit sa richesse. Une bombe à retardement qui pouvait exploser n'importe quand, dans trente ans comme dans quelques semaines, personne ne pouvait le prédire. Ses récents maux de tête s'étaient calmés et le laissaient tranquille mais ils ne présageaient rien de bon.

Il en avait vu, des syphilitiques en bout de course. À commencer par sa propre mère, morte dans des souffrances atroces. Pour avoir allaité l'héritier Favre. Pour toute reconnaissance on lui avait royalement fourni une misérable chambre où crever, et garanti l'avenir de son fils. Un avenir que lui-même voyait beaucoup plus flamboyant qu'une place de valet de Lucien Favre…

À la fin elle n'était plus capable d'esquisser un geste normal, même un simple pas. Le corps médical parlait d'ataxie locomotrice. Le pied partait en avant dans un mouvement brusque et désordonné, comme si la jambe allait se détacher du genou. Sa pauvre mère. Sans compter les douleurs atroces qui lui vrillaient le cerveau pire que si on y avait enfoncé un foret.

Il en avait conçu une haine inextinguible pour ses patrons. Il concocta alors des mesures pour la venger et s'indemniser soi-même. Pour forcer leur reconnaissance.

Il devait pour cela coller au plus près son frère de lait, faire en sorte que jamais les liens entre eux ne se distendent. La faiblesse morale de Lucien et son impuissance l'y avaient aidé, lorsque dans les maisons closes il était devenu l'auxiliaire indispensable finissant la besogne pour lui éviter de perdre la face.

Jules Favre toujours en vie, rien n'aurait été possible. Trop vigilant, trop dur. Mais après sa mort… Il avait eu les coudées franches. Il n'avait eu dès lors qu'à développer les penchants vicieux de Lucien. Il le connaissait si bien, lui l'unique compagnon de jeux depuis son plus jeune âge. Lucien qui ne pissait pas droit et bandait mou. Lucien qui était rentré de leur première escapade au bordel fermé comme une huître… Il le connaissait comme personne, très tôt avait compris qu'il s'agissait d'un être à la fois veule et vaniteux. Un homme qui avait un problème avec les femmes et les préférait inanimées face à sa chambre noire plutôt que dans un plumard.

Lorsque vers dix-huit ans il manifesta ses premières velléités artistiques, et qu'il ne fut plus question que de visites au Louvre, de chevalets et de palettes, il crut l'avoir perdu. Toutes ces années à dissimuler pour rien. Mais très vite au contraire, après l'incident du portrait équestre de sa mère, il comprit le parti à en tirer. Il n'y avait plus qu'à exploiter cette mortification. En le flattant, en le caressant dans le sens du poil, en le confortant dans l'idée qu'il se faisait de lui-même et de son génie. Le voyage en Provence fut la première occasion. La seule chose qu'il eut à faire fut de se salir les mains. Après avoir déterré le cadavre, le reste parut facile.

Ensuite il n'y eut plus qu'à répondre aux demandes de Lucien, aliéné par son obsession créatrice, à l'approvisionner en modèles. En objets, plus exactement. Femmes objets, dès l'instant où il les avait installées face au poêle à charbon. Des femmes qu'il fallait tuer pour ensuite tenter de leur insuffler une illusion de vie. Pauvre malade.

Avec le temps les filles avaient remplacé les moineaux.

Son emprise sur lui augmentait à mesure, lui permettant de monnayer toujours plus cher des services pour lesquels il risquait sa vie. Sa vie déjà hypothéquée par la maladie. Lucien aveuglé par sa passion dégénérée se laissait faire, lui cédant sans discuter numéraires et titres de propriété.

Les choses prirent une tournure différente avec cette Marceline Ferrault – la seule pour qui apparemment Lucien ressentit quelque chose –, qu'il était chargé de surveiller comme le lait sur le feu, avec ce médecin qui lui tournait autour… Le docteur Corbel, il n'avait eu qu'à lire sa plaque dans la rue. Le docteur Corbel et sa femme, ressemblant elle aussi à l'Olympia, décidément.

Lucien devenait de plus en plus fou. Cela ne pouvait que mal finir. Il fut juste surpris par la vitesse à laquelle survint cette fin, quand son *frère* débarqua précipitamment alors qu'il s'apprêtait à s'occuper de la petite actrice. Dès cet instant sa décision fut prise : avant l'aube il aurait mis les voiles.

Mais il n'avait pas attendu pour prendre ses dispositions et faire transférer son argent à New York. À la JPMorgan Chase & Co. Il y serait reçu comme un prince.

Les journaux lui apprirent la suite. L'arrivée de la police une heure à peine après son départ précipité, ce qu'ils découvrirent sur place. Comment Lucien Favre mit fin à ses jours. Comme son père.

Il n'avait eu que ce qu'il méritait.

Lui n'avait rien à se reprocher : ne l'avait-il pas servi jusqu'au bout, lui permettant de réaliser ce qu'il appelait son *chef-d'œuvre* ?

Il était temps pour lui de voir d'autres horizons.

Il finit son verre et profita de l'absence du serveur pour contourner le comptoir et se resservir. À présent le départ était imminent, plus rien ne viendrait le perturber et il pouvait boire. Il aurait toute la traversée pour dessaouler. Il rit : il ne savait même pas s'il serait sujet au mal de mer.

Dans la glace il aperçut sa gencive perforée, ce qui l'assombrit aussitôt. À New York il irait trouver un dentiste pour maquiller ça. Il avait entendu parler de bridges taillés dans de l'os. Encore qu'avec son argent, avait-il vraiment besoin d'être beau ? Beau comme Crésus ! À cette idée il rit de nouveau et leva son verre à la fortune. Dans la glace il intercepta le regard de la femme qui l'observait sans cacher sa curiosité. Une catin, pensa-t-il.

— C'est à la fortune que vous trinquez ?

Il se retourna. Un sourire étirait ses lèvres.

— À la fortune ?

— À quoi d'autre ? répliqua-t-elle en riant.

C'était une invitation à la rejoindre.

Le grincement de la porte interrompit ce toast prometteur. Il tourna la tête et tressaillit : le barman était de retour, suivi par quatre gendarmes. Sous le coup de l'émotion il inspira. La brusque pénétration de l'air dans la crevasse de sa gencive produisit ce bruit de succion qu'il détestait tant et qui parfois le trahissait. Le détail de son signalement qui ne pouvait tromper personne… C'était donc pour cette raison que le blanc-bec s'était éclipsé…

Cadeau posthume de Lucien…

Par réflexe il se leva avec l'intention de forcer le passage, avec peut-être le risque de se faire tuer, ce qui était préférable à ce qui l'attendait autrement. Mais il manquait de recul, et au fond le savait : la partie était perdue.

48

La bonde ouverte libérait un torrent impétueux par lequel s'écoulait l'étang. Effet des pluies récentes, la barque échouée sur un lit de vase et de boue débordait d'une eau recouverte d'une pellicule vert tendre : les lentilles qui y avaient proliféré. À lui seul, l'esquif symbolisait la chute de la maison Favre dont Nélie, la dernière représentante, avait elle aussi sombré, sa raison n'ayant pas résisté au suicide de son fils. Au centre de la pièce d'eau, émergeait d'un océan de boue l'îlot surmonté d'un kiosque d'inspiration chinoise que l'on devinait couvert de fientes. L'ensemble dégageait une impression de désolation. Le naufrage de l'embarcation n'était pas une perte.

La plupart des fonds du plan d'eau étaient découverts. Ici et là on apercevait des nageoires dorsales affleurer à la surface de flaques isolées ; ailleurs, d'autres poissons que les flots n'avaient pas emportés étaient agités d'ultimes soubresauts. Seule une mare subsistait en son centre, mais aurait elle aussi disparu en moins d'une heure.

Dans le hall aux dimensions monumentales, les dizaines de massacres, avec les récents événements, renvoyaient un écho beaucoup plus sinistre que ne l'auraient fait les mêmes trophées ailleurs. Par sa folie homicide, Lucien Favre avait recouvert l'endroit d'un voile de deuil que nulle influence avant des années ne pourrait soulever.

Gérard avait pensé ne jamais revenir. Ses pas résonnaient dans cette nécropole de marbre. Tout ici le ramenait à Nélie, sa patiente, à qui ce palais, reflet de la vanité de son époux, n'avait jamais dû correspondre, elle dont la modestie se serait mieux accommodée d'un destin moins tapageur. Il n'y avait qu'à la voir dans la chambre de la clinique à quoi s'était réduit son univers.

Nélie à qui il ne pouvait songer qu'avec amertume. Nélie dont l'amour maternel avait favorisé la folie homicide de son fils. *Il ne ferait pas de mal à une mouche.* Le jeune aliéniste ne pouvait s'empêcher de la soupçonner d'avoir abusé de sa confiance, de s'être jouée de lui.

Prostrée par la douleur elle s'était retirée en elle-même, inaccessible à toute sollicitation extérieure, et cette réclusion psychique se manifestait par un lent mais inéluctable dépérissement. Éteints, ses yeux étaient devenus deux abîmes qui n'animaient plus son visage aux joues désormais creusées.

Ni lui ni Blanche ne pouvaient rien pour elle, et il eût fallu pour la maintenir en vie la nourrir à l'aide d'une sonde. Sur ce point, tous deux s'accordaient : inutile de lui infliger une épreuve supplémentaire. Il préférait la voir s'éteindre plutôt que vivre encore de nombreuses années dans cet état végétatif.

L'évolution de sa première patiente avait été un échec, il est vrai provoqué par des événements indépendants de sa volonté – détail sur lequel Blanche l'avait rassuré – mais mettant surtout l'accent sur la difficulté de leur mission.

Jean l'inquiétait plus encore. La veille, au cours de sa visite, il l'avait trouvé dans un état critique après son sacrifice pour sauver Ange. Un sacrifice prévisible : son air de dément lorsqu'il enfournait les photographies de Favre l'avait troublé au plus haut point. Son ultime préoccupation, alors qu'il avait abandonné tout espoir de retrouver Sibylle vivante : le sort de l'enfant. Entre deux suffocations, il lui avait fait promettre de veiller sur lui.

Mais depuis Claude Lacombe avait parlé.

Se référant aux quelques indications griffonnées sur une feuille de papier qu'il tenait de la main droite, l'inspecteur Nosus le précédait. Trois autres policiers fermaient la marche.

De la cuisine, vaste pièce voûtée qui avait dû abriter la préparation de banquets homériques, partait un escalier desservant le sous-sol. Ils s'y engagèrent. Malgré les fenestrons, la température et la luminosité chutèrent et l'impression de descendre dans un caveau s'en trouva d'autant plus justifiée. Gérard espéra que ce n'était pas prémonitoire.

Il fallut ensuite se rendre dans le bûcher où étaient entreposées les réserves de bois. Un levier dissimulé derrière un panneau de planches intégré au mur permettait d'actionner un mécanisme. Une plate-forme circulaire entièrement recouverte de stères pivota, dévoilant un autre escalier s'enfonçant dans les profondeurs. Il aurait fallu une fouille autrement plus approfondie pour le trouver sans les indications fournies par Lacombe.

Au fil des interrogatoires, il était apparu à Nosus comme ayant tenu un rôle beaucoup plus important que simple bras armé de Favre. Lacombe n'était pas un simple exécutant que Favre aurait pu remplacer par un autre. Il était en quelque sorte le cerveau et s'était servi de l'ambition artistique et de la fragilité psychique de son frère de lait pour bâtir sa propre fortune. Avec une perversité redoutable, doublée d'un sens abouti de la manipulation, il avait créé une entreprise commerciale, avec une marchandise bien particulière – une marchandise humaine – qu'il s'engageait à fournir à un client unique.

Ce qui n'exonérait Favre d'aucune responsabilité.

Les titres de propriété et l'argent découverts sur le bateau comme dans différents établissements bancaires à Paris et à New York attestèrent d'une entreprise particulièrement rentable.

Mais même libre, Lacombe n'en aurait pas profité longtemps : dans son oreille gauche se développait une carie qui, d'après les médecins, allait lui ronger les os du crâne et une partie du cerveau, occasionnant des douleurs en comparaison desquelles la guillotine serait une délivrance.

Nosus actionna un interrupteur. La lumière électrique éclaira les quelques marches et le couloir aux murs de brique qu'ils empruntèrent en file indienne. Le mur de droite était percé de trois portes munies de verrous extérieurs et d'un judas permettant de surveiller l'intérieur. Trois cellules. La première contenait un lit et un pot d'aisances. Pas plus meublée, la deuxième était elle aussi inoccupée, et l'inquiétude de Gérard s'accrut. Il ne leur restait qu'une chance. Par perversité, Lacombe pouvait avoir bluffé, et peut-être allaient-ils trouver celle qu'ils cherchaient au fond de l'étang. Dans le cas contraire, combien de temps pouvait-on survivre dans de telles conditions ?

Nosus tira les deux verrous et ouvrit la troisième porte. Gérard se précipita dans la pièce.

Sibylle était couchée sur le lit en chien de fusil, ramassée sur elle-même comme pour économiser ses ultimes forces. Elle ouvrit un œil et tenta de lever la tête. Il s'agenouilla à son chevet. Elle eut un geste d'esquive ou de protection, il n'aurait su dire. Il serra les poings puis, d'une main passée sous son crâne, lui souleva la tête. Sans se retourner, d'un geste impérieux il réclama de l'eau.

Avec un effort manifeste, Sibylle le regardait. Après avoir survécu plusieurs jours sans manger ni boire, elle était pâle et décharnée. Ses cheveux étaient en désordre et sa robe tire-bouchonnée. Ses yeux semblaient faire le point tandis qu'elle tentait de le reconnaître.

— Gérard ? demanda-t-elle enfin d'une voix si faible qu'il la reconnut à peine.

Il prit sur lui pour dissimuler son émotion.

— Où est Jean ?

Il profita de ce qu'un des policiers rapportait de l'eau et lui tendait un verre pour ne pas répondre immédiatement à la question.

À l'extérieur, au centre de l'étang, sous l'effet de la baisse du niveau de l'eau, affleuraient enfin les premiers ossements.

49

À l'occident, le crépuscule éclatait en un feu d'artifice, pyrotechnie céleste où apparaissaient des variations de jaunes, de rouges, d'orange, d'indigo, de blanc cotonneux ainsi que de charbon et de plomb, avec cette strate de nuages surplombant l'horizon derrière laquelle le soleil disparaissait déjà. Haut dans le ciel, quelques lambeaux nuageux évoquaient une dentelle, une giclée de chantilly, la traîne de vapeur d'un transatlantique, un linceul. Une palette de teintes lumineuses aussi époustouflante qu'éphémère qui en s'entremêlant produisaient des variations infinies. Des teintes qu'un œil avide ne pouvait que tenter d'enregistrer, tant elles évoluaient rapidement, à la vitesse de la course de la Terre gravitant autour de son propre axe. Porter son attention vers l'orient aurait permis de découvrir un ciel envahi par les ténèbres. Mais dans sa position Jean ne le pouvait pas et y songeait encore moins : mieux valait encore s'accrocher à ce qui restait de vie.

Qui parmi les modernes aurait pu rendre compte d'un pareil miracle ? Courbet ? Sa virtuosité s'était surtout manifestée dans ses paysages de neige et ses vagues épiques que l'on aurait presque entendues gronder au moment de se briser. Monet ? N'avait-il pas fait parler de lui avec son *Impression soleil levant* ? Un embrasement timide et matinal reflété dans une eau à peine ridée où se reflétait le mât d'un voilier à l'ancre.

Suffoquant sur son divan orienté vers la fenêtre, Jean n'était pas sûr.

La peinture était désormais si lointaine… Cette peinture dont il s'était éloigné, creusant par là même une distance de plus en plus grande entre son père et lui. À cause de sa mère dont la mort avait déterminé son engagement et à présent sa fin. Car aurait-il eu la même réaction penché au-dessus d'Ange, si au même âge il n'avait pas veillé sa mère agonisante ?

Sa mère dont il n'avait jamais été aussi proche qu'à cet instant. Sa mère dont, rétrospectivement, il admirait le sang-froid, lorsque enfant il venait à son chevet et qu'elle prenait sur elle pour lui faire bonne figure et ne pas l'effrayer davantage. Sa mère au regard triste et à la respiration sifflante qui lui déchirait le cœur.

De sa position allongée, il ne pouvait voir la Seine, le fleuve qui selon sa mère charriait jusqu'à la mer et l'oubli tous les tracas. Pour la première fois il en doutait.

Il entendit la porte s'ouvrir et tourna la tête. Depuis deux jours son père veillait sur lui, sans illusion sur l'issue fatale – il l'avait prévenu de l'évolution du mal –, mais plus attentif que jamais, comme après la mort de sa mère. Inversion des rôles qui ajoutait à son désarroi : c'eût été à lui de veiller sur le vieil homme, c'était ce qu'il était en droit d'attendre, après les vingt années qui pour lui n'avaient tourné qu'autour de son fils. Avec la disparition de Sibylle, il avait vieilli de quinze ans. Et pourtant il assistait son fils dans ses dernières heures. Jean qui n'avait aucun moyen de le réconforter et regrettait de n'avoir pas davantage pensé à lui et à ce qu'il allait devenir, au moment de sauver l'enfant.

Tandis que Gabriel approchait de sa démarche hésitante que quelques jours plus tôt il ne lui connaissait pas, il aperçut sa sacoche posée près de la porte d'entrée. Sa sacoche dont l'inutilité symbolisait son impuissance. Ainsi il s'était trouvé face au même dilemme qu'en son temps le docteur Vert-de-gris dont le geste l'avait tant frappé. Penché sur l'enfant étouffant dans son lit, il n'avait pas trouvé d'autre solution que son propre sacrifice. Un sacrifice assimilable à une forme de suicide déguisé ? Parce qu'il était las et se sentait coupable de tout. D'avoir envoyé Ange à la mort et de n'avoir pas su mettre Sibylle en garde. De n'avoir pas su convaincre Obscura… Ce sacrifice était peut-être un moyen de se racheter tout en étouffant sa propre culpabilité.

Étouffer…

Une main de glace avait comprimé son cœur quand il avait senti les premiers lambeaux de fausse membrane aspirés dans sa bouche, sur sa langue, son palais, sa glotte, au fond de sa gorge. Le sacrifice à cet instant lui avait paru surhumain. Il aurait voulu recracher le poison, racler le fond de sa bouche avec ses doigts, pour en retirer le mal la tapissant, mais il était trop tard ; la maladie avait investi son organisme. Comment aurait-il pu être dupe ? Il n'allait pas s'abuser lui-même, avec ses connaissances. Et personne n'allait à son tour se sacrifier pour aspirer sa fausse membrane, seul moyen de supprimer le mal.

Une vie contre une autre. En échange d'une autre. Quelle absurdité. Ce n'était pas ça, la médecine. Il ne s'agissait pas de sauver un malade en se condamnant soi-même. Il avait espéré autre chose, et la Faculté prodiguait un autre enseignement, même si les progrès de la science n'étaient pas aussi rapides qu'il l'aurait souhaité.

Son père lui prit la main et la serra doucement. Jean leva la tête vers lui. Depuis quand éprouvaient-ils des difficultés à se parler tous les deux ? Depuis qu'il avait pris la décision de faire sa médecine et de tuer dans l'œuf les espoirs paternels ? Avaient-ils besoin de mots entre eux ? Sous sa barbe qui sur sa poitrine s'effilochait en lambeaux, il crut deviner un sourire. Mais il s'agissait encore du fruit de son imagination, d'un désir, ou de l'effet du délire que l'asphyxie provoquait : son père aussi avait tout perdu.

Le soleil avait disparu, mais ses rayons doraient encore les hauts nuages de dentelle cotonneuse. Jean éprouvait les pires difficultés à respirer et il avait beau tenter de gonfler ses poumons au maximum, il n'y pénétrait qu'une infime quantité d'air tout juste suffisante pour le satisfaire quelques secondes. Il avait la sensation terrifiante que la vie se refusait à lui.

Son père alluma les deux lampes à huile qui éclairèrent les livres, un bouquet de pivoines depuis longtemps fanées, les pétales tombés formant une corolle vieux rose au pied du vase, la broderie inachevée de Sibylle sur le dossier d'un fauteuil.

Autant de détails qui appartenaient à un monde dont,

d'heure en heure, il s'éloignait davantage. Des souvenirs lointains d'une existence sur le point de s'éteindre. L'air et la vie se refusaient à lui. La sensation d'étouffement lui procurait les pires angoisses. Chaque instant passé lui donnait le douloureux sentiment d'une exclusion toujours plus irréversible. De cette fête qu'aurait pu être, et était parfois, l'existence.

Il ferma les yeux. Il avait eu des nouvelles d'Ange. L'enfant allait mieux. Le futur médecin, songea-t-il avec un pâle sourire aussitôt effacé par l'impérieuse nécessité d'aspirer une nouvelle bouffée d'air. Il était entre de bonnes mains, avec Gérard. Son sacrifice au moins n'aura pas été vain. Même s'il n'aura pas fait revenir Sibylle.

Gérard lui avait appris l'arrestation de Lacombe, l'homme de main, le propre frère de lait de Lucien Favre. Celui qu'il avait surnommé l'*asphyxieur*. Mais il n'en savait pas plus, il ignorait s'il avait parlé… Alors que, suprême ironie, lui-même se mourait d'asphyxie.

Il ferma les yeux pour échapper à ces visions d'un passé qui le fuyait. Il avait eu des nouvelles d'Ange mais toujours pas de Sibylle. Les deux dernières fois qu'il l'avait aperçue, c'était sur les traits d'Obscura – ce souvenir lui arracha une grimace –, sur le boulevard devant le théâtre et dans l'atelier de Lucien Favre, avec les atours d'Olympia. Quand l'une et l'autre dans son esprit ne faisaient plus qu'une.

Comment les choses avaient-elles tourné de façon aussi désastreuse ? Il menait pourtant une existence heureuse, entre Sibylle et ses patients. Il n'avait rien vu venir. Et où était-elle à présent, sa petite actrice spécialiste de l'hystérie ? Le rôle qui l'avait révélée à ses yeux, par conséquent le rôle de sa vie… Était-elle seulement toujours vivante ? Souffrait-elle ? Ces questions ne cessaient de le tourmenter. Mais par moments, l'angoisse et la sensation d'oppression provoquées par l'étouffement étaient si grandes qu'elles balayaient la douleur liée à sa disparition. Ce naufrage aurait-il pu être évité ?

Dans une tentative désespérée il chercha son souffle. Il aurait voulu appeler au secours mais n'en avait plus la force. Et puis qu'aurait-on pu faire pour lui ? Ouvrir la fenêtre ? Il parvint à inspirer une quantité d'air tout juste suffisante pour repousser le moment fatidique. Il avait eu beau consacrer l'essentiel de son énergie à lutter contre les maladies pulmonaires, il ignorait à quel point l'air pouvait être précieux, à quel point il pouvait venir à manquer. Sa raréfaction était un cauchemar de tous les instants, auquel chaque inspiration le ramenait.

Peut-être, en ne recevant pas Obscura dans son cabinet, aurait-il évité ce naufrage. Apparition fulgurante à laquelle il avait succombé, et qu'aujourd'hui il s'apprêtait à suivre dans l'au-delà, après l'avoir suivie dans un labyrinthe auquel il n'était pas préparé, victime d'un engrenage dont à aucun moment il n'avait pu soupçonner l'issue.

Peut-être en ne s'intéressant pas à ce tueur et à son œuvre vertigineuse dans laquelle, comme dans un miroir noir, se reflétait celle de Manet. La simple idée d'un rapprochement entre Manet et Favre était une offense faite au peintre. D'un côté la célébration de la vie, de l'autre, caricature malsaine, celle de la mort.

Son buste fut animé par une sorte de soubresaut : manifestation d'un rire, grinçant. Ces photographies et ces négatifs que les flammes avaient réduits à l'état de cendres. Et les autres, uniquement épargnées pour leur rôle de pièce à conviction, pour leur utilité dans l'identification des victimes. Des images qui, une fois l'affaire close, finiraient oubliées dans un classeur aux archives poussiéreuses de la Sûreté : très en deçà de la valeur que Lucien Favre aurait souhaité leur voir accordée. Très loin du rayonnement qu'il avait espéré. Mais ce n'était pas ça, l'art, cela répondait à une autre nécessité, à un amour de la vie très au-delà des capacités de perceptions d'un Lucien Favre.

Il tenta de reprendre son souffle.

Une fois Obscura dans sa vie, il n'en avait plus été maître.

Il était cependant parvenu à mettre un terme aux activités de Favre et à ce massacre qui aurait pu durer longtemps encore, puisqu'il ne pouvait que recourir à la destruction et à la mort pour avoir l'illusion de créer. Avec l'aide de Gérard.

Avec toutes les peines du monde il inspira un mince filet d'air qui parvint jusqu'à ses poumons. Il suffoquait et cette pénurie d'oxygène dans son sang produisait ses premiers effets dans son cerveau. Favre n'était plus le problème.

Il entendit de la vaisselle tinter. La présence de son père le rassurait. Elle lui rappelait son enfance et le berçait dans l'illusion que tout était immuable.

Sibylle attendait enfin un enfant et fredonnait penchée sur sa broderie dans la pièce à côté, un enfant qu'elle prénommerait Jean parce qu'il lui ressemblerait et qui éclairerait les derniers jours de son père, Ange profitait déjà de la tranquillité de l'atelier pour étudier ses leçons en vue de sa médecine, Gérard ne cessait de progresser dans la compréhension de ses aliénés… Quant à lui, il venait de rentrer d'une de ses tournées de patients, à l'issue de laquelle il avait pris le temps de valser avec Obscura aux Folies-Bergère, et la jeune femme au regard électrique n'était plus aussi fuyante que dans son souvenir. Et sa mère… Sa mère devait encore s'occuper d'un petit voisin, il n'allait pas tarder à lui rendre visite, et elle l'accueillerait avec le pâle sourire de ses derniers instants.

Entre deux suffocations Jean eut un éclair de lucidité, ou de ce qu'il prit pour tel, et se demanda s'il s'agissait de prescience ou de délire. Mais n'était-ce pas ainsi que les choses allaient tourner ? N'allait-il pas retrouver sa mère et son pâle sourire puis valser avec Obscura qui ne se déroberait plus ?

Quelques coups précipités contre la porte cochère brisèrent le silence. Qui pouvait frapper ainsi à cette heure ? Instinctivement il pensa au sergent de ville venant le chercher pour quelque urgence. Il essaya alors de se redresser, avant de se rappeler qu'il n'était pas de garde.

REMERCIEMENTS

L'auteur tient particulièrement à remercier : Laure Murat pour son ouvrage sur la clinique du docteur Blanche (éditions Lattès), pour leurs écrits sur la médecine Pierre Darmon (*Le Médecin parisien en 1900*, Hachette Littératures), Claude Quétel (*Le Mal de Naples*, Seghers), Frédéric Gros (*Création et folie, une histoire du jugement psychiatrique*, PUF), Françoise Cachin pour ses lumineux travaux sur Manet, Alain Corbin pour son extraordinaire monographie sur la prostitution au XIXe siècle (Flammarion), la maison Sennelier, quai Voltaire à Paris, Alain Le Henry, et enfin Karina Hocine et Isabelle Laffont.

Du même auteur :

L'Empire des illusions, Denoël, 1998.

Pavillon 38, Jean-Claude Lattès, 2005.

Caïn & Adèle, Jean-Claude Lattès, 2007.

Composition réalisée par IGS-CP

Achevé d'imprimer en juillet 2010, en France sur Presse Offset par
Maury-Imprimeur - 45330 Malesherbes
N° d'imprimeur : 157296
Dépôt légal 1re publication : mai 2010
Édition 02 - juillet 2010
LIBRAIRIE GÉNÉRALE FRANÇAISE - 31, rue de Fleurus - 75278 Paris Cedex 06

31/2848/5